小學研究4

中文概念史談藪

鍾少華 著

蘭臺出版社

自 序

　　概念史（Begriffsgeschichte）研究，是在20世紀30年代才興起的新的研究方法。陳寅恪前輩曾說過：「一個字就是一部文化史」。筆者改爲：「一個詞就是一部文化史」。卽，通過對於一個詞的概念形成與發展的追尋，一個詞從觀念到概念的昇華過程，展現民族語言文化的進步歷程。

　　六千餘年的中文發展進程中，在傳統以字爲單位的基礎上，積累成今天的中華文明基礎。但是到近代面對極大量新詞和舊詞新義，已經成爲現代漢語的主要表達詞語，卻一直沒有對於詞義、語義的全面梳理，甚至連梳理的途徑都在混亂中。筆者從80年代開始，在茅以昇、賀麟等前輩們的指引下，重點嘗試按照概念史的研究方法，對中文詞語歷史性剖析研究。簡單地說，就是將關鍵字展開古今中外轉一圈地搜尋梳理，在極大量古今文獻基礎上，系統地梳理前輩們關於該詞從觀念到概念的表達狀況。記得筆者寫的第一篇關於「哲學」的概念史論文，耗費兩年時間，到1992年才得以發表。該文從語言學視角看，涉及古希臘文、拉丁文、英文、日文，以及甲骨文等；從哲學角度看，涉及思辨的形式與內涵、邏輯的建立與發展、哲學的本質與功能等；從史學角度看，是漫長的六千年民族進步發展史，也是在世界大家庭中互相學習演化的結果。語言表述追求概念清晰準確，造成語言的深化變革恰是民族進步的證據；從文化學角度看，則是民族文化優勝劣汰、去偽存眞的

結果，恰恰表現在語言文化的科學性方面。當然，從文獻學角度看，搜尋極大量文獻將成爲基本功，還要找到關鍵的有關「概念」的文獻內容。

接著，筆者在2012年出版《中文概念史論》一書，書中闡述概念史的關鍵字包括：概念、文學、科學、哲學、文化、方法、眞理、知識、人、生命、民俗學、標準、印刷、衛生、繁體字與簡體字、宣傳等字詞。

在2016年出版《中國近代人文科學研究》一書，書中包括有：中華民族性、法律與革命、倫理與道德、價值觀、眞理、社會與社會學與社會主義、信仰與靈魂、語義與語義學等詞。

2021年已經出版《中國近代認知科學概念研究》一書，書中包括有：認識、心靈、心理、認知、注意、記憶、行爲、學習、情感、情緒、情操、智慧、智慧、智力等心理學關鍵詞。

目前交付的是新著《中文概念史談藪》，書中包括：觀念、概念、思維、藝與藝術、美與藝術美、政治與政治學等關鍵詞。是筆者第四部研究概念史專著。其中一組「觀念——概念——思維——」的概念史研究，也讓筆者深深感到人類幾百萬年來的進化，至今已經在地球、太陽系間馳騁折騰多年，迎來全新的困境和機遇，而我們能夠依靠的關鍵，還是人類思維的獨特優勢，用心研究，才可能有人類的未來。

總結筆者研究中文概念史的體驗有：（1）概念史研究能夠很好地表述出各個民族文化在歷史進程中的脈絡。筆者只是將概念史研究方法，用到中文的梳理中。（2）把一個個中文詞古今中外地搜尋一圈，不僅梳理了這個詞的來龍去脈，而且特別是關注其詞義的內涵的變化，也正是今天我們詞義、語義的特徵。（3）中國古人喜歡用字詞表達自己的觀念，豐富多彩，但是缺乏成爲社會公允的概念，在古代已經造成許多不便，出現交流上的差錯。只是到了近代，由於西方傳來的新詞語，都是需要具備準確的公允的詞語概念，於是在17–20世紀的中西交流中，中國人在中文裡融入新知識，把大量詞

語觀念昇華到概念，通過這樣具備概念式的中文，整體擴大了我們學習認知世界的能力。（4）概念史研究的難點在於，第一需要搜尋大量古今中外的文獻來作基本原素，特別是近代中國學者的研究成果；第二是要清楚掌握概念史的本質，特別是觀念與概念的區別和昇華變化，同時是以史學考據的基本功力，準確表述前輩們的成果。而表述的原則是倉庫保管員對主人（讀者）的態度，以提供給讀者全部需要的理念和證據爲根本，而絕不是教訓式的師爺作風。（5）筆者專注於中文概念史研究已經三十餘載，才完成這四部書數十個關鍵詞。從中深深感受到研究的魅力，只要能用中文表述的知識，不管哪一學科概念都可以並進行概念史研究，「跨學科」一詞都是多餘的。到目前，中國已經有一些學者開始關注概念史研究，理論闡述不斷。至於國際上研究概念史的情況，可以參考已經在2010年翻譯出版的《劍橋學派概念史譯叢》。或者參看日本鈴木貞美教授的研究成果。而筆者只是關注概念史研究實用在中文裡。

到目前爲止，筆者在多年認眞梳理後，眞實感受到概念史研究方法，實在是太符合目前中國語言文化發展的需要了。

要想在世界舞臺上與各民族平等交流，最基本的是要把互相的詞語概念弄懂，我們講的讓外人能明白！外人講的我們別弄錯概念而已。

2020年9月22日 寫於北京

我的座右銘

————鍾少華

以文獻為基礎；

通過歷史語言串聯；

是文化史的理念；

完成概念史的建構；

探求認知的真諦！

◇◆目 錄◆◇

第一章：引言—概念史

第一節：引言

一、從歷史視角

具有六千年文明史的中華民族，其文字是以方塊字爲基本特徵。並且在西元前2百年的秦朝，就提出「書同文」的規範性要求，這是文化進步的標誌。只可惜那時又有「焚書令」，有敢偶語詩、書棄市，以古非今者族。導致書同文的實際規範效果極其緩慢。一直到1716年清朝皇帝玄燁下令編纂《康熙字典》的出現，才改善了一點情況。該書全面總結中國字的狀況，在47035個字中，古廢字、冷僻字、錯寫字、簡體字等占到70%。也就是說，1千九百年之後，我們才將約七千常用字規範了其方塊字的形狀。而其注音則因爲用反切音方法，而依然模糊易混；至於具體字義，則往往保留史籍上不同的字義解釋，難有公允的解釋，保留了一字多義現象。

可以說，古代中國文化僅做到了提出「書同文」的規範性要求，做到了方塊字的一般形狀規範。至於「字同音」、「字同義」的進一步要求，則遠遠沒有在古代實現。特別遺憾的是古代中國語言文字研究大家蜂起，對於訓詁學大有豐碩成果，但誰也沒有提醒歷代皇帝去讓中國文字繼續進步。

結果，「字同音」的實現，是在20世紀初葉，被一群語言學家借助國家力量進行嘗試，獲得成功。（由於不在本文講述範圍，從略。）

同樣，「字同義」問題的解決，在19–20世紀中外人士合作努力下，已經有長足進步，《現代漢語規範詞典》的出現，可以作爲標誌之一。不過，前面還有許多需要解決的字義問題。本文也基本不討論。

一個個單字，在歷史上逐漸難以一一對應複雜的思想表達，意義相近的字叫做近義字；意義相反的字叫做反義字。但是還是不夠用，於是，很自然地出現用兩個字或幾個字併成一個專門的意義，這就叫做「詞」或「片語」。「詞」當然是字的深入利用產品，每一個詞的詞義組成，都有其複雜的文化因素，來龍去脈也很是複雜，既有其組成字的原來某些字義，兩字並列合成後，可能刪去某些原組成字的原意，也添加某些新意義在其中。只是在古代中國農耕社會基礎上，對於十分複雜意義的表述需求是比較少的，因此在古代詞的出現相對來說就比較少，但詞義的模糊也就給後人留下無數攪不清的麻煩。看看歷代大量文字獄的史料就會明白，正是由於傳統中國文人喜歡追求遠古經典，形成好古用典的思維方式，而偏偏古字詞的詮釋，不是社會所形成的概念公允性，而是按照皇帝的個人觀念爲好惡標準，也就是皇帝可以隨心解釋字詞的意義，並且依照他的一時解釋來判斷。其結果，就是在18世紀以前，中文字義的解釋，是相當隨意的，中文詞義的解釋，同樣也多隨意利用。

19世紀初葉，由於西方工業革命後的來華人士，需要學習中文來與中國人進行交流，於是中文語義問題被他們加以重視和研究，並且開始通過工具書形式來構建雙方都能利用的雙語對譯大橋。這有如蝴蝶效應一般在中文裡面攪起語言風暴，語義概念問題被提到民族改革的進程中，至今依然在進行中。

這兩百年來的相關積澱，由於其難度與史料的缺乏整理，並且長期缺乏

中國的研究者，更加增添了語義概念研究的難度。

二、從哲學視角

從哲學角度說明某一個事物的映射在人腦中形成「概念」，是很複雜的研究過程，也是很漫長的研究過程。而中文「概念」這個詞的出現，雖只有百餘年的歷史，但對於「概念」在中文裡的詮釋則更加複雜與淆亂。每一個人從小就開始踏上追尋「概念」的無休道路，開始先是被親人和環境包圍，就需要肢體語言和發音來表達他腦海中的象徵性反應，逐漸積累變化成為他對於一個具體事物的觀念。當這個觀念在運用中被現實所否定或淆亂後，就只能不斷地修改，直到更加淆亂，或者可能略有進步。從幾千年來的人類進步史看，能夠改進的唯一辦法，只有後天的教育。但是現實的教育制度並沒有給出準確的最好的求知效果。因為這很困難，每一個人，既要追尋安慰自己的真理知識，又要應該承認自己認知中的錯誤。例如老師和家長都會告訴你：「一加一等於二」這個數學上的概念。但是放在政治學中、經濟學中，就不一定，一加N可能等於負數；一加一可能等於三以上，這就是政治等外來因素改變了判斷概念的標準。君不見，文革中的口號：「知識越多越反動！」、「考試交白卷才是英雄！」等，給民族留下的遺毒不斷。又如古典啟蒙讀本《三字經》首句：「人之初，性本善。」重複了多少年，現在就有人將之認作概念。殊不知，這只是作者善良的願望，並沒有經過科學認證或證偽。古今中外無數哲人討論過這個「性本善」或「性本惡」的說法，至今還是紛紜不斷。我們只能當作一種個人觀念看。

筆者認為：

（一）觀念——記憶以及想像等浮現於腦海中的具體印象，即是直觀內容。觀念是特殊的、個體的、具體而又孤立的。觀念用語義表示出來，就是一個不完整的語義，邏輯不嚴密，難有公信力和公允性。

（二）概念——概念的起源是由於人們對於具體複雜的事物的認識逐漸淡漠，而漸漸變爲記號。記號的運用而至於普遍，形成共相。概念是再把各種觀念互相聯絡集合，經過驗證，統一成爲全體的普遍的要素，進而爲思考表述的對象，以求準確的知識。概念用語言表示出來，就是一個完整的語義。沒有語義，我們的概念就無法傳達於他人。卽使自我思考，也需要借語義的功能，以明確概念的意義。因爲思考是以判斷爲歸結，判斷是比較兩種概念或各種觀念，以求得其關係或性質。沒有語義，思考也就失去工具。概念的內部研究，就是研究語義所共有的本質屬性，卽意義。概念從外部研究，就是研究語義的範圍，或擴展，或縮小，或嬗變等。

（三）概念之作用：

1、辨識——就固有概念，以辨定新生事物。

2、比附——辨定新生事物，就固有之概念，與之相近者，以推闡之、比附之、使其意義完全無缺。

3、歸入系統——新事物必應有所屬，於是就其性質而納入某種系統之中。

（四）概念有三種功能：

1、必有所指。

2、必有所造。

3、能有規範作用。

從以上四種基本認知基礎上，我們還必須討論從觀念昇華至概念的漫長複雜過程的一般程式。這是概念史研究的關鍵程式。每一個人都會獲得經驗，某種經驗可以用圖像去表述，也可以經過理解，然後經過某些線索，引出可能洞察的意念，其中蘊含著抽象。從抽象中再成就爲觀念，能夠用語詞表達出來，語詞中就有部分明瞭，部分暗昧。明瞭部分再分析是否分明？是否妥當？是否直觀？之後，就應該形成普遍適用的概念了。這些概念語言表

達出來,就是完整的語義。至於暗昧部分,由於混雜等因素,作爲普遍適用的語詞並不妥當,最後頂多是一個歷史上拋棄的記號罷了。這裡可以用兩個示意圖展示,如下:

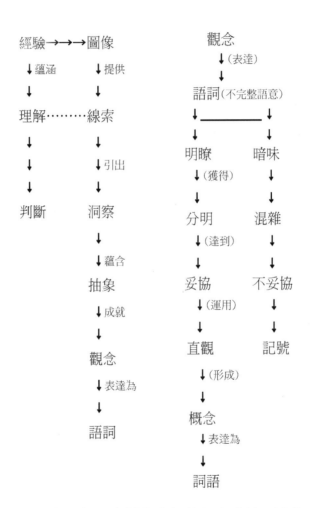

筆者所列圖,根源在古代西方哲學家們的研究成果,近代中國哲學家也對此有所討論介紹。這符合概念發展的歷史,語義形成的歷史。表中幾個詞,還可以略解釋如下:

明瞭——自身反復皆認為正確，並且可以意識到；與其他概念界限分明。

分明——內容中所形成各種徵象及其各種對象，已經得到完全之規定，具有明確的意識。

妥當——其外延及內包，不但沒有反對矛盾之處，更做到當存者存，不當存者不存。

直觀——概念的內容可與本人的心意直接感觸。人思考的語言，常用記號，若徵之於實際，必定由心中經驗直接交觸，其意義方能夠顯示。至於本人始終不能經驗者，如鬼神、無限等，就不得不藉助他物來代表，有所象徵，而後才能認作直觀判斷。

只是有人偷懶，以為可以簡單按照時髦用詞，讓觀念隨意一步到位地變成概念，可以隨便轉換使用。我們只需要看看精神層面上的許多觀念，特別是倫理觀念、宗教觀念，是早在兩千多年前湧現出來的，常識由於後人沒有將之系統邏輯地嚴密推理證明，一直照抄兩千多年，因此重複多少遍也不可能自動轉變成概念的。記得第二次世界大戰時期，流傳一個法西斯的口號：「謊言重複千遍就變成真理」。其實大家都知道，謊言永遠不會變成真理，但只要強力控制語境，就被迫或自願讓謊言當作真理看。以致到今天，我們如果想要獲得準確概念或語義，依然無可避免地還要做此最根本的邏輯實踐工作。更不要以為有百年前外國人的概念翻譯，就能讓中文一步登天，輕鬆省略千餘年的時間，能夠讓中文自動就變成規範的概念。

最簡單地說，從觀念發展進步到概念，就是人們認知中重大的一步，概念與觀念是有本質區別的，觀念是表象的，是特殊的，觀念實際存在，屬於心理範疇；而概念則是普遍的，包括一切。概念非實際存在，是意念，屬於邏輯範疇。

概念遠比觀念具有社會實踐後的公允性，但概念也並非永遠不變。具體

某個概念會在社會實踐的漫長過程中逐漸被修訂，或者更完善，可能變成新概念。本文要討論的概念史，正是通過史實，反映這種大尺度下的文化現象。

三、從語言學視角

概念的載體在語言學中正是字義、詞義、語義的完整表述。一個概念的完整表述，用語言文字來與他人交流，正是要求一個個字義、詞義、語義的準確表達。概念史當然就涉及字義、詞義、語義在中文歷史中的形成與演化。偏偏這是一直難以說清楚的。

中文研究傳統中，字形、字音的研究可以說十分發達，而字義的問題則嚴重混亂與模糊。這對於19–20世紀學者的研究很不利。究其源，即是由於方塊字本身特徵，也是傳統研究方法的誤區。正如上世紀20年代北京大學沈兼士教授所總結的：「中文文字的穿鑿和變遷看起來，最初是用形象來表示，進而用意義表示，更進而用聲音來表示，其由意符的區域渡到音符的區域的軌跡，是很明顯的了。可惜到了半音符階級，卻走錯了歧路，遂至終於不能完全脫離意符的束縛而成就一種有規律的字母文字。所謂歧路是什麼呢？就是『借字表音』這個方法了。這個方法的弊病，（1）拿一個字的聲音來比擬他一語的聲音，當然不能絕對的確切。（2）無限制地借用一切固有文字，以為表音的符號，手段太不經濟。（3）所表示之語言的意義和被借為音符的文字之本身的意義，日久往往發生一種糾葛不清的疑惑。（4）有了這個以不造字為造字之消極方法，救濟半音符之窮，於是苟安一時，而不積極地去想法造那以簡禦繁的正式音符文字，這更是大失著了。總之中國人是把意符的方法太看重了，隨意到第四級，雖名為「表音」，卻仍擺脫不了意符的形式，倒累得語言亦受了這個形式的牽制，不能應社會組織之複雜而自由發展。所以外國學者常常批評說「中國文字構造雖精密，而應用卻繁難」。這個批評，頗為精當。中國語言到今日仍徘徊於語根語階級，而不能完全達到語尾語的原故，實在和文字有重大的關係啊！」[註1]沈教授甚至認為：「篆體變

隸之後，指事、象形、會意各種造字之精義，頓然消失。各種文字都成煩雜而無意識的點畫鉤捺之集合體，認識記憶，均極困難。」(註2)

中國傳統訓詁學多是從四個視角去「求」字義：

「據形求義」——即從某漢字字形分析其字義是否恰當。

「以音求義」——即從讀音分析其字義的來龍去脈。

「考經求義」——即從不同古籍中用字來比較字義可能的變化。

「明例求義」——即從不同古籍書上的例句來比較語義的變化。

這些作為方法是成功的，但是要注意，其中沒有一種方法，是企圖解決某個字詞的字義、詞義的內涵是什麼？即根本不觸及字義本體性。也許古人認為許慎的《說文解字》上的說辭是金科玉律，只需照搬就可以了。但這對於今天的讀者則造成概念認識上巨大的空洞。

在19世紀初期，另外一種研究中文字詞的道路開拓了。那是一批來華的外國人開始走的路，他們可能利用過中國訓詁學家們的成果，但沒有直接交流的機會。他們上承17世紀開始來華的利瑪竇、金尼閣（《西儒耳目資》作者）、匡衛國（《中國文法》作者）等人的思路與實踐，下接中國南方的文化氛圍，也為了他們自身需要，硬是在困境中深入研究中文，結果給中國和西方之間建構了語言知識交流的橋樑，同時也為中文的深入研究開拓了新途徑。其中的代表人物首先應該是英國人馬禮遜（Robert Morrison，1782–1834）。他在來到澳門7年之後的1815年，就出版了《通用漢言之法》一書。該書內容有27節：漢語的特點；中式發音法；歐式發音法；漢語音節表；漢語聲調；聲調練習表；關於漢字；部首表；中文字典；標點符號；名詞；數量詞表；後置於名詞後的功能詞「者」；數；格；性；形容詞；數詞；代詞；動詞；副詞；介詞；連詞；嘆詞；地方方言；句法；詩詞格律。該書是以他所掌握的英文文法和中文知識，向學習中文的外國人介紹中文。他是以

教會他人為目標，因此中文字詞的內涵自然就成為重點，而語音則用歐式注音法來輔助，基本上就無須探討由發音而導致的古漢語字源問題。因此讓學習者能夠避開館閣體文風，能夠從新角度思考中文語義問題、文法問題。馬禮遜等人開拓並奠定了近代研究中文的新基礎。

不幸的是，要到1898年馬建忠先生發表《文通》一書，才有中國人全面用新方法來研究中文，而且正如他在書後寫：「斯書也，因西文已有之規矩，於經籍中求其所同所不同者，曲證繁引以確知華文義例之所在。」（注3）只是他的意圖，百餘年來，一直沒有實現。究根源，一來是近代中文因社會大變革而引發的詞語海嘯太豐富複雜；二來是研究中文語義學的投入與學者太少。本來詞語海嘯的翻滾，在社會進步中是好事，但問題是一直沒有清理這些詞語概念的增添和嬗變，特別是舊字詞語概念的演化，以及新詞語的引進或自生，一直是在混沌中自生自滅。這是中華民族文化建設的大欠失。

幸好的是，還是有些有心人關注。只是這些人多數不是語言學家，而是哲學家。在清朝末年的中文哲學著作中，不少都會談到概念與語義的關係。嚴復老先生在1909年就曾感歎道：「且將見吾國之文字語言，以之事精審致知之科，非大架釐定改良，有萬萬不可用者。……是以不佞常戒後生，欲治物理稍深之科，為今之計，莫便於先治西文，於以通之，庶幾名正理從，於所思言不至棼亂。必俟既通者眾，還取吾國舊文，而厘訂之。經數十年而後，或可用也。豈得已哉。嗟夫，此於知者不待言，於不知者，雖言亦無益。」（注4）

李安宅教授是很早研究語義學之人，他在1931年就出版《語言底魔力》，接著又出版《意義學》（1933年馮友蘭序），他在書中寫道：「文法弄到極處也不過變成修辭學，告訴我們一句話怎麼說法。好像裁縫匠專管衣服怎樣做法，至於衣服對於人有怎麼作用則管不著。……文法也只管句子合乎文法不合乎文法，不管句子與思想意向相稱不相稱，注重文法的人，都是

犧牲了思想意向來湊合文法，有如「削足適履」。意義學則不然，對於一句話，一篇文章，它要研究所陳述的是甚麼。對於所陳述的東西有甚麼態度，對於聽著或讀者有甚麼態度，具著甚麼希望。……總括一句話，意義學要問語言與語言所要盡的使命到底相適不相適？」[注5] 李教授說得很對。幾十年後，高名凱教授、孫常敍教授都有繼續的研究著作。

但是，目前到底應該如何在電腦時代開展全面的中文語義整理與研究呢？這是一個十分巨大又十分必要的課題

本文研究的重心，在於由字組成的「詞」所引發的詞義問題。有了詞義、語義，才可能討論觀念的形成與發展變化，才可能討論概念的形成與發展，以及詞義如何被認知的問題。

四、辭書學視角

辭書是文化的工具。

字典裡能看出大智慧。（錢鍾書語）

概念、語義都需要載體，載體正是辭書中的條目。

一般完整意義的字典，應該在條目中寫明字形、字音、字義。如果一字多義，亦應該分別注明，再加上例句說明。能夠得到讀者公允性判斷與利用，能夠讓讀者獲得一個該字的簡約化概念。

一般完整意義的詞典（辭典），應該在條目中寫明詞形、詞音、詞義。其中對於詞義，要說明詞義的來龍去脈，以及一詞多義的詞義的詮釋及例句。能夠得到讀者公允性判斷與利用。對於中文詞義「舊瓶裝新酒」現象，要特別明確其內涵的變化。能夠讓讀者獲得一個簡約化的概念，能夠獲得公允性判斷與利用。

一般完整意義的大型百科全書，除了詞典的全部要求外，更要在詞義內涵上面深入廣泛地展開闡述，包括對於該詞義的不同認知理論的公允性闡

述。讓讀者通過一個條目，就能夠獲得一個完整的概念，一個完整的語義。

在實際纂寫辭書條目時，幾百年來在世界各民族辭書的實踐中，已經形成公允性，並且能夠儘量詮釋詞義概念。只是在各種主編需求下，難以達到理想化而已。

由於中國封建傳統的願望，聖人言仿佛絕對真理一般。其實任何個人的言論，說到底是他們個人的觀念，是由他們的個人需求而任意表達的。到明朝王陽明先生開始明白「聖人是做不得的」。但是一直還是有人想做聖人、賢人，總想替天立言。這就在古代中文的文化建設中，往往誤將個人的觀念被假設為真理，並沒有讓個人觀念在社會實踐中辯論修正，並沒有使得悟性昇華到理性層面。以致千年前的一句話，就會被認為是亙古不變的概念真理。仿佛後人只需要一成不變地重複古人言，就天下太平了。打破這基本點的是近代新思想，近代中國人需要理解社會文化問題的真相，再精闢的古代咒語也救不了認知的原則，於是大量辭書應運而生，給中華民族提供了全新的認知概念的工具。

現實的另一面是古代中文字書內涵嚴重不足。由於缺乏對於概念的追求，古代雖出現大量字書，但多數是對於字形、字音的考辨，也相當有成績。而對於字義的考辨，雖然也有成績，但除了數量較少外，還因為古代研究字義者缺乏注意時間連貫的文化原則，導致相關的考辨在時空間亂跳躍，長期難以具備說服力。十九世紀末期中國出現一些字典、辭典、百科全書，這才開始注意條目語義的表述。

綜合以上從幾個角度的研究，說明中文概念史的研究，必須注意把握以上各個傳統領域的狀況，並且必需要綜合起來，才可能有清晰的線索。

注意一點：哲學上的概念，語言學上的語義，辭書學上的理想條目，作為各自的範疇，是不能完全劃等號的。筆者只是將它們的主要內涵互相協調，以圖理解與建構對於概念史的認知。

　　而要想初步說明以上思想的實證，筆者用的方法並非搭建一座空想的中文概念史樓閣，而是力圖探索其中脈絡與例證。下面將順序探索：中文詞概念之源的問題；中文詞概念之演化的狀況；研究中文詞概念的基本方法；研究中文詞概念的意義。

　　前輩們對於概念、語義的研究，百年來多有珍貴的指導性意見，特別是孫常敍教授的《漢語詞彙》和高名凱教授的《語言論》(注6)，都是筆者經常請教學習的。筆者只不過是順著他們的意見足跡繼續探索。

　　西方的概念史（Begriffsgeschichte）研究，自20世紀中期開始，一些權威性概念史辭書連續出版至今，其思想、方法以及概念史辭書的編輯出版（筆者稱之爲語義典），多值得我們學習與分析。目前，筆者的中文概念史研究，其思想與方法基本與海外相類，差別較大之處在於，筆者目前所述的概念語義，還不是一個「語義域」（Semantic field）。卽還僅是某一個詞的概念史，而沒有將同義詞、近義詞、反義詞等全部包括進來。

五、文化學視角

　　對於概念與觀念的認知，在民族文化中同樣占有不可脫離的關係。這裡僅引用賀麟教授在四十年代所總結的見解，就夠明示了：

> 承認觀念的力量是提倡學術文化的基本信念。否認觀念的力量，只承認物質的力量、金錢的力量和武力的力量，是文化墮落，社會趨於無理性的野化俗化的顯著現象。

> 無論你主觀上承認觀念的力量與否，而觀念自會客觀地在人類生活中實際行為上，潛移默化，施展其威力，使得那主觀上否認觀念力量的人，實際上受了觀念的支配奴役而不自覺。

> 觀念在人的精神生活上所占的地位，就好像光在人的實際生活和行為上所占的地位一樣。沒有光，整個世界黑暗了。沒有觀念，整個人生盲目了。一個個的觀念，就好像在黑夜中一個個的星光和燈光一樣。系統的

理論，中心的思想，究竟的真理，就好像日光一樣，隨時隨地照耀著指導著人生和行為，使人的生活有意義有目標有指標。

大概講來，孤立散漫，憧憧往來的觀念力量比較小，系統的一貫的堅定不移的觀念力量比較大。活潑生動的觀念力量當下就可發揮出來。抽象玄遠的觀念，比較不容易引起直接行動。再則於不知不覺中，由習染薰陶而得的模糊不清的觀念影響行為的力量大，而清楚明晰由講誦得來的觀念，影響行為的力量反而比較小。

一般人只知道征服土地征服物質難，不知道征服觀念征服思想更難。一般人只知道山川險阻，足以使人與人相隔閡，殊不知觀念思想的不相通不相同，尤其足以使人與人相隔閡，蓋山川險阻猶可渡越，而觀念思想的阻隔，卻頗難溝通。改變一個人或一個社會的物質環境，需要時間比較短而且也容易見功效。要改變一個人或一個社會的意識形態或觀念系統，需要時間比較長，且須於改變物質環境之外，另從改變其文化教育環境，事緩而難於見效。一般……的人，總以為物質決定意識，客觀的物質環境一經改革，思想信仰或意識形態，自可隨之改變。這種看法把改變思想觀念的動力歸之於物質環境，是不啻認思想的力量，不過是物質力量的副產。這種看法不惟忽視了思想本身特有的力量，而且也太失之粗淺不符合事實了。因為假使人的思想都隨他外在的物質環境的改變而改變，那麼人人的思想將會永遠與他的物質環境相協合，那實在最理想不過，人人的生活上思想上將不會有矛盾，不調協和悲劇了。……(注7)

賀麟教授只是談了「觀念」的力量，已經很令人耳目一新了，如果再聯繫到「概念」的力量，恐怕會更豐富複雜了。

第二節：中文概念史研究

一、中文詞概念之源的問題

中文字、詞的出現很遠古，字更在詞之先。遠古時期，當某一個人發出

某個聲音來表示他的「觀念」時，就意味著概念有可能出現。當某個字音經過家庭、族人、社區、地區逐步瞭解並接受時，局部地區能夠交流的一個觀念就逐步形成了。但是當另外一個人針對他所認知事物現象，得出不同的另外一個觀念時，就產生不同觀念的論辯。如果再有第三個、第四個或許多不同觀念混雜出現時，理解中文就變得十分混亂與複雜。中文詞的出現要晚過字的出現，因爲只有當單個字所要承擔的表述語義不夠使用時，只要將兩個字或多個字合成一個新的語義。經過漫長數千年的交互應用實踐，才可能積澱成一個有著獨到語義的詞，或者是一個詞表達著幾個語義。這是正常的文化成長過程。

只是由於中國封建傳統，話語權的闡述長期是由皇帝說了算，因此雖長期積累大量字與詞，但缺乏社會實踐所能解決的字詞語義的進步問題。到明清兩朝，積澱的上層文化，就可以類書爲代表。類書中的相關字書，積累了大量的因人而異的語義的說法。其中最成功的應該是《康熙字典》，但它對於當時認識的字義說明，是很混雜的，又太簡單，但總算是集古代之大成了。當年一直沒有編纂《康熙詞典》的意思，大概也是沒有此能力。因此到十八世紀以前，中國一直缺乏收集詞義的權威工具書。

到十九世紀初始，英國人馬禮遜（Rober. Morrison，1782–1834）1815年開始在澳門編輯出版《字典》、《英華字典》等工具書，條目中擺脫中國舊傳統表述內涵，出現大量中英對譯的字詞。開始在中文裡面掀起語言海嘯。隨後1866年德國人羅存德（Rev. W. Lobscheid，1822–1893），在香港編輯出版《英華字典》，更是廣泛地將中文字詞，包括例句，與英文語義相對應，完成了中國與西文語言文字交流的知識橋樑。中國社會迎來洋務運動、維新變法運動、五四運動等，其中由於留日學生從日本帶回許多新日文詞語，攪得中文語境大變，特別是詞語語義舊的大亂，新的也說不清地大亂，可以說從19到20世紀，中文海嘯似乎越來越大，而中文語義的清理卻越來越顯得跟不

上需求。

自十九世紀後期到1949年，還是有不少有心人開始熱衷梳理中文新、舊語義，清末出版約50部詞書，民國出版300多部詞書，就是這種梳理的明證。雖然這些詞書條目的編纂還很初級，並不能全面盡善需求，但已經開始脫離人治觀念第一的原則，而是以社會公允性爲第一目標。其中特別是被賦予新知識概念的闡述，那是盡了當時書生們的歷史責任，爲中華民族做出了文化建設的新一步。其中最具有代表性的是，東吳大學黃摩西教授在1911年編纂出版的《普通百科新大詞典》，其條目語義的闡述是空前豐富與多彩。

筆者在其中荷鋤挖掘近卅年，不明白之處依然很多。就說中文是以「字」爲基本認知基礎，但荀子早就說：「單足以喻則單，單不足以喻則兼」。到20世紀黃侃先生解讀爲：「是知華夏之語，單複兼行。單以立其本，複以廣其用，故文字雖約少，可以達情，可以極物也。」[注8] 意思很清楚，偏偏卻將複字稱作「聯綿字」，而不稱作「詞」。符定一先生窮一生之力，在1940年寫成4百萬字的《聯綿字典》，收錄「詞」23000餘個，爲後人留下清晰的古代人使用「詞」的例句與演進以及他的詮釋。其中，一詞多義的現象已經很嚴重了。

那麼，對於19世紀以來所產生的新詞語、舊詞語內涵變換（舊瓶裝新酒）的整理，雖有不少學者立下雄心，卻因各種非人力因素而難以大成，一直拖累至今。筆者更無整理之雄心，但卻想描述前輩們辛勞之成果，這還是要從詞義研究的源頭來介紹。由於古字源、古詞源、古語源的研究，在近年出版的許多語源學專著中多有介紹，也不需要筆者重複。大家也清楚，近代普遍使用的詞，無非有兩類：一類是近代新造詞。新造詞的有中國人、西方人、日本人。這些詞的概念有一些後來逐漸被中文系統接受了；二類是將舊詞的概念變換，仍爲舊詞形卻是新概念。如此引用改造的人也是有中國人、西方人、日本人，也是逐漸有一些被社會所接受。這種分類沒有什麼爭論。

問題的關鍵是這些近代詞的來龍去脈清理了嗎？引發筆者思考的是一位日本學者在國際會議上的發言，他研究中日語言交流兩千年，他的結論是「古代是日本人向中國人學習漢語，近代則是中國人向日本人學習漢語。」他舉出6個中文詞爲證據：「問題、全部、參加、國際、實現、內容」。按照他的排列，他認定這6個詞的出現源頭例句，都是近代日本人首先使用，而後才有中國人使用。（注9）筆者相當懷疑此判斷，於是請教由錢鍾書先生所設計的中文數字文獻庫，（專稱掃葉庫），他們很容易就查出這6個詞的古漢語出處。其中5個詞語義源頭清晰，都是古漢語，沒有爭議，只有一個詞有不同解說。筆者還注意到，他所使用的中文詞最早出處，是與目前中國大型《漢語大詞典》（羅竹風主編、上海漢語大詞典出版社，1997年版）同出一轍。（注10）因此說明其解釋的原始，是我們中國人自己就沒有弄清楚。

筆者由於不斷遇見此類現象，於是好奇想查一查，因爲6個詞也太少了。筆者找到日本佐藤亨先生著的《現代に生きる幕末・明治初期漢語辞典》（2007年一版）（注11）。這是一部中國還沒有的語義典，它的條目能夠介紹早期某詞的出處與說明，特別是在近代工具書中的說明情況，全都順序排列出來，還加上著者的說明，給予讀者很大的方便。佐藤先生特別強調漢學與蘭學對於近代日本詞語的影響，其選擇之寬，查閱之精，是很精彩的日本漢詞研究的新力作（不再是如目前中國詞典般一詞選一個語義）。筆者從中好奇地隨機選擇100多個日本漢詞，由於它們全部都是日本在近代日語中湧現出來的新詞語，這些日本漢詞與中文語詞是有著密切關係。筆者隨卽將之與掃葉庫中的相關中文文獻比較，立卽出現完全沒有預料到的情況。筆者還是不放心，又將上述羅竹風的《漢語大詞典》，以及黃河清先生新編出版的《近現代辭源》中的相關詞語也並列在一起，（注12）結果形成一個長長的比較表，其中將每一個詞，分別按照日本漢詞認定的語源、掃葉庫出現古漢語語源、羅本選用語源、黃本選用語源順序排列。

比較結果很明顯,雖有少數應該是近代日本人首先使用,但多數是古漢語,早就在使用的,並非如一般人習慣猜測是日本人傳給中國人的。筆者將其中82個詞排列,就足夠清楚了。其中即使有語義古今不同(即舊瓶裝新酒),那不是語源問題。(註13)注意,近代日本人如何改造古漢語成為日本新漢語詞,那是他們的文化,我們應該注意的是我們自己的語源研究,我們也會向鄰居學習借用詞語,他們有很多值得學習的成功經驗,但不能將主客顛倒。

至於概念從觀念中提煉昇華的過程,那就是中文進化的歷史。理論的過程已經寫在前言中,至於具體每一個字詞的演進過程,更是各個不同,只能一個一個地挖掘整理,如同對待每一個出土文物一般。因此,源頭問題是科學性的開步。

二、中文詞概念之演進

中國封建社會時期太過於漫長,中文詞概念的形成與演進就受到社會發展緩慢的控制。雖然社會矛盾造成社會變革或革命時期不斷,卻在穩定壓倒一切之後,依然還是人治,特別是皇帝的人治,其金口所下的聖旨,強制著文化語言的觀念是決定性第一的。只有當社會發展溫和,才可能有如先秦百家各放的言論,有盛唐詩歌自由奔放的詞語,有明代市井文學作品的豐富多彩等。而一旦皇帝需要表達強權,那就是一連串人為製造的文字獄,最方便地從中文詞語的詮釋入手,往往一族人的生命就死在一兩個字詞上面。儒家還發明「君叫臣死臣不敢不死」的語言關係,一個「死」字還得是皇帝榮幸地賜的。這時候絕不講古人云:「上天有好生之德」,而是「奴才該死該該死」了。古代語言中明顯地是強權觀念占據詮釋權,也就無形之間扼殺了詞概念的普遍出現。

中文字的詮釋,也由於長期停留在《說文解字》為基礎的簡單原始方法上,所以當《康熙字典》整理字義的詮釋,也才進步到認同一字多音或多

義，具有了字源與古代觀念性用法，還是很難說成是概念的介紹。

直到19世紀中文語言海嘯捲起，中文舊字義、詞語、語義的詮釋與新詞義的詮釋，都讓中外學者頭痛，以馬禮遜為首的西方人開始通過自己編纂雙語詞典來詮釋，概念的必需就成為最關鍵的事情。中國人也因為時勢漸漸需要瞭解外國人說的話、做的事與我們的關係，也就必需要瞭解其概念，以能交流。

影響演進的因素很多，主要可以分為：歷史因素、政治因素、經濟生產因素、生活因素、語言因素等。

（一）歷史因素

在漫長的歷史過程中，什麼樣的個人觀念都可能出現，因而其演進成概念的幾率也複雜。可以說每一個詞都不同，只是大致上顯現出快慢起伏。筆者曾做一個詞「生命」的概念史，就有一定的代表性。

「生命」的語義，在古代文獻中有多種說法：

> 「萬物各得其所，生命壽長。」《戰國策·秦策三》——生物生存的能力。
> 「我無生命矣。」《國語·吳語》——比喻事物藉以生存的條件。
> 「有殊才，生命不諧，聲頹身喪。」南朝鍾嶸《詩品》卷上——猶命運。
> 「忠憤所感，卒獲生命。」唐白居易文——活命。
> 「獵人常令守網，每見生命盡放之。」六祖惠能《壇經》——指有生命之物。（注14）

如果再將「生命」與「生」混用，就能夠出現好幾十種古人說辭，多到令人疑惑。只有當19世紀工業革命後的西方人來到中國，他們需要將已經概念化的詞語來對應中文，於是如前述過的馬禮遜，就開始以英文詞對譯中文詞，構建了雙方通道的知識橋樑。書中條目有：

> LIFE 生命
> （中文例句有）救生命；人生在世，如白馬過隙；人生世上如電光石火，急急行善猶恐不及，況為惡乎；放生；人生可笑；春夢做完猶相續，天機有礙尖

還鈍，野馬無韁快已遲；人之所欲，無甚於生；舍生而取義；性命是天與的；生前只要有錢財，死後那管人唾罵。」

DEATH 死　亡死

（中文例句有）死有餘辜；已是死在旦夕；朝夕尋死；是死罪；他是死床；生死永忘；賜死於第；人之所惡無甚於死；樂逸於死。(注15)

後來在洋務運動開始的時候，德國人羅存德（R. W. Lobscheid，1822–1893）在香港，編輯出版《英華字典》，進一步建構了中英語言交流的橋樑，可惜的是，中國人似乎並不重視，反倒是鄰居日本人十分重視該字典，他們當時不但大量購進，還在日本重印出版。這對於日本語言從中國傳統觀念演進到新的概念，有相當的作用。

以下筆者介紹一些早期來華西方人寫的關於生命的文章，以及中國人對西方生命問題的看法：

1855年英國醫生合信寫的書《全體新論》；1856年香港教科書《智環啓蒙塾課初步》；1891年《格致彙編》雜誌中愛凡思的〈延年益壽論〉；1898年美國人丁韙良寫的書《性學舉隅》；1902年梁啓超寫的〈進化革命論者頡德之學說〉；1902年樊炳清譯日本岸本能武太著的《社會學》；1903年陳鵬譯法國李若奇著的《哲學論綱》；1911年吳敬恒譯書《天演學圖解》；1920年余家菊譯倭鏗著《人生之意義與價值》；1925年瞿世英譯《倭伊鏗哲學》；1929年傅東華譯辛古萊著《人生鑒》；王世宜譯卡老爾亞力克司著《人之奧妙》；1945年周太玄譯卡萊爾著《人的科學》。等等。

筆者接著介紹近代中國學者寫的關於生命的看法。其中有：

1903年效愚編輯《哲理新發明》；1909年盧信著《人道》；1916年顧實著《人生二百年》；1920年劉以鍾著《哲學概論》；1922年吳履吉著《延年益壽男女養生術》；羅家倫寫的《生命的意義》；傅斯年寫的《人生問題發端》；1923年章鴻釗著《自鑒》；1924年舒新城著《人生哲學》；1924年

費鴻年著《新生命論》；1926年李石岑著《人生哲學》；1930年蔡尚思編輯書《一般大學生之人生觀》；1932年景幼南著《哲學新論》；1936年朱洗著《科學的生老病死觀》；張資平著《人類進化論》；1937年方東美著《科學哲學與人生》；1937年胡繩著《新哲學的人生觀》；1944年陳築山著《人生藝術》；1946年范任宇著《民生史觀》；以及胡適、吳稚暉、蔣竹莊等人的見解。

奇怪的是，近代眾多的中文百科詞典裡，並沒有介紹「生命」的語義條目，只有1915年出版《辭源》中有引述古文的條目：

> 【生命】《北史》人之所寶，莫寶於生命。德之厚者，莫厚於宥死。

以及1936年出版的《辭海》中的條目：

> 【生命】謂生存之壽命。《文選》曹植責躬詩：「昊天罔極，生命不圖」。^(注16)

恐怕是還要後來到的中國人再繼續給「生命」一個清晰的概念吧。

（二）政治因素

政治因素在傳統封建中國中一直起著主導作用，遠遠在經濟因素之上，正所謂超穩定結構的能量。但也正是由於人治的惡果，只需要政治統帥一切。因而，政治用語雖然廣泛，卻實在是變得離譜。兩千多年「指鹿為馬」的史實，後來還變成成語。兩千年前的中國文人是分得清「馬」、「鹿」的形態與文字的，但當需要指鹿為馬時候，誰敢說個不字！後來不斷的文字獄，哪一件冤案不都離不開觀念的惡意的淆亂。一聯「清風不識字，何必亂翻書」，就足夠殺頭。到20世紀60年代，還有「利用小說反黨，是一大發明」這樣的聖旨，從政治上混淆概念，其後果大家都是知道的。

造成中國近代政治大變革的主因是中西文化碰撞，19世紀中後期的中國在一連串喪權辱國的失敗後，認識到政治變革的必要性，也就有了維新變法運動、新政時期的立憲運動等。其間，政治用語滿天飛，西方來的政治術

語概念、西方經日本人改造過來的政治術語也滿天飛，並且慢慢被中國人所接受。最開始是由於外交需要，在1864年由美國人丁韙良翻譯出版《萬國公法》，造成很大影響，促成還在清末就翻譯出版有關政治方面圖書相當多，更陸續出現中國第一代政治家和政治學家。在20世紀的中文詞典、百科全書、手冊中，更是出現大量政治用語的介紹，其中的語義，基本上是西方已經廣泛運用的概念。

中文如「革命」、「國家」、「愛情」、「教育」這類的詞，從古一直纏繞至今，觀念百出，差別很大，研究起來一定是很有味道，寫起來也肯定會較長。

可喜的是，近來一些中西學者對於中文概念史的研究多有成果，例如英國學者馮客著的《近代中國之種族觀念》；中央研究院近代史研究所王爾敏寫的《「中國」名稱溯源及其近代詮釋》等。(注17)

（三）經濟生產因素

經濟生產是任何一個民族生存的基礎，只是中國封建統治者長期執行抑商政策，使得中國大地上的經濟生產一直發展緩慢，緩慢到讓西方人追上來欺負我們。雖然到17世紀中、後期，中國恐怕是當時世界上最有錢的地區之一，但是中國的經濟結構與經濟關係是不協調的，知識分子還是以不碰錢、不說錢字為光榮，商賈是文人瞧不起的對象。農民耕種難以發家致富，商人掙錢難以保持增長。雖然長期積累的經濟市場專門用語相當多，不過其中的語義變動也實在是複雜。就說兩千年前秦始皇就統一了度、量、衡，但是後來各朝各代還是各訂各的度、量、衡，各地區有各地區的，就連各個縣衙也各有各的標準，各個地主收租的度量衡也是自己說了算。

改變中國經濟發展是西方近代的經濟入侵，最突出是鴉片貿易，白銀大量流失，中國人吃了大虧。於是有洋務運動，雖然買進了一個東亞第一的軍工廠，也總算建立了中國工業化的初步基礎。因為經濟發展，必需要有工

業、農業，以及銀行、財經等一系列新的建構與發展，也就造就大量新經濟人才和新詞語，這是改革開放之必然，極大地推動了中國進步的方方面面。例如，在當時江南製造總局下屬有一個譯書處，在美國人傅蘭雅主持下，翻譯出版工業技術類圖書刊物300餘種，帶動了一批科學技術圖書、經濟學圖書，如《富國策》這樣專門講中國經濟問題的圖書。這樣一來，經濟生產的詞彙概念化就很有必要並順利膨脹了。還有由於科技詞彙表述的對象要具體實在，一一對應，所以沒有多少理解性困難，拿過來形成中文新詞語比較容易。當時的中國意識形態指導人，將這些科技術語歸入「體用之別」的「用」部分，學習者不至於為此擔負「違背國學」之罪名，還為此創造出不少新漢字、新詞。如化學用名詞特別複雜特別多，元素名稱的中文譯名就從1866年的羅存德《英華字典》中被創造出來，又經譯書處徐壽等人改造，後來又再協調統一才通行至今。

筆者還沒有專門做經濟與經濟學方面的詞語概念史。只有做過一個「印刷」概念史，一個「衛生」概念史，略與之相近。

（四）意識形態因素

中國歷代統治者，最重視意識形態方面的絕對領導權。他們能夠做到連皇家用的字詞都要唯一的，不能允許別人使用，否則殺頭。例如「天子」一詞，硬是把宇宙空間全歸一個人頭下。後來因為有人企圖奪權，又才分出「真龍天子」和「假龍天子」。自從漢朝儒生們造出意識形態話語的迷惑性解說權，更加使歷代統治者加強了話語權控制，所謂「忠字當頭」。只要對「天子」忠，哪怕被殺頭也能夠記錄入他們認可的「青史」；反之去「各事其主」，則很危險。搞得中國人最擔心的第一件大事，就是「忠」或「不忠」。後來，連忠一點還不行，一定要加上形容詞，要「永遠紅彤彤」地忠。封建時代的意識形態話語權，就這樣一次又一次地被強行使用千餘年。

但是人總是追求自由的，特別是作為人權的最基本的思想自由權，一

旦有了迸發的機遇，就會不可遏制地爆發。這個機遇就是近代中西文明的碰撞。當西方文明夾著工業革命、法國革命、美國獨立這樣的精神，如海嘯般湧進中國大地時，中國書生們必然會思考自己與民族的命運，表現在意識形態詞語方面就首當其衝。大家很快就體驗到，傳統意識形態詞語的內涵被悄悄置換成擁有西方詮釋的內涵，如人權、獨裁、民主、迫害、革命、右傾、改良、政策、義務、國家等等；第二是大量傳統沒有的新詞語被流行運用，如哲學、意識形態、形而上學、天演、進化、強種等等。書生們在這些新舊詞語內涵錯亂中，明顯搞成各種左中右派別，互相謾罵的很多，認真整理這些詞語的人卻太少，以致至今還是有大量一直在運用中的詞語語義內涵，還沒有被梳理清楚。甚至連究竟是古漢語中早已有之，還是近代人新創造出來的，都沒有搞清楚，在現代新出版的工具書中，依然錯誤不斷，更不用說語義概念的梳理了。

當然，在全民族共同奮鬥百餘年後，終究意識形態的認知大大地改變了。首先是封建的話語權壟斷被打破，民眾能夠思考與使用不同的意識形態詞語，每個人都有權選擇自認的意識形態，卻無權強制別人改變意識形態；遺憾的是，經過百餘年的認知，我們民族對於意識形態方面的詞語概念，依然缺乏公允性，也缺乏全面的梳理某個概念的歷史發展脈絡，其效果，就是社會上意識形態詞語的使用混亂多變，前後矛盾，往往讓使用者自以為說的全是真話，而讀者聽眾卻反倒更加糊塗。更何況，意識形態作為上層建築，是需要經過人們的勞動實踐來檢驗的，不可能是一個人拍腦袋就說出來就變成真理。

筆者近年所研究的中文詞中，關注過「真理」、「哲學」、「知識」、「智慧」、「學習」、「記憶」、「靈魂」、「藝術」、「人文素質」、「科學思想」、「科學方法」等的概念史，頗有感觸，也感到問題多多。例如「真理」一詞，它在近代承擔了超出它自身概念範圍的歷史重擔，成

為近代十分重要的關鍵字之一，那是由於它被近代中國人賦予取代古代傳統「天」的至高無上的位置而引發的。時至21世紀的今天，「眞理」一詞，依然在中文裡擁有絕對權威的力量，人人都努力將自己的言論定做眞理，而又服從那個自己劃定的「絕對眞理」，全然不顧其中是否有矛盾；與「假理」、「僞理」、「歪理」、「常理」的區別何在；其中是否有矛盾。另外，關於「眞理」一詞的語源，至今還有一些中國學者將之判做日本傳來的外來語。其實只需要搜索一番：雖然在甲骨文中沒有出現「眞」字與「理」字，但是在1600多年前的晉朝，就有和尚郗超寫道：「今眞理不絕者，一人而已。」到南朝有蕭統寫道：「眞理虛寂，惑心不解。雖不解眞，何妨解俗。」到唐朝、宋朝的詩人詩句中，「眞理」經常出現。如陸游詩曰：「皮膚脫盡見眞理，粱肉掃空甘菜羹。」張栻詩曰：「一笑便覺眞理存，高談豈畏丞卿怒。」（注18）雖然他們沒有一人給「眞理」下定義，卻陸續都將「眞理」認做信仰中的高境界。只是古代中國人沒有一個人想到將「眞理」作爲認識論中本體對象去做一點分析。更沒有人知道兩千多年前的西方古希臘羅馬人，就已經廣泛並且深入地探討各種眞理觀念。一直要到19世紀初，西方各種眞理概念才陸續傳進中國。在1822年馬禮遜的《英華字典》中，將Truth對譯成「信、信德、眞實」。接到1853年的香港，西方人編輯的一份中文雜誌《遐邇貫珍》中，多次使用「眞理」一片語句。到1866年，德國人羅存德在香港出版的《英華字典》中，將「Truth」對譯成「眞實、眞理、眞道」。（注19）這樣，中文的「眞理」才正式與英文觀念接軌了。

從甲午戰爭失敗至維新變法運動再到新政時期，中國文化社會由於湧進來大量新詞語和新事物，也將很多傳統舊詞語改造加工進新觀念的內涵，形如海嘯一般，攪得中國文化社會熱鬧非凡。那些在浪尖上的人物，無不以新詞語來作爲他們的文章熱點。如梁啓超先生在1902年的文章〈近世文明初祖二大家之學說〉中，使用「眞理」組句就有十條之多。（注20）但他只是忙著搬

運日本新詞語回中國，並沒有給「真理」下一個定義。筆者所見定義，則是
蔡元培先生在1903年翻譯德國人科培爾教授寫的《哲學要領》一書中，他譯
道：

> 真理者，本本也，存存也。即物之實體之性質及組織，舉其在吾知覺中
> 者言之也。無論吾知之不盡，及有誤，吾既知有實體，則亦吾之知真理
> 也。……凡各科學，無不資真理之原始以應用於諸物質者。雖然，此之
> 終始，則相對界言之，即一種客體而為真理之原始而已。是不可有合各種
> 客體而原其大始者。……(注21)

近代不同的專著中給真理下有定義的目錄如下：

1903年	法國李奇若著	《哲學論綱》		陳鵬譯	上海廣智書局
1905年	日本中島力造著	《哲學新詮》		田吳焌譯	商務印書館
1916年	廣學會編譯《聖經辭典》				
1920年	劉以鐘著	《哲學概論》			商務印書館
1920年	華文祺編譯	《哲學入門》			商務印書館
1924年	美國乾姆斯著	《實用主義》			商務印書館
1924年	袁家華著	《唯情哲學》			泰東圖書局
1924年	李石岑文	〈晚近哲學之新傾向〉《李石岑論文集》			
1925年	樊炳清編	《哲學辭典》			商務印書館
1930年	唐鉞等人主編	《教育大辭典》			商務印書館
1930年	景昌極文	〈文學與玄學〉《哲學論文集》			
1930年	劉強編	《哲學階梯》			商務印書館
1930年	王章煥編	《論理學大全》			商務印書館
1931年	陳豹隱著	《社會科學研究方法論》			北平好望書店
1933年	李鼎聲編	《現代語辭典》			光明書店
1934年	艾思奇著	《哲學選輯》			國光書店
1935年	艾思奇著	《大眾哲學》			讀書出版社

1936年	高名凱編著	《現代哲學》		正中書局
1936年	黎蒙著	《邏輯之原理及現代各派之評述》		商務印書館

還可以參看：施復亮、鐘復光譯《現代唯物論》；1936年沈志遠著《現代哲學的基本問題》；1935年張宏模等譯《新哲學綱要》；1939年陳唯實著《新哲學體系講話》；1940年黃特著《新哲學談話》；1946年黎述編譯《思想方法論》；1947年包剛譯《通俗辯證法講話》；等等。

將以上20多個定義放在一起比較，我們會感到相當迷茫，「眞理」似乎不一定「越辯越明」。前人說話似乎太隨便，一些關鍵字都沒有嚴格定義過，工具書品質也差，缺乏將不同觀念升級理論化成爲概念。換句話說，似乎「眞理」在中文裡僅是作爲一種標籤而已。

當時人們似乎也意識到，於是乃有眞理標準的討論。筆者選擇了13位中外人士的見解，他們是：日本金水築子的《現實主義哲學的研究》；德國地慈根的《新唯物論的認識論》；《教育大辭書》；前蘇聯塔爾海瑪的《現代哲學觀》；前蘇聯阿德拉斯基的《哲學的唯物論》；景幼男的《哲學新論》；美國坎寧亨的《哲學大綱》；傅統先的《知識論綱要》；艾思奇的《哲學選輯》；高名凱的《現代哲學》；英國羅素的《哲學大綱》；溫公頤的《哲學概論》；柴熙的《認識論》。他們都分別提出各自的眞理標準，讀來還是比較有趣味的。

同樣，近代哲學家們還關心追求眞理的方法。如馬君武先生在1903年翻譯的《彌勒約翰自由原理》一書中，對於追求眞理的方法有較多介紹，可以分成7條，簡單說就是在於思想自由，然後經過最廣泛的辯論，獲得共識，再經過社會實踐體驗，才可能找到眞理，或者說形成人類共識的眞理。而任何企圖壓制思想自由，控制辯論，以及主觀指定的「眞理」或「僞理」，是絕不可能獲得眞理的。當時先後還有章鴻釗先生、袁家華先生、祝伯英先生、

美國孟太苟先生（鍾兆麟譯）等，也都各自提出求知的方法，至今還應當有其參考作用。

其他意識形態方面的詞語，都有著複雜的來龍去脈，以及遠遠還沒有協調好的複雜觀念，這應該是留給21世紀中國人的回避不了的作業。

（五）社會應用因素

社會應用擁有最大最複雜的詞語量，也是中文面臨語言海嘯時最爲翻滾的部分。平靜的孤立的語系使用習慣被打破，混亂的觀念通過詞語文字湧進來，到達每一個區域、家庭、個人，也不管你喜歡不喜歡，身受耳聽，全都是似舊卻新，似懂非懂，似是而非的詞語。喜歡的人拿過來就用，也不管恰當與否；不喜歡的人，企圖糾正是徒勞的，企圖抵制更是連自己也攪進去。在那個詞語混亂的時代，出現過很多詞語上的笑話或渾話，據筆者所見，當時已經出版過不少的笑話集等。編者們已經感受到，國粹早就不粹了，中文開始成爲世界語言中的一部分。

當然，反過來說，語言海嘯也強烈改變了中國社會的各種實踐活動。高名凱教授在1938年寫過一篇文章：〈中國語的語義變化與中國人的心理趨勢〉，文中總結近代中國人實踐語言的變化。他寫道：

（1）現代中國語言的語義變化裡可以明顯的表示中國人的媚外情調的增強。……一個人對自己過分自尊的時候，他就有一種輕蔑別人的心理，這種輕蔑的心理可以從語義的變化裡看得出來。……要知道因為追求時髦而用外國語已成為中國語的語義變化的一大潮流，這種事實充分地表現出中國人的媚外心態的心理趨勢，中國人對自己的自信心的動搖。……（2）現代中國語言的語義變化也充分的表現出中國人的顧全面子的一般心態趨勢，並不因為時代的演變而減低。……（3）中國人卻是喜歡幽默的，這種癖性也可以從近代的語義變化上看得出來。……（4）諷刺成為時下中國人語言中的一大潮流，已是不可否認的事實。……「名教授」的意思是「亂七八糟的教授」，「大師」的意思是「胡鬧的老師」，「偉

人」的意思是「硬出風頭的人」，「失蹤」就是「被捕」，「技術問題」就是「無法可辦」或是「敷衍了事」。……（5）我們的外交大員曾對世界各國宣傳，說是中國人一向是和平主義者。這也許是曾經有過的事實，但是現代的中國語言卻充分表現出中國人的仇恨心理。……對於自己失去信心之後，自然就會崇拜外國，對於自己覺到弱點之後，當然就只好顧全這最後的防線面子。這都是極乎自然的。弱點既然太多，自信心、自尊心也發生了動搖，結果當然就率性的胡為亂做，胡為亂做的結果就是社會秩序的紊亂，個人行為的荒謬……我們的工作只是記錄事實，描寫真相。中國語言的變化可以給我們現階段中國人的媚外講面子、喜歡幽默、用於諷刺、發洩仇恨的心理趨勢，這則是千真萬確的事實。（註22）

　　語言與社會實踐互爲因果，社會實踐改變語言，語言也會改變社會。高教授在80多年前的觀察判斷，很符合當時激烈變革社會中的情況，中國人的心態既隨著社會變革，也追隨著語言變革。

　　筆者在社會應用用語方面，做過「文學」、「國學」、「標準」、「百科全書」、「衛生」、「語義」等詞的概念史研究，每一個詞的來龍去脈都十分複雜。這裡以「文學」爲例略述。

　　文學一詞，在中文裡有著十分漫長複雜的觀念演變歷史，首先是「文」字與「學」字就各自有著複雜含糊的內涵。遠在春秋戰國時期，孔子給他的學生分科中有一科名曰「文學」，應該是學問的意思；荀子則具體指詩書爲文學；而韓非子則指爲學者的意思。以後各個朝代的「文學」內涵一直在變化，在西漢時期，有文采的作品稱爲文或文章，而學術著作稱爲學或文學；在南北朝時期，把文章與文學混同使用，學術著作則稱作經學、玄學、史學，而文學一詞還延伸到一種官位；在唐朝和宋朝強調文以載道，重道輕文，又將文章與博學混一解釋，文章則等同學術總稱；到清朝前期，上層知識分子基本延續混一觀念，這就使得近代人讀前輩文章中的文學觀念相當混亂，難以一致。更由於沒有古人費心給「文學」做概念詮釋的定義，大家隨

心所欲的後果就是糊塗加亂用。而在古代西方，拉丁文Litera或Literature，英文
Literature開始建構的詞義也是各有說辭的。在古羅馬時期開始用此拉丁文時，
包含文法、文字、文學三種意思，到了文藝復興時期，許多學者經過研究
所給出的文學定義，不勝枚舉，這從西方文學史書中都可以明示。隨著文化
進步，到19世紀出現的中西文化交流熱，促使文學概念在中文裡迅速演變發
展，也就促進了中華民族的文學事業發展。

　　早在1815-1822年，英國人馬禮遜先生在澳門出版《字典》和《英華
字典》等工具書，開始建構中西雙方交流的橋樑。在他的書中，將Literary
exercises 對譯成「文藝」；將Poetry對譯成「詩學」；將Novel對譯成「小
說」。並且在他選擇的例句中，大量應用中國古典小說、戲曲、俗語、諺
語、謎語等。如《紅樓夢》中相當多的句子，多用到條目中做例句。接著在
1866年，德國人羅存德在香港編輯出版《英華字典》，書中將Literature對譯成
「文學」；將Novel對譯成「小說」。（注23）另外，近代西方一些學人陸續將許
多中國文學作品翻譯成西文出版。

　　需要注意的是，在1896年，一本中文小書出版，書名為《文學興國
策》，翻譯者為美國人林樂知（Y. J. Allen，1836-1907年 ）。該書內容與形式
在中國都很少見，是日本駐美國公使森有禮在1872年寫給美國一些學者的公
函，內容是向他們請教文學對於日本國家會有什麼樣的重要作用。後面是7
位美國學者的回函，各自闡述文學在美國的作用和一些對日本的建議。這裡
所說的「文學」，是當時日本人用到廣泛概念。那麼，一位美國在中國的學
者，為什麼要翻譯20多年前日本人與美國人的通訊錄呢？林樂知在序中寫得
明白：

> 世無互古不能變之法，人無不能明之心，國無積弱不能強之勢。欲變文學
> 之舊法，以明愚昧之人心，而成富強之國勢，此《文學興國策》之所為譯
> 也。……釐定新政二端，以為變化之根本：一為改變君權，務使合而為

一；……一為改變民心，務使人各自主。……(注24)

該書對於當時中國書生的影響之大，是不言而喻的。

清朝末年陶曾佑、魯迅、章炳麟、王國維等人開始給「文學」下的定義以及4部清末出版的中國學者著的文學史中，所給出的文學定義：

1906年，王葆心著，《高等文學講義》；1906年，竇警凡著，《歷朝文學史》；1906年，林傳甲著，《中國文學史》；1910年，黃摩西著，中國文學史》。

以及黃摩西在1911年編輯出版的《普通百科新大辭典》中，所給出的文學定義，應該是當時最詳細最成功的概念說明。(注25) 他們也就給後來五四新文化運動的文學發展打下了概念基礎。

由於文學內涵對於民眾、社會有著極大的吸引力，在古代漢語中經歷過長時間的內涵變化，終於在19世紀開始轉變並與西方文學概念相接軌，也就使得內容也脫胎換骨了。這個過程的全部描述相當複雜，外因有西方文學概念的標示，以及新的文化工具的方法利用；內因有時代的需求和變革的可能，有留學生的辛勞，有中國書生的大膽嘗試與表達，有社會環境的求知欲，更是在大量不斷爭論過程中形成。其中最關鍵的是中國書生能夠公開自由表述自己的見解，不用擔心文字獄了。歷史也表明，各種人大量的觀念，所凝聚成的共識具有嚴密邏輯行動概念，在社會實踐應用的過程中是十分重要的。五四新文化運動就正是一個實踐鍛煉的過程，由於一批中國新文化精英們的認知和努力地求知，獲得了全民族容易接受新概念的轉變。中文字義、詞義、語義、文義的研究與實踐應用，因文學一詞在社會實踐中的熱鬧表現，也都獲得長足進步。導致全民族的新知識體系也進入新階段。只是當年這種研究與實踐，今天還是我們民族的巨大研究課題。

以上是粗略從五個方面介紹中文詞概念在近代的演進，與研究所得。這

個分類也不算嚴謹，只是略述筆者的見解框架，以及通過幾個具體詞語案例來作形象一點的說明，其根源在於中文特質。今天能夠作此研究，得益於近代中外學者的努力，筆者盡力展現他們的成果而已。至於近代新工具書的出現，恰是明示了中文概念史研究的新文獻。

第三節：中文詞概念史研究之一般方法

研究方法是獲得比較滿意成果的關鍵。中文概念史研究的方法同樣是必須加以關注的。本文主要講述筆者自己近30年來實踐的體驗，僅供方家教正。

一、概念史研究方法的思想準備

學習把握方法，思想上自然要準備。對於概念史這樣特殊又綜合的目標，方法上就須要關注到多個目前已經被傳統分類所切割開的知識叢，不能被某一個傳統分類所界定的方法範圍所拘束。同樣，也不能被傳統知識叢的相互關係所混亂。筆者認為，至少要從四個學科角度做些準備，本文前言中已經述及的就不再重複。

（一）史學方法的原則

1.為了求知，就要求真。史學方法就是為「求」而設。網上下載來的所謂史料，是沒有經過檢驗的，盲目抄襲使用，害己又害人。

2.傅斯年先生在20世紀提出：「上窮碧落下黃泉，動手動腳找東西」追尋第一手史料的原則，確為每一個概念史研究者的座右銘。如果基本的第一手史料沒有照顧到，這個概念的研究肯定會出偏差。至於第二手史料是可以用的，只是需要說明出處，並且儘量有相關的旁證。切莫因為史料來源是大人物、導師等而無條件盲從。最有說服力的是史料本身。

3.概念史文章是將概念的來龍去脈描述清楚，絕不能如政治宣傳一般，先給出結論，再以符合的史料填充，而屏棄與結論不同的史料，因為那等同

欺騙。

（二）哲學「概念」的相關認知

哲學並非神秘且高深莫測，哲學不過是將人們思維觀念理論化，兩千多年來所形成的術語與分歧雖然複雜，但是，我們並非在準備研究哲學本身的概念問題，「哲學概念」本身是很專門的另外一個課題。我們是使用哲學知識來研究各種「概念」的本體。我們關注的是，某一個「概念」從哪裡來？從哪裡變化？從哪裡引申？概念與觀念有什麼樣的關係？概念與民族社會的進步是什麼樣的關係？概念在語言中如何表述？等。這些都需要我們通過學習哲學獲得理性知識，然後才可能去求具體概念的狀況。

人們常說，哲學是指導人們思想發展的利器，此話確當。研究者通過學習哲學而獲得對於「概念」的準確判斷；再通過概念史的研究總結，明確提高我們對於哲學利器的認知。如果不把握一定的哲學知識，特別是缺乏嚴密的邏輯分析能力，隨心所欲地在各種觀念、概念中跳躍或胡亂拼接，那將很難去完成概念史的研究。

筆者所學習的哲學相關著作，近十餘年所出版的一般哲學書籍，僅讀了一兩部，而將閱讀重點放在1894–1949年之間的中文哲學著作上面。原因有二：一是既然研究的是近代概念史，就應該把握當時中國人所理解所認同的哲學語言與思想，而非1949年以後人們加進去的或篡改了的思想；二是這些當年的哲學著作內容比較簡單清晰好懂。只是要注意那時是白話古文混用的時代，每一個字義、詞義各自理解不同，容易搞混。但總比今天的加進自己意識形態觀念的所謂哲學專著要好懂，至少少弄錯。（翻譯的不在其內）。

清末（1894–1911）所出版的中文哲學著作共約40部。其中多數爲翻譯西方或日本的書，內容涉及哲學一般知識，特別是論理學（邏輯學）的知識這在當時是全新的知識。民國時期（1912–1949）所出版的中文哲學著作共約400部。由於中國不少大學開有哲學課程，中國學者的專著自然多起來，不乏

有見識的思想，特別在與中國國情相結合方面是成功的。中國第一代哲學家們爲在中文裡建構中國急需的哲學思想與方法，做出很大貢獻。特別是在基本邏輯學知識方面，以及與傳統語義結合研究方面，都開創了許多新思想與使用方法。簡單地說，是建構了一個與世界接軌的中文哲學語言系統。遺憾的是，這些豐碩的學術成果，至今的整理與利用尚很缺乏。

（三）語義學的思想準備

研究中文概念史的核心，其實就是中文詞的語義研究。

中文字形、字音的整理研究，經過自清代三百年的訓詁挖掘，多有長足進步，但是在字義研究方面，則是千餘年來的薄弱區，至今依然薄弱。這是讓學者和讀者都十分頭疼的史實。本來人們在社會中交流的關鍵，應該就是互相表述的語言清晰準確，才不致造成差錯。但是古人似乎欣賞「每讀書不求甚解」的模糊性，難以深入關注語言的表白性、傳達性、模糊性、歧義性、時效性、歷史性等基本問題。

尤其在近代中文語言海嘯在中國捲起來的時候，用傳統單個字表述的方式不夠用了，雙字或多字組成的詞就自然湧出來，使用和亂用者眾多，而整理者稀少，其後果就是這些詞的語義在社會上是長期混亂。再加上傳統不重視工具書的思想，導致語義狀況既模糊又蕭條。而要想做好概念史，就只有先學習和重視語義知識。

近代語義學知識在哪裡呢？近代產生的中文語言學家很不少，但其中研究語義學的專家卻太少，專門中文語義學著作也太少。其中如高名凱教授、李安宅教授的著作中，雖有不少精闢論斷，但終究還是少，難以給今天的讀者更系統地比較研究。至於一般概論性質的語言學書籍，其中關於中文語義的介紹實在空泛得很。不過，在一些當年的哲學書籍中，倒是有一些語義學知識，不可忽視。

筆者認爲，研究中文語義，可以借鑒英文語義學研究的思路及方法，但

不能將外文語義學的結構、思想、方法，全盤套進中文裡面。雖然英文語義學研究方法相當深入且規範，但中文結構、思想、方法卻在歷史長河中走的不同路徑，因此，完全按照英文路數來套中文，顯然不妥，且很不合適。因此，近十年所出版的以英文系統說明中文的語義學書籍，可以不用看。

（四）辭典學的思想準備

辭典是研究社會科學、人文科學所必需的工具書。對於辭典的認知是很重要的，它是研究者的好幫手。使用正確事半功倍，使用差錯事倍功半。筆者曾經講過，一個初入學習研究的人，為查一個中文詞，基本功是手中最少要有三部辭典來對照：一部是目前被普遍使用的大型辭典；第二部是近代百年左右曾經被普遍使用的專門辭典；第三部是目前大型雙語（英中、日中、俄中、等）辭典。我們查閱後一般就會發現，同一個查的條目內涵會有所不同，這就會激發你去思考不同的原因何在？然後再查閱更多的辭典或百科全書，去思考如何能夠找到更準確說明詞義的方法。

一個時代一個民族的辭典、字典、百科全書，正是這個民族知識平臺的濃縮表現。而中國的工具書數量、品質以及研究都遠遠跟不上時代的需求，反映出我們的知識平臺水準還較低。

古代中文以字為認知基礎，相對應的字典還算較多。（這裡暫不討論中文字典的優缺點。）問題在於近代才有符合需求的辭典出現，它們的編纂原則所鎖定的條目內涵，是以知識概念為主，但是在實際操作中，由於編纂人的個人或集體能力有限，所寫出來的條目內涵品質尚不足完善，再加上抄襲之風盛行，所以近代雖然共出版約近四百部各類辭典、字典，其中語義類、社會科學類、自然科學類的，各約有百餘部，（雙語類的不計算在內），但所能提供的較好概念的條目，實在是不算多，也難以稱為完善。這對於概念史研究是無可奈何的史實，卻也正好說明我們百年前的民族文化建設還不夠好。

理論上的字典，應該主要是介紹說明字形、字音、字義以及編者特定

給讀者的知識資料；而辭典（詞典）則主要介紹說明詞形、詞音、詞義以及編者所特定給讀者的知識資料。其中詞義是占有內容的大多數，由於詞條的詞義編纂，是須要按照社會實踐驗證的公允性編寫，不能如專家撰寫專論一樣，絕不能夠由專家自己自由發揮個人觀點，因此，實際上就只有普遍經受驗證的概念才能夠充當條目內容。換句話說，條目的主要內容就是一個概念的簡要描述。既然只能如此編纂，那麼，辭典的主要內容就是概念史的重要來源資料之一。本文絕不排斥專家專論在時代的重要性，但他們多數是在闡述自己的觀念。至於他們對相應關鍵字所給出的定義，同樣也是主要來源資料之一。

同樣還可以說，一個民族在一段時期所編纂的辭典內容多少，以及其條目概念的準確性狀況，就能夠綜合觀察到這個民族的文化建設狀況。中國近代新興起的辭書熱，很鮮明地表現了那時候我們對於知識與概念的掌握程度。辭典條目正是本文中主要的概念來源。

（五）念史研究方法的實踐準備

1.掌握文獻

當我們具備以上思想準備，再開始進行實踐研究就容易多了。首先是前面說的近代哲學書籍、語義學書籍、辭典，以及一些當年學術大師們的相關言論集，都至少要找來看看，並且做必要的筆記（或複印）。注意，說的是第一手書籍，現代的改印本最好莫用，重印本、影印本可以。網路上蕩下來的圖書及一些關鍵字，只能作參考，如果使用，必需要與原書原文校對過。

這些圖書的分布相當複雜，國家圖書館遠沒有全部，因此還需要到中國社會科學院歷史院、北大、清華等圖書館查詢，以及私人藏書等等。在流覽相關原書時，就須要對自己所選定的某個準備研究的關鍵字，在書中對應內容，作筆記或摘錄（最好在電腦中或卡片中做記錄），包括近代辭典、專家著作中相關部分。

　　對於自己所以選定的關鍵字，不能夠事先就論定該詞有什麼好或壞的結論。筆者曾經做過「概念」、「人」、「生命」、「哲學」、「科學」、「文學」、「知識」、「國學」、「百科全書」、「人文素質」、「社會科學」、「語法」、「語義」、「真理」、「標準」、「印刷」、「衛生」、「心理」、「靈魂」、「祭祀」、「認知」、「學習」、「智慧」、「本能」、「人格」、「記憶」、「藝術」、「美」、「科學思想」、「科學方法」等數十個詞的概念史研究，每一個詞的來龍去脈各不相同，觀念和概念的引述千變萬化，只是在同一個時代、同一個文化氛圍、同一個中文特質、同一個歷史背景因素中。而由於牽涉到西方人和西方文化對於中文的研究與影響，牽涉到日本人和日本文化對於中文的研究與影響，牽涉到某些中國學者對於具體概念的認知，使得中文近代概念詞的概念變化成為世界文化中的一種現象。這也恰恰是我們研究中文概念史的基本因由。研究前先下結論，就必然破壞研究的基本原則。相關文獻的掌握，正是研究能否成功的基礎。

　　總之，一定要掌握文獻中關鍵字的原始概念、觀念的第一手資料。

2.撰寫恰當

　　在思想已經把握史料後，訂出撰寫提綱。首先前言介紹各個相關因素，基本上要先描述該關鍵字定義的來龍去脈，古代中文裡有什麼樣的表述？語義是否清晰？接著是在近代由於西方人學習中文，而在這個關鍵字上面，曾經有過什麼樣的對譯？中國人又是如何接受這個對譯的詞？或者是中間又有日本學者的加工改造？目前在中國學術圈中，被分為西方外來新詞、日本外來新詞、傳統詞被舊瓶裝新酒，改變了內涵，成為新詞新概念等等，全要依靠你所把握的史料去判斷。如果其中有多個不同的定義，就需要按照時序並列擺放在一起，給讀者明示其歷史的實際過程。

　　接著展開對於關鍵字的各種觀念、概念的史料排列，以及其中可能有的各種語言文化關係。包括當時被外國人翻譯成中文的概念，中國學者的各種

概念，各種辭典上的概念等。最好按照時序排列。

其中，特別要注意整理當時對於關鍵字的各種觀念，是如何逐步轉換成概念的，如果當年有過爭論，那就最好將爭論過程表述出來。

至於論文寫作技巧，可以參照拙文：「論文寫作方法」，[註25] 這裡不再介紹。

3.判斷寬容

在漫長的查閱資料過程中，自然會逐步形成一些自己提出的問題和自己回答的問題，那麼，在寫中文時，自己的觀點很容易左右自己「下筆如有神」，並且很容易接受過去師友見解的干涉，特別是在「文革」陰影下壓制出來的「政治掛帥」、「上綱上線」的思想，就可能不自覺地在筆端流露出來；或者相反偏要標新立異，全然不顧史料的語義範圍，這樣寫出來的文章就會有瑕疵或硬傷。因此，筆者建議判斷應該寬容，解放自己的思想，就史實說史實。特別是當僅有孤證時，更應該謹慎。

第四節：中文概念史研究之意義

西方興起的概念史研究，已經過去70多年了，[註26] 他們在實踐中探索出一條全新的規模宏大的具有獨特方法程式的學術工程。現在筆者將之運用到中文系統，能夠說明同樣的意義。

在中文系統中，概念史同樣是對歷史上的社會科學與語義學展開研究，開拓了全新的觀察、描述與總結的學術工程，能夠為傳統文獻的研究與詮釋，提供可以感受、可以認知的全面意境。因為中文概念史涵蓋了幾千年來中國文化的許多方面，我們曾經積累幾千年的無數觀念，以及近代所出現的大量新知識概念，通過中文概念史，形成一條清晰的認知大道。更說明我們民族文化建設的歷程和成績，既可以同時做出歷時性分析和共時性分析，並且互相協助。歷時性分析是探尋概念在實踐流程中的意義變化，而共時性分

析則探尋概念在民族社會中的情意和框架。我們通過對一個「概念」的歷時性層面分析，以及共時性的知識內涵分析，就容易展現出該概念知識文化的清晰整體形象，有如三維立體形象似地。概念史的研究，就是把一個一個「概念」，清晰地認作歷史與現實中的經驗和知識的薈萃，也能看到我們各種知識詮釋的薈萃過程。

更進一步的分析，通過各種「概念」形成，反映不同的社會階層和各種政治派別，他們在當時所想表達的意圖、經驗和準備的判斷。在近代中國的各種概念形成中，所反映的中國人的文化特質尤其明顯，也造就了近代中國的狂飆式的變革，至今還沒有平緩的意思。概念史關注的焦點之一，就在於政治和社會思想中所展現出來的主要概念的涵義，是如何延續的、轉變的和可能革新的。我們為了描述清楚近代中國，以及可能情況下的說明，這樣做是能夠清楚的。我們可以看到在一個具體危機時期，激進的或後退的革命變化，是在中文裡面湧現出變形的政治語言和社會語言，那是往往造成巨大根本分歧的現象。這種動盪和巨變時候的文化價值、利害衝突和嗜好，很可能被大家共用，或被變成異議的主題。

將來如果將中文概念史編纂成概念史辭典，那就能夠彙集了語義學、辭典編纂、歷史、語言理論、哲學思想等，以及其中所包含的方法及問題。

概念史的研究，不再是語義學上對應的一個「詞」的研究，因為大家不再是以辭典性的術語來定義一個概念，而是以一系列典型的同義詞、反義詞和關鍵字等來共同定義一個概念，並由此形成一個統一的詞彙群。分析語言概念的工具將應該是語義域的研究。

總之，概念史的研究形成了一個新的認知平臺，在我們中國擁有如此漫長的文化歷史研究中，卻缺乏開拓新工具精神，現在可以做些嘗試，把我們民族的文化建設更上一層樓。

注 釋

（1）沈兼士文：〈國語問題之歷史的研究〉，原載北京大學《國學季刊》1卷1號，寫於1922年8月22日。轉引自《沈兼士論文集》，中華書局，1986年12月一版，頁39。

（2）同（1），頁396。

（3）馬建忠：《文通》後序，轉引自何九盈《中國古代語義學史》，廣東教育出版社，1995年9月一版。

（4）嚴復編譯耶方斯《名學淺說》中加進他自己的話。商務印書館，宣統元年（1909）正月一版，頁36。

（5）李安宅：《意義學》，商務印書館，1933年，馮友蘭序，頁6。

（6）孫常敍：《漢語詞彙》，吉林人民出版社，1956年1月一版，1957年4月二版。

（7）賀麟著：《文化與人生》，商務印書館，1947年11月一版，第243–244頁。

（8）黃侃敍，載符定一撰《聯綿字典》，中華書局，1940年原版，1954年2月二版。

（9）宮島达夫文：〈语汇史の巨视的比较〉，北京大學，《第一屆汉日对比语言学研讨会资料集》，2009年8月。

（10）參見拙文：〈中日近代字詞交流的誤區〉。

（11）佐藤亨著：《現代に生きる幕末・明治初期汉语辞典》，日本明治書院，2007年6月一版。

（12）羅竹風主編《漢語大詞典》，上海漢語大詞典出版社，1997年4月一版。

（13）黃河清編《近現代辭源》，上海辭書出版社，2010年6月一版。

（14）參見拙文：〈再探中日近代字詞交流誤區〉。

（15）借用羅竹風《漢語大詞典》，同（12），頁4696。

（16）馬禮遜編《英華字典》，澳門1822年原版，澳門重印本，頁107；頁255–256。

（17）《辭源》，商務印書館，1915年一版，頁午集53。《辭海》，中華書局，1936年一版，頁午集25。

（18）（英）馬客著《近代中國之種族觀念》，楊立華譯，江蘇人民出版社，1999年9月一版。王爾敏文〈「中國」名稱溯源及其近代詮釋〉，引自王爾敏著《中國近代思想史論》，臺灣商務印書館，1995年2月一版，頁447–486。

（19）見掃葉公司數字形檔。晉朝郗超：〈與親友書・論支道林〉，見《高僧傳》。南朝蕭統：「令旨解二諦義」。宋朝陸游：《劍南詩稿校注》卷58。宋朝張栻：《南軒先生文庫》，卷1。

（20）馬禮遜《英華字典》，同（16），頁443。《遐邇貫珍》，香港英華書院編輯，1853年創刊1號，頁3；1855年5月5號，頁13；1855年7月7號，頁3；1856年4.5月號，頁12。羅存德《英華字典》，香港版，1866–1869年，頁1834。

（21）梁啟超：《飲冰室文集類編》下，頁139–151。

（22）高名凱文：〈中國語的語義變化與中國人的心理趨勢〉，燕京大學學報，1948

年。

（23）馬禮遜《英華字典》，同（16），頁154（文學）；頁324（詩學）；頁295（小說）；頁190、頁129（戲曲）等。

（24）林樂知譯：《文學興國策》，序，廣學會譯印，圖書集成局鑄鉛代印，1896年5月一版。

（25）黃摩西編：《普通百科新大詞典》，上海國學扶輪社，1911年5月一版。轉引自拙編《詞語的知惠》，貴州教育出版社，2000年10月一版，頁50。

（26）參照拙著《學問之途》，北京師範大學出版社，2003年6月一版，頁158–172。

（27）參看《劍橋學派概念史叢書》，李宏圖主編，華東師範大學出版社，2010年8月一版。

第二章：中文「觀念」之概念史

一、古漢語中的「觀念」

在遠古甲骨文中，有「觀」字，寫如「」，其形象如一頭大鳥瞪著兩隻大眼在看，加上「見」字爲義符，本意可以是觀察，後來訓詁解釋爲：視也；見也；示也；占也；顯也；多也；等。而「念」字在甲骨文中，寫如「」，被後人稱爲形聲字，其形的本意就不容易說清楚了。後來的訓詁學家則解釋爲：思也；慮也；黏也；不忘；懷；念頭等。

把「觀」與「念」拼合成一個詞「觀念」，最早大概是受佛教傳來的影響。從魏晉南北朝開始，在一些佛家用語中，就出現「觀念」一詞，在唐朝一些佛家似乎喜歡將這個詞用到中文佛書上面，雖然後來也流傳到社會上被運用，但範圍不算廣。這裡據錢鍾書先生創建的「掃葉庫」上的資料，可舉一些歷史上的用例：

> 「觀念修習，謂為斷貪欲。」（晉·鳩摩羅什）；「化作麤身觀念地相。」（晉·鳩摩羅什）；「觀念如幻，亦不念戒，亦不所得。」（晉·竺法護）；「當觀念處善修智慧。」（南朝·曇無讖）；「云何智者觀念念滅。」（南朝·曇無讖）；「是名第一義身深觀念處」（南朝·曇無讖）；「身身觀念處，受心法法觀念處。」（南朝宋·求那跋陀羅）；「若能深觀念處施坐道場。」（隋·釋智顗）；

「觀念念心無非法性實相。」（隋·智顗）；「若能研心圓修三觀念處。」（隋·釋灌頂）；「如說於身住循身觀念及念住。」（唐·釋玄裝）；「心觀念住耶？……法觀念住耶？……」（唐·釋玄奘）；「如說於何處觀念根？」（唐·釋玄裝）；「淨居天皆共觀念。」（唐·釋義淨）；「明觀念之益，益其勝觀。」（唐·釋澄觀）；「觀念幸相續，庶幾最後明。」（唐宋之問）；「物物斯安，觀念相續。心心靡間，始終抗節。」（唐·魏靜）；「如是信解，觀念漸純。」（唐·梁肅）；「唯心世法觀念眾生被割身。」（五代唐·釋智嚴）；「菩薩應當觀念。」（五代唐·釋智嚴）；「觀念如來忍辱因果。」（五代唐·釋智嚴）；「怔忪自失觀念，」（宋·楊億）；「修行觀念，利生慈悲。」（明·憨山）；「故眾生觀念，……皆得如意也。」（清·釋瀆法）

以上這些古人各自用「觀念」這個詞來表達自己的觀念，但都沒有一人給「觀念」下一個定義。應該說，在古代中國人的「觀念」很少在社會上廣泛流傳，對它的語義的理解也是相當模糊的，也許只有這些運用者自己覺得清楚。

不過，這也正是古漢語中「觀念」這個詞義的模糊性和可適用性，可以用來表達人人都可以用的對客觀事物的表達方式。

二、西方「Idea」的傳來

在西方文化中，遠在古希臘時期，寫作「ιδεα」一詞的意思是從其遠古「觀視」的動作演化而成，含有外觀、形、像、原型等的意思。簡單說就是指所有外在的事物的形象，通過心裡表現出來。在畢達哥拉斯、柏拉圖等哲人的文章中不斷有所闡述與論爭，後來發展成觀念論這樣的專門課題。

至於拉丁文「Idea」來到中國，是在17世紀，義大利人利類思（Ludovco Buglio，1606–1682年）來到中國北京，從1645年開始翻譯13世紀義大利哲學家阿奎那（Aquinas, Thomas，1225–1274年）的巨著，在1654至1678年之間陸續出版，中文名《超性學要》，書中將拉丁文「Idea」對譯成「則，物則」。[注1]

物則，在中文裡的意思約可解釋爲：事物的法則。這樣的對譯，自然讓中國人難以理解。這就又拖到1822年，英國人馬禮遜在澳門編輯出版《英華字典》，書中將Idea對譯爲「意見」。另外還有例句：「老先生所見最高」。[注2]到1866年，德國人羅存德在香港編輯出版《英華字典》，書中將英文Idea對譯爲：「意思、意見、念頭、心思、相像、高見、我想」。[注3]

而在1884年，日本人東京大學教授井上哲次郎和有賀長雄先生合力，將英國人弗列冥編的《哲學字典》予以翻譯增補，成爲日本漢字與英文對譯的字典，名爲《哲學字彙》，書中有條目：

Ideav——觀念、理想。

Ideal——理想的、觀念的。

Idealism——唯心論。

Ideation——觀念力。

Ideology——觀念學。[注4]

後來一些中國留學生到日本學習，就把這些日本漢字搬運回到中國，成爲中文漢字。

同時期中國人譚達軒在香港編輯出版《英華字典彙集》，書中有：

Idea——想其形、意見、意思、想透。

Idealismv——意想之教、意思總說。

Ideality——有可思之勢、應思、合想。

Ideally——幻想、虛想。[注5]

再到1908年，中國人顏惠慶博士主編的《英華大辭典》出版，書中才有如下對譯：

Idea——觀念、想像、感印、理想、意思、好意、高見、美意。

Ideal——觀念的。

Idealism——唯心論、理想。

Idealist——唯心論者、作非非想者。

Idealize——作非非想、設想完全之觀念、懸想高不可及之範模。[注6]

西方的「Idea」總算來到中國了，變成爲「觀念」一詞。

三、近代「觀念」之概念形成

我們接受了日本人的見解，把西方的「Idea」認作了原先佛書上的「觀念」，但是這是兩種不同文化間的取代，其中的文化內涵是不同的，很需要開拓者前行去詮釋和運用。於是隨著我們民族的改革開放，到20世紀初，第一代中國的學者開始著力向人類知識學習，關注起「觀念」的論述，以及一連串的新知識系統。當時一些學者，特別是從哲學與心理學視角，詮釋「觀念」的由來、定義、內容、變化、運用等方面，進行了一系列探討，發表了許多見解。這裡僅做一些簡單介紹。

從方法論視角，這裡所介紹的內容，正是概念史的方法，把關於「觀念」的各種古代觀念，梳理成爲社會公允的概念的這樣一個歷史過程，這其實也是中西文化交融的觀察，爲的是展示我們民族文化的進步過程。下面我們可以看到：

（一）學者的見解

1902年，王國維先生翻譯日本元良勇次郎著的《心理學》出版，書中寫道：

> ……抑觀念者，活動不絕，新陳代謝於意識中者也，而此有一定之法則。于意識中呼起觀念有二法，即有由同伴法而因他觀念惹起者，有自神經之刺激而惹起者。……表像得我之助而始得存在也。自對此我而觀之，謂之觀念。……感覺者，單一之觀念也。……觀念自外物之存在而直接生起時，其生之作用謂之知覺之，而如此所得之觀念謂之知覺。……心像者，觀念之一種也。再生之觀念，於空間或時間，或於兩者之

實行所現者也。……觀念者，皆自經驗來者也。然我等之觀念，非悉一生之生涯中所得者，乃我等之祖先數萬年來所積累，代代遺傳而終至今日者也。……夫觀念之活動也，……有偶然起者，又有依法則而活動者，而但取主觀的觀念論之，從同伴法之秩序而活動者也，此觀念活動之法則也。至知覺則非法則之所統治。夫圍繞我等之身體，千萬之物體時時刺激五官，惹起無數之知覺，其知覺為新觀念而日日加入我等之精神中，而其知覺之現，則自外物之偶然觸接五官所起之感覺之積累而成者也。……抑觀念者，含有一般之精神現象者也，然論其活動之方法，可假分為知覺、心像及抽象之觀念之三者。……(注7)

1902年，王國維先生翻譯日本桑木嚴翼博士著的《哲學概論》出版，書中寫道：

吾人於經驗以前毫無觀念。易言以名之，心猶白紙，由經驗之印象而始生觀念者也。此經驗分為二種：一吾人之感官由外部所受之經驗，謂之感覺；一關內界即心內之諸作用之經驗，謂之反省。一切觀念由以上二者之種種結合而生。……觀念論，即阿衣地亞利士姆，……其內分為二種：其一主觀的觀念論也，謂一切吾人認識之對象不外個人精神中之主觀的行程；一客觀的觀念論，此但以認識之對象為觀念者，不問其為何人之觀念者也。……(注8)

王國維先生一下子翻譯進來兩部專著，對於「觀念」的各種新見解，呈現出豐富的新知識，多是中國人從前很少注意到的。估計當年的讀者去理解頗有困難吧。

1902年，還有田吳炤教習翻譯日本廣田秀太郎著的《初等心理學》出版，書中寫道：

……明確心象，而已保存於心，則謂之觀念。故觀念者，由感覺智覺之活動而成者也。……貯藏觀念之心，如此活動，亦取於吾人最有價值者也。……觀念之保存及再現，有種種條件。……腦之健全與活潑，非獨

觀念之保存上為必要，觀念之再現時亦為必要。……諸觀念，其初不單獨入於心中，而有關係諸觀念互為引手，合而入於心中，因而互相引手，合而保存。又新來之觀念，與已有之舊觀念，相為吸引而成一團，因而再現仍是一團。如斯諸觀念互引手而相合，或互相吸引，謂之觀念聯合。……(注9)

1902年，日本東京大學教習服部宇之吉到中國京師大學堂任正教習，教授心理學，在1905年由助教范源濂譯述《心理學講義》，在東京印刷出版，書中寫道：

……今至於思想作用，則方以普通抽象觀念，統此等特別具象觀念，而使其各有所隸屬，於是觀念界始生整然之秩序。且就事物則考求其因果關係，並就事理則考求其理由與決論之關係。於此觀念或斷定之間，更生必然之關係。……(注10)

1907年，王國維先生又重譯丹麥海甫定著書《心理學概論》出版，書中寫道：

感覺僅視感官之印象，為吾人內界身體之狀態；而知覺則視此同一印象為外界之對象之觀念也。……自由觀念愈多，則意識中觀念之範圍愈大。……想像能變更觀念之內容，及其結合之法，而與以新次序。……吾人實由此以統合種種之感覺即觀念，而使之互相影響，已成一統體。自我之概念之萌芽，即存於此。

觀念之最簡者，乃再生的或喚起的感覺。……然此觀念之不滅性，足使吾人畀無意識的精神活動以積極的價值，不暇問勢力不滅律之應用於精神界，有難通之處也。……觀念因與他觀念相聯絡，而喚起於意識中者也，直接的再生。……由是觀之，則各人不能謂某觀念全然消失於意識中。……記憶由觀念之性質決定之。……性質與動作之觀念，喚起人與物之觀念時，其中含部分與全體之聯想。……許多感覺，常相結合而其，於是吾人有許多接近之觀念。……一情緒之觀念，與其表於外面的記號之觀念，自互相聯想。如吾人於字典發見恐怖之字，則足之急起，

即面子青白之像，自浮於胸中，此希臘語中戰慄之語，所以其後又有恐怖意義也。所謂語言，亦即此種之記號。究其所由起，半由吾人對顯著之現象所發之音，但其後即用之為互相交通之手段。……於是聲音與觀念之間，個人皆有公共之鎖鏈，而觀念始得為人人所共有，且共解之也。……（注11）

王先生這次的翻譯，是直接從英文專著中下來的，對於「觀念」的認知，有所梳理，特別是舉字典中一詞的認知過程，把聲音與觀念的關係鏈解釋得頗為清楚。

1908年，北京大學堂畢業生韓述組編纂《心理學》出版，該書恐怕是中國學人寫的第一部心理學專著，他既然是北京大學堂畢業，也就是服部宇之吉的學生。給他的書作序的有：出使考察大臣達壽、同學林紓、同學王榮官，都表達他們對於心理學的重視。他在書中寫道：

凡事物直接呈於吾目之前，因之而生知覺者，謂之直觀。至事物已去之後，而使先之知覺再現於心識者，謂之觀念。……蓋觀念平時潛於心識閾外，一憶及之，則現於心識閾內。……故觀念者，純為再現之作用者也。……今考觀念再現之故有二：一視乎觀念之蘊積；一視乎觀念之聯絡也。……蓋觀念入於心者深，則蘊積易；反之，則蘊積難。……觀念入心之深淺，由於外物激刺之強弱也；……觀念入心之深淺，由於經驗之多寡也；……由於興味之多少也；……由於精力之強弱也。……

……一觀念生，而與此有關係之觀念，遂次第再現於心識之中。此觀念之聯絡所由起也。……法則分為四：……（一）類似律……（二）對比律……（三）接近律……（四）繼續律……。（注12）

看來這位韓先生學習理解都不錯，能夠用中文表達「觀念」的基本知識。

1909年，林可培先生著《論理學通義》出版，書中寫道：

心理學上所云之觀念，僅指精神活動之狀態言之，純乎主觀性質，故嘗隨人隨時而變動不絕。若論理學上所云之觀念，則離其經驗之主，擺脫一切主觀之狀態，而純為客觀性質。⋯⋯（注13）

1912年，教育部首任秘書長蔣維喬編《心理學講義》出版，書中寫道：

凡此現於意識之事項，謂之觀念。觀念也者，皆係由外界事物之直觀，或內界心意之作用得來。⋯⋯觀念不如直觀之明晰強固。⋯⋯惟夫有觀念，是以有廣大之精神作用，能記憶舊事，因可樹將來之計，人生於是始有高尚意義矣。⋯⋯觀念由知覺而成。吾人知覺外物時，須精密觀察，以得明確知覺，又能記憶之，則其物之觀念，亦能精密。然觀念經時漸久，則漸減其明晰，至消失其要素。故一由知覺而得觀念者，舍之不復研究，則智識不能進步發達。吾人須聯合觀念，又類化之，以防其消失，補助記憶，發達智識，因成社會之進步也。

⋯⋯識閾下至觀念，現出於識閾上者，必遇有適當之事情。適當之事情者：觀念明晰而強固，一也；觀念之聯合，二也。⋯⋯觀念流轉繼起之狀態，別為三種形式，謂之聯想之法則：曰類似律；曰接近律；曰對比律。⋯⋯

⋯⋯向既有之舊觀念中，融合以新觀念或直觀，謂之觀念之類化。⋯⋯類化能使智識明確有秩序，一切學習及理會，鮮不由此。申言之，言語、圖畫等，不過符號，而理會之者，全由既有之觀念類化也。⋯⋯（注14）

蔣先生不但給出了「觀念」的定義和見解，還明確提出「觀念」在社會中的重要意義，強調研究觀念「人生於是始有高尚意義矣。」同時又明確提出：「而理會之者，全由既有之觀念類化也。」很有見地。

1915年，張子和教授編《廣心理學》出版，書中寫道：

凡此湧現之心象，常保持於吾人之意識界者，是謂觀念。平時曖昧而不明瞭。⋯⋯觀念者，經由直觀而成者也。⋯⋯有四階級：（1）成象 謂由各感官而得之一切物象。為人類認識之始基。⋯⋯（2）融會⋯⋯能抽象

而成知覺者，心的融會作用也。……（3）收容……（4）定名……。

……觀念既為代表事物之心象，則凡外界所有事物之部類，觀念亦有之。……依論理學所謂分類之標準，……（一）全體觀念；（二）部分觀念。……記憶一總合之名辭，……（一）共同觀念；（二）個別觀念。……

觀念之價值，遠勝直觀，忽隱忽現，能令吾人之心意生活，不囿於現在之一局部，保持既往，益以既往之徵驗，規畫未來。哲學家名之為萬有齊一律，即吾觀念之所杜撰也。……觀念之特性，凡吾人心意上之種種營為，自習熟以後觀之，每認為當然之作用，而不知原始以來，實具有此特異之原形質也。觀念亦然。……（1）觀念不滅說，……觀念再生說，……（2）聯想說，……（3）類化說。……

觀念之表出者為言語。人類之學習，在能理解之，此言觀念之必要也。又，理解言語之法，不徒學習聲音，要有精神的貯藏物以統合之。此蓋欲以觀念類化觀念也。至於再生之頃，觀念之勢力，康德氏嘗言之，曰：吾人精神，譬諸寶藏中一點燈，其光常普照大千世界，則心之辨別及融會作用，其權勢唯舊觀念為大也。明矣。

……記憶為觀念之純粹的不變化的再生。……[注15]

張教授除了講述「觀念」的義界外，還專門講到「觀念」的價值，以及「觀念」用言語表示出來的關鍵。

1918年，北京大學教授陳大齊著《心理學大綱》出版，書中寫道：

知覺與觀念（Idea）二語，在心理學視之，實無根本上區別；而普通用語，分之為二：凡複合作用之原素，起於感官之受刺戟者，曰知覺；複合作用之原素，起於大腦中樞之受刺戟者，曰觀念。……然因感官受刺戟而起之感覺，與因記憶想像而於大腦中樞喚起者，在性質上初未有異；故知覺與觀念，在心理學視之，名異而實同也。

有物於此，一旦緣知覺作用認而知之，以構成觀念之後，外物雖遠離吾

身，不能有直接之知覺，而知覺所得之觀念，時或復現於吾心。……

思維作用乃具有目的觀念之有意作用也。……有觀念於此，其意味漠然不甚明確，使人於意識中期疑惑不安之情，於是乃取聯合作用所喚起之種種觀念，同化之或異化之，漸以確定其意味，卒以某觀念之出現，而同化告成，意味確立，於是疑惑不安之情乃變而為滿足之情。

……聯合之觀念，能於思維進行之途中，去全部之觀念所本不含之分子，加入其中，以開拓其新方向；而他方面因同一思維作用屢次反復之結果，本以思維作用為必要者，一變而成聯合之觀念。……（注16）

陳教授強調了從哲學與心理學兩方面所用術語，沒有什麼不同。更是明確了思維過程中，各種觀念的重要性及其作用。

以上是在五四新文化運動之前，所出版的十部專著中介紹「觀念」的定義，以及在人類生活中的重要性，他們的研究，開拓了中國人的全新認知思路。只是可惜當時的術語尚不統一，各自理解用詞不同，給今天的讀者帶來麻煩。而五四新文化運動的展開，中國人引來賽先生和德先生，各門學科的深入探討就更加熱烈了，關於「觀念」的討論也不例外。

1920年，英國大哲學家羅素的著作，被北京大學學生黃凌霜（文山）翻譯成《哲學問題》出版，書中寫道：

哲學家用「觀念論」（Idealism）一名，意義各有少不同。總而言之，這種學說都以為凡存在的東西，或能知為存在的東西，在若干意義上，必定是心的東西。……凡不慣事哲學思考的人，見了這種顯然荒謬的學說，也許屏斥他。……觀念論立說的根據，差不多是取自知識論。換言之，乃由欲使我們可以認識物質，先從事物必定如此的條件之討論而來。……（注17）

1921年，美國杜威教授的書被劉伯明翻譯出版，名為《思維術》，書中寫道：

意義為吾人有條件的承受者，謂之意的（Idea 譯云意象，通稱觀念）。有條件的承受者，姑且信之，以為考察之所資之謂也。而意的者，即意義之為吾人姑且容納構成而應用，以觀其是否適用於煩難事件之解決。簡言之，即判決之工具也。……有下列特徵：（一）觀念之僅為暗示者，不過揣測臆度而已。……（二）觀念雖可致疑，然其有分所應為之事，其應為者，即指導思考與查驗也。……觀念之僅視為疑難者，徒使思考不能進行。……惟其視為可疑而可能，而後可為思考之所資。……是故觀念不為反省的考察之工具，凡所賴以解決問題者，不為真正觀念。此如欲使學者擒住地圓之觀念，此與告以圓形之事，實迥然不同也。……是故圓形而為真正觀念，必其用以解釋資料，使有豐富之意義也。有時或有顯豁之意影，而無觀念；有時或其意影雖曖昧不明，或飄忽不定，第如其能促人觀察事實，以見其關係，而指導之，亦可謂之觀念也。

……偶然經驗者，所費不貲之教師也。吾人欲免之，必以觀念有意識的指導行為。觀念者，暗示的意義，姑且承受以資試驗者也。

……名之代表智慧者，率皆暗示婉轉巧避之觀念，且常示道德上之不軌。人之秉性，直率坦白者，其行事所循之途，逕而不迂。而有智慧者，率皆狡獪變詐，富於權謀術數。所謂觀念，即巧避或戰勝障礙之方法。……其能識別之方法者，謂之觀念（有意識而臨時之意義），久後事物與意義，完全混合，而所謂判決。所謂觀念，遂致不存。所餘者，僅自動之認識。此常然者也。（注18）

杜威教授以講授「實用主義」聞名，在這裡所強調的認知「觀念」的一些方法與視角，確實頗有實用意義。

1929年，張廷建教授編《心理學》，被華北大學作為講義，書中寫道：

觀念本為內容，自其發達階級言之，感覺即其要素。蓋觀念乃意識藉耳目口鼻皮膚之感官，吸收色聲香味觸等塵相，鑄為感覺而生故也。如花之觀念，由目得之形色，鼻得之香氣，手得之潤滑托個感覺而構成之是矣。形色香潤等感覺，為心之作用之要素，儼若化學上之物質元素不可分析。

以此要素構成直接之觀念，是曰知覺，抑曰直觀。⋯⋯藉記憶而聯合觀念、比較觀念，斯生相像、思考等高級認識作用矣。[注19]

1930年，牧師徐宗澤編著《心理學概論》出版，書中寫道：

學說紛繁，⋯⋯括之：

（一）唯覺學派

觀念學說——觀念乃事物之像耳；蓋物像離事物而入空氣中，而至五官，而至腦部，而成觀念。⋯⋯

薙板學說——觀念則來自內外經驗。⋯⋯

人像學說——觀念祇淵源於感覺。⋯⋯

實驗學說——觀念來自經驗與觀察，而又以科學律以組織之也。⋯⋯

聯意學說——原則由一種不能分離之聯意組織而成。⋯⋯

進化學說——觀念如萬物然，皆由簡單而複雜，為完美，以嬗以遞，漸漸進化。⋯⋯

唯心學派——觀念來自理司，Raison，非自經驗與感覺產生也。⋯⋯

唯神學派——觀念成於二：經驗與心理是也。⋯⋯[注20]

徐牧師是按照神學觀點來給觀念論分類的。不過倒是頗為仔細。

1931年，哲學家李石岑著《現代哲學小引》出版，書中介紹了傅葉（A. Fouillée）的觀念力論思想。他寫道：

柏拉圖曾將世界嚴別為二：一為觀念的世界；一為現象的世界。傅葉則糅合而為一。他以為單說一個概念，故事抽象，但實際的概念要在行為上與現實世界發生關係。因此他提出一個「觀念力」（idées-forces），以為說明。⋯⋯故觀念即意志；觀念愈明瞭之時，則其實現力愈強烈，而表現於行為。因此觀念即力，是指謂觀念力。⋯⋯

傅葉認觀念力是進化的，但與斯賓塞的進化論不同，又與馬克思的唯物史觀有別。前者惡其為機械的進化說，後者惡其為機械的必然說。歷史的進化乃為觀念力之實現之連續。便是「自由」為支配進化的真正因數。

人類絕不為非人類的勢力所支配，世界不因非人類的而進化。……(注21)

傅葉先生最後總結的兩句話，恐怕有誤：人類是可能被非人類勢力支配的；世界是可能因非人類而進化的，包括人類創造出來的惡魔（人造病毒或人造智慧人）。

1931年，丘景尼教授編《心理學概論》出版，書中寫道：

> 廣義之觀念中，概念亦包含在內，惟通常則觀念與概念有別。所謂觀念者，乃除去概念之狹義的觀念也。……狹義的觀念，即通常所謂之觀念，乃由知覺而生之心的內容。刺激外來，吾人之神經組織，多少為之發生變化，一度知覺之事物，其印象於事物去後，非遽行消滅者，故吾人眼前雖不見物，亦能仿佛其形狀；雖未聽音，亦能想像其音律。觀念者，即刺激不存之時所生外界事物之意識也。
>
> 觀念係多數之感覺要素所成，殆無屬於純粹一種感官之支配者，故吾人可謂一切型式，均係混合型式。今分之為視、聽、運動等者，不過就其所依據之主要感官以為言耳。
>
> 觀念離意識後，非即行消失者，蓋留於神經中樞，遇有機緣，仍可再生也，是為觀念之再現。觀念之再現，常有一定之法則，即再現之觀念與占領意識之現在觀念，必有何種之關係。無關係而突然再現之觀念，蓋不數覯也。(注22)

1934年，美國科學院院士桑戴克的著作被趙演先生翻譯出版，書名為《人類的學習》，書中寫道：

> （一）觀念的學習，係以分析為其特徵。整個的情境，在思想中必代以該情境的原素。大凡情境中細微隱晦的性質，我們在思想上必設法执出予以特別的重視。……（二）顧名思義，觀念的學習之特徵，便是常有觀念出現，至若這些概念，則或為情境，或為反應，或為情境與反應之和。……（三）這些觀念中，有的也許非常抽象而精微。……（四）這些觀念中，有的則具有普遍性的意義或關係。……（五）觀念往往排列成組，構

成一種內部複演或計畫。（六）觀念的學習也往往具有選擇的特徵——即在情境之內選擇那些準備活動或有超效力的原素，另一方面則在數個可能反應之中選擇一個。……

這種分析的過程，人類遂獲得抽象的觀念，這種抽象觀念，在所謂「高等」學習中，居於很重要的地位。人類是能瞭解細微的關係而利用之，亦根據此種分析過程。……我們學同（and），假若（if），雖然（though），因為（because），除非（unless）諸字的意義，也是憑藉專心的考慮，優先的聯結、變換的相伴事件、比較、及對比這些歷程。……

一個觀念所以能引起另一個觀念，就因為聯結多次呈現或聯結後效的影響。使此一觀念不得不聯結於彼一觀念之上。聯結之第一項（情境）的可識性原則，聯結之第二項（反應）的可得性原則、嘗試原則以及系統原則，無論何處均可應用。而尤其重要的，就是嘗試的事實——即聯結的一端往往是一種觀念，這種需要，轉而引起種種嘗試的過程，必待需要滿足而後止。……（注23）

　　桑戴克院士的剖析很能令人明白，觀念在人類的一生學習過程中，是何等的重要，而且需要學習理解「觀念」的進程。也就是說，觀念是在每個人的學習進程中，要把握住並不斷分析理解，不斷進展，不斷演化。

　　1930年，英國休謨的大作被伍光建翻譯進入中文，接著1936年，又被關琪桐翻譯，書名為《人類理解研究》，書中寫道：

所謂觀念，就是在反省上述的那些感覺何運動時，我們所意識到的一些較不活躍的知覺。……那些簡單的觀念是由先前的一種感情或感覺來的。……我們所考察的各個觀念是由相似的印象來的。……一個柔和的人並不能觀念到消解的報復心理或殘忍心理；一個自利的人心也不容易存想深誼厚愛。……離了相對應的印象，觀念並非絕對不能生起。……

一切觀念，尤其是抽象的概念，天然都是微弱的、曖昧的，人心並不能強固地把握住它們，它們最容易和其他相似的觀念相混淆了，而且在我們慣用了任何一種名詞以後，則它雖沒有任何清晰的意義，我們也容易想

像它附有一種確定的觀念。……⁽注24⁾

休謨把自己的思想說得很明白。

1934年，黃懺華教授著《西洋哲學史綱》出版，書中寫道：

> 觀念底起源，是經驗。經驗有內外兩種。外面的經驗，叫他做感覺。內的經驗，叫他做反省。外的經驗，是由外官（感覺）知覺外物所得的；內的經驗，是由內官（心）知覺（內省）自己底精神狀態所得。我們所有千差萬別的觀念，畢竟不過是通過這兩個窗戶進入悟性底暗室來到光線……從感覺到反省所得底原始的觀念，是單純的，叫他做單純觀念（Simple ideas）。……精神更像拿這樣所得底單純觀念，把他反復、比較、結合，任意構成複合的觀念，叫他做複合觀念（Complex ideas）。為構成複合觀念，預想悟性底各種機能，就是（一）知覺。（二）把持（就是保存）、記憶（就是再現力）。（三）辨別（就是把單純觀念底別異決定底識別力），（四）比較（就是把各種觀念底關係建立底比較力），（五）結合（就是把單純觀念結合作複合觀念底組成力），（六）抽象（就是從各個特殊觀念抽象共通點製作一般概念底抽象力）等。……⁽注25⁾

黃教授的話，中國學生是能夠看明白的。

1938年，美國梯利的書被陳正謨翻譯為《西洋哲學史》出版，書中寫道：

> 觀念無所謂真偽，使其為真或為偽者，是某種對象之存在的假定，而對象並非存在著。觀念祇是僅僅的一種觀念，一種虛幻，在這個時候，就是知識的欠缺。我們所以造成不適當的概念，蓋由於我們是思想司命之一部分。……
>
> 吾人之觀念之來源有二：（1）為感覺。（2）為反省或內心的感覺。感覺供給人心以可感覺的性質。反省供給人心以心靈自己的動作。……
>
> 簡單的觀念，人心可以反復之、比較之、結合之。成為無限的樣式，並可

以任意造成新的複雜的觀念。然而悟性不能發明或構造一個新的簡單觀念，亦不能消滅心中所有的簡單觀念。⋯⋯

狀態觀念是複雜觀念，不能自存，祇能附屬於實體。

實體觀念亦是由心綜合簡單觀念而成之複雜觀念。⋯⋯

關係觀念，是由比較事物而來，是由事物概有關係，所以關係之觀念，概由簡單觀念構造而成。因果觀念是關係觀念中之最概括者。⋯⋯(注26)

1947年，北京大學教授賀麟著《文化與人生》出版，書中寫道：

承認觀念的力量是提倡學術文化是基本信念。否認觀念的力量，只承認物質的力量、金錢的力量和武力的力量，是文化的墮落，社會趨於無理性的野化俗化的顯著現象。⋯⋯觀念在人的精神生活上所占的地位，就好像光在人的實際生活和行為上所占的地位一樣。沒有光，整個世界黑暗了。沒有觀念，整個人生盲目了。一個個的觀念，就好像黑暗中一個個的星光和燈光一樣。⋯⋯一般人只知道征服物質難，不知道征服觀念、征服思想更難。⋯⋯

一般講唯物論的人，總以為物質決定意識，客觀的物質環境一經改革，思想信仰或意識形態，自可隨之改變。這樣看法把改變思想觀念的動力歸之於物質環境，是不啻認思想的力量，不過是物質力量的副產。這種看法不惟忽視了實現本身特有的力量，而且也太失之粗淺，不符事實了。⋯⋯思想一方面有啟發思想、改變思想的力量；思想另一方面又有改造物質環境、改變社會生活，使之與自己的理想願望和調協相諧和的力量。⋯⋯

人的觀念就其影響人的實際生活和行為之力量不同、方面不同而言，可分為三種：第一種，為引起直接行動的觀念，⋯⋯可稱為「動力觀念」。⋯⋯第二種，為引起人的情緒的觀念。⋯⋯第三種，為引起人思考反省的觀念。⋯⋯惟有抽象的觀念，乃作為理性動物的人之所獨具，而為禽獸所無有，故抽象觀念實為人之所以異於禽獸，最可寶貴的精神力量。⋯⋯(注27)

哲學家賀教授的見解，相當深刻，很值得思考學習。

以上這些書生，他們在心理學視角、哲學視角等基礎上，都在努力探求「觀念」之所以形成，其歷史淵源，其概念應該是什麼，其分類結構，其在人類生存中所一直發揮著什麼樣的作用，以及如何認知「觀念」，如何引導「觀念」在人類生活中的作用，等等知識性問題，暢所欲言，各自把自己的理解與思辨拿出來，供給民眾與歷史考察驗證，形成「觀念論」的內容，延續發展至今。現代讀者盡可以從中選取自己認同的答案，也容許別人選取不同的答案。

因為「觀念」本身，其實就是每一個人認知自然界和別人的一種精神反映，公說公有理，婆說婆有理，盡可以說三道四的，而不准許別人說話，才是「觀念」和「觀念學」研究的致命傷。

(二) 工具書中的「觀念」

在中國傳統文化中，長時間的工具書主要是《字典》，並且多是以《說文解字》為基礎。到了20世紀初，由於文化發展進步的需要，突然湧現出一批《辭典》（詞典）。近代辭典的條目具有概念性質，為的是能夠清楚準確地表述某個詞的詞義，只有概念性地表述才能做到，也才能夠讓讀者獲得必需的知識。這也是西方辭典的傳統做法，在19世紀初通過日本辭典傳入中國文化中。

我們這裡僅就「觀念」一詞在辭典中的條目，就可以初見其概念語義。

1903年，後任駐日公使汪榮寶和葉瀾合作編纂《新爾雅》出版，書中有條目：

> 為心意之產物的表像，謂之觀念。
>
> 一觀念起於心中，同時必惹起聯想之觀念。說明此聯合法則者，名曰聯想心理學。
>
> 運用觀念，謂之主觀之運用，

觀念之運用，有內外之別。內用則先分析而後總合。外用先演繹而後歸納。^(注28)

1908年，上海作新社編著《東中大辭典》出版，書中有條目：

【觀念】（クッンネン）（名）

【佛】閉目靜思之稱。

【心】謂被把住於意識中之寫象。即外物映於心之寫像是也。」^(注28)

1911年，東吳大學黃摩西教授編輯《普通百科新大辭典》出版，書中有條目：

【觀念】表象　寫象　Idea　心

一切知之作用所出，所謂感與思皆是。

感覺與知覺之區別，而非起於現在刺激之記憶心象——想像——概念等。

柏拉圖之說，則為概念之內容。事物常住不變之本質，而各物皆其影像而已。

【觀念論】

謂吾人所認識者，皆非事物所現之真相。所認者，惟假象與現象耳。

所謂實在者，吾人之表象也。離表象則無實在。二說並存，尚無能決者。^(注29)

黃教授能寫出如此條目的見解，實屬不易。

1915年，商務印書館同人合作編輯《辭源》出版，書中有條目：

【觀念】idea　心理學名詞。

①最廣義：凡由認知作用而來者，如感覺、知覺、相像概念等皆名為觀念。笛卡爾陸克主之。

②對於想念而言。凡關係心靈者為想念。由外界之感受而來者為觀念。

③對於印象而言。凡對於現在刺激而起之心靈為印象，過去印象再現於吾心時為觀念。虎謨主之。^(注30)

　　1926年，商務印書館樊炳清先生編《哲學辭典》出版，書中有長達十數頁的相關條目（4千餘字。這裡僅能引述部分）：

【觀念】英Idea　法Idée　德Idee

希臘語之ιδεα由「觀視」之動詞而轉，含有外觀（Ansehen），形（Gestalt），像（Bild），原型（Urbld）等意在內。謂以外的事物之形像，見諸心中也。或譯表像，亦譯寫象。用法廣狹之別。

①以最廣誼用之，則一切由認知作用而產出者之總稱。無論其為應刺激而起者，或起自再現作用者，又無論其為正常或非正常，舉凡感覺，知覺，幻覺，錯覺，想念，想像，概念等，胥可括入「觀念」一名稱之下。質而言之，凡人平日漠然所感或所認所思者，俱觀念也。……

②……觀念一語，專施於有形體可感之事物之心像。……

③至休謨立印象於觀念之別，而觀念之誼益狹。……所既知所既感之事物，浮起於胸中，斯乃觀念之謂也。……

④……甲，……柏拉圖之於觀念，殆作三解：一指最高概念。二指事物本質。三指事物之原型及其目的。……乙，康德之所謂理性觀念，其意蓋指「神」及「靈魂」「世界」三者。……丙，……黑格爾所云觀念，亦為形而上學中之原理，與「原理」一語，異名而同實。……丁，叔本華置觀念於本體與現象之間，即以個物之永久的原型，呼為觀念。……戊，赫爾巴特……言，吾人本有觀念存在，即以此觀念為價值上判斷之准。特謂之曰實踐的觀念。……

【觀念力】英Idea-force　法Idées-forces　德Kraft-ideer　解觀念具有能動性者，故名。……

【觀念論】英Idealism　法Idealisme　德Ideslismus

……與實在論相反，乃就認識與所識實在之關係而言。……從譯語中分別觀念論與唯心論二語者，即由其有認識論的與本體論之別。但按實際，殊無大差。……

【觀念學】英Ideology　法Idéologie　德Ideologis

……觀念學者，乃從心理的有機體，及物理的自然界，施以有系統的研究，由是以發見倫理、教育、政治等法則者也。……^(注31)

樊先生的介紹清楚明白，比一般的專著說得還準確細緻，是很好的概念式的條目，至今依然有參考價值。

1928年，中華書局同人合作編輯《中國教育辭典》出版，書中有條目：

【觀念】

心理作用之一種，凡不依外界刺戟而發生之認識作用，稱曰觀念。合意象及其意義而成。……觀念構成之說有二：一為先天觀念論。……一為後天觀念論。……

觀念與思維，關係至為密切。凡欲思維透徹者，必先使觀念豐富。蓋觀念有如資料，而實為則運用此等資料以構成一論理的體系之歷程也。其結合之活動，則為聯想。

【觀念力】……

【觀念論】……

【觀念學】……（注32）

1928年，上海復旦大學教授孫俍工編《文藝辭典》出版，書中有條目：

【觀念小說】（Ideal Novel）

所謂觀念小說是說在一個作品之中，以某種的中心觀念——例如個人與社會底衝突——為概念的小說。在這種作品裡作者把對於人生對於社會的意見，是顯明地表現出來了的。

【觀念抒情詩】（德Gedankenlyrik）

是顯現詩人底理想和觀念的一種主觀詩。但是這種的理想觀念，並不取論理的形式，也不帶教訓的意味，只是從詩人底感情生活直接發生而全然為人格底反映而現出的。那不是斷片知識底抽象，乃是捉住那反映於詩人想像中之事物底永久生命和模範形象，作為現象界的中心，又直覺諸種實在的創造力，作為支配自然和人生的神意而發表為詩歌。而且這種的詩材不如敘事詩那樣，一依自然原狀蒐集出來的，乃是從詩人底個性生出而刺戟獨特的感情的。那麼疑惑的概念，立刻變為痛快的努力而表現，真理底發見，忽然感為心靈底喜悅了。……（注33）

孫教授注意到「觀念」一詞，在西方文藝作品研究中，已經形成獨特的一類了。

1933年，沈志遠教授編《新哲學辭典》出版，書中有條目：

【觀念】（Idea）
觀念是關於客觀事物的印象，是吾人意識之內容，所以觀念就是客觀世界底產物，是客觀事物加於吾人感覺的影響底結果。然而有些哲學家，把觀念瞭解成為事物與概念之實質；這樣瞭解時，觀念就是事物底內部，在事物內部所隱藏著的就決定了此事物，就是說，事物在牠自身的發展中，創造牠自身，這是唯心論的解釋觀念。（注34）

1935年，新辭書編譯社主編《新智識辭典》出版，書中有條目：

【觀念】Idea（普通）
是一個哲學上的術語，它在各種不同的哲學中有許多不同的用法。但一般所說的「觀念」，就是對於某一事物或現象的概念。

【觀念形態】Ideology（普通）
某一個人、團體或階級底思想，情感和志向底總和。觀念形態是社會底上層建築，它是不自由的，是為社會底下層建築經濟所限制的。

【觀念論、觀念主義】Idealism（哲學）
觀念論或觀念主義是與唯物論相對的一種哲學思潮。根據觀念論底主張，一切現實底基礎是精神、觀念和非物質的「實在」。觀念論認為精神是基本的和首要的，物質是次要的，非基本的。這思想曾表現於各種系統中：「精神和物質、靈魂和肉體、思維和延長、主觀和客觀、我和非我」，凡是把上述各對語底前半部作為基礎看待的都是觀念論。……
「觀念論」發源於最遠的古代，在當時，它是與靈魂之崇拜，與精靈說（Animism）相連貫的。在整個歷史時代中，「觀念論」是代表統治者哲學，而與「唯物論」相對敵。統治者利用了「觀念論」使被剝削者放棄他們底現實的利益，而去追求「世外的」、「超現實的」利益。
在歷史學中，「觀念論」把整個歷史的進化歸功於「觀念」（思想）底影響，大人物底意志和某一民族底「精神」等等。這種反科學的見解到後來完全為

「歷史的唯物論」驅逐出了歷史學的領域。[注35]

該條目中，定義「觀念」就是「概念」，不明白是如何得出來的。另外，「觀念論」是否就是與「唯物論」對敵？恐怕還是要準確用詞吧？

1937年，中華書局同人編《辭海》下冊出版，書中有條目：

【觀念】（Idea）

心理學名詞。廣義為一切由認識作用而產生之意識內容之總稱。如感覺、知覺、想念、想像等皆包括在內。狹義謂不依外界刺激而起之認識，即過去印象之再現於意識中也。

【觀念論】（Idealism）

哲學上認識論之一派，與實在論相對。有二說：一、謂人所認識俱是假像，而非事物之真相。二、謂實在不外吾心之表現，離表像即無所謂實在。前義所討論之問題，為實在之可否認識，而不問實在之有無；後義則專論有無離表像之實在，而不問認識之可能與否。[注36]

四、學習「觀念」之意義

至此，我們已經看到數十位學者的專業言論，他們對於人類的「觀念」是這麼充滿好奇。我們就可以約略從中獲得一點認知：

（1）「觀念」的概念研究，應該是人類對於自身精神世界的一種認知和判斷。

（2）「觀念」的研究在歷史長河中已經積累了如此繁多的見解，大致可以從哲學和心理學兩大領域進行探索。

（3）已經出現的關於「觀念」的定義如此之多，並且各說各是。成為一種「觀念論」和「觀念學」。而且在這些「論」或「學」之中，分門成派，互相爭辯，這是人類認知進步的必然途徑。讀者自可選擇之、分析之、擁護之、反對之。

（4）人的「觀念」的起源問題，也是很重要的需要討論思辨的問題。

（5）「觀念」的歷史發展脈絡，也是很重要的認知途徑。

（6）客觀事物和幻想事物，在人的腦中形成「觀念」的過程十分複雜，甚至可以說是相當離奇的。「觀念」是如何記存在人腦中的？一個「觀念」是如何演變的？是如何再生的？還有，新的「觀念」出現會與舊的「觀念」形成什麼樣的互動？以及各種「觀念」之間是如何合作或矛盾活動的？「觀念」是如何昇華成為「概念」的？種種問題，在當今的認知世界中，依然是重大的研究課題！

（7）「觀念」的分類五花八門，各說各話，作為讀者學習「觀念」的內涵確實需要條分縷析，只是不要扣帽子式的。

（8）人的「觀念」是用什麼來表述出來的？多是語言文字以及行為動作，成為人類社會中互相交流的不可或缺的工具，並且由此而形成人類文明的輝煌現實。

（9）人類學習運用「觀念」的概念，已經可以說相當生動豐富了，但是「觀念」的問題，也造成人類社會中巨大的矛盾和差異。這不僅是書房中的論爭形式而已，而是在一些人鼓動的戰爭場合，在你死我活的階級鬥爭場合，在貪婪的經濟剝削下的貧富差別，在生老病死等等活動中，多是因為「觀念」的絕對對立而存在，並且似乎難以改善，似乎「觀念」能夠決定一切？

（10）總之，「觀念」的運用，是人類社會飛躍發展的重要因素之一，開發了人類的大腦和行為，創造出無數的財富，人類已經普遍運用在語言文字和行為上面。但也正是「觀念」的運用，造成人類社會的亂象層出不窮。我們最終相信還是得人類自己在探索中解決。

注釋

（1）（意）利類思譯《超性學要》，上海土山灣印書館重印本，1930年版。引自（奧）
雷立柏編《漢語神學術語辭典》，宗教文化出版社，2007年2月一版，第236頁。

（2）（英）馬禮遜編《英華字典》，澳門版，1822年。引自大象出版社影印本，2008年
8月一版，第219頁。

（3）（德）羅存德編《英華字典》，香港版，1866–69年。（日）井上哲次郎增訂本，
日本藤本氏藏本版，1868年，第982頁。

（4）（日）井上哲次郎、有賀長雄增補《哲學字彙》，東洋館，明治17年（1884）5月
版，第54–55頁。

（5）譚達軒編《英華字典彙集》，香港文裕堂，1884年，第437頁。

（6）顏惠慶博士主編《英華大辭典》，商務印書館，1908年2月一版，1935年3月縮印本
初版，第1150頁。

（7）（日）元良勇次郎著《心理學》，王國維譯，原載教育世界出版社初版之《哲學叢
書》初集，1902年初版。引自《王國維全集》第十七卷《心理學》，浙江教育出
版社，2010年9月一版，第316–343頁。

（8）（日）桑木嚴翼著《哲學概論》，王國維譯，原載教育世界出版社初版之《哲學叢
書》初集，1902年。引自《王國維全集》第十七卷《哲學概論》，浙江教育出版
社，2010年9月一版，第226–247頁。

（9）（日）廣島秀太郎著《初等心理學》，田吳炤譯，移山堂叢書，自序寫於1902年2
月，第19–25頁。

（10）（日）服部宇之吉著《心理學講義》，范源廉譯述，日本東亞公司版，明治38年
（1905）11月24日，（光緒31年10月28日），第100頁。

（11）（丹）海甫定著《心理學概論》，（英）龍特氏英譯，王國維重譯，商務印書
館，1907年6月一版，1915年六版，第158–205頁。

（12）韓述組編纂《心理學》，東京日清印刷株式會社，光緒34年（1908）正月初版，
第107–114頁。

（13）林可培著《論理學通義》，中國圖書公司，1909年3月一版，第11頁。

（14）蔣維喬編《心理學講義》，商務印書館，1912年12月一版，1916年6月六版，第
44–51頁。

（15）張子和編《廣心理學》，商務印書館，1915年12月–1922年9月一版，第60–78頁。

（16）陳大齊著《心理學大綱》，北大叢書，商務印書館，1918年10月一版，1933年國
難後一版，第81–178頁。

（17）（英）羅素著《哲學問題》，黃凌霜譯，新青年社，1920年11月一版，第32–33
頁。

（18）（美）杜威著《思維術》，劉伯明譯，中華書局，1921年1月一版，1931年10月

十二版，第112–114頁。

（19） 張廷建編《心理學》，華北大學講義，線裝，無出版項，書中夾有領取講義證，上面寫著：1929年9月，第21頁。

（20） 徐宗澤編著《心理學概論》，聖教雜誌社，1930年10月一版，第80–85頁。

（21） 李石岑著《現代哲學小引》，商務印書館，1931年3月一版，第14–17頁。

（22） 丘景尼編《心理學概論》，開明書店，1931年6月一版，第170–175頁。

（23） （美）桑戴克著《人類的學習》，商務印書館，1934年11月一版，第156–163頁。

（24） （英）休姆著《人類理解研究》，商務印書館，1936年12月一版，第13–16頁。

（25） 黃懺華著《西洋哲學史綱》，商務印書館，1934年一版，1937年再版，第155–156頁。

（26） （美）梯利著《西洋哲學史》，商務印書館，1938年7月一版，第338–350頁。

（27） 賀麟著《文化與人生》，商務印書館，1947年11月一版，第243–245頁。

（28） 汪榮寶、葉瀾合編《新爾雅》，東京並木活板社印，上海明權社，1903年7月一版，第54–64頁。

（29） 作新社編著《東中大辭典》，上海作新社，1908年5月一版，第1129頁。

（30） 黃摩西編《普通百科新大辭典》，上海國學扶輪社，1911年5月一版，第亥集53頁。

（31） 商務印書館同人編《辭源》，商務印書館，1915年10月甲本一版，第酉集7頁。

（32） 樊炳清編《哲學辭典》，商務印書館，1926年5月一版，第995–1008頁

（33） 中華書局同人編《中國教育辭典》，1928年5月一版，1936年3月五版，第1107–1109頁。

（34） 孫俍工編《文藝辭典》，上海民智書局，1928年10月一版，第979–980頁。

（35） 沈志遠編《新哲學辭典》，北平筆耕堂書店，1933年9月一版，第292頁。

（36） 新辭書編譯社編《新智識辭典》，上海童年書店，1935年10月一版，1936年10月五版，第1005–1008頁。

（37） 中華書局同人編《辭海》下冊，中華書局，1937年8月一版，第酉集7–8頁。

第三章：中文「概念」之概念史

一、引言

　　在漢語中，「概」字與「念」字早已經存在，各有各的不同含義。而在古漢語中一直沒有「概念」這個詞，「概」字與「念」字各自執行不同的語言功能。「概」字在小篆文中為：，可以解釋為量米粟時用的小刮板，刮平用的。按照1997年版的《漢語大詞典》的詮釋，「概」字有16種不同的用法，「念」字也有多種不同用法。(注1) 只是它們誰也沒有獨立承擔起「概念」的含義，也從來沒有想過聯手合作到一起，成為「概念」。那麼，「概念」這個概念是怎麼在漢語中生成？「概念」又是被中國人如何理解與發展？我們不妨先看現代的《漢語大詞典》中，「概念」一詞的出現，提出定義是「反映對象的本質屬性的思維形式。……」並且是以李大釗的文句和毛澤東的文句為例句。這樣一來，給讀者的印象，似乎該詞是在20世紀才從漢語中冒出來，而且那麼有嚴密思維的味道。筆者因而生疑，略作檢索，發現自己瞭解得很少，於是四處請教。先是請教北大陳啓偉教授，蒙他不顧病身，為筆者親自查閱許多古希臘文獻，以及拉丁文文獻、日本文獻。終於給筆者提供準確的史料，他的認真精神令人欽佩。同樣，雷立柏（Leopold

Leeb）教授也在電話中給予筆者許多有關的拉丁文的翻譯見解，在此一併感謝。

另外，筆者也曾請教老友欒貴明，問他所主持的「掃葉庫」中有無「概念」一詞，他回答是：有，在宋朝詩人趙蕃的詩集中。一聯爲：「概念題詩人，深爲九泉客。」(注2)可惜，目前只是孤證。而且此詩中的「概念」含義，應該解釋爲「感慨思念」的意思。與目前的「概念」詞義相差頗大。

由於這個「概念」詞的產生與發展，確實是在古代西方文化中產生，被十七世紀的西方學者帶到中國，由於中國人不感興趣，又被日本人看中，帶到了日本，經日本學者的對譯，成爲日本漢字，到十九世紀末中國留日學生，又將其帶回到中國漢字中，形成各種各樣的「概念」。筆者在本文中只能略述其中一二，分別從兩方面介紹：一是「Concept」來到中國之源；二是「概念」在近代中國之概念。

二、「Concept 概念」來到中國之源

英文Concept\Conception；法文Concept\Conception；德文Begriff\Begriffsbildung，這些詞的來源，恐怕都與拉丁文Conceptus\Conceptio，有著密切的關係，其字義則有著「包含和設想」的意思。但是在希臘文明時期，亞里斯多德的著作中並沒有直接相關的「概念」用詞。那麼，恐怕是要在中世紀才陸續形成的。

不過，亞里斯多德書中所講的很多是關於「概念」的種種問題，對人類思想進步影響巨大。所以等到十七世紀，一些來華的西方人士，開始與中國人合作，陸續翻譯300餘種西方書籍。其中，就有葡萄牙人傅汎際（P. Franciscus Furtado，1587–1653），他在杭州與李之藻合作翻譯《名理探》一書共15卷，在1631年出版。原書爲葡萄牙的高因盤利大學耶穌會的講義，在1611年的日爾曼出版，內容主要是解釋亞里斯多德的邏輯學說。書中內容對

於當時和今天的中國人來說，都是相當難讀的。在該書中的「十論卷」之一為「同名歧義者之解三支」，其中，把拉丁文Conceptus直接翻譯成漢語「意想」有多處。^{（註3）}這恐怕就是「概念」第一次以漢語詞的形式出現，雖然「意想」一詞後來並沒有能夠在漢語中承擔「概念」的功能，變成了別的意思，但也是給漢語增加了一個新詞。同書中，李之藻還翻譯成「臆」字。例句在「五公卷之三」有：「脫公性於其特殊，成一表公理之臆也。」^{（註4）}這個「臆」字，在這兒當然是作「概念」講，而不能從古漢語中套作「梅漿」來解釋。

十三世紀義大利哲學家湯瑪斯・阿奎那（Aquinas Thomas，1225–1274），著有《神學大全》，是中世紀的哲學經典著作之一。在十七世紀來到中國北京的義大利人利類斯（Ludovico Buglio，1606–1682），從1645年開始翻譯阿奎那的這部巨著，從1654年到1678年之間陸續出版，共30卷，中文書名：《超性學要》。雖然僅是翻譯了全書的四分之一，但已經將大量哲學用詞和各種專用詞，開始與漢字詞有所對應。他恐怕是受到前書的影響，在其第21卷中，就將拉丁文Conceptio直接翻譯成漢語「臆」字。其例句為：「言乃明司臆者之表。」（語詞是概念的符號。）^{（註5）}這樣一來，「概念」在十七世紀的漢語中就對應兩個不同的漢語詞，從漢語字詞本身看，「臆」字的傳統意思就改變了很多。只是在後來三百多年的中國漢語歷史中，這個翻譯所對應的漢字，並沒有得到漢民族的認同。

再後來，經過漫長的二百多年，這個「概念」在漢語中似乎被埋葬了。在1822年，著名的馬禮遜所編輯出版的《英華字典》中，並沒有選擇Concept來做條目。一直到譚達軒先生在1884年編輯出版《英華字典彙集》（An English and Chinese Dictionary，香港），書中將英文Conception對譯成兩個不同的意思：一是「懷孕」；一是「意思、意見、心思」。書中還把英文Conceptive對譯成「可想的、可思的」。^{（註6）}這是中國人自己開始將英文翻譯

成漢語的一部早期工具書，已經是自己理解與對譯。

　　這種對譯的嘗試，我們還能夠到1889年顏永京翻譯美國人海文著的《心理學》書中，看到將英文Conception對譯成「專想」[注7]一詞；而到1910年教育會編輯出版的《術語辭彙》中，看到將英文concept對譯成「意影」。這漢語的「意影」成爲名詞，是很難理解的。[注8]

　　以上是在中國與西方直接進行的關於「概念」對譯的嘗試，雖然很早，但今天看是不成功的，更沒有進入漢語詞彙圈中使用。而在中國緊鄰的日本，則由於在明治維新的大背景下，他們對於從西方傳來的新概念詞語十分執著地追求，正像在古代追求漢字知識一般，他們把從西方直接拿到的各種書籍，包括從中國轉手到了日本的書籍，對於其中內容與字詞，都認眞進行研究剖析，再用他們自創的文字加以對照適應，變成日文新詞語。其中，他們借了古漢字的光，把許多西方詞語概念，借用對譯成爲日本漢字新詞語。這是他們日本知識分子的驕傲，他們的艱苦努力獲得很好的社會效果，使得全日本民族的知識量和新詞語量大大豐富，全民族的認知能力大大提高。其間也有不少對於如何翻譯的爭論，他們是在「求知於世界」的精神指導下，並沒有空洞的「體用之爭」。在這些早期創新詞語的學者中，最著名的是西周先生，也正是他，第一位將英文Concept對譯成「概念」（ギィネン）這個日本漢字。[注9] 他並沒有接受從前所已經出現的一些翻譯用詞，而是自己創新地翻譯。接著是日本東京大學教授井上哲次郎和有賀長雄先生在1884年，增補《哲學字彙》出版，書中有條目：

　　　Concept概念，Conception 概念力，Complex conception 幽隱概念，Heuristic conception 明顯概念，Ostensive conception 確實概念，Positive conception 折服概念，Relative conception 相對概念，Conceptualism 概念論 。[注10]

　　這個日本漢字「概念」的對譯，確實能夠把握漢字中對它自身內涵的領

悟和想像，所以立即在日本獲得學術界的普遍認同，並且被廣泛使用。接著就是中國留學生大批到日本學習，很方便地把「概念」認做中國漢字，很自然地就全盤搬回中國漢語圈中，連詞的寫法和內涵全都照搬。

我們只要約略查一下清朝末年的工具書中，就有所出現。而且已經不僅僅是簡單地對譯了，已經是能夠開始詮釋「概念」是什麼概念。如：

1903年，汪榮寶與葉瀾合編《新爾雅》出版，書中有條目：

> 從個物中抽出其共同之點，而生起共同觀念者，謂之概念。
>
> 若干個物公性。之總合，謂之概念。結合二個之概念，指定其間之關係者，謂之判定。……言語文字之所以表概念者，謂之端，亦謂之名詞。(注11)

以上應該是「概念」這個中文新詞產生的來源。

三、「概念」在近代中國之概念

雙語詞的對譯，並不能解決雙語各自的內在含義和其本身概念的基本相同或基本不同。當Concept被明確以「概念」這個漢語詞所對應後。這雖然已經耗費過去幾百年光陰，但還要一段時間來繼續補課，把其原來所擁有的內涵也變成漢語加進去。在中國的十九世紀末到20世紀初的幾十年時光，就靜靜地進行著對於「概念」的認知。筆者尚未查到是哪一位中國人第一個使用「概念」這個名詞？似乎大家突然都接受這個新詞而使用起來。就在這段時期所出版的數百部關於哲學心理學的著作，以及數百部百科辭書中，都廣泛出現對於「概念」的闡述。這裡僅略選一小部分，儘量給出一個初步的印象。

（一）近代學者的「概念」研究

集中在二十世紀前半葉中所出版的哲學心理學書籍有百部上下，其中多數談到「概念」問題。但也有不使用「概念」這個詞的，如嚴復先生的譯著

和蔡元培先生早年翻譯一位在日本講授哲學的德國教授的書等。下面羅列部分：

1903年，日本哲學家十時彌教授的書：《論理學綱要》，由田吳炤翻譯在中國出版。書中寫道：

> 概念作用云者，就眾觀念，於其性質比較抽象，以為統一之之作用也。……是名此新構成之之觀念，謂之概念。然功能非單就相異諸個物間之共通性質而抽象者也。就同一事物，亦有屢次知覺所生之諸觀念中，抽象一般性質而構成者。……個體概念。……普通概念。……概念作用不外由比較而辨別異同，由抽象而總合同一之點，除去差異之點，以新構成一觀念之作用也。(注12)

1903年，日本哲學家清野勉教授的書：《論理學達恉》，由林祖同翻譯在中國出版。書中第七章就叫「概念」。書中寫道：

> 概念有完全者，判然與明瞭是也；有不完全者，不判然與不明了是也。……此之概念異乎他的概念為明瞭；概念錯雜而無井然之界限為不明了。然較其精粗，則明瞭與否，數歷劫而難終最高之概念，一切存分別相。最低反是。自非聖人與不辨菽麥者，皆不能達乎極點，升降於中度而彼善於此則有也。(注13)

1905年，日本東京大學教授井上哲次郎來北京大學堂任教習，他講述心理學，被助教范源濂譯述出版，書名《心理學講義》。書中寫道：

> 概念作用經三層作用而成，即比較、抽象及概括是也。比較者，將一類事物，互相比較，考察其性相中相同或相異之作用是也。而棄異存同之作用則謂之抽象，此時所存者，止普通又通行又通有性相而已。再綜合此等通行性相以成觀念，此作用謂之概括。如此後概念方成，則命之以名。譬如人、生物、學堂等是也。故名者概念之記號也。名有固有與普通之別，而名之用則二：其一則指示事物，謂之名之表示又外延；其二則示

該事物之普通性相,謂之名之含蓄又內容。譬如人,由其表示而言之,則普指示天下之人類;由其含蓄而言之,則示人類通有之性相,是也。

……概念為斷定即推理之材料,是以概念之精與不精,明與不明,關於斷定即推理之精明與否不少。概念之精明與否,因棄異存同作用之完全與否而生。蓋有棄不應棄者,或存不應存者等之失,則概念所綜合概括之性相,未必為通行之性相,或未盡通行之性相等之弊生矣。況且日常所用概念,人自不詳細考察其表示與含蓄,而漫然用之者,亦不少。於是亦不免與不明、不精之弊。何謂概念之不精,曰:今有此一概念,因其含蓄以求其所表示之事物時所謂緣名以求寔者,脫漏滲入隨生,此則概念之不精也。……人所以異於禽獸者,在人能領解事理,故人概念之內容,必須含領解事理一件,今若誤不存之,則人概念之表示失之於廣矣。緣名以求寔,或失之於廣,或失之於狹者,其概念均為不精也。綜而言之,概念之表示不當於寔者,謂該概念為不精也。何謂概念之不明,曰:一概念之內容不明於心者,謂該概念為不明。故必明知一概念綜合如何性相,且各性相之內容亦必明知之,則該概念乃為明也。概念之精,必因其明而方精;概念之明,必因其精而方明。二者相消長。

概念又有位分之別,即高下及同位之謂也。……

……概念自有一定次序,不得相混。欲使一概念之內容明,則必非由其方法不可,欲其表示之精亦然。又定概念之次序,亦必由其方法。今明概念內容之法,謂之定義法。致其表示之精切于概念次序之法,謂之分類法。

……蓋概念不明,則斷定亦不得明。又概念雖明,然其關係不明,則斷定亦不得明。譬如司馬牛問仁,孔子答曰:仁者其言也訒。此時司馬牛未通於仁者與言訒之關係,故孔子所示之義亦未明於其心,此所以有其言也訒,斯謂之仁矣乎之問,此則因概念之關係不明,其所由來不止於一矣。大概言之,約有四層:其一,觀察事物關係之不完全是也。蓋事物關係,虛、寔之別。……其二,則記憶之缺陷是也。……其三,則好惡愛憎等情掩蔽知之明。……其四,則聞他人之談論,漫然取之,以為自己之說,而自未考察其意義。……

注意力弱之人，則其思想散漫，且不能明概念，斷定間之關係，是以前提，決論間之關係亦每不明，胸中存成見，則判事理，而失之於偏。推測之正否，又應能應事物而作成新概念、新斷定，以補舊有知識之不及。如不敢就新，而必固執舊者，則其於天下之事理，必將扞格而不能通。……(注14)

服部教授通曉中國傳統文化，又把「概念」的概念講述得十分清楚細緻，他的講授，很影響了中國一代學人。

1908年，京師大學堂畢業生，即服部宇之吉教授的學生韓述組編纂《論理學》出版，書中寫道：

概念作用者，就一類觀念中將其各性質比較抽象，以為統也。……故歸納云者，乃一類事物普遍性相之代表，而非一物，與觀念相似而實非也。觀念之生，因吾心常與外物相知覺而生許多觀念，此等觀念無結合幾多性相而成，然僅物之代表，而不能通行於一類事物之全體也。

細玫一概念之所由成，作用有三：即比較、抽象、概括是也。必先將一類之各觀念所含性相，一一分解，然後方生比較作用，即故察性相中相同與相異之點之作用也。至於異者棄之，同者存之，謂之抽象作用。蓋異者既棄去，而所留存者，即為通行必然之性相。綜合此等通行性相，以成一概念，謂之概括。如此概念方成。始附之以名稱。……總之，概念作用，不外由比較而辨異同，由抽象而除去差異之點，總合同一之點，以構成一種新概念之作用也。凡一概念，既統有許多觀念，又含有通行且必然性相，今謂一概念所統合許多觀念之全體，為概念之外延。又謂一概念所結合性相之全體，為概念之內容。……概念之內容，有明與不明之別。……概念之外延，有精與不精之別。……其間亦有密切關係。……(注15)

顯然他的觀點是與老師一致。

1908年英國隨父著，由王國維先生翻譯名為《辯學》出版。書中寫道：

吾人於此羼入概念之語，若視此語為讀者所已知者。夫哲學家之用此語，已二千年。然彼等視此語之意義，則各不同。主唯名論者，則以概念不外一名。⋯⋯實在論者，則謂⋯⋯真有物焉。⋯⋯然唯名論者之說，亦非無誤。何則？言語之為用，必視某物，又必與精神之動作相當。如固有之名，於吾人心中喚起個物之象，則普遍之名，亦宜喚起概念也。(注16)

1909年林可培教習編輯的書《論理學通義》出版，書中寫道：

第二篇第三節概念之性質

思考之資料，又單純而至複雜。故知識形成之概念，亦由單純而至於複雜。惟其發達之程度，始雖空漠，後必漸次明確，乃能使概念完全。茲述其本質如左。甲常定性。論理以完全確固之概念為第一目的。概念確固，要在常定性。然知識增進，則新概念以次而生，故實際上復有變易性。其所以不矛盾者，因常定性屬於概念之理想形式故也。⋯⋯新與舊兩相固定，則理想形式，仍寓於實際形式中爾。乙明瞭性。既有常定性，然求概念之完全，又須具明瞭與分晰兩性。明瞭者，曖昧之反對也。有此性質，則概念既自正確，複能與他概念畫然識別。⋯⋯。丙分晰性。分晰為糾紛之反對。得此則概念益臻於完全。蓋明瞭性僅能為概念與概念之識別。分晰性則將概念中之個部分愈加精審，如識別友人於家中，此為明瞭。至舉友人之儀行性能，一一識別之，則為分晰。⋯⋯。

概念之根本形式

概念為總括觀念之內容。其成立也要三方面。茲詳述如下。甲對象（事物或客體）蓋思考所對之客象，括為一全態，而有自立之形相者，故又稱對象概念。⋯⋯乙屬性（徵表）屬性謂對象概念中所屬之性質，故又稱屬性概念。⋯⋯丙關係據前述，屬性為對象概念中之部分概念，而有相互相依之關係。此關係在文法上，主以接續詞等代表之。至論理學，則以明瞭分晰之各部分，處理而連接之，以定關係形式。故為概念比較之基準。

概念之內包及外延⋯⋯

概念之關係形式……齊合概念……同義概念……離接概念……交錯概念……反對概念……矛盾概念……缺損概念……消極的積極概念……相對概念……殊絕概念……。（注17）

林教習的解釋，今天讀來是比較清晰的。

1910年陳文先生編輯的書《名學釋例》出版，書中寫道：

概念者，懸比多數觀念之性而綜合之也。……又，概念不獨於相異之觀念懸比其通性。並常於相同之觀念懸比其通性。……此等概念，通稱為個體概念。……若於相異之觀念懸比其通性，……通稱普通概念。……（注18）

時間進入民國後的哲學心理學書籍中，討論「概念」的就更多了。我們可以看到：1912年，總統秘書蔣維喬編《論理學講義》出版，書中寫道：

概念作用者，將多種別異之物比較之，集合以為一物之作用也。即集多數觀念於一概念之作用也。……所謂個體概念者，……例如虞舜，或為瞽瞍子之舜，或陶於河濱之舜，或漁於雷澤之舜，或為帝堯女婿之舜，或為天子之舜，有種種異樣方面。然既歸曰舜，則其種種異樣方面，則其種種異樣方面，皆歸收於舜之一名下。凡如此之類，雖有多種事情或動作，可收之於一語中也。……

斷定者，為成為概念之本。即成概念者，非由斷定不能也。……（注19）

1914年，張子和教授著《新論理學》出版，書中寫道：

……概念係由若干判斷，統一事物之共通屬性而成者。……由來哲學界，關於概念之定義，爭論不息。……實在論者曰：概念之實體，存在客觀界者也。名目論者曰：不然。存在客觀界者，乃一個之真實物體，而概念但就個物之珧桐屬性，予以名目之謂。之二說者，俱不免失之狹隘，而有所偏弊。概念論者，遂綜合兩說以辨之，……以概念為一定不變之成果，其說亦誤。蓋因吾人人類意識之活動，非可以固定的者也。

……本質的屬性,為構成概念時之必要目的。概念之確否,可據屬性之確否為斷。故此屬性,即為構成概念之基礎云。

……許多概念之內包,彼此互含有共通屬性時,看將是等概念之共通屬性,比較、統括,而成一個概念,名曰類概念。其各概念之為所統一者,曰種概念。(注20)

1915年,樊炳清先生著《論理學要領》出版。他在書中寫道:

以廣義之概念Conception言,實兼指觀念作用,及由此作用而生之果。概念作用者何?吾之心中,欲使所以表示一對象,或表示數對象之觀念內容,別乎其他觀念內容,而顯出之。此際之思考作用,所謂概念作用也。由此作用而獲統一之概念內容,則但謂之曰概念Concept。其由語言而發表之者,謂之曰名辭Term。名辭自著於外者言,概念自寓於內者言。然概念斷不能離語言而存在。故或曰概念,或曰名辭,其實一也。 論理學所謂名辭,與文法學之名辭有別。……

一概念之中,含有許多表徵。而表徵之中,有於此概念成立上,為必不可缺者,曰必然性。其非必不可缺者,曰偶然性。必然之中,有為一概念所獨具者,謂之特性。有為數概念所共有者,謂之公性。……

以一概念中,所函一切必然性,總而言之,是謂內函。而以此概念,應用於各對象時,則範圍有限,其所能應用之範圍,即外延也。……

概念之外延,遞縮而益狹,至無可更縮時,則謂之個體。由個體而擴大其外延,謂之種。更由種而擴大其外延,則謂之類。……

概念之為概念,必待判斷而始生矣。……就原始之判斷觀之,則概念之論理上根本形式,得分為之三類:即對象之概念、性質之概念、狀態或作用之概念是也。進而至高等之判斷,則又斷定各對象間之相互關係,於是更有關係之概念。之四類者,乃概念之根本形式,名之曰論理範疇Logical Categories……

一概念與他觀念之關係,得自三方面以玫察之。舉如次:(第一)異同之關係。……同一……等價……類似……殊異……。(第二)對當之關係。

……差等……矛盾……反對……相關……獨立……錯綜……（第三）依倚關係。……制約……受制……。(注21)

1924年，杜定友教授與王引民合編《心理學》出版，書中寫道：

> 概念由抽象諸具體觀念之共有性概括而成。……分析概念構成之歷程，約有四步：一曰比較；……二曰抽象；……三曰綜合；……四曰定名，即藉言語文字以表此概念。惟以上四歷程，在實際上不甚明顯耳。

> 概念構成之後，即為思想之材料。惟有概念，吾人思想之時，效率乃能增加，能力乃能經濟。……宇宙間森羅萬象，雖至繁複，而吾人以種種概念統屬之，故能得其綱領，應用無窮。此則概念之價值也。(注22)

杜教授他們的介紹，是作為師範教材，專門講述「概念」的用途和價值。

1925年，王振瑄教授編《論理學》出版，書中寫道：

> ……概念云者，乃為思考活動之經濟起見，由一一特殊之事物觀念，進而為包括的思考，使有代表全體之可能。蓋單屬觀念上之知識，則各個獨立，既無聯絡，又不完全。質言之：僅為知識之未成品而已。使是等知識進為有統一的完全的性質者，謂之概念作用。其所得之結果，即為概念。

> 然則概念究如何發生乎？要不外由判斷而得；匪獨概念為然，即由知覺所生之觀念活動，亦已有判斷作用，存乎其間。……

> ……概念者，係由觀念經過（一）比較、（二）抽象、（三）總括、（四）命名、諸作用，乃能完成。在概念與概念之間，又加以比較，惡如經過同一之過程時，則由此所生之概念，必豐偉抽象的矣。

> 概念者將觀念中之普遍的要素抽出之，而確定其不變的固定的性質之謂也。倘不如此，則思考活動，難以發生。惟此不變的固定的云者，概屬比較之辭。概念既為思考活動之一要素，其性質自仍為流動的，且為有機

的,不可忘也。概念之性質如斯,故在吾人使用上,具有活潑之意義時,雖為依同一名辭所表現之概念;大由實際上之要求,其所含意義,時有變化;或訂正其誤點,或補足其缺點,改造與發展,並行不悖。關於此點,在自然科學上,就電與物質等概念觀之,殊易了然也。

定義云者,係規定概念之內包,以闡明其意義之方法也。蓋從事學問研究者,往往以概念之意義無定,發生爭辯;此屢為吾人所經驗者也。故對於概念,加以完全之定義,實為必要。昔在古代希臘蘇格拉底即力言其必要;……及亞里斯多德出,始以加種差於類概念,為定義之最完全者。故以定義為學問的研究者,實自亞氏始。

凡作定義,又有當守之條件,述之於下:第一,第一須就概念之屬性中,舉其主要的,本質的;若僅舉其偶有的,必不能得真正的定義。……第二,定義中不可包含被定義者之意義相同之語。……第三,定義務必為肯定的,不可含否定的性質。……第四,定義須與被定義之概念,其範圍適相吻合;不可過廣,又不可過狹。……第五,定義所用之語,務須簡單明瞭。凡歧義之語,譬喻之言,或較被定義之語更難解釋者,均宜避之勿用。……(注23)

　　王教授用自己的語言,特別強調了「概念」的形成過程,以及「概念」的定義方法,頗為實用。該書當年是作為高中教科書使用的。

　　1925年,美國科爾文著《學習心理》一書,被黃公覺先生譯述出版,書中寫道:

……概念乃普通觀念耶?……概念態度乃一般化態度。討論概念思想（conceptual thought）的性質之困難,在於欲解釋概念之組織方面;非在於解釋其機能方面。……概念的態度乃於順應作用之觀察發生:而於本質,則指對於現在呈現於感官或想像之對象,須以一定範類之方法惡反應之也。……知覺態度與概念態度交混密合。……概念非由純粹抽象過程而達到者。……概念不必從多數特殊情事產生。……判斷乃擴充的概念。判斷之本質,並不異乎概念之本質。……知覺作用,概念作用,

判斷作用乃同一根本過程之各階段。……（注24）

1925年，屠孝實教授著《名學綱要》出版，書中寫道：

表像之所示，無非事物之殊相，包括若干表像而統一之，是謂概念作用；由此作用所得之結果，是謂概念。概念能含攝同類一切個體，代表其共相，故用概念作思維時，對於多數特殊事物，可免一置念之勞。說者謂概念由於思維之節用而起，誠非無故。

概念所從出之判斷，謂之原始判斷。原始判斷者，比較表像之同異，而有所辨別之意識作用也。……

自表像以迄概念之完成，其間所歷，至為複雜，約而舉之，可分四級：（一）比較，（二）抽象，（三）總括，（四）命名。一概念完成後，若以與他概念相比較，歷相同之程式，則可得更玄之概念。

名之曖昧者，涵義駁雜，或廣狹不定之謂也。推證之謬誤，以出於名不慎者最多，故欲思維之正確，議論之精密，不可不先知語言文字之缺點，而隨時注意之。世俗慣用之名，意義紛歧者甚眾，稍不經心，輒易致誤。……

涵義駁雜之名，計有三種：（甲）音同字異之名。……（乙）字同音異之名。……（丙）一字多含之名。……

名義之曖昧紛歧，其原因亦約有三種：（甲）字原不同，偶相牽混。……（乙）由於聯想之習慣。……（丙）由於比喻之習慣。……六書中所謂假借之字，其一部分即由比喻之習慣引申而成者也。……（注25）

1926年，美國亨德著的書《普通心理學》，被陸志韋教授譯述出版，書中寫道：

意識境之具有普遍之意義者，名為概念。……凡此種種，其經驗之全體，名為概念。……

概念之養成大都漸進而不自覺，須屢經嘗試失敗之方法。一朝發現，則是非之觀念也，桌椅之概念也，已甚固定；然其發展之作用戛戛乎有難言者矣。此中有效力之原因，亦為多因、近因、顯因、適意、不適意種種，與尋常學習中所見者無甚差別。概念之養成，亦猶其他習慣，鮮能完全成功。……概念養成時，可屢遇某種情景，徒以多因之力，今此情景混入概念。……此養成概念之作用雖顯能自覺，然仍不免為一切學習之原因所支配。

概念之最大價值，在其能增進效率而節省努力。………概念者，精神作用與神經作用之捷徑也。……無數個體之觀念，關係既密，自成一種複雜之觀念。……過去經驗之種種縮影，所以能歸納為一具有普通意義之意識境者，正概念與凡應用概念之思惟之特色價值也。……

然而概念效用時，其限制與危險即自其長處發生。……思惟之進行大都恃有概念，故每忽於例外，而謬以概念為「實在」之對象。即如《社會心理學》一章所概述，法律、風俗、遺尚等等皆為概念之系統，普遍之公式，而其所範圍者，乃為個別之行為。社會生活中，風俗之守舊而難於改變，人所同知也；個人之理知生活亦同具此情。概念代表固定之聯想與習慣。其在一人經驗中既已顯有若干實效，故每拒絕變化，或反令人難於適應。文明人之歷史累積為種種制度，種種實事，惟能援證古今者，始能構造適宜之新觀念；世人之具此力量者蓋鮮，有之其惟天才乎？……

概念之是真是假，哲學家尚無定論。……

概念者，不過某種神經聯合之意識方面耳。……（注26）

　　亨德教授著重分析「概念」在人類社會中的形成過程的複雜，絕非一帆風順，而是充滿「限制與危險」的。這其實也就是理想與現實中的差別，但是人類終究耗費數百萬年來關注「概念」的理論和實踐。

　　1927年，德國格拉烏博士著的《邏輯大意》，被陳大齊教授翻譯出版，書中寫道：

概念起源問題，其實這個問題中所討論的不外如何把某種物體底全類總括於某一共名之下的這件事情。因為自新的邏輯看來，概念就是字底意義，就是我們聽一種可懂的言語時所理解的意義。所以概念底締造和言語底發生及進化史異常密切的，這兩個問題可以合而為一的；所以概念底成立不是一個邏輯問題，卻是一個心理問題。

無論哪一個概念，從其自身講來，總是抽象的。……內界外界底一切事物，和這些事物底性質及廣西，都能為我們所思，都能為思想底對象。但我們思這些事物時，不在感官底知覺內，不在記憶或想像底觀念內，也不在用以稱呼對象的言語內，卻在概念內思想這些事物。概念藉言語以直呈於我心，劃出事物底一部分以為思想底對象。……

概念是含蓄的，而定義是顯示的。……

只有那些能用科學的方法來規定概念的人，方能有完備的概念。各國國民教育底理想，無非欲使群眾底不明瞭概念，日進於明瞭，在實際思想上概念底定義，越能與科學研究所得的結果相應，便越是明瞭。所以科學智識若能普及而奏效，則國民所有的概念可以增明，而國民文化底程度，亦因此可以增高。

概念為內容所規定。故所藉以發表的言語即使互異，但求所思的內容相同，則概念亦同（異語同義）。反之，所藉以發表的言語雖一，若其所思的內容不同，則概念亦互異（同語異義）。所以與各字相結的概念不是常住不變的。言語每因其互相聯合的關係而變更其意義，故同此言語可以表示相近而不同的概念。概念自身之不能為思想底獨立原素。……

概念底內容，依其所思的特徵，可分為兩大種：（一）狹義的，（二）廣義的。狹義的內容即結構的內容，其所含特徵足以規定對象，為該對象所必不可缺。……規定內容即可能的內容，是非本質的可能的特徵底總稱。……所藉以規定概念的，當然不是可能的內容，而是結構的內容。……（注27）

德國學者的見解多是嚴謹的，格拉烏博士特別強調「概念」與言語文字

的關係；更聯繫到各國國民教育中，概念認知的重要性，至今還是適用的。

1927年，汪奠基教授著《邏輯與數學邏輯論》出版，書中寫道：

> 凡是所謂實體的概念，只包思想的獨一原素，無所謂矛盾存在。普通概
> 念，都包多數原素。……凡概念之正確與否，必須視所包之原素間有無
> 矛盾為定。兩矛盾原素，即兩概念在意識中彼此相斥相攻而又不相認。
> 所以矛盾概念不能在意識中實行，即令有可能的，則必為觀念混淆的原
> 因；我們思想之中，往往有因觀念混淆，而不能實現充足的觀念。一個
> 觀念可以由文字引起，可以由觀念的若干原素引入完全觀念；……我們
> 所以能墜入矛盾的，就是這種無著的觀念所致。……矛盾觀念就是不能
> 實行而又不可存在的觀念。只有在名字或觀念的片斷中可以實現。
>
> 要決定概念的價值，一定要分析所有概念。……我們人類的思想與宇宙
> 現象，不是完全由分析就可以除去矛盾；因為矛盾內質有不可以除去的，
> 不過借分析指明，為的減除混淆觀念。(注28)

汪教授講的有道理。

1928年，曾任總統秘書的朱兆萃先生著《論理學ABC》出版，書中寫
道：

> 什麼是叫概念？就是我們於分合事物底諸屬性後，把若干判斷，分別它
> 的屬性的共通和不共通的抽象地專含為一類的命名。……概念是從幾
> 個判斷，統一事物底共通屬性而成的。或者叫做概括的表象。……所以
> 概念，不是隨實際的事物而存在的，就是存在於意識上的意思。那末，
> 意識的存在，即是言語的符號。就是言語有具體的感覺的形式的，思考
> 為其對象。概念用言語表示起來，叫做名辭。……與文法學上的名辭不
> 同。……
>
> 我們要判斷概念底真偽，實在很不容易。……判斷真偽的標準，
> ……第一，概念要有一致的（Congrent）性質。……第二，概念要妥當
> （Adequate）；明晰（Distinct）。……第三，概念要精確（Accurate）；明

瞭（Ciear）。

……一概念和他概念相關係地應用。這個關係，可分左列的七種：一、同
一關係。……二、等價關係。……三、從屬關係。……四、對峙（並存）關
係。……五、依存關係。……六、矛盾關係。……

一概念和它概念成立在規定底關係上，叫做判斷。……[注29]

1928年，張廷健教授編《論理學》出版，書中寫道：

第一說謂概念為實有之本體，乃從形而上學立論。其理虛玄，難以證明。
第二說謂概念為總括各地之空名，無何存在，未免忽視心理的事實。第
三說謂概念為意識的狀態，而有意識上之存在。乃從經驗的心理學立
論，較為明確，不涉虛玄。此吾人所贊許者也。

集一類觀念之通性，構成玄通渾一之觀念。或集一類概念之通性，構成
更高之概念。如此之活動，曰概念作用。前者混合於知覺成立之中，而
為思想之初步。後者即純粹之思想也。概念作用，可分抽象作用即捨象
作用二種。……

取二以上之觀念或概念，為意識之相對，施以分析比較，而認定其有無
如何性質及關係，曰判斷作用。……

名也者，所以代表心內之概念，而為言語之發端，思想之工具也。設使
無名，則言語無從而發生，思想無由而表出。將見事物之真相不明，天下
之是非混淆。此制名之所以必要也。尸子曰：天下之可治，分成也；是非
之可辨，名定也。尹文子曰：名定則無不競。非無心，由名定。荀子曰：故
聖王之制名，名定而實辨。凡此諸說，所以明名之不可無，而亟宜制定之
者也。……宜察名與實，是否一致。而不可昧實以亂名，誤名而亂實也。
世俗所用之名，多多不符實。……[注30]

1930年，劉強教授編《哲學階梯》出版，書中寫道：

概念者，將諸物質同性合為一點，而畀以名詞，以述其梗概也。……簡言

之,概念者,眾位一體也,取材於知覺,以成其自身;換言之,概念者,合眾性而畀以普遍性與抽象性之名詞。

概念之各派學說:(A)實念論;……(B)名目論;……(C)概念論;……(注31)

1930年,王章煥教授編《論理學大全》出版,書中寫道:

概念云者,指概括觀念之內容而言者。於概括觀念之內容,原由雜多觀念之內容而成。其雜多觀念之內容,即為概念之成素。統一此等成素,則成一全體之概念。由是可知其所成立之全體概念,與彼雜多之成素,互相依倚而有密切之關係者。若將其全體中所含之事物,應用於吾人思考之際,則謂為論理學上之對象。其概念謂之對象概念。……

……實在論者曰,概念之實體存在客觀界者也。名目論者曰,不然,存在客觀界者,乃一個真實物體。而概念但就個物之共通屬性,予以名目者也。之二說者,俱不免失之狹隘,而有所偏弊。概念論者遂綜合兩說以辨。……而概念論者以概念為一定不變之成果,亦未免於誤謬。蓋因吾人意識之活動非可以固定的者。如知識淺陋者所有之概念,其程度亦因之而淺。知識愈增,精密之度愈進,然後概念之意義,乃臻於完善,以成一般普遍之定則焉。

概念中雜多之內容,稱謂概念之屬性,亦曰征表。此屬性即為各種特質,以規定概念之內容者。今於此概念諸屬性中,抽取其必不可缺之屬性,謂之概念本質的屬性。凡概念成立之確實與否,恆視此本質的屬性之得以明確認知與否而定。其被捨棄之屬性,與夫對於概念之成立,無大關係者,謂之偶有的屬性。……概念指數型中,有特有的屬性,與共通的屬性。……

概念既由概括種種觀念而成,而吾人之觀念,未必悉能純粹而專一。故概念之意義,已不能盡為嚴密而精確。即言諸外之名辭,因之亦有二個或二個以上之意義。學者苟欲藉為窮思論辯之資,自非先識其歧義之缺憾不可。……此等混歧之名辭,在議論及文章上,尚可玩其前後語句以

別之。至國際條約及公牘等，一或不慎，狡詭者即得授為口實，以顛倒是非，混亂黑白。故以論理學家言之，應用名辭，必限制其多義。名辭混歧之原因頗多：……（一）擴義。……（二）縮義。……（三）譬喻。……（四）同音。……

吾人思考之質料，由簡單進至複雜也信矣。至於吾人之知識，及知識所成立之概念亦然。此蓋出於自然之勢也。故吾人之知識愈發達，概念之性質亦愈明確。是概念之明確與否，全由知識之深淺而定。所謂完全之概念者無他，即指其內容意義，規定明確，而有客觀普遍之性質者是也。……

$$
知識\begin{cases} 暗昧 \\ 明瞭\begin{cases} 混雜 \\ 分明\begin{cases} 不妥當（不合式） \\ 妥當（合式）\begin{cases} 記號者 \\ 直觀者（完全） \end{cases} \end{cases} \end{cases} \end{cases}
$$

由是觀之，則概念之道無他，即為明瞭、分明、妥當，且可直觀者是也。其不完全者，即指為暗昧、混雜、不妥當、而惟表於記號者是也。……（注32）

王教授剖析得相當詳細，特別是關於從暗昧混雜的觀念中，如何提取明瞭妥當的概念的必要性，是社會發展的必然。

1931年，教育部審定高中師範校本《論理學》，編著者是朱兆萃先生，朱先生重新撰寫了他的見解：

……由此特殊的表像作成一般的概念之經過，謂之概念作用，即是從諸種的特殊表像比較其異同，異者捨之，名曰捨象。同者取之，名曰抽象。把各表像之個體的屬性，或偶有的屬性，捨而殘之；把各表像之本質的

屬性,聚為一類而總括之,更從而命名之。此捨象總括命名的作用,名之曰「概念作用」。

⋯⋯統一個個特殊的表像,而為一全體的普遍的要素,此全體的普遍的要素從特殊而區別之認識之,遂成為概念。

概念作用,無言語亦能行。同一理由,概念未必要由言語而表示。然表示概念,以言語而始得明瞭完全,此為實際的情狀,所以吾人離開名辭,直不能思考概念,欲概念之傳達於他人,言語更不可缺。既已命名而不成名辭的概念,是無從傳達之可言。

概念雖由抽象表像中之普遍的要素而帶有固定的性質者,實際亦同一名辭而表示的概念,亦常有變化、訂正、補足等情狀。⋯⋯

概念的用途,全為節約其參差的特殊而組織其複雜的思想而起可知。（注33）

1932年,康叔仁編《論理學大綱》出版,書中寫道:

概念基於觀念,觀念基於知覺。知覺者,事物接於吾前有所感知於吾心之謂也。⋯⋯任何意義之個性,具有充分之表現,可以直接理會,便於應用,且能以一言確定其範圍者,即所謂概念是也。

概念之作用有三:(一)辨識。⋯⋯(二)比附。⋯⋯(三)歸入系統。⋯⋯由此可見概念能含攝一切個體,代表其共相。故用概念作思維時,對於多數特殊事物,可免一切置念之勞。⋯⋯（注34）

1932年,張希之教授著《論理學綱要》出版,書中寫道:

⋯⋯概念之所由得名,以其應用之廣,非以其內容之富。蓋意義一經獲得,即為認識或瞭解其他事物的工具。這就是說我們遇到了某種新的事物,便可以把已經獲得的意義引述概括,把他納諸同類系統之中。如此應用廣擴,便造成了「概念」。⋯⋯

「概念」不是「觀念」。「觀念」是片斷的,個體的。「概念」是統一的,概

括的，「概念」是以觀念作基礎。經過了「比較」，「抽象」，「綜合」三種作用造成的。

「概念」不是「對象」。「對象」是實在的，「概念」是抽象的。概念的「內容」與對象的「性質」相應。

「概念」不是「名稱」。「名稱」是概念的代表，「概念」是名稱的意義。

「特徵」是概念構成的基礎。沒有特徵，概念便不能成立。……「特徵」無論是「特有的」或「共通的」、「本質的」或「引申的」，都是概念構成所不可缺少的條件。「偶然的特徵」不能認為是特徵。

概念分類簡表

類　目	類　名	實　例	分類的標準
第一類	單獨概念	孫總理 列寧 孔子	概念的外延
	普通概念	金屬　動物 桌	
第二類	個別概念	學生 士卒	概念的應用
	集合概念	學校 軍隊	
第三類	抽象概念	桌子 書	概念內容的性質
	具體概念	這桌子 這書	
第四類	單純概念	紅 白 長 方	概念的內容
	複合概念	山 川 草 木	
第五類	積極概念	金屬 有機物	概念內容的有無
	消極概念	非金屬　無機物	
第六類	相對概念	父子 兄弟 夫婦	二概念與其他概念之關係
	絕對概念	山 川 草 木	
第七類	對立概念	美 醜 冷 熱	概念相互間的關係
	矛盾概念		是非 有無
第八類	綱概念	物　生物　動物 人	概念覆屬的關係
	目概念	生物　動物 人 漢人	

「名詞」是代表概念的。但名詞的涵義有時曖昧駁雜，有時廣狹不定。推證的謬誤，往往發生在應用「名詞」的不慎上。所以我們對於名詞的應用，不能不特別注意。各國的文字都不甚完全。許多概念沒有特別的名詞代表。往往一個名詞，含有多種意義。就我國文字說，如「果」一名詞，可

以作「品果」的「果」，「因果」的「果」。「果敢」的果種種解釋。如「表」
一名詞，可以作「鐘錶」的「表」，「表冊」的「表」，「表裡」的表種種解
釋。字義紛歧，偶一不慎，推理即隨之錯誤。……再舉個通俗的例子，
如平常罵人：「你這人不是人」。就字面上講，「人」與「非人」是矛盾的
概念，你承認他是人，不能同時又說他不是人。這句話似乎不通。其實，
在意義上很可以講通。因為前後這兩個「人」字含有不同的意義。上一個
「人」系指「形體」而言，下一個「人」字，含有「道德」上的意
義。……（注35）

張教授苦口婆心，分析周詳，還使用了許多例子來說明之。

1933年，日本速水滉教授著的《論理學》，被汪馥泉教授翻譯出版，書
中寫道：

概念這東西，是起於思維活動底經濟的，代替那考慮一個個特殊的東
西，可以包括地用概念來考慮它，且可藉概念以使代表全體。單靠表像或
表念的知識，是不聯絡的離散的知識，是很不完全的知識，便是知識底
未成品。將它作為有聯絡的統一的東西，成為完全的知識的，便是概念
作用；其結果，便是概念。

概念是從表像，經過（一）比較，（二）抽象，（三）總括，（四）命名的過
程完成的。在比較概念與概念的場合，由於同一的過程，可得更抽象的
概念。

概念作為抽象了表像中的普遍的要素的東西，被看作不變的、固定的性
質的東西。因為如其不容許如此的不變的、固定的東西，那末思維活動
便難進行。但其為不變的、為固定的，是比較的，在概念作為思維活動底
一要素的限度內，仍是流動的東西，是一個有生命的東西，這是不可忘
卻的。就是：在概念作用為對於我們有潑剌的意義的東西而使用的限度
內，用同一名辭來表現的概念，也為我們底實際的要求所督促，不絕地
變化的，或者訂正其謬誤點，或者補足其不充分點，而遂行改造與發展
的。這一點就自然科學上的概念，……最容易瞭解。是流動的，是變化

的，這是事實；把它看作固定的、不變的，這正是論理的思維。……（注36）

也不知是日文本義複雜，還是翻譯問題。當時人讀起這些話，恐怕是比較難懂。不過其意思就是說：概念是把一些散碎的觀念，經過梳理昇華而成。只是概念本身也是會慢慢在實踐中演化，不斷昇華。

1933年，宋子俊教授著《論理學概論》出版，書中寫道：

> ……集合同類的各種表像，把牠統一起來，求其共相，而能代表各個體的，便叫概念。把種種特殊的表像或觀念概括起來，使成為概念的作用。表像經概念作用而一般化的，就成概念。以概念為思攷活動的對象，可免再想到概念所屬的各種特殊事物，以致混淆不清，所以說概念為謀思攷活動的經濟而發生。實是正論。從表像或觀念所構成的知識，都是孤立不相關聯的，沒有甚麼價值可講；充其量也，只能說是知識的基礎。概念是把這些基礎互相聯絡，統一而成為全體的普遍的要素，進為思攷的對像，以求正確的知識。
>
> 由特殊的表像構成一般的概念，必須經過比較、抽象、綜合、命名四個歷程。當表像呈現於吾人心意中，吾人如一一接受，以為思攷的對象，那末，吾人將不勝其煩瑣了。但通常吾人的習性，凡遇諸種表像紛至遝來的時候，每能於不知不覺間，比較其異同，辨別其屬性，認取其相似的共通之點，然後再根據這共通點，而加以綜合，於是概念方告成立。
>
> 蓋思攷以判斷為歸結，判斷時比較兩概念而求得其關係或性質。名辭為概念的代表，沒有名辭，思攷失了工具，將用什麼方法把牠表現於意識？所以我們要離開名辭來講概念，實際上是不可能的。這樣說來，概念作用的最後，命名實為必要了。不過命名必須與實相相稱，否則名與實違，則概念的真相不明，是非莫辯，全失了命名的作用。……這種名不符實的名辭，舉以為思考的對像，往往發生重大的錯誤。（注37）

1933年，美國伍德沃斯教授著的《心理學》，被謝循初教授翻譯出版，書中寫道：

思想上一種重要工具，叫作概念。……一物的概念，不只是你對該物所回憶的憶像，也非只是你對該物所發作的肌肉反應，乃是你對該物所知之總和：該物的形、聲、色、味、變化、及你和別人對之所發作的行為。換句話說，一物的概念，便是你觀察、處理、思想該物後所保持的總經驗。你對任何物的概念，皆是你所瞭解該物的意義。凡能感覺的、思想的、想像的，皆能成為概念。——不拘是人，是物，還是事；是屬性，還是關係；是具體的，還是抽象的；是特殊的，還是普遍的。

一個概念，要成為思想的工具，勢必具有一種統一性。由一概念含蓋的種種不同的屬性，勢必來自一物，由觀察連貫。你對於該物的反應，勢必要觀察，否則概念便難以成立。……概念的形成有兩種因素：一，凡在感覺的知覺上顯著的對象，易於形成概念。二，凡兒童用肌肉反應處理的對象，易於形成概念。

概念，要成為思想的利器，勢必能用。它勢必能用到物質方面，受物質環境的限制；它勢必能用到與人談話方面，受社會環境的限制。物質環境堅持概念的客觀性，社會環境強迫概念符合團體的見解。因此，兒童的概念，有些漸漸變為客觀的，有些漸漸符合團體的遺風遺俗。社會公認的概念，往往不是客觀的；在許多文化裡，靈魂論是標準的宇宙觀，兒童的思想漸漸附就在這個準繩之下，這也是最宜乎他的世界觀的發展的方向。

我們或者臆想從特殊的概念發展至普遍的概念，一定是一種遲緩的艱難的歷程。但就大體上說，普遍化是件容易事。……但要達到理智上的普遍化，思想勢必有相當的自由，勢必與肌肉反應有相當的分離。

要界說一個概念，你必須知道概念所概括的一切事物的共同點，同時也要知道這些事物與概念以外的其它事物的不同點。……

凡用一種方法應付一類事物的人，最初總不免錯誤，錯誤便是引起分析的刺激。在失敗之後，他便細心考察錯誤的由來，尋找可以指導將來反應的暗號。倘若他屢次失敗，忽然有一次成功，他也必仔細追求意料之外的成功的所以然。倘若他的原則一向每試必驗，而今日忽得到相反

的結果，他便應該探索改變原則的方法，但他已有成見，卻不愛輕於拋棄原有的原則。倘若所要分析的主要特性，表現得很清楚，分析工夫便輕而易舉了。凡此種種，不過是晚近對於概念形成之試驗研究的撮要而已。

我們很可以說，獲得人物、自然現象，以及社會現象的真實的、正確的、客觀的概念，是一種緩進的艱難的工作。人類自始便從事這項工作，雖然不一定向客觀方面發展。傳統的概念，縱使有事實推翻，人類往往也戀戀不捨。錯誤的概念，與錯覺相似，可以叫作錯念（Misconception），其極端的實例，便成為妄想。……（注38）

美國學者所寫的巨作，對於中國讀者應該是頗有幫助的。他先是強調了「概念」的工具性，是思想的利器。如何在物質環境「堅持概念的客觀性」，以及在社會環境「強迫概念符合團體的見解」。這樣的解釋，讓人茅塞頓開。如何他又以兒童的心理認知過程，以研究事實來說明人類獲取「概念」的必要與途徑。他還強調「錯誤」在認知「概念」中的應有的地位，是很成功的方法。因爲「獲得自然現象，以及社會現象的真實的、正確的、客觀的概念，是一種緩進的艱難的工作。人類自始便從事這項工作，雖然不一定向客觀方面發展。傳統的概念，縱使有事實推翻，人類往往也戀戀不捨。」確實如此。至今依然值得學習思考的。

1933年，郭湛波教授著《論理學十六講》出版，書中寫道：

概念是由對象之共同表像而成，用言語表示出來，就叫做名辭。但言語文字不是概念，概念由對象文字所合而成。不過對象與概念也不同：對象是性質，概念史特徵，是思想之結果。概念與觀念也不同，觀念是特殊的，實在的。概念是普遍的，意念的。（注39）

1933年，王特夫教授著《論理學體系》出版，書中寫道：

概念是移入於人類頭腦中而加工了的物質底性質及其聯結之綜合的肖

像，它是依於主觀作用而定式化了的和依於客觀作用而發達著的東西，是思維底雛形和認識底深化，也是思維底成分和因素。……

概念之獲得是不能不依靠感覺的，感覺為人類底一切觀念底泉源，也是人類活動之起點，我們要把人類底存在於我們思維之外的外物吸收到頭腦中加以認識，要把我們所認識的事物之自具的特性和其與它事物之共通點及關係，都吸收到頭腦中來，構成其觀念的輪廓，只有經過感覺才有可能。感覺是外物之物質活動作用於我們底物質器官，而接受其作用來形成印象，顯映外物底一切屬性的道路。……概念這東西，不但因為它所代表的是外物底一種輪廓，由此而有其客觀性；並且還因為它要由感覺的經驗才能獲得，更構成其經驗的客觀性。所謂先天觀念和概念，是根本不存在的。……

概念自身有其內在的關連與其他概念有其關連。所以才使概念由推闡和聯合到其它概念構成思維的可能。……

人類在獲得概念時，是加了一種抽象的作用，這抽象作用不但使具體的事物所具的種種屬性，從事物底本身離開而移入於人類頭腦中，其移入一方面是外物底作用，它方面也是人類自身底作用。……

概念這東西，一方面是心理活動底產物，它方面也是以物質的客觀世界為根據才抽象得來的。……概念是抽象物和具體物底統一，是心理元素和物質元素底統一，只有從這統一底條件上去認識，這概念才能被瞭解，也才真能用以表明客觀事物並用為思維發展和活動的根據，甚至用為思維中的判斷和推論底對象及主體。

只有那些絕無內容的概念，才是永久不變的。如果一種概念是有內容的，是能代表實物的，則這概念必定要受變化的事物之客觀的反映，而成為變化和發展的東西。……

概念之變化，和人類底文化有密切的關係。人類底文化底發展，使我們底知識日益在發展中。所以對於自然事物乃至社會的事物，也日益豐富其認識程度；而對於每一事物底概念不但由貧乏而趨於豐富，和由歪斜而趨於正確，並且每一社會以及其社會形態、性質之變化，一樣能影響到

對於事物之概念的改變。……

概念還根本就是歷史的產物。我們現代的人對於任何事物底概念，因為它是一種知識，是一種對事物的理解底知識，所以它是人類長期進化中所獲得的。現有的對於事物底概念，沒有一個是單純由於個人所獨立獲得的，只是這些東西在我們吸收了歷史的知識之後，轉變為自己的精神所有物。一提到某事某物，在不必思索中就能起發出對於那些事物的觀念底輪廓，這不過是一種習慣成自然的表現而已。……（注40）

王教授的見解頗有特色，他除了從哲學家視角談論「概念」之所以為概念之外，還提到「概念」的演進，更從文化學視角談論「概念」在人類文化中的作用，以及從歷史學視角談論「概念」在歷史中的地位。這是很開闊的視野，以及科學的總結。只可惜他的行文是外文式的結構，變成漢語就相當繞嘴。

1933年，伊榮緒教授著《實用論理學》出版，書中寫道：

概念云者，乃分別事物屬性，捨其異點，取其同點，加以比較、證驗、而抽象的集合為一類之謂也。

名辭者所以代表內心之概念，作言語之發端，思維之工具也。使無名辭，則言語無從發生，而所謂亦無由表出；將見事物之意義不明，理論之是非無定，詭辭亂正，世亂繁興。……所以告治事講學輩，宜循名以責實，莫昧實而亂名。……（注41）

1933年，清華大學王了一教授著《論理學》出版，書中寫道：

概念是思想的一種方式，在這方式裡，我們的思想，把某一事物認為一件事物，而且這事物是與其他事物有別的。若把客觀的意義來解釋概念，無論任何事物，一經思想認為一種事物，這思想中的事物與事物的本身是一致的，而與其他事物是不同的，這事物就是一種概念。概念的內容就是牠的含義。這種含義藉著一種個性而與他種含義有別，於是那

個性就形成了概念的標識，或特性。(注42)

1936年，汪震教授著《論理學》出版，書中寫道：

> 規定某概念之意義時，須先舉所屬之類概念，以明其在體系中所占之位置；次則舉其種差，即與他同位概念區別之特異，以別於其他類似之概念，其定義乃為完全。……（一）定義要舉事物的必然的屬性，不可舉其偶然多屬性。（二）定義中不可用所下定義的事物的語言，也不得用意義相同的語言，如言「論理學是研究論理或研究名理之學」。（三）定義要用肯定語，不可用否定語；因否定語不能指出所有屬性之故。（四）定義要簡明，不可用晦澀，雙關，比喻之語言。如孟子說：「規矩，方圓之至也。」本句看來意義似為明白，但一分析，「至」的內包是什麼，便感覺這句話意思晦澀而不明。雙關為一字兩義，不知何指。如墨子《小取篇》：「盜非人」。「人」有生物的人，有倫理之人，語意模稜雙關，故下文說：「殺盜，非殺人也。」比喻，如孟子說：「仁，人之安宅也，人之正路也。」人與安宅與仁之關係如何比較，如何確定，殊令人難曉。(注43)

汪教授所講到下「定義」的必要條件。

1936年，美國杜威教授著的《思維與教學》，被孟憲承和俞慶棠先生翻譯出版。書中寫道：

> 觀念於引導觀察行動以後，便經證明而成立了；以後我們不再當它是假設，而當它是可靠的工具，用以理解別的疑難的事物了。這種確定了的意義，便是概念。概念是判斷的工具，因為它是參照的標準；也可以稱為標準化的意義。凡我們語彙裡的公共名詞，可以用來判斷別的事物的，都是概念。……
>
> 概念，使我們能夠類化，使我們能夠把一事物的理解，轉移於別的事物的理解。……概念既然代表事物的類或屬，它節省我們的思維不少。……概念使我們能夠利用關於同類的反應，而不必費力於個別事物的認識。

概念把知識標準化了，它使流動的化為凝固，移易的化為永恆。……人
們有時候互相辯難，而不得要領，就因為所用的名詞的意義，於無意中
移易了。舊的概念的意義，當然也不是不可由思維與發明而改變；……由
於它們於意義既改之後，仍必須得到一種共同的確認，否則意義便混淆
了。說人們相互理解，意指人們對於事物有共同的約定。這表示標準化
的意義，是人們傳達意思的一個條件。當兩個人說著互不相喻的兩種
語言時，只要有雙方公認的意義的姿勢的表現，多少還能夠有些相互的
理解。共同意義在社會生活上的必要，也就使意義標準化的一個主要力
量。意義一經社會的確定，個人的思維便能夠穩定，因為他的思想中，有
一部分是固定的。……

概念是（1）認識，（2）補充，（3）列入系統的工具。……概念的使用，有
系統化的趨勢；在科學的概念中，這種趨勢是更加顯著的。

概念在教育上的重要。……兒童……在他發展的任何階段，課業要有教
育的作用，便必須有印象與觀念的相當概念化，沒有這概念化，則得不
到可以移用於新經驗的理解的知識。理解的蓄積，是最緊要的。任何暫
時的濃厚的興趣，不能補償這理解的蓄積的缺乏的。可是概念的重要，
曾使人陷於教學上的錯誤。以前所述論理的方法，即根於一種信念，以
為概念可以現成的提示而被吸收，使得學習敏捷而有效。它的結果，是
忽視了構成概念的主要條件，而只傳授了文字的符號。和兒童理解與經
驗隔得遼遠的概念，又常常使兒童的理解更加混亂。……教學上的問
題，沒有比構成概念更重要的了。

概念不是由抽繹事物的共同性質而得來的。……

概念起於經驗。……

概念因使用而更確定。……

概念因使用而能概括。……（注44）

　　杜威教授作為教育家，處處強調「概念」在教育中的重要性。在他的
視角下，「概念」作為學習的工具，是能夠「必須有印象於觀念的相當概念

化」，甚至還能夠成爲「標準化」的認知過程。他還批評了一些教育方法上的根本問題。他的見解是相當明確的。

1936年，張天民先生著《論理學答問》出版，書中寫道：

> 吾人對於事物抽出個別觀念，而統一其屬性者，謂之概念作用；由此作用所得之結果，是爲概念。是知概念云者，乃爲思考活動之節省起見，由各個特殊事物觀念，進而爲包括的思攷，實有代表全體之可能也。概念之構成，不外由判斷而得；……概念所從之判斷，謂之原始判斷；其性質甚簡單，僅將各個觀念比較其異同，而有所辨別之意識作用而已。由此各個觀念之異點中得其共通點，即爲其事物之概念。吾人由經驗而得各事物之共同的者，謂之「經驗概念」。進而爲分析綜合者，謂之「論理概念」。將各事物互相歧異點棄而不用，僅就其同點注意之，謂之「抽象作用」。將非共通點與抽象而得之共通點相對者，謂之「捨象作用」。由抽象與捨象所得之結果；各個特殊之觀念合而爲一，概念之實質於是構成。再將此概念實質以言語表之，則成名學上之名辭。……（注45）

1936年，林仲達教授編《綜合邏輯》出版，書中寫道：

> 概念是由配到底結果而產生的，牠是以「觀念」作基礎的。……
>
> 概念雖必由感覺或直觀而獲得，可是牠絕不是客觀事物映入人類頭腦中的單純的肖像，乃是我們認識外界事物時，把許多具體的個別的事物的屬性，加以抽象的工作，經過判斷，分析，綜合等意識活動，而後得了一個統一的觀念。……
>
> 概念的構成是以「特徵」爲基礎，沒有特徵，概念便不能成立。……
>
> 概念既然是從客觀事物中抽離出來的肖像，那末因爲主觀要確定客觀一個被認識的事物，便把概念看做不變的定型的東西。但是客觀事物底某些定型的表現，不過是內在的不定型的變化的過程。人類的思維必須適應客觀的變化的，所以概念便不能不有其自身底變化和發展。……（注46）

看來，林教授基本上是在重複王特大教授的見解。

1936年，瑞士雷蒙教授著的《邏輯之原理及現代各派之評述》，被何兆清教授翻譯出版。書中寫道：

> 自心理學觀之，概念在人心中，或可喚起一組物性或可喚起一群賦有此組物性之個體。故概念在心中，可煽動思想使向上下四方去活動，因概念是同時包含有雜多物之印象，即統一此雜多現象之意義在。……但概念須在判斷中且惟藉判斷，始取得一定之形及確切之意義，此則甚確實。此所以概念是無數判斷結晶而成，為一切可能的判斷之起點。

> 德那渴阿說得好：「孤立的概念，是不存在的，一切概念，皆是一已構成之判斷」。……

> 古士阿說得好：「舊邏輯建立於概念的基礎上，新邏輯（logistique）則視概念為複合的，引申的，並非基本的，且合於現代邏輯之精神，而將概念附屬於判斷，視判斷較為最根本較為普遍。其結果即視概念僅為命題函數之一特例。」

> 概念者乃一函數的不變式，有質與量兩層關係。舊邏輯之內容，是重視概念的質。如人之概念，乃是其他概念的質與量的函數。……

> 反之，在精嚴的科學中，視為不變式的概念，即有一定的量。……

> 由是觀之，在質與量兩層關係下，定概念為一函數的不變式，即可指出常識進為有組織的數量的知識之歷程。……此種概念的界說法，有一好處，可使人明瞭語言在過去時代中是向何方面進化。各種語言在其初期記述此等不變式時，是將之附於所指之物名之語頭或語尾變化上。……

> 殊不知概念之性質是極複雜，常易發生曖昧晦塞之弊。如由其關係上觀之，並用一種適當的語言或記號區別之，則晦塞曖昧之弊即可免除。

> 不過邏輯如為形式之學，即當表現於一種代數的形式中，始可免除普通語言曖昧歧誤之弊。但邏輯亦不應因此即變為一種應用數學，因邏輯有其自身之法則也。[注47]

這是西方學者從新邏輯學的視角，來解釋「概念」的內涵：「定概念

為一函數的不變式，即可指出常識進為有組織的數量的知識之歷程」。講的很清楚。但是，筆者不知道讓「概念」研究變成數學符號研究，到底是否合適？弄不好的話，曖昧晦塞會更加嚴重。

1938年，革命家潘梓年著《邏輯學與邏輯術》出版，書中寫道：

> 概念就是某一事物在我們主觀上的印象，使我們對於它各方面的認識的總和。……形式邏輯的科學家，一次從客觀事物的觀察上獲得了許多事物彼此間的相互關係，在觀念上形成種種概念，判斷，推理以後，就回去坐在書齋裡，把它們像我們玩紙牌，打麻雀似的，這張配到那張，……搭出自己認為最適當的許多組與系，於是以為宇宙之秘盡在於此了。……(注48)

潘先生的見解別開生面。可惜，他自己也還是在「玩紙牌」。

1939年，美國何林華教授著的《教育心理學》，被吳紹熙和徐儒先生翻譯出版，書中寫道：

> 概念就是符號，它是用以代表所屬經驗的抽象記號，或慣常用的符號。在符號與實物（或情境）之間並沒有什麼「心理的概念」。……一個思想或概念，並不是符號之外的另一種東西。思想的重要不再它是如何組成的，而在它有如何的反應，即對於過去的情境發生某種意義的動作。
>
> 原則必須經過實用才有最好的理解，故實用與理解是同時發生。一個概念或符號的能夠成功，必須能引起以後的動作，而這種動作的能夠引起，又決定於過去的情況。……
>
> 概念不是最初已經形成而後才去應用的。反之，概念的意義，須靠實際應用的情形如何，正如應用須靠瞭解的程度和背景的正確程度一樣。幸而有語言（寫的和說的，）於是我們才有定義、異聲同義、類比、圖解和其他替代的經驗，以供利用。……(注49)

何林華較深的見解，依然是圍繞著教育問題來討論「概念」的。

1941年，趙元俊司鐸著《論理學》出版，書中寫道：

> 我們知識的構成，由於概念的統一事理屬性，並概念與概念的彼此連絡
> 比較。而概念的基礎，則根據於由感覺，記憶，及想像所發生表像。

> 實際上，當事物表現於我們知覺幻覺時，理性立刻將它們的同點異點，
> 分析開來，頃刻間構成清楚的概念。

> 原來在有形物質的物體，與無形質的知性概念間，有一無底鴻溝，按本
> 性說來，外界的有質物體，是絕不能進入我們理性之內，構成各種知識
> 的，故若沒有連接兩端的概念，絕對無法跨過一步，而有形與無形，亦
> 不能發生任何關係，有了知性概念，便能藉著感覺，知覺，幻覺，相像等
> 的梯形橋樑，終能跨過深淵，溝通了有形和無形的殊別，發生了緊密的
> 關係，作為真正知識的根基。此概念功用一也。

> 單純領會者，乃是對於某種事理的知性認識，因無反省功夫，蘊諸其間，
> 故不加任何肯定或否定，其所別於直觀者，是它毫無質料意義，純是知性
> 的作用。可以說，單純領會只具有概念的雛形。……

> 概念與理性，便有了極緊密的關係，概念的對象，便成了概念的客觀方
> 面；理性官能，便成了主觀方面了。申言之，客觀概念者，係組成概念的
> 一切屬性徵表，完全與事物對象的實際相吻合；主觀概念者，則是事物
> 的再生表像，形於我們的理性之上，為理性上之成全。……[注50]

趙司鐸是從神學視角來談論「概念」的意思。

1943年，輔仁大學德國學者柴熙教授著《論理學大綱》出版，書中寫
道：

> 談論概念，即是討論思想的比較簡單的原素。其他思想，譬如：判斷，推
> 理，都是用著概念構成的，以概念當作自己的原素；概念卻是思考的最
> 簡單的原素。……

> 「純粹表現對象本質的思考作用」，叫做「概念」。……

在實際的思想上，概念時常與其他思想原素組合成判斷，推理等。此處我們既然要瞭解概念的特徵，故應該把概念從一切同它合成的思想分開，而專注意它的本身。……

因為概念只表現事物的本質屬性，而把非本質的屬性，都置之高閣，所以它常是一個抽象的表現法。

「概念所表現出事物的限定」，叫做「征表」。……

「指示概念的，可感覺的，人為的標記」，叫做「名辭」。……一般標記所有的三個原素來：1、當作媒介物的可感覺的原素，即名辭的外相。2、因著名辭所認識的，即名辭所指示的意義。3、名辭的外相和意義的聯絡。……

「範疇」（categoriae, praedicameenta category）即是「表現萬物的最高級類概念」。……

「講解某事物的句子」，叫做「定義」。……「應力求本質定義」；……「完全適應概念的範圍，並且至適應而止」；……「定義該清楚」；……「定義應是肯定的」；……「事物的名辭，不可在定義中引用」……「定義愈短愈好」。……(注51)

1946年，燕京大學教授張東蓀著《知識與文化》出版，書中寫道：

概念之起源，是由於具體事務的影相之逐漸淡薄而變為記號，複由記號的移用而致於普遍，乃有所謂「共相」。……

所謂概念，乃是思想之符號化以故到了概念作用階段，思想與語言便成為完全一件事了。……概念上愈有抽象的出來，只不過是言語上又有新名詞的創造而已。故我們論到概念之造成不能不說大體是由於經驗。……

概念既是抽象者，便能作為多數人心上的對相。因為概念變為了符號以後，便騰離了知覺，於是乃可從本人的心上，移入於他人的心上。須知概念既能左右知覺，而概念又是由他人心中移入進來的，則我個人的心思

便不會為他人的心思所支配。故到了概念發生，知識便自然而然就有社會性和集合性，個人反而受其支配。

概念既是凝一而成的一個單體，則其成立以後，便有其獨立的作用。因此，我們必須承認凡概念都可以分析。分析可有兩種：一種是「還元」，就是凡關於抽象的都可以還元到具體的。就是把概念仍還元到其所由來的那個知覺。在此請附帶一言概念與知覺之不同。還有一點，就是在知覺上至多只有「所見」與「見者」之分而已。而在概念上，卻有「想者」「所想」及「所想之對應者」三個不同的方面。「所想」是概念本身；而對應者乃是其「所指」。另一種卻是愈分析反而愈抽象，有時竟得到一些不可定義的概念。……

原來概念本有三種功能：第一即必有所指。……第二即必有所造。……第三即規範作用。……凡可以當做規範來用的概念，因其都有支配其他概念的功用，都可以名之為範疇。……（注52）

張教授的研究相當深入，發人深思，至今尚有研究思考的必要。

1946年，廣東國民大學羅香庭教授著《理則學綱要》出版，書中寫道：

「概念」，是概括觀念的內容，綜合其共通性而形成的，也就是由特殊的表像（觀念），經過比較、抽象、綜合、命名的四個歷程而構成的。概念用言語文字表示出來，又叫做「名辭」。嚴格來說：「形諸內者為概念，言諸外者曰名辭」。……

集合同類的各種表像（或觀念），把它統一起來（把種種特殊的表像或觀念概括起來），而能代表其同類的各個體的（能包攝它同類的一切表像的），便叫做「概念」。」（注53）

1949年，柴熙教授又著《認識論》出版，書中寫道：

所謂概念之「實在價值」，係指概念與實際事物的一種內在的相合性。這一點，曾遭「概念論」激烈地反對。他們主張，概念不過是事物的一個符號罷了。「經驗主義」的概念論，以概念為自然的符號，——「中世紀

的唯名論」;「生命哲學」主張概念只是有著工藝目的的象徵,它阻礙了溝過實際界的直觀作用。「唯心主義」的概念論以為,直接的經驗只能供給混沌無秩序的材料,在認識時,理智依照範疇(先驗的形式)整理它們,予以結合,如此形成自己的對象。「實在論」則一反上述的二種急進的學說,主張概念的內容,可能相符於實在事物,因之,它具有真正實在的價值。……

生命哲學的概念論

認識的目的在於瞭解實際存在的事物——真。

所以對於事物本質之抽象的認識沒有價值——誤。

概念不能完全地表現事物——真。

概念完全地不能表現——誤。

唯心主義的概念論

認識須具有普遍性與必然性——真。

以思想自身的形式解釋普遍性與必然性——誤。

經驗的事物不能作為普遍及必然認識的基礎——真。

經驗到的事物全無合理的要素——誤。

概念實在符合於實際的事物。它既不是一個與事物沒有任何內在相似性的象徵,又不是與事物自身不相符合的思想產物。而實際在是與事物互相合諧。(注54)

以上40餘部書中的內容,可以說是專業性詮釋,比較有進一步對「概念」的概念提出自己看法。這些中外學者,他們分別從哲學、心理學、邏輯學為主要視角,討論「概念」在人類知識進展中的主要作用。不管他們在政治上見解上有什麼樣的派別,不管他們是哪一國學人,他們談到概念與語言的實用關係;談到概念與文化的實用關係,談到概念與歷史的實用關係,更是強調「概念」是人的心理反應,更是促進人類思想發展進步的重要工具。這就給予當時的讀者很好的知識,起到了對於中華民族的啟蒙作用。今天的

讀者依然能夠此種學習獲取知識，讓「概念」有了新的概念內涵，更能在社會文化發展中順利地被運用。

這些學者的思想，也就構成了梳理「概念」的概念史的材料。至於當時大量的政治家、文學家、記者等人，也都紛紛在使用「概念」這個詞在遣詞造句，其中的大多數文章中，其實是把「概念」一詞融進他們的觀念中被使用，以表達他們的意願。這不是給「概念」下定義。所以，本文不引述他們的辛勞，以免徒找詞語上的麻煩。

（二）近代中文辭書條目中的「概念」

在二十世紀的前半葉時光中，由於順應改革的需要，在廢除科舉制度的動力及五四新文化運動引導下，中國湧現一批前所未見的百科辭書，為民族求知提供了新文化工具。在其中一些辭書的條目中，就有了「概念」，為讀者提供了一種新的比較客觀公允的說明。

辭書的條目，原則上傳統上是要以概念為公允的答案，而不能以個人的好惡或立場觀念來隨意編寫。

在1911年，有黃摩西教授編：《普通百科新大辭典》出版，這位東吳大學教授很有新思想，他編寫的條目很精彩，可算是近代歷史中很好的一部百科辭典。其書中有：

【概念】Conception

就個個事物之觀念，抽象其共通要素，而概括之者。如家為無數之家，馬為特別之馬。此觀念雖屬於具體者，而馬、家之觀念，則為抽象者、一般者。然其觀念虛浮者，則概念亦不實，故必本於具體事物之觀念。(注55)

1915年，上海商務印書館同人編的《辭源》出版，書中有條目：

【概念】 心理學名詞。就種種觀念，概括其相關類似者，而成一共同之

概念也。如就松檜等，概念其共同之點，而名之曰木也。（注56）

1926年，樊炳清編輯的《哲學辭典》出版。書中條目有；

【概念】英(1) Concept (2)Conception.

　　　　法(1) Concept, Notion, idée, (2)Conception.

　　　　德(1) Begriff, (2)Begriffsbildung.

（一）概念之意義，可分三項說明。（甲）自哲學上言之，知識要素之具有普遍態（Universal）者，皆謂之概念。不問吾意識中，能否以此溥遍態與各個事象相區別也。如康德所云「範疇」，即不能由分析之用，以別於特殊事象，而但為形成事象之溥遍原理。此原理，亦得以概念名之，所謂「悟性概念」者即是。（乙）心理學上，則稍限其意義。吾於思考中，認有「統括特殊事象而成一全體」之溥遍態，又認識此溥遍態，為別於特殊事象者，是云「概括作用」。……（丙）……論理學上，兼得以「個體」為概念。其表諸語言，而呼為「固有名辭」者即是。

（二）概念之分類。……（後面羅列30多種不同概念，有純粹概念、經驗概念、類概念、單純概念、複合概念、個體概念、普通概念、種類概念、具體概念、抽象概念、同一概念、等價概念、同義概念、上位概念、下位概念、從屬概念、對位概念、個別概念、離接概念、交叉概念、集合概念、反對概念、矛盾概念、否定概念、消極概念、肯定概念、積極概念、缺性概念、乖離概念、相關概念、回互概念、絕對概念等。）（注57）

1928年，中華書局同人合編《中國教育辭典》出版，書中有條目：

【概念】Concept

由同類的多數事物之諸項知覺所成的普遍觀念，謂之概念。論理的概念，即為族類特性之定義，必須足以通括一族類各分子所具有之一切重要屬性。心理的概念，乃日常生活中，由經驗而得，未經方法的研究之概念也。概念之形成，含有比較，抽析，判斷，綜合諸作用，故教學時不可期望學生於匆遽之間瞭解一新概念，當使其就各個具體的事例，互比較其異同，抽析其特點，判斷其關係，而後加以綜合，以期其直能領獲也。

【概念論】為唯名論之修正說，反對粗率的唯實論。……概念論使人注意各個物體，大有助於物質科學之進展，又引人研究心之構造與活動，其功亦不可沒。(注58)

1929年，陳綏蓀教授編《社會問題辭典》出版，書中條目有：

【概念】Concept, of Conception
德Begriff, oder Begriffsbildung
哲學上指一切知識中普遍的要素稱為概念。這個普遍的要素，從個個事象上，是不問有意識的區別沒有。在心理學方向說來，概念不是有意的，是由無目的的活動，自然地構成的。例如在類似的諸概念中，同一性質，漸次強固地發達起來，相異點至被失去，終久只剩同一性質單獨的表現。概念比知覺、觀念缺偶然性，但對於事物，代表共通的特徵，所以能使我們底精神生活經濟化。(注59)

1929年，吳念慈、柯柏年、王慎名先生合編《新術語辭典》出版，書中有條目：

【概念】Concept
在哲學中，「概念」是觀察者從他所觀察的特殊的對象所抽取的一般的觀念。我們分析同種類的事物底屬性，把牠們底共通的屬性構成一個一般的觀察，這觀念即是「概念」。(注60)

1930年，唐鉞、朱經農、高覺敷三位教授合編《教育大辭書》出版，書中有條目：

【概念】Concept
(一) 概念之意義，可分三項說明：(1) 自哲學上言之，知識要素之具有普遍性者，皆謂之概念。不問吾意識中，能否以此普遍性與各個事象相區別也。譬如康德所云「範疇」，即不能由分析之用，以別於特殊事項，而但為形成事項之普遍原理。此原理，亦得以概念名之，所謂「悟性概念」者即是。(2) 心理學上，則稍限制其意義。吾於思考中，認有「統

括特殊事象而成一全體」之普遍性，為別於特殊事象者，是云「概括作用」。其認識所得者，謂之概念。僅有普遍性存於認識中，不足云概念也。假如謂普遍性之所在，其認識得以概念的名之，則雖單純之知覺，亦可云「概念的」。……顧欲反乎特殊性，而把捉普遍性，必借語言文字為助，非是則難。申言之，人之以普遍性為一心象，而保留於意識中者，實乃借特殊事物之具體心象以為用也。然苟如此又慮有損其普遍性，惟寓諸語言，自不至於特色化。(3)由前之說，是概念不外指普遍性。顧此普遍性，不獨從各個特殊事物中，抽取其通共者以成，又統合一定之特殊內容以組成混一體。而其各部分之形性及關係常保同一者，是亦普遍性也。故論理學上，兼得以「個體」為概念。其表諸語言，而呼為「固有名辭」者是也。

（二）概念之分類，得從種種見地而殊。……⁽注61⁾

1930年，葛祖蘭教授編譯《日本現代語辭典》出版，書中有條目：

【概念】がいねん（日）
譯自英語之General Idea。從各個觀念中抽出一般共通之要素而總括之者，是為概念。如就松柏杉等，概括其共同之點，而名之曰木是。故為抽象的而非具體的。⁽注62⁾

1933年，《現實週刊》編輯李鼎聲編《現代語辭典》出版，書中有條目：

【概念】Concept(E.F); Begriff(G)
①（哲）具有普遍性概括性的知識要素。如康德的「範疇」即所謂悟性～～。

②（心）指由多數相別的表像中，抽取其共通內容，而構成的概括表像。例如花的～～，就是由桃花、櫻花、蘭花、梅花等不同的花，抽象其共通的性質而構成的。⁽注63⁾

1933年，沈志遠編《新哲學辭典》出版，書中條目有：

【概念】(C0ncept)

客觀現實、客觀事物之反映於思維的形態，這形態是一致的和複雜性底結合體。事物、物體客觀存在著，它是諸種複雜的性質和關係之一致體，是客觀物質之具體的形式。當我們從物體底全部複雜性、從它的一切聯繫和關係上去認識此物體的時候，而這些複雜的形態綜合為一致體，為整個的意念時，我們就獲得了事物之概念。

這樣看來，概念第一是客觀事物之反映；第二存在於概念中的一般性（或普通性），是存在於物體本身中的，因此它也是客觀的；第三概念自身中不僅包含著個別與特殊，概念就是一般個別和特殊三者之一致體，就是說概念是具體地反映著這個事物；第四，概念與意念（Conception of Representation）之區別是在於它不是關於事物的直接的知識，而是間接的、不充滿著定義的事物底知識；概念是意念之進一步的合理的造作底結果。……。

由此我們可以得出結論來說，概念是關於事物變化之具體的知識。所以它不會存在著不發生變化的；事物、它的聯繫和關係一發生變化，人類的實踐和人類的認識一發生變化時，事物底概念也就隨之而變化。(注64)

1936年，鄭競毅、彭時先生合編著《法律大辭典》出版，書中有條目：

【概念法學】

{通}又曰論理法學。謂法學之目的乃在於憑藉理智以從事於分析法規之內容也，其結果每使法學與社會實際生活不相符合。(注65)

1936年，中華書局同人合編《辭海》上冊出版，書中有條目：

【概念】(Concept)

心理學名詞。由同類多數事物之諸項知覺所構成之普通觀念，謂之概念。論理學上之概念，則為族類特性之定義，必須涵括同一族類觀念，對於族類之屬性所知愈多，則其概念愈近於論理的。概念之構成，含有比較、抽析、判斷、綜合諸作用。(注66)

1938年，林輔華先生著《宗教名辭彙解》出版，書中條目有：

【概念論】Conceptualism

為論理學之一理論，論理論謂概念或普通意想，雖然無實在之相關存在，卻在人心中有其存在。此種概念乃知知識之工具也。(注67)

1939年，（前蘇聯）米定、易希金柯合編著《辯證法唯物論辭典》，被平生、執之、乃剛、麥園合譯出版，書中有條目：

【概念】（Concept, Begriff）

客觀實在、客觀事物在其形形式式的複雜性的統一中反映於思維上的形態，稱為概念。事物或物體，是客觀存在的，即在客觀性上說來，它是各種各樣複雜屬性即關係的統一，是客觀物質的具體形態。當我們從事物的全部複雜性上，及其一切聯繫與關係上去認識事物，而將其形形式式的複雜性總合在統一之中，在具有多數規定的完整的表像中時，我們即獲得事物的概念。所以概念，第一，是客觀事物的反映；第二，概念中所具有的普遍性（或一般性），是事物本身所具有的客觀的普遍性之反映；第三，概念不僅含有普遍性，而且也含有個別與特色，即普遍、個別與特色三者的統一體。就是說，概念即是事物在其一切複雜性與統一性上的反映；第四，概念不是關於事物的直接知識，而是關於事物內在規定性的間接知識。這一點概念與表像不同，概念是表像更進一步的合理加工改造的結果。所以概念不但是抽象的結果（如自來形式邏輯之所說），而是對於事物之長期的，各方面的認識的結果，在這認識過程上，我們乃能全面地認識事物，乃能在其一切的聯繫上，在其普遍性、個別性、特殊性上認識事物。由此說來，概念乃是事物的具體知識，所以它不是永遠不變化的東西，事物起變化，事物的聯繫與關係起變化，人們的實踐以及人們的認識起變化，則事物的概念亦必隨之而變化。所以事物的概念是含有歷史性，即含有該事物的歷史的。(注68)

1940年，（前蘇聯）羅森塔爾、尤琴合著《簡明哲學辭典》，被孫冶方先生翻譯出版，書中有條目：

【概念】（Concept）

人類思考底形式；在這形式中，我們表達了事物底一般的特徵。形式邏輯是

形式地離開了對現實的聯繫來觀察概念的。相反地，唯物論的辯證法並不把概念同現實分離開來；它的出發點是正確的，而不是荒唐無稽的。概念反映著現實，而且綜合了這個現實底本質的、最重要的特徵。（注69）

1949年，胡明教授主編《新哲學社會學解釋辭典》出版，書中有條目：

【概念】（Concept）

是人類的思維形態，我們在概念中表現著物體的一般標誌。形態論理學把概念看做是形式的，和現實沒有聯繫的。反之，唯物辯證法卻不把概念和現實分裂開來，而是由這裡出發：正確的而不是荒誕的概念反映著現實，並且總括著這種現實最本質的、最重要的標誌。（注70）

以上是十餘部近代辭書中的關於「概念」的部分條目，已經可以顯示「概念」作為概念的內在闡述，多是從哲學、心理學兩個視角分析，與前面學者們的言論總體上是一致的。並且作為工具書上的條目，已經在當時社會中流行。雖然闡述並不完全一致，而且也不那麼清晰，但已經明顯被社會上人士所運用。

四、小結

通過學習以上近百位學者的思想成果，筆者從文化學視角有所獲，記如下：

（一）人類在幾百萬年的成長歷程中，每一個人從小到老，都是需要知識來保證在社會中生存，而獲取知識的主要一環，就是獲得「概念」。因為人的時時刻刻都是在自己和別人的觀念的海洋中被捲來捲去，要想自己弄明白，很不容易，幸好前人已經總結出一條可行之道，就是從觀念中昇華找到概念。如若不然，人沉浸在觀念海洋中是很難發展進步的。

（二）概念成為人類認知過程重要的一環，是需要進行比較、抽象、判斷和綜合等的作用，才可能形成。絕不是某一個神仙或皇帝，用他的金口

玉言來說了算的。史實恰恰證明，只有除掉上下左右的、似是而非的觀念干擾，才有可能形成概念。而概念的適用性是在全人類的，因此人與人之間才可能正常交流發展。

（三）概念的獲得也是需要知識和方法的，方法如果不恰當，是很難讓自己和別人明白的。例如自然科學的精准的量與質的要求，大家都知道；而哲學、社會科學和人文科學，也都需要言之有據。

（四）概念的掌握，在前輩學者的研究中，已經涉獵到在心理學的實證和展開、族群文化的發展、歷史經驗的重要、語言文字中的運用、法律應用的嚴謹等等。可以說，不掌握概念，不準確表達概念，那就連人生、說話寫文章都很困難。

（五）近兩千多年的歷史證明，概念的生成、發展、變化或倒退，都是在人與人之間、兒童與大人之間、男與女之間、派與派之間、族群與族群之間，形成不斷地爭吵或謾罵、筆戰或戰爭，然後有幸總結經驗得失，才有了今天的一些共識。例如聯合國的運用。也反過來說明，爭辯是概念生成的必要條件。如若依靠強勢封閉了不同的觀念，那也就沒有概念的形成。

（六）一個概念，恰如認知過程中的一個臺階，並非絕對真理。一個時代所形成的一個概念，隨著社會發展，又會演變形成新的概念，取代舊概念。不過，一般說來，這個概念的演變過程是相當漫長，是社會進化的結果。而一個觀念，是很容易說變就變的。宣傳學則多是研究如何把觀念混淆成讓別人接受的「概念」。

（七）要想儘快更清楚地梳理「概念」，筆者的體驗就是利用「概念史」的研究方式。而不是拉幫結派地去批判別人的見解。

（八）通過歷史考證，漢語「概念」一詞在中國作為新詞語能夠立腳，是已經耗費3百餘年時光。讓筆者不禁感受到中華民族的深刻文化特質：一方面是十分豐富的漢字詞的寶庫，但是缺乏整理，難以適應近現代的文化發

展；另一方面是新概念詞語的增長十分緩慢，「每讀書，不求甚解」的精神，實在不利於民族文化語言的進步。尤其在近現代的狂飆發展時期，文化建設中的不足，就會表現在新詞語概念的認知上面。對比一下緊鄰日本在相同時間內的文化建設，就能夠明白，文化進步是需要依靠什麼？新詞語的形成需要依靠什麼？

（九）形成漢語「概念」一詞的努力，是西方學者開始嘗試，日本學者選定，中國學者推廣。經過漫長的三方聯手而成功。這是歷史上形成的一個模式。恐怕今天面對漢語中大量新詞語問題，依然可能還是需要三方聯手的形式。只希望不要再等三百年。因爲問題的核心不在於三方比較，而是動手全面清理理順——一方面是歷史積澱的來龍去脈；另一方面是學者們協調規範現代新詞語的原則和方法。至少做點像日本出版《知惠藏》那樣的工作。

（十）有人說現代漢語「概念」已經成爲「概念世界」，而且全都是混雜在一起，似乎可以亂用。筆者認爲這種混亂的根由，恰是對「概念」本質內涵的隨意解釋所至，沒有經過嚴密邏輯論證的「概念」是不能成爲「概念」的。目前漢字詞中流行使用「概念」一詞造句，其實很多是並沒有經過邏輯驗證的觀念或臆想。

附錄「概念」一詞在漢字詞中形成過程，可以用下表略述：

年 代	史料名	使用者	來源	漢字詞
1631年	《名理探》	傅汎際、李之藻	拉丁文Conceptus	意想、臆
1654年	《超性學要》	利類思	拉丁文Conceptio	臆
1874年	《致知啟蒙》	西周	英文Conception	念、理會
1881年	《哲學字彙》	西周	英文Concept	概念
1884年	《英華字典彙集》	譚晏昌	英文Conception	意思、意見
1889年	《心理學》	顏永京	英文Conception	專想
1903年	《論理學綱要》	十時彌、田吳炤	日文	概念
1903年	《論理學達恉》	清野勉、林祖同	日文	概念
1903年	《新爾雅》	汪榮寶、葉瀾	日文	概念

1908年	《辯學》	王國維		概念
1909年	《論理學通義》	林可培	日文	概念
1910年	《名學釋》	陳文		概念
1911年	《普通百科新大辭典》	黃摩西	英文	概念
1911年	《辭源》	商務印書館	英文	概念
1925年	《論理學要領》	樊炳清	英文Conception	概念
1926年	《哲學辭典》	樊炳清	英文Conception	概念
1929年	《社會問題辭典》	陳綬蓀	英文Concept	概念
1938年	《宗教名辭彙解》	林輔華	英文ceptualism	概念

注釋

（1） 《漢語大詞典》編委會編，漢語大詞典出版社，1997年5月一版，頁2653。

（2） 宋朝趙蕃詩：過愛直驛次張安國韻。

（3） 《名理探》傅汎際譯義、李之藻達辭，三聯書店重印本，1959年版，頁202–204。

（4） 同（2），頁78。

（5） 《超性學要》利類思譯，上海土山灣印書館重印本，1930年版，21卷頁26。

（6） 《英華字典彙集》譚晏昌編，香港文裕堂，1884年，頁267。

（7） 《心理學》美國海文著，顏永京譯，益智書會，光緒15年（1889），頁13。

（8） 《術語辭彙》教育會編，上海，1910年，頁61。

（9） （日）《西周全集》日本崇高書房，1981年再版本，第一卷頁356，頁403。西周先生早在1874年，他寫的《致知啟蒙》中就翻譯使用了「概念」。

（10） （日）井上哲次郎、有賀長雄增補《哲學字彙》，東京大學三學部原版，東洋館，明治17年（1884）5月再版，第22頁。

（11） 汪榮寶、葉瀾合編《新爾雅》，上海明權社，東京並木活板部，1903年6月一版，第54頁，第75頁。

（12） 《論理學綱要》日本十時彌著，田吳炤譯，商務印書館，1903年一版，1960年三聯書店重印本，第6頁。

（13） 《論理學達恉》日本清野勉著，林祖同譯，光緒28年11月（1903）一版，文明書局，第16–17頁。

（14） （日）服部宇之吉講述《心理學講義》，範源濂譯述，日本東亞公司，明治38年11月一版，第239頁。

（15） 韓述組編纂《論理學》出版，上海文明書局，光緒34年（1908）8月一版，第19

頁。

（16）（英）隨父著《辯學》，王國維譯，益森印刷局，光緒34年10月（1908）一版，第12頁。

（17）林可培編《論理學通義》，中國圖書公司，宣統元年3月（1909）一版，頁28–46。

（18）陳文輯《名學釋例》，上海科學會編譯部，宣統2年6月（1910）一版，第10–11頁。

（19）蔣維喬編《論理學講義》，上海商務印書館，1912年3月一版，1915年3月四版，第15–16頁。

（20）張子和著《新論理學》，商務印書館，1914年11月一版，1915年8月再版，第14–22頁。

（21）樊炳清著《論理學要領》，商務印書館，1915年1月一版，1924年11月五版，第22–29頁。

（22）杜定友、王引民合編《心理學》，上海中華書局，1924年8月一版，1927年6月六版，第109–110頁。

（23）王振瑄編《論理學》，商務印書館，1925年8月一版，1932年10月國難後五版，第22–99頁。

（24）（美）科爾文著《學習心理學》，黃公覺譯述，北京師範大學叢書，商務印書館，1925年一版，第361–271頁。

（25）屠孝實著《名學綱要》，商務印書館，1925年8月一版，1932年國難後五版，第39–58頁。

（26）（美）亨德著《普通心理學》，陸志韋譯述，商務印書館，1926年6月一版，1929年7月三版，第366–374頁。

（27）（德）格拉烏著《邏輯大意》，陳大齊譯，北京書局，1927年8月一版，第44–55頁。

（28）汪奠基著《邏輯與數學邏輯論》，商務印書館，1927年12月一版，1933年9月國難後一版，第20–21頁。

（29）朱兆萃著《論理學ABC》，世界書局，1928年8月一版，1934年12月三版，第11–20頁。

（30）張廷建編《論理學》，商務印書館，1928年8月一版，第18–35頁。

（31）劉強編《哲學階梯》，商務印書館，1930年7月一版，第149–151頁。

（32）王章煥編《論理學大全》，商務印書館，1930年12月一版，1933年2月國難後二版，第29–52頁。

（33）朱兆萃編著《論理學》，世界書局，1931年12月一版，第30–32頁。

（34）康叔仁編《論理學大綱》，北平文化學社，1932年11月一版，第12–14頁。

（35）張希之著《論理學綱要》，北平文化學社，1932年11月一版，第45–71頁。

（36）（日）速水滉著《論理學》，汪馥泉譯，上海民智書局，1933年3月一版，第34–35頁。

（37）宋子俊著《論理學概要》，上海大華書局，1933年6月一版，第28–31頁。

（38）（美）伍德沃斯著《心理學》，謝循初譯，中華書局，1933年6月一版，1939年四版，第404–413頁。

（39）郭湛波著《論理學十六講》，北平中華印書館，1933年8月一版，第67頁。

（40）王特夫著《論理學體系》，上海辛墾書店，1933年7月一版，第145160頁。

（41）伊榮緒著《實用論理學》，北平建國圖書館，1933年7月一版，第23–25頁。

（42）王了一著《論理學》，商務印書館，1933年12月一版，第3–4頁。

（43）汪震著《論理學》，北平文化學社，1936年4月一版，第34–35頁。

（44）（美）杜威著《思維與教學》，孟憲承、俞慶棠合譯，商務印書館，1936年8月一版，第133–140頁。

（45）張天民著《論理學答問》，上海讀書書店，1936年1月再版，第11–12頁。

（46）林漢達編《綜合邏輯》，中華書局，1936年9月一版，第89–93頁。

（47）（瑞士）雷蒙著《邏輯值原理及現代各派之評述》，何兆清譯，商務印書館，1936年11月一版，第84–94頁。

（48）潘梓年著《邏輯學與邏輯術》，生活書店，1937年12月一版，1938年5月漢口再版，第128–132頁。

（49）（美）何林華著《教育心理學》，吳紹熙、徐儒合譯，中華書局，1939年8月一版，1947年3月三版，第358–360頁。

（50）趙元俊著《論理學》天津大東書局，1941年8月一版，第19–25頁。

（51）（德）柴熙著《論理學大綱》，協和印書局，1943年9月一版，第22–69頁。

（52）張東蓀著《知識與文化》，商務印書館，1946年1月一版，1946年12月再版，第21–25頁。

（53）雷香庭著《理則學綱要》，廣州大學文化事業公司，1946年5月一版，1948年5月再版，第9–16頁。

（54）柴熙著《認識論》，商務印書館，1949年4月一版，第78–79頁。

（55）《普通百科新大辭典》黃摩西編，上海國學扶輪社，1911年5月一版，戌集頁40–41。另可參見鍾少華編《詞語的知惠》，頁136。

（56）《辭源》上海商務印書館，1915年10月一版，辰集頁164。

（57）《哲學辭典》樊炳清編，上海商務印書館，1926年5月一版，頁880–883。

（58）《中國教育辭典》，中華書局同人合編，中華書局，1928年5月一版，1936年3月五版，第985–986頁。

（59）《社會問題辭典》陳綏蓀編，民智書局，1929年9月一版，頁829。

（60）《新術語辭典》，吳念慈、柯柏年、王慎名合編，上海南強書店，1929年11月一版，1930年1月四版，第272頁。

（61）《教育大辭書》，唐鉞、朱經農、高覺敷合編，商務印書館，1930年7月一版，第1474頁。

（62）《日本現代語辭典》，葛祖蘭編譯，商務印書館，1930年10月一版，1934年9月三版，第95頁。

（63）《現代語辭典》，李鼎聲編，上海光明書店，1933年6月必，1934年12月三版，第652頁。

（64）《新哲學辭典》沈志遠編，北平筆耕堂書店，1933年9月一版，頁259–261。

（65）鄭競毅、彭時合編著《法律大辭典》，商務印書館，1936年1月一版，第1912頁。

（66）《辭海》上冊，中華書局同人合編，1936年12月一版，第辰集192頁。

（67）《宗教名辭彙解》林輔華著，廣學會，1938年5月一版，頁44。

（68）《辯證法唯物論辭典》，（前蘇聯）米定、易希金柯合編著，平生、執之、乃剛、麥園合譯，重慶讀書出版社，1939年12月一版；上海讀書生活出版社，1946年4月再版，第324–325頁。

（69）《簡明哲學辭典》，（前蘇聯）羅森塔爾、尤琴合著，孫冶方譯，上海新知書店，1940年3月一版；華北新華書店翻印本，1948年9月，第232頁。

（70）《新哲學社會學解釋辭典》，胡明主編，辭書編譯社編，光華出版社，1949年版，第621–622頁。

第四章：中文「思維」之概念史

一、引言

　　每一個人，自降生初始，腦神經系統即開始活動，它需要瞭解它所面對的未知外界，什麼是好吃的？什麼是溫暖的？什麼是需要躲避的？然後自己必需認知判斷，對於每一項陌生的事物，採取何種對策？採取何種手腳動作來獲取或推拒？然後再經過自己實踐驗證：奶汁是好吃的，母親的手是溫暖的，小狗的吠聲是驚恐的，等等。每個人的思維活動，由此產生並且貫穿每一個人的一生，腦神經時時刻刻都會作出反應，並能夠指揮施之於人體各種動作反應，從而取得成功或失敗的效果。每一個人，對於所獲得的效果，又會再思維認知，再做出反應，再施之於動作，又再獲得新的效果。人類就是這樣不停地思維、認知、判斷、動作，一生都會不停地進行著。有一些有腦子的動物，也會做出一些初級的思維活動。但是只有人類是充分利用思維活動，甚至能夠安排思維活動，不斷地一代接一代地去活動，去取得新的效果。幾百萬年來的人類發展史，其成功的基本關鍵，應該就是人類的思維能力所主導的，再通過實踐的效果。

　　現代的人們，已經習慣於思維活動，習慣到經常不拿思維活動當作自己

主動的行為，每一天早上起來做的每一件事，晚上可能做到的各種夢，似乎思維都是可有可無的，各種事物出現在自己的面前時候，只需要按照前人已經總結的經驗，已經總結出來的各種傳統常識內容和方法，照方抓藥，就可以馬到成功。但是，如果我們能夠把自己的思維運用起來，主動思考自己所面臨的各種事物的複雜境界，那麼很明顯，自己的思維依然面臨著一大堆未知數。例如七情六欲，多少年來，人人都不停地浸潤其間，研究的專著不計其數，目前科學家們已經嘗試在機器人的電腦中加上七情六欲，讓它們知道愛知道恨。如果我們現在設想，讓男機器人愛上女機器人，恐怕還是需要努力吧？

人通過自己的思維訓練，培養出自己思維的有力工具，那就是語言，語言還能夠再變成文字，以便用來與他人交流，敘述自己的思維成果，也能夠理解接受別人的思維成果，積累下來，形成部落族群社會的協同的思維成果。

只是人的思維瞬間變化太多太複雜，於是人類經過漫長歲月的實踐與思想者們的研究辯論，總結出改善思維的一系列措施與方法。其中包括把思維過程剖析成一個個階段來研究，也有研究思維的原理，研究思維的形式，研究思維的認知，研究思維的價值，研究思維的訓練，研究人類思維的歷程，研究人類思維的用途，豐富多彩，現在發展到研究人創造的機器人的思維，以及人與機器的心靈相通等熱門課題，等等，形成現代認知科學中的一個個熱點問題。

本文主要是從概念史研究方式，來梳理思維作用，以及從文化學視角來認知思維作用在中文裡的介紹，可以說是比較通俗的說明吧。

現在的學術界，已經基本認同，人類的思維，從初始混沌的思維認知，逐步通過自身的驗證，形成自己的觀念群，也即是有了自己的判斷力、立場和行為指令。每個人自己的觀念群都是很豐富多彩的，也是混雜多變的。但

是，每個人當把自己的觀念運用到自身以外的事物、運用別人、鄰居、社會上時，能夠得到認同的是很少的，絕大多數情況下是互相矛盾，是不相容的。而人們又是需要互助合作才能夠在惡劣環境才容易生存，於是人與人之間，實際需要認同統一的觀念。經過幾百萬年的磨練探索，有痛苦，有歡樂，有悲傷，更主要的是有一些思想者去思考，去認知，去踐行，才能夠形成今天世界上的文明。我們將這些被人群、社會基本認同的觀念，就叫做概念。當然，概念是以公允性為前提的，並不能等同於真理。概念本身也會在漫長的歷史實踐中不斷地與新事物碰撞，慢慢地也會被修正改善出新的概念。這也就是從觀念昇華到概念的實踐過程。這種昇華，也即是一種思維的提純作用，也就成為人類文明發展演進的基礎之一。舉例說來，即如中文漢字的演化過程：遠古的甲骨文演化成篆文，已經是一種進步，秦始皇提出「書同文」，就有了規範的一步。可惜他沒有說：「字同形」、「字同音」、「字同義」，於是在以後的發展中，出現許多異形字、異音字、一字多義、多字一義，依然是妨礙民眾實用學習交流的攔路虎。拖到康熙皇帝指令編纂《康熙字典》，該書梳理了47035個漢字，給出了一種檢索系統，還肯定了切字方法。這樣又前進了一步，可以說成是該工具書把古人對於前人的漢字的觀念，基本全彙集到一部書中了。可惜，該工具書的字義詮釋，很多已經遠離18世紀中國人的語言所形成的新的豐富的民眾用法。百年後，英國人馬禮遜在澳門編輯出版同名工具書《字典》，該書依然是同樣的47035個漢字，排列也相同，但是字義的解釋與用例，就已經是大量吸收19世紀初期中國人廣泛運用的漢字例句，並且編輯體例也大幅改變，成為至今還能夠運用的中英對譯的工具書，更是給漢字規範開拓了新路。以至到20世紀前期，中華民族終於全面開展「國語運動」，全面改變漢語的字、詞、義的結構與用法，如此對於自己的語言文字的規範與梳理，三百餘部漢字的字典和辭典的湧現，都是在明示解讀漢字詞的大家一致的概念，成就了我們民族在時代變

革中的明智選擇，使得我們今天能夠順利地與世界接軌交流。[注1]

到目前，「思維」、「思想」、「觀念」、「概念」這些詞，已經普遍在民眾中使用，連中學生的讀物上都經常出現和混用，但多數是不求甚解的，那麼，到底這些詞是什麼意思？互相之間是什麼關係？這也許是學究們的事情，錯不錯、混不混都關係不大似的。其實，我們忽略了一個關鍵問題，我們需要和能夠從思維作用中得到什麼樣的發展動力？因為既然思維是人類幾百萬年發展基本要素之一，並且已經取得現在人類生存發展的科學的現狀，那我們就有理由思考：面對人類目前在地球上的生存發展的新的困境，我們從哪裡能夠找到新的知識和方法，來老老實實地為可持續發展做點什麼！而人能依賴的最基本的工具，依然還是思維作用。為此，我們能夠不繼續努力挖掘探索思維的無限可能嗎？答案是唯一的，也沒有爭議，為此，我們就應該把注意力放在「思維」上面——個人的思維、集體的思維、人類的思維，以及生物的思維、人造機器的思維等等——現代興起的「認知科學」，正是在進行著相關的研究與實踐。人培養了自己的智慧，也只有依賴智慧，以及大自然所賜予的天然財寶，才可能有明天的人。

如果把人腦比喻作一個巨大無比的電腦，而人自己利用人腦的能力，經歷幾百萬年的開發，實際上才被理解和使用其中很少的一部分，而這應該就是21世紀人類所面臨的努力鑽研的課題之一。本文僅僅是略作說明而已。

簡要地說，「思維」的發展運用即是常識，不一定是科學，是自己都不一定明白的語言文字；而概念的發展運用即是知識，是科學，是嚴密邏輯的語言文字。

二、古代中外「思維（思想）」之運用

（一）古漢語中

「思維」古代寫作「思惟」。在古漢語中曾被使用，如：

「使專精神，憂念天下，思惟得失。」（《漢書》）；「我每有所行，反復思惟，自謂無以易。」（《三國志》）；「每欲思惟，先恩好意，不更疑惑，便是誠明。」（唐·李德裕）；「嵩寺中忽有思惟樹，即貝多也。有人坐貝多樹下思惟，因以名焉。」（北魏·《齊民要術》）；「馬嵬變後，明皇朝夕思惟。」（清·俞樾）。

與「思惟」的語義很相近的詞「思想」，在古漢語中也是被運用的，如：

「外不蒙形於事，內無思想之患。」（《素問》）；「足下去後，甚相思想。」（三國·應璩）；「路冷水流輕，思想夢難成。」（前蜀·魏承班）；「你在旅館中，休要思想著我。」（明·馮夢龍）；「不期阮三在家，思想成病。」（《金瓶梅詞話》）；「思想做兩句詩，描摹這個景象。」（《老殘遊記》）。

古人用這兩個詞的詞義，今天我們依然能夠看明白。並且它們兩者之間，似乎並沒有什麼巨大差別，所以至今我們依然順著前輩們的用法。特別是近代前輩學者在解釋分析時候，特別是在與英文翻譯時也經常各自混用，所以本文不再加以仔細的區別。

（二）西方THINK與THOUGHT傳來

西方文明的源頭是古希臘文明，筆者查不到相應的詞語，於是請教雷立柏教授，蒙他賜教，提供出相應的古希臘文和拉丁文：

Ψρονεω; νοεω; λογιζομαι;（古希臘文）

Cogito; considero; inteuego; penso; delibero;（拉丁文）

它們不同的寫法表達的字義也多是思考、思想的意思。（注2）我們也就可以見到，古代中西方文明對於「思惟」的表達，基本上沒有什麼大差異，這自然是由於「思惟」對於人類的進步來說，在一開始能夠用言語文字表達時

候，所難以把握的隨意性。

最早把這兩個英文字帶進中文的人，恐怕是英國人馬禮遜（R.Morrison，1782–1834），他在1822年，在澳門印刷出版《英華字典》，書中有條目：

> THINK ——思、思想、念及。
> （例句有）——三思而後行；思無邪；想來想去；一日不念善諸惡自皆起；問己心果能無思。
> THOUGHT——想。
> （例句有）——深思；沉思。[注3]

再到1866年，德國人羅存德（W. Lobscheid）在香港編輯出版《英華字典》，書中有條目：

> Think——想、思、思想、暗想、尋思、忖度、惟、憶、沉思。
> （例句選）——任你意做；唔好睇輕一件事；暗想嚇一時；料思如見。
> Thought——念頭、意思、想頭、神思、思慮。
> （例句選）——不良之心；彼是怪意；佢有別樣嘅意思；佢有乜念頭。[注4]

中國人鄺其照在香港於1868年編輯出版《字典集成》，書中有條目：

> Think——思想嚇。
> （例句選）——默想；想一想。
> Thought——念頭、想頭、意思。
> （例句選）——多慮；一念不動；不良之心。[注5]

中國人譚達軒在香港於1884年編輯出版《英華字典彙集》，書中有條目：

> Think——思想、審斷。
> Thought——思想、意見。[注6]

後來到1908年，譯科進士顏惠慶主編《英華大辭典》出版，書中有條目

Think——①想起、思及、想像、②信、意謂、③推考。

Thinking——有思想力的、沉思、想像。

Thought——①思慮、用心、思想、②心思、③所思、意思、想像、④默想、深思、⑤罣念、思慮、⑥些少、憂慮。（注7）

而在鄰居日本，在1881年，東京大學教授井上哲次郎與有賀長雄先生合譯編增補《哲學字彙》出版，書中有條目：

Think——思惟。

Thought——思想。（注8）

日本的譯法，在當時得到日本民眾的認同，也得到留學日本的中國留學生認同，並將之帶回到中文裡，流傳至今。

看來，這兩個詞的英文與中文的互相交流，經歷過80多年，語義的理解基本上可以了，互相之間沒有什麼大的區別，只是中文自身用得比較活泛。正如屠孝實教授在其著《名學綱要》書中加的注：「思惟一語，相當於英語之to think，德語之Zu denken。據普通用例，含有思、慮、憶、信、諸義，殊無定解。在名學則純碎之理智作用而言，與記憶、聯想、信仰、相像，等皆有區別。」（注9）也正如孟憲承、俞慶棠兩位先生在翻譯美國杜威著的《思維與教學》一書中加的注：「案 thinking 與 thought 二詞，一指過程，一指結果。譯文中一譯思維，一譯思想。但在原書中二詞常互用的。——譯者」（注10）而張希之教授在1932年著的《論理學綱要》一書中寫道：

「思想」在英文為Thought，和「思惟」Thinking不同。「思惟」是「思的活動」，而「思想」乃「活動的結果」。「思想」和「思惟」雖有連帶的關係，但不能當作同一的東西看待。「思惟」和「思的主體」是不能分離的，離開了主體，便無所謂「思惟」。並且「思惟」是屬於個人的，彼此不能互相授受。為「思想」則能離開了主體獨立存在，並且能互相授受。換句話說，「思惟」是「現實作用」，是個人的；「思想」乃思惟的生產品，是普遍的。

……思惟的存在，有時間的限制，而思想則無。「思想」可以用言語表出，而「思惟」則不能。思惟敘述、整理，只可以思想做對象；贊成、反對，也只有以「思想」為標的。……（注11）

張教授從語義學視角分析得頗為詳細，也適合中文的運用。只是在近代人們實用中往往是混用的。

（三）近代學者的見解

20世紀初始，中國的一些學者，才開始關注研究「思惟」是什麼的問題，他們或自己著書立說，或翻譯西方學者的專著，其中重點就是給「思惟」、「思想」等內涵給出明確的定義。只是在近代這些詞並沒有統一譯法和用法，所以各自按照自己的理解去運用。

1909年，林可培先生編《論理學通義》出版，書中寫道：

思想的起源精神（心）作用中，以感覺為根本活動。……此即事物認識之第一步，……是曰知覺。因既得之感覺及知覺，或逾時復現其原形，或引起端緒，任意作為新觀念，是曰記憶及想像。因感覺、知覺、記憶、想像，所得之觀念（表像），總謂之意識內容。以二個以上之意識內容相比較，認知其異同之所在，……是曰概念。至概念更為意識內容，則以種種之觀念，作種種之判斷，推及於未經驗之境域，而得間接知識，是曰推論。此判斷、概念、推論之三作用，皆以認識作用中之思考總括之，而屬於知之範圍者也。……知與情為精神之受動方面，意謂精神之發動方面。思考作用，雖屬於知，然三者實為相互關係。……

思想之本質（一）自發性。凡感覺、知覺、記憶、想像等各觀念，總謂之經驗內容（意識內容）。此不過將各個寫象，存之於心而已，未可云思考也。思考須識別經驗內容之相互關係。……（二）客觀性。……（三）必然性。人有理智，既有思考。……（四）普通性。……。

思想之原理。凡外界之事物（現象），雖云雜多，然其間俱有秩序調和統一之法則。……凡正當之思考，根據於法則。正當思考之法則有二種，其

一即根本的性質，而應用於普通之範圍者，謂之原則。其二即枝葉的性
質，而應用於特殊之範圍者，謂之副則。……。

思想之要素形式。思想之活動……之成果，具有概念、斷定、推理三要
素形式。……概念所以表客觀性；斷定所以表自發性；推理所以表必然
性。三者合成科學知識之全態，則所以表普通性也。……

思想存在各人之心中，其表而出之於外界，須用種種之方法，如頤指，如
顰蹙，如以手作勢，如以目送情，如以足蹋人，皆可為思想傳達之記號，
而其最確實最精密最便利者，惟言語而已。[注12]

林先生學習到日本老師的知識，介紹得比較詳細，已經足以讓當時的
書生們願聞其詳了。

1915年，樊炳清先生編《論理學要領》出版，書中寫道：

凡人日常所用之思考活動Thinking activity，其形式實稍複雜。其有所思
也，必先有一外起之因，足以召吾之疑，而吾以興味迎之，於是進而察其
疑問兄為何。次則推量其意義。又次取其推量而得者，更敷演之。入後，
乃與事實相印證，以明其意義之當否。……思考之究竟本旨，全在確定一
信念（或意見），或捐棄一信念。質言之，即對事物而下判斷是也。判斷
之旨，在用以確定事物之意義。而所得事物之確定之意義，謂之概念。
是故概念也，判斷也，推理也之三者，其形式不能孤立，蓋同一思考活
動之發現，而互為關係者也。自思考活動中，求簡一之要素形式，則為判
斷。由判斷故，以確立其概念。其所判斷，又由判斷推理以證明之。……

思考之原理。……苟為正確之思考，未有不從是等形式而出者。此思考
活動之准型也。然其間又有至普遍之律，足以包舉一切思考形式，而為
其基址者，是謂思考之原理The Laws of Thought。此原理，乃不言自喻，
不證自明。無論何人，不能不承認，又不能不遵守者也。別為二端：第一，
異同之原理。第二，充足理由之原理。……[注13]

1921年，美國杜威教授著的《思維術》，被劉伯明教授翻譯出版，書中

寫道：

吾人口吻上最常用者，莫過思想一語。（原文有Thinking與Thought兩語，一為思之歷程，一為思之結果。）緣是其用至為紛歧，其義之所在，不易實指。本篇宗旨，即在求一單純而前後一致之意義。試就此語通常意義，略加考慮，或於吾人所欲為者，不無補益也。思自第一義，以為思及一物一事，不過對於此事此物稍有意識，其意識之性質如何，不暇計及。凡至吾心或經吾腦者皆謂之思，此思字最廣然非最泛之意也。其第二意範圍較狹，以為凡僅可以意想，而不可以直接視聽嗅嘗者，皆可為思。其第三意範圍更狹，以為一切思想，必有一種證據為之證據為之根。而此義由分兩種：其一所依據者，不異傳聞，不問所信者是否可信，藉或究之，亦闕略不詳。其二則深究所信者之基礎何若，與夫此項基礎能否支持吾之所信。此種歷程，謂之反省之思想。……

就其廣泛之義而言之，如前所述，所謂思想，即指凡事之經吾心或存於吾腦中者為言。此項思想，無大價值。……其思想必不足珍，而非有條理或有真理之可言也。心慵意懶時之幻想，瑣屑之回憶，倏來倏往之心影，皆足魘其欲而給其求矣。一切妄想，空中樓閣，與夫流動不息不相連貫紛如散錢偶入吾心之念慮，皆屬此類。而吾人醒時生活，其消耗於此項空談（或無根之希冀）者，其分量恐較吾人所承認者為多也。

就其第三義言之，所謂思想，指有所根據之信念而言，其所依據之知識，或係實有，或憑懸揣，皆非官能之所直接。此種思想，以從違為其表識，而所從或違者，即吾人理性認為或然或不然者。其中含有兩種截然不同之信念，雖其差別不在種類，而存乎度數。然分別論自，亦實際上應如是也。蓋謂信念，有為吾人採納，而未嘗究其理由者；亦有其理由經詳細審核後，而後始信從之者。……此種思想，發生於不知不覺之中，且不以獲得正確信念為目的，其淵源所自，曖昧不清。其所歷路程，亦屬不明。一若偶然得之者也。惟其如是，其入人之心，不易覺察，而人之信之，亦覺甚易，相習既久，遂為吾人心理的設備一部分矣。考其所由來，蓋與古來傳聞教授摹仿等有密切關係，此數事皆依據一種威權，或訴諸吾人私

利，或迎合吾人強烈感情。此類思想，謂之成見。成見者，預斷也，非依
據考查證據之正當的判斷也。

思想之歸結於信念者，其所附麗之緊要，能使之易為真正思考。真正思
考者，極深研幾，以求吾人信念之性質狀況及關係也。……一種信念，
對於其他信念及行為所發生之效果，非常重要。……

所謂思想，不外一種活動，其中現有事實，暗示其他事實（或真理）。致
令吾人依據已有者，以為保證，而信未來之事理。凡信念之依據推考者，
非屬確乎而無以易。凡人曰：「吾意以為」，其中所含之義，即謂尚未知是
否如此。……

一切思想之要素，其一曰疑難。其二曰精考微驗，發現新事實以為證明
或推倒所暗示之信念之基礎。……（注14）

杜威教授不愧為教育家，他對於「思想」的介紹十分精確，把我們通常
慣用的「思想」區分為三類，並對各類的不同的思想狀態描述清楚，特別是
那些普遍自以為是的「思想」，從一些舉例中剖析其中關鍵問題何在。該書
在中國當時多次再版，說明頗受歡迎。

1925年，屠孝實教授著《名學綱要》出版，書中寫道：

名學之正鵠，既在闡明人智之活動，而以研究思維為事……大凡吾人對
於外界之認識，不出兩途：其直接而特殊者，謂之直觀；間接而會通者，
謂之思維。……一切屬於事物相關之知識，無不自思維得之；而思維之
進行，則以直觀為基礎。……直觀、推證二者，在日常生活之中，本相混
而不可分。一切思維之內容，固不能不資直觀為始基，為原料；而複雜之
記憶及想像，亦往往需經反省而後成立；其相關之密切，隨在皆可見之。
……（注15）

1926年，美國亨德教授著的《普通心理學》，被東南大學教授陸志韋翻
譯出版，書中寫道：

思惟者，意識境之有目的之聯續也。……思惟即經驗一組意識境之依目的而相聯續也；以此相反者，為無目的無定向之聯續，例如遊想。思惟之唯一條件，祇須此所聯續者至少有一部分為生物所能節制之意識境，因亦能隨意憶起。……實際思惟時，一切混同，幾至無從抽繹；像惟一鱗一爪而已。 思惟作用之分子，亦大有非生物所能節制者；……

人之興味既重在觀念，故當困難發生時，每未注意其所引起者尚有感覺、情緒、感情之材料。是所興起之一大叢意識境以及動作之反應，蓋導源於神經係內浮泛之激動。……(注16)

亨德教授是從心理學視角來介紹「思惟」的定義。

1928年，張廷建教授編《論理學》出版，書中寫道：

……若夫就直觀所成立之印相，施以反省作用分別其特有性質，及其對他關係，立即變為思想也。……思想者也，非以一事一物之具作觀念為對相者也。第觀念為概念發生之根本，故不可不廣增見聞，多積經驗，以立思想發展之基礎。……

思想活動，非單純之認識作用，乃以概念為中心所施之分析、比較、總合等複雜認識作用也。此複雜之認識，自形式方面觀之，可分為概念作用、判斷作用及推理作用。此三形式，在思想之實際，非各自獨立，乃相輔而行者也。……

思想者，內心之無形活動也。設無術以表出之，在思之者雖自知之，他人無由察之焉。言文者，表出思想之工具也。夫吾人之為生活也，必有言文互相交換其思想，而後可營社會之交際，與人相互往來也。必用言文記載其思想，傳播於久遠，而後社會之文化可以漸次進步也。必用言文分析其複雜之思想，或聯合之，使其有條有理，而後吾人之思想得以精確明晰也。夫以聲音表之於口者曰言語。以墨蹟記載其聲音於紙上，或刻印其形狀於金石竹木者，曰文字。以言語表出思想，在聞之者固屬直接親切，容易瞭解所思自真相。然而言語之時，每每遺漏其思想之關係點，故不免有重複雜亂之弊。若用文字表出思想，可將複雜長冗之思想，

依次記出，使其變為簡便整齊之文章。語云舟以載物，文以載道。道為思
想之精深者，必有文以記載之，而後可垂諸久遠。……然言文非即思想
也，故二者往往不能一致焉。有同一思想而以數言文表出之者，有數思
想而用同一言文表出之者。且有不善之言文，不足以表思想者，或偽飾之
言文，反足以隱蔽其思想，或淆亂他人思想者。因是而致思想之謬誤，其
言語文字之爭端，是非由此淆亂，真理因而晦昧，此日常生活中與讀書時
所習見者也。……

在思想活動中，連概念以成判斷，連判斷以成推理。在言文上，則連二
名以成命辭，連命辭以成論法。凡治科哲諸學之士，固宜知如何運用思
想，以窮事物之理，尤宜明名稱、命辭、論法之性質，及其功用，以表現
其思想也。……（注17）

張教授特別強調了思想與言文互動的實際情況，這在中文裡是很普遍
的，也是在社會上普遍流行的現象。

1932年，康叔仁教授編《論理學大綱》出版，書中寫道：

吾人認識外界之途徑約有二端：其直接而特殊者謂之直觀；見解而會通
者謂之思維。直觀之內容盡為獨特之經驗，不待推證而自然確實；若以
直觀所得加以反省則成思維。

思維之意義亦有多端。紛紜事物片段的經吾心而達吾腦者一思維也，
非耳目所及之事物映於吾腦者又一思維也。前者毫無統系，後者多近虛
幻，非論理學所當研究者也。論理學所欲研究者為反省的思維Reflective
thought。反省思維者每當疑難之來，利用經驗，構成暗示，以謀解決之
道。然暗示一經發生即承受之，是謂盲從，此最低限度之反省也。即使雖
有暗示，更尋求新的資料以資推衍，然遇似有真理即承受之，其弊亦流
於武斷。惟有對於已有之暗示存懷疑態度，戰勝惰性，忍受不安，繼續
的，有系統的，求問題之實際的解決，此即反省的思維，亦即吾人所需要
之活動也。

思想謬誤之原因厥有四種：其一，原於挂一漏萬，屬意事之可證已說者，

其與之背馳者不易注意及之。其二，原於個人特殊之性質與習慣。以上二因為人所固有者也。其三，原於普通之社會狀況。其四，原於地方或暫時之社會潮流。以上二因，原於外鑠者也。……

吾人考察所思之結果，可分為形式及實質二面。實質為所思之內容，而形式即所思藉以成為人之精神的產業者。內容雖不相同，而形式常常一致，故所謂所處理之材料多至不可究極，至其所以不是內容的形式則為數較少。……思維之內容瞬息萬變，思維形式則變化殊少；內容之種類頗雜，而形式性質常同。故思維形式之價值在構成思維之規律，考定思維作用所具之各種形式，闡明各形式相互間的關係及其所以有效之條件，述明各形式在研究科學上所特具之價值。……（注18）

康教授的介紹也頗合中國人學習，特別是關於思維的意義和思維的謬誤。

1932年，張希之教授著《論理學綱要》出版，書中寫道：

思想的成立是以「直觀」為基礎。「直觀」是在我們底感官上，記憶中，或想像中所得的直接認識。這種認識，只是片斷的觀念，還不能分別「什麼是什麼」和「什麼不是什麼」。……由直觀所得的印象，加以「反省作用」，分別他特有的性質，和對他的關係，這時的認識，便成了思想。「反省作用」較「直觀」為複雜。牠包含了「比較」、「分析」、「綜合」三種作用，我們普通認識「這是什麼」，和「不是什麼」都要經過這種的歷程。因為我們直觀所得的印象，都是獨特的、片斷的觀念，我們必須把這現前的觀念，與其他的觀念互相比較，才能發見彼此同異的特質，再把這種特質加以「分析」和「綜合」，才能認識了彼此相互的關係。……

「言語」是表現思想、傳達思想的。至於構成思想底要素，不是言語，卻是言語所代表的「概念」，「判斷」，「推理」。……（注19）

1933年，宋子俊教授著《論理學概論》出版，書中寫道：

思考作用……，牠是以直觀為基礎，再加上以往的經驗，經過複雜的意

識作用後，而求得其各種相關的知識，牠的結果可以用言語顯達之。以言語顯達思攷的本質，這就是判斷作用了。為什麼呢？因為判斷是給各種事物以意義，由直觀化為思攷，必歸結於一種判斷。……直觀的內容是沒有意義的，沒有意義，不能算為知識。可算為知識的，是直觀經反省作用後而得的判斷。那末，判斷實為求誠致知的重要工具了。……

判斷、推理、概念都是思攷發表時的根本形式，嗾使同一作用的變形，思攷活動的結果，必歸之於判斷，思考活動的對像，存在於概念，概念生之於判斷，判斷又以概念為資料；開拓思攷的境地，推證判斷的真偽，更有待於推理。所以判斷、推理、概念三項，實為思攷的本質，往往互相為用，不能完全孤立。……（注20）

1933年，伊榮緒教授著《實用論理學》出版，書中寫道：

吾人果欲獲得有益於生活的真知識，必於供給知識材料的一切事物，研究其生成之因及致用之方——此研究作用者，即思維（Thinking）也。思維即狹義的思想；其所以別於思想者，在具有反省性質的系統理解。凡未經思維之經驗，每乏理解，不足補益人之生活，即不得謂之知識。……

……思維由來，實有二端：（一）希望明瞭疑難之因果。……（二）籌謀脫卻疑難之方法。……

思想之功能有三：（一）超越本能習慣。……（二）預料未來事機。……（三）增加事物意義。……

訓練思維之目標三個：（一）熟習合理的思維法。……（二）養成慎重的習慣。……（三）培植創造的精神。文化者，人類思維之產物也。訓練思維之現時的目的，固在適應生活；而在其最終目的，尤在利用之以發明新文化。……蓋不有創造精神，祇於習故安常，謹慎將事，猶非研究知識之道也。（注21）

伊教授從實用視角來解釋「思維」，也確實能夠給讀者以新的認知。

1933年，王特夫教授著《論理學體系》出版，書中寫道：

人類底思維雖然是一種精神作用，但從它底構成上說，一方面既需要以外界事物底刺激和作用於人類自身的行為為起點，它方面更須要有人類底一切認識和思維工具之接受它底作用，才能喚起人類底思維活動，則在這裡就是一種自然世界底一切物質與為自然世界之一部分的人類底物質之互相作用。思維只是這種物質之相互作用底結果，那末，人類精神現象就已經是一種自然物質之活動底一種自然現象了。……思維是以人類之內外物質交互活動和作用而構成的，思維底本質就是自然世界底物質及其能力底作用之綜合的產物。……

恩格斯說：「如果有人問：思想和意識是甚麼，是從哪裡來的？那我們就答覆：思想和意識乃是人類頭腦底產物，而人類自己又是自然界底產物，跟著自然界一起在一定的環境裡發展；由此可以明白，人類頭腦底產物本身根本上就是自然界底產物，並不與其餘的自然界衝突，而反要適應於其餘的自然界。」……所以思維時主觀而兼客觀的，並非單純主觀的，並且在一定意義上說還是客觀的而非主觀的。……

所以馬克思說：「觀念世界，乃是物質世界經過翻譯和修改而到我們底頭腦中來的。」狄茨根更說：「思想就是模樣，就是真正的模樣，就是真實事物底模樣。……觀念，與像片一樣，應該適合於它底對象。」……

一切科學，它不依一定客觀事物底法則去思維，即不能前進。一切思維也是一樣，如果沒有客觀事物底法則去思維，便不能有思維。……

人類底抽象能力和其加工於事物那種作用，一方面是認識事物甚至是構成思維，發展思維的必要動力，然而它也是使思維走向與客觀事物及其法則相乖離的根源。……

只是愈正確的思維則能正確反映客觀的全般真實，而不正確的思維，是把客觀的與件予以錯誤的配合和推理結果。

語言底本質是思維底符號。……所以語言表明了思維底主觀，又表明了事物底客觀。……語言是使人類取得頭腦底互相協作，以發達知識豐富

知識的仲介，也是使人類在頭腦底互相協作之下發達思維的工具。
……（注22）

王教授咬文嚼字，筆者現在讀起來還是相當費力，很難說他說清楚沒有。

1934年，金陵大學教授羅鴻詔著《認識論入門》出版，書中寫道：

學問是思惟之順應環境，對於各現象之極力節省能力，使思惟有最經濟的勞費的。故概念、公式、方法、原理等之價值皆在此思惟之經濟。那麼，合目的性，節省能力，思惟經濟便是判斷的妥當性之表徵了……。

一切思惟都是向著對象的。即思惟之現於意識，並非任意的作用，必有其所思，即最廣義的對象。……思惟與感情意志一樣，也是主觀（自我）的體驗。……思惟應從屬於主觀，自是不錯，但思惟之客觀（對象的）性質卻不可輕輕看過。思惟之為物，並不是心內變化無常的狀態，也不是此狀態的結果，其本來面目全在向著對象。不問對象是物理的還是心理的，是現實的還是觀念的，必有對象而後其功用才有所施。無論其為事物，為性質，為作用，為關係，都同樣對付。……

思惟能指向對象，其對象把現實的現象置之度外，而形成思惟內容。……附加於對象的存在總是觀念的，與現實的，實際的存在畢竟有別。……（注23）

羅教授談到人的思惟的價值取向，也就是生活中人人經常遇到的思維問題。

1935年，張希之教授又著《高中論理學》出版，書中寫道：

我們考察一切的思想，無論牠是準確或錯誤的，是合理的或狂妄的，都不外是「是怎樣」和「應怎樣」的解答。不過在平常我們說的「胡思亂想」，都是無事實證明的不合理的妄想。……思想既是用已知的事物作根據，由此推測別種事物或真理的作用。那麼，思想都是正確的合理的麼？這卻未必。……

思想是應付環境、改造環境的工具。人的行為，無論大小，都是對於刺激的一種反應。思想本是行為的一種，故其發生時，必有其刺激。因此，人在行動前所思考的，不外客觀是怎樣，因而主觀應怎樣。把這兩個問題解決後，才能定出目的，作行動的傾向；而後意志確定，行動才開始。……（注24）

1936年，汪震教授著《論理學》出版，書前引張東蓀教授的一段話作首頁，張教授寫道：「近來我研究各派的名學，乃恍然大悟，……我研究的結果乃知道名理並不是『事理』（Natural strcture），亦不是思想的活動。乃是等於下棋時所用的一種規則。……爲什麼要訂這個規則呢？我則答曰：乃是爲了要把心內的思想變爲表出的思想。詳言之，既要把不能告人的思想變爲可以告人的思想，要把只有自己知道的思想變成可以當作他人的來看待的思想；要把不清楚的思想變成清楚的思想；要把含凝在心內的思想變成舖在紙上的思想。這個方法便含有幾個根本原理。這些根本原理只是爲了達此目的而設立的，卻絕不能再求證明。（節錄 張東蓀先生《認識論》）」（注25）

汪震教授自己則寫道：

想有兩種：一種是空想；一種是推理作用。……推理（Reasoning）亦譯作思考，即指的解決一個問題，判斷一件事的是非，有意義，有功用，不是隨便想想的。只有推理作用才有心理學上及論理學上的價值。

……「做事」是筋肉的運動，「想一想怎想的做法」是指導活動的活動。如果把筋肉活動叫做「行為」的時候，思想便指導行為。思想是神經系上的產物，是「語言文字系」的活動，在內省上的一種現象，我們叫做精神，不問離得開筋肉與否。……我們現在就把思想認為是：內省的一種精神現象，附帶著言語系統的機械動作，有指導動作，適應環境的功用。

思想的原理，在心理學上是指明思想之基礎法則，認識如何如何想（thinking）；論理學所研究的不是事實問題，而是價值問題，即是如何思想才對，換言之，論理學研究的是Thought之原則，而不是Thinking之

原則。……（注26）

汪教授將研究「思想」的原理，區分為：在心理學上是認識如何想（thinking）；而論理學上是如何想才對（Thought）。

1936年，林仲達教授編《綜合邏輯》出版，書中寫道：

> 思維作用乃是具有目的觀念之有意的一種精神作用，牠是以抽象的觀念為其內容，以分析和綜合作用為其特質。……這種運用抽象的符號或觀念之有意識的精神活動，就叫做思維。

> 思維是不能離開物質而活動的，同時牠是以客觀的事物底反映為其本質的。……這樣說來，思維是以客觀的外界的現實的存在，和主觀的肉體的現實的存在，互相結合和作用而產生的；雖然牠自身已轉變為另一種高度發展的物質活動，而有反映人類底社會和歷史的作用，但是牠始終是自然世界底物質及其能力底作用之綜合的產物，是自然世界底物質現象之一。……

> 所謂「觀念」和「概念」，為構成思維的主要成分。實際上，牠們只能是從由感覺所得的印象中，抽出那些客觀事物底特質所構成的，那抽象化了而存在於腦子中的「概念」，牠絕不能不由事物而獲得。概念中的事物，雖然不能絕對地與客觀的實際事物相符合，但也不是絕對地不符合於客觀的實際。……（注27）

1937年，潘梓年先生著《邏輯學與邏輯術》出版，書中寫道：

> 人到底靠了什麼獨到之秘，使他能夠在進化路途上，走得比其他動物都遠了這麼一段長的距離？……就是他在進化過程中所獲得了的一個新官能：他於視覺、聽覺等等感覺以外，又獲得一個他所獨有的的官能，思惟。……思惟這一種「能」，是由某一特殊部分腦神經中放射出來的小質點所變化而成。……

> 思惟比感覺特異之處就在於：第一，它能衝破空間上與時間上的限制。……第二，感覺只能限於具體的存在，而思惟還能夠及到形象以外的存

在，以至於可以存在而實際還未存在的東西。第三，感覺只能認取到事物的表像，而思惟就能透過這表面的現象，而去認取隱藏在現象背後的以及各現象之間的各種意義、因果、本質。第四，感覺只能認取個別的東西，而思惟就能夠會合個別的認識來思及全體、整個。所以新增了思惟這一官能以後，人的生存能力就突然增加了無數倍。……

思惟的運用是憑空的，抽象的，不易捉摸的，所以感覺人人都能用，連動物也能用。思惟就不見得大家都能用，能運用的人也常常要發生錯誤與不夠。……而要把思惟運用得正確與充分，即非講方法不可。所以從人類運用思惟的能力一經發達以後，就注意到了思惟的方法問題。……

感覺對思惟有怎麼樣的的束縛呢？第一，感覺對於人的誘惑力著實不小聲、色、貨利、美味、醇酒的誘惑人心，使人只知取快一時，而失卻了深思遠慮的能力，……所以不首先擺脫感覺所引起的衝動與欲望，思惟這個官能即本無由發揮。第二感覺是局限的，片面的。這種局限性與片面性，就是多匯合了幾個方面，多積集了幾次觀察，也仍舊是克服不了。……在運用思惟這個官能時，必須要從感覺擺脫開去，不受局部的制限與片面的蒙蔽，然後才能統觀到全域。

……思惟的改善感覺，只是為的要使自己有更進一步的發展，只有在先使感覺增強了能力以後才有可能。……

……思惟方法，不應當是一定的，什麼地方什麼時候都可以用得的各種公式。……辯證邏輯才是思惟方法；形式邏輯找那個是由現在還可以用得的那些部分，只是思惟活動已經決定了在某一具體情境之下要取什麼方法之後所需要的一些技巧；它們只是技術而不是方法。……[注28]

　　潘先生明示自己的見解，但同時他又在文章中點名批評一些與他見解不同的學者，用扣帽子方式把別人罵得一無是處，這就已經不是學術問題了，而是藉學術來做政治宣傳。今日重讀潘先生的文章，並不感到他就似真理的代言人。

　　以上讀到在1932年至1938年間，共引述到十二部專論「思維」概念的著

作，這是中國迎來新知識的表徵，很是熱鬧，很值得學習研究。他們認真地闡述了關於「思維」的各種見解。相信如果不是日本侵略，打亂了全民族的認知需求，我們的學習研究會更上一層樓。

1939年，美國波林、蘭費德、衛爾德三位教授合著的《心理學》，由傅統先教授翻譯出版，書中寫道：

> ……思想把各種的經驗和張本聯合成一件單個的動作或思索。有生命就有統一的動作，……但是在產生思想統一性之前，必先有一個很複雜的統一動作。……

> 所謂有一定目標的思想，就是當我們解決一個問題的時候，我們在意識中思想與動作所經過的一個複雜的統一歷程。一個人解決一個問題的時候，他是把思想行為打成一片，去應付外界的各種情境。他的思想所經過的許多步驟，就是這個整個統一歷程的組織成分。

> ……在思想歷程中各種經驗，包括有許多經過「遠距受納器」而來的張本。思想所涉及的範圍很廣，無論所見所聞的東西，都是與思想有關的。……文化大部分建築在我們有先見智力的基礎上。若思想不能深思遠慮，則文化恐不能成立。

> 人類應付這種情境時所發生意識歷程，則稱為思考。實際上，這個名詞僅限於整個歷程的目標一點，或限於情境的衝突性一點，以及此情境的新穎一點。

> 有機體遇著一個問題的時候，他總是連續的經過若干步驟而得到一個解決。這種有意識的歷程，我們稱為有目的的思想。……

> 我們不能不承認，有許多控制思想活動的歷程，是不為我們所知覺的。……我們說思想中有一種無意識的指導機構，但這並不一定要相信有一個無意識或潛意識的心靈。這只是說，在思想裡面有時有（也許總是有）許多無意識的過程，但是我們沒有理由說，這種過程於意識的過程有什麼分別。……(注29)

　　1943年，北平輔仁大學教授，德國人柴熙用中文著《論理學大綱》出版，書中寫道：

> 把已經所認識的事物，加以悟性的探索，叫做思考（cogitare to think）
>
> 思考的主要意義，是根據已經認識到事物，而推出未知的來。
>
> 思考的四個原素：……1.思考的主體。……2.思考的動作。……3.思考的對象。……4.思想的自身。……
>
> 「表現」是概念根本的作用「肯定、否定」是片斷根本的作用；「引伸未知的」是推理的根本作用。那末，這樣獲得傳統的論理學所研究的三樣思想形式。
>
> 思想的內容若「適應對象」，它便是「真」的，否則是「偽」的。
>
> 「合於思想（思考、思維）的規則」的思想，叫做「正當」的，否則叫做「不正當」的。
>
> ……原則：……1.選擇某事物當作思想的對象，全由思考的主體作主。……2.任何事物有眾多的方面。也就可以說，思考的主體，可以從眾多的觀點上——原因、目的等——去思想一個對象。……3.對象對於思想常是有區別的。……4.對象應是思想以內的事物。……5.思想的內容是直接或見解的由對象所供給。……6、有一些固定的思維原則，來規定人類思想的形式。……
>
> 「心理學」研究思考實體的本質，實現的條件，演進等等。
>
> 「認識論」研究思考的成績；思考有什麼認識真理的效力和條件。
>
> 「論理學」卻研究思考的正當性。……（注30）

　　以上是近代一些學者研究「思惟」所得到的見解，其中有定義、本質、內容、結構、理論、過程、舉例、等等，總的說來，應該是已經將前輩研究的主旨分析清楚了，儘管作者們之間有不同的看法，爭論頗烈，但這恰恰說明關於「思惟」研究的重要和複雜。至今天，我們依然能夠從中獲取很重要

的知識和問題，讓後人繼續深思與研究。

（四）近代辭書中的「思惟」概念

20世紀初始，中國開始編纂出版各種《辭典》，這些新興工具書中的條目，其最大特點就是概念式的表述，給予了中國人全新的知識。其中關於「思惟」的條目選如下：

1903年，後任駐日公使汪榮寶和葉瀾合作編纂《新爾雅》出版，書中有條目：

> 主張心意現象，從物質而生者，名曰物質派心理學。主張心意現象，從靈魂而生者，名曰靈魂派心理學。分解複雜複雜之精神現象，而歸於單一之要素者，名曰解說的心理學。以事物上經驗，而研究其精神現象者，名曰經驗的心理學。研究精神之本體，不主經驗者，名曰思辨的心理學。以一己之精神，為主觀的思辨，而推究人人知心意現象，與生理上事情之關係，而成一系統者，名曰實驗心理學。……一觀念起於心中，同時必惹起聯想之觀念，說明此聯合法則者，名曰聯想心理學。以知覺力，記憶力，想像力，推理力，為精神上之一種特別能力者，名曰能力心理學。……(注31)

1908年，上海作新社編著《東中大辭典》出版，書中有條目：

> 【思想】（シサウ）（名）①心思。②{心}由歷練與思想而生之意識。(注32)

1911年，東吳大學黃摩西教授編《普通百科新大辭典》出版，書中有條目：

> 【思想之原理】此原理為直接之目的者有三：一、自動律，凡事物與己相同者也。二、矛盾律，就同一物而為同一事時而或有是或非。三、排中律，同一物而為一事時，則或是或有非，二者必不可不居其一。(注33)

1915年，商務印書館同人合編《辭源》出版，書中有條目：

【思想】　①思慮也。（曹植詩）思想懷故鄉。②心理學名詞。謂由經驗與思慮所生意識之現象也。如科學思想；美術思想之類。[注34]

1922年，丁福保先生編《佛學大辭典》出版，書中有條目：

【思惟】（術語）思量對之境而分別之也。《無量壽經》上曰：「具足五劫，思惟攝取莊嚴佛國清淨之行」。又對於定心之無思無想而定前一心之思想，謂之思惟。《觀無量壽經》曰：「教我思惟，教我正受」。善導序分義曰：「言我思惟者，即是定前方便。思想憶念彼國依正二報四種莊嚴也」。[注35]

1926年，樊炳清先生編《哲學辭典》出版，書中有條目：

【思考】見【思想】條。

【思惟】英Thought，Thinking，法Pensée，德Denken

與思考同。從廣義，凡非感官知覺之認識，俱是思惟。從狹義，則思惟並與認識有別，乃指「抽象」、「概括」、「判斷」、「推理」等等精神言之。尤多用諸判斷之意。抑人間思考，不能以得自現實者為滿足，又必從論理的理想的，以更求統一之原理，而謀所以實現之道，是為構想。構想者，亦屬諸廣義之思考作用。而思考之質料，則有可想的、超想的之別。……可思惟者，必具合乎論理，同於實在者也。亦有可得而思惟，不可得而想像者，……是即想像力所不能及者，而不得謂之非思惟。思惟與構想之別，即存乎此。又，事象之入吾思惟者，曰思想，此則寧指思惟之結果。時或用諸廣義，而稱多人思惟之相結合者為思想，如云「時代思想」是也。

康德之說純粹悟性也，以經驗為思惟之公准，為根本原理之一。其公准有三：……

【思考原理】英Laws of thought, 法Lois de lapensée, 德Denhgesetze

亦曰思考法則。謂出自必然，任何思考，皆不能逾越乎此者。論理學上，括之以三律。……[注36]

1928年，中華書局同人合編《中國教育辭典》出版，書中有條目：

【思維】Thought, Thinking

一作思考或思想。就其歷程言，宜稱思維，或思考（Thinking）。就其結果言，則宜稱思想（Thought）。從廣義言，凡非感官知覺之認識，俱屬思惟。從狹義，則專指抽析、概括、判斷、推理、等精神作用。思惟作用之完全的歷程，依杜威之分析，可得五步：……。

【思考之法則】Law of Thought

即一切思考之根本法則，為各種思惟所當遵守者。通常分為同異原理及充足原理兩類。……（注37）

1929年，高希聖、高喬平、郭眞、（梅）龔彬合編《社會科學大詞典》出版，書中有條目：

【思惟】思惟時比較由經驗所知道的事實，發見其關係而加以統一，以推論未經驗世界的事實之作用。（注38）

1930年，唐鉞、朱經農、高覺敷合編《教育大辭典》出版，書中有條目：

【思維】Thinking ……

【思想律】 Laws of Thought ……

【思維術】

研究思維之學為論理學。惟論理學所論列者，往往僅具形式，無裨實際，且亦從未取整個思想的歷程而加以分析。杜威著How We Think一書，始將思維之歷程分為五段：即……（一）思維活動常以感覺疑難為其起點。如忽迷途而不知所出，……皆足以喚起思維之活動。惟感覺疑難之後，須先確定其疑難之所在，然後思維之活動始有方針之可循；反之，倘未知其義為先從事於猜測則未有不自陷於誤謬者矣。（二）指定問題亦為一重要之步驟。……（三）既認定問題之後，乃可擬設解答。所謂假設、假說或理論者，即此段思維歷程之結果。擬設解答，係由已知而未知，由特殊而普遍，故在思維上至為重要。（四）凡科學家固貴能提出假設，然尤貴能提出假設之後，引申其假設之涵義，而試驗其真偽。……前段所用之為歸納法，此段則為演繹。……（五）實地比照云者，即以觀察或實驗的方法證明其假設之可否成立也。……

【思想陶冶】……

【思想之本質】思想有能力，有作用與成果。若以廣義言之，凡屬於知識、感情、意志三方面之精神活動，皆得以精神名之。其狹義，則專指判斷、概念、推理等作用為思想。舉其本質，則有四端：【自發性】……【主觀性】……【必然性】……【普遍性】……（注39）

1936年，中華書局同人合編《辭海》出版，書中有條目：

【思考】見思惟條。

【思索】思而求之也。《考工記》槀氏：「曰時文思索，允臻其極。」注：「言是文德之君，思求可以為民立法者，而作此量。」《荀子·大略》：「能思索謂之能慮。」

【思惟】Thinking心理學名詞，一作思考。廣義凡非感官知覺之認識，俱屬思惟；狹義則專指分析、綜合、推理、判斷等精神作用。

【思想】①猶言思念也。曹植〈磐石篇〉：「仰天長太息，思想懷故鄉。」②心理學名詞。就已知事物，加以思維，而產生之意識現象也。如云宗教思想、科學思想之類也。（注40）

1945年，在張耀翔教授著的《心理學》書後，附有「術語」，其中有：

【思考】（thinking）

一串思想。（二）喚起一單個思想的歷程。（三）觀念決定要走的路，符號性質的，由一個問題或工作所發動，領導至一結論者。

【思想】（thought）

觀念經驗之一種，符號性質的。（二）行為派的解釋：無聲語言。（三）一串符號的或象徵的作用。（四）舊日解釋：一般之的經驗，與感情及活動有別。（五）在思考歷程上，一串觀念之一。（注41）

1949年，胡明教授主編《新哲學社會學解釋辭典》出版，書中有條目：

【思想】（Conception）

由思惟而生產的意識內容的總和，叫做「思想」。

【思惟】（Thinking）

與「思考」同。即「抽象」、「推理」、「概括」、「判斷」等精神活動的總
稱。在哲學即社會科學上，「思惟」占著異常重要的地位。牠是高級有機
物質所具有的特性，離開了物質就不能存在。詳「物質與思惟」、「物質是
第一次的，思惟時第二次的」等條。

【思惟節約】……

【思惟的運動】……

【思惟是至上的】……

【思惟不能產生思惟】……（注42）

以上這些工具書所提供的關於「思惟」概念的種種見解，恰好與學者的
論斷互相補充，互相糾正。

三、 思維的歷程與價值

個人的思維歷程，是古代近代學者關注研究的一個問題，本書中正是介
紹他們的研究成績。而人類的思維歷程，則在中國是一個長期缺乏研究的課
題。

個人的思維，從出生至結束，每時每刻，面對世界上無窮無盡的複雜事
物，由眼、鼻、耳、喉、皮膚、肢體等直接感受到後，人腦都會立即發出思
維信號，幾乎能在一瞬間，經過一系列的分辨，判斷、選擇、指令發出等思
維活動，傳達到人體相關部位，形成肢體反應、語言反應等行為，表達自己
的見解。然後還能夠根據自己行為的效果，或成功，或失敗，或混亂，而再
思辨自己的思維是否正確或準確？又能夠在下一次遇到類似事物時候，再一次
選擇新的自己的行為。

這也正是人能夠在幾百萬年漫長的進化過程中，能夠汲取經驗教訓，改
善自己的處境，改善自己的環境的關鍵作為，也因此促進人類社會的整體進
步。因此，研究思維是每個人進步的必不可或缺的知識。

現代人的思維能力，已經通過基本的學習、體驗、修正與嘗試，能夠把握思維工具，對於眼睛看不到的基因和天體黑洞，對於聽不見的超聲波，對於人還不能去的火星，對於手腳不能碰的幾千度高溫或零下百度的地區，等等，百年前想都不敢想的作為，現在通過思維所造出的科學新工具，按照科學規律，都可以輕而易舉地去嘗試、去實驗、去實踐，因而也就是讓思維能力變成人類進步的新動力。

這也恰是說明思維能力的研究，尚有巨大的潛力所在。我們只是在講思維自然有歷程，但是依然還不能說清楚，為何人能夠在一瞬間完成思維全過程？它的生理、心理機制何在？我們能夠用高速攝像機全程錄下思維過程嗎？並解釋清楚嗎？現代人工智慧的「大腦」，恐怕還離人的「大腦」很遠很遠。

研究這些空前複雜的問題，恐怕不能單純地認為僅靠傳統的哲學、心理學、語言學、自然科學等單科思維方式來解決，而是其研究本身就已經是一種認知科學的方式。至少，可以將我們已經掌握的前輩們的研究成果，梳理清楚，把握住新的科學方法，才有可能展開。

近代學者們，已經注意到思維歷程研究的重要性，他們開始提出各自的見解。

1921年，美國杜威博士著的《思維術》，被劉伯明教授翻譯出版，書中寫道：

> 在舊思想之歷程，分析其中步驟，或所涵之原素。……特其明晰之程度，有差別耳。其五級：一曰感覺困難。二曰困難所在，及其指定。三曰意思（可能的解決）。四曰以抽繹之法發揮意想中所涵之義。五曰繼續觀察即試驗，以憑駁斥或承諾所臆，此即信或不信之結論。
>
> 1、……吾所感之困難，有時或甚確切，足使吾心即思所以解決之。或始而心中感覺不寧，或受驚駭，而不辨疑之所在。後始設法查考困難何在，

……

2、……事之巌然新奇，或予人以非常之煩亂者。其困難始而常為一種驚駭，或感情上之擾亂，使吾人有一種含混不甚清楚之感情，以為有出人意料之外奇異罕見，令人發喙或倉皇失措之事業。吾人遇事之反常如是者時，必作詳慎之觀察，用以發見困難之所在，或使其問題之特殊的性質明瞭也。就其大概言之，……實即真正反省（或妄為防護之批評的推測）與未經制馭之思想之差別也。凡未用心以辨困難之所在者，其意想（冀以解決困難者）率皆漫無規則。……但凡人新奇而繁複之事時，苟欲不遽下斷語，必須同樣之審觀與詳考也。所謂批評的思想，其本質即使中斷，而此懸而不決之性質，即在未進而設法解決問題前詳加思考，以定其性質之何若。而普通推測，得易為已經試驗之推測，暗示之結論，得易為證明，其有賴於此，較其他一切為多也。

3、第三要素名曰暗示。（意想）方困難發生時，其狀況即令人憶起非感官所接之他事他物。……（a）所謂意想，即一切推理之中心，涵有自己然至未然之性質也。職是之故，其又帶幾分冥思或冒險之性質。推測既超脫現實，則其事如距踊然，即使盡力預防不測，其為合宜，事前不能絕對保證之也。欲駕馭之，其道當紆而不徑，即一方養成奮進而審慎之心習；一方選擇特殊事實，而整理之，其事實之知覺，即意想所由發生也。（b）如所暗示之結論，不遽信之，而姑且懷之於心。所暗示者，謂之意象。其與此同義者，有以為揣測、臆度、假設、臆說等名。但使信念中懸，或使最後結論暫緩，以待其他證據。其事之一部分，既賴乎各種互相競爭之臆想，若者為可循之途徑，若者為可取之釋解，則培養各種意想，以備取捨之用，亦良好思想中之要素也。

4、發揮任何意象中所涵之義。（專名曰Implications 譯云義蘊）以明其對於某種問題之關係。其歷程名曰演繹。（Reasoning）演繹出自意象，猶意象之得自現有事實也。……演繹之在所暗示之解決所生之效果，亦猶較親切較廣泛之觀察之在原有問題所生之效果也。暗示初發生時，經詳考後，吾人必不遽而信之。臆想乍觀之看似有理者，其所有效果，經演繹後，吾人往往以為不適當，甚且以為荒謬也。即使一說，其義經推衍後，

雖不足令吾人斥之為妄，亦能變更其意象之形式，而使之較為適宜於待決之問題也。……有時意想乍觀之看似迂遠而荒誕者，其結果經衍出後，往往易為適宜之意想，惡能生美滿之效果也。是故以演繹之法，發揮一意象，至少可以供給中間連環，俾看似不相連合之極端，能聯為前後貫徹之全體也。

5、其最後一步，而有斷定之用者，謂之試驗之證實，或曰證明。即揣度之意象之證明也。……

是故觀察之事，見於思想歷程之始，亦見於思想之終。見於始者，所以較確定的較精確的定有待應付疑難之所在也。見於終者，所以試驗姑且採用結論之價值也。於此二端之間，其循環往復思想歷程之較分明的心理方面皆可見之。其可述者：一曰推測，說明或解決之暗示也。二曰演繹，推衍暗示所涵之義蘊也。思籀必須試驗的觀察，而後始可證明之。而試驗之推行，求其省力省時而生效果，又必依據意象，而此意象又曾經以演繹之法，加以臨時的推衍者也。

其曾受過邏輯上訓練之心，即其每遇一事，能判斷各步，宜至何程度而止者也。吾人所以於此不能立固定之規則，每事當發生時，須應付之。而應付之方，須依據其緊要與前後之關係，在一事過於留意，其愚妄（不合邏輯）與於他事漫不經心同也。有時結論之可以擔保敏速而統一之行為者，較歷久不決之結論為佳，有時有歷久或歷一生而不能決者，此兩極端也。其受過訓練者，每遇一事，其事所須之觀察、造立、意象、演繹、試驗等事，應至何限度，即能知之。又能鑒於以往之過失，與將來思想時，不蹈覆轍。其最要者，則此心精警覺察認識問題，而又長於應付與解決之方法也。[注43]

　　杜威教授分析得相當詳細了，但是這應該說還是一個粗略的思維歷程的框架。其中複雜變化實在是太多。正如他總結道：「其最要者，則此心精警覺察認識問題，而又長於應付與解決問題。」真是談何容易。

　　1933年，宋子俊教授著《論理學概論》出版，書中寫道：

一個完全的思攷，總屬於究理的為多，其目的在確立一種信念，求得真實的判斷。但其經過往往糾纏複雜，而組織也為有機的活動的，如要清清楚楚把牠的階段分析出來，不僅是不可能，且也不合理的。不過我們為說明便利計，以理想的抽象的方法，勉強把牠分成若干步驟，名之為思攷歷程。

大概一個思攷活動，總免不了包含兩種要素：一是疑難發生；一是精攷微側，消釋疑難。……但這兩種要素，我們細細加以研究，又可分為五個階段：（1）疑難：吾人日常所經驗的思攷活動，絕不是憑空發生，往往受疑難的刺激而起，所以疑難實是一切思攷的起源。有疑難，便想解脫。想解脫，乃有思索、推測、假說等的活動。……（2）決定問題：疑難既已感覺著了，第二步便須把那疑難弄個明白，認識那疑難究竟在甚麼地方。然後可依據了詳加研究攷察，以冀疑難的消釋，是造成一個清楚扼要的問題為必要了。……如不經第二階段，貿然往下思攷，極易陷於謬誤。（3）設臆：問題指定，即有種種假說，以期解答此項疑問。所以第三部，便為設臆。……設臆為解決問題的關鍵，是思攷歷程中很重要的一階段。（4）推演：假說既立，對於所立假說，不能視為最後的答案，應細細推演其涵義，比較其價值，應用於問題，庶不致有錯誤。法則，前後情形兩歧，強以從前解決的方法，移用於目前，則毫釐之差，難免不致千里之謬。所以吾人當得到一個或數個臆說以後，尤須經過推演一步手續。假定某臆說是真，那末一定有如何如何的事實發見。……（5）證明：依據推演的結論，用有效的方法，攷察那事實究竟發生與否？這便是證明。證明分消極與積極兩面。消極的證明，實在破壞那預定的事實沒有發現的各種臆說。……積極的證明，是接受那預期的事實——發現的藝術，作滿意的結論。……(注44)

1933年，伊榮緒教授著《實用論理學》出版，書中寫道：

思維歷程者，進行整個的思維時所經過之手續也。共分五層：（一）感覺疑難。在事物環象中，不明瞭其意義或難以應付其壓迫時，所生之緊張心情作用也。（二）辨析疑難。即對前所疑難之事物性質，就自己常識或學

術經驗，粗加辨析，尋覓其關節，以便解釋或解決也。（三）設臆。對於以上辨析之結果，加以臆說，由已知而未知，由特殊而普遍，進擬所以解釋或解決此當前疑難問題之法也。（四）推論。就前所設之臆說，本常識或學術經驗推演其涵義，偵其是否合理也。（五）證明。就前推論所認臆說之真者，取相當的事實與之比照，看其是否確切也。⋯⋯上述五層手續：自疑難至設臆，乃從事實生出理論；推論證明，則複從理論反諸事實；前者為歸納運動，後者為演繹運動，相依相助，而完成思維之功能。其系統有如次表：

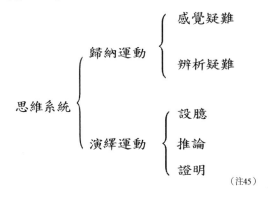

（注45）

1936年，汪震教授著《論理學》出版，書中寫道：

> ⋯⋯杜威研究推理的歷程，指示共有五段如下：（一）感困難。（二）指定困難所在。（三）可能的解決方法的暗示。（四）暗示所得繼以思索。（五）繼續的觀察與實驗，以得最後的結論。⋯⋯杜威同其他的心理學一致，把思想的功用認作解決問題，適應環境的工具。⋯⋯（注46）

以上幾位中國學者所言，皆是介紹杜威教授的見解。而陶行知先生則提出自己的新解。在1936年，林仲達教授編的《綜合邏輯》書中，他介紹道：

> 陶行知先生覺得杜威氏所謂「反省的思想」，祇是在腦袋裡做工夫，並沒有手去幹。他以為「思想的母親便是行動」，在事實上總是幹不通，才感覺困難，所以「行動」應該在「困難」之前。他於是把杜威的「思維歷程」，修改為：（1）行動生困難。（2）困難生疑問。（3）疑問生假設。（4）

假設生試驗。(5)試驗生斷語。(6)斷語又生行動。他稱思維進程中這六個步驟，叫做「反省的行動」（Reflective action）；即「動作一下，反省一下，再動作一下，再反省一下的連續動作和連續的反省，以求到解決，叫做反省的動作。有了動作，才有思想，在動作之後，有了反省，才有了改進的機會。在接連的動作和接連的反省之後，才有新發明和創造出來。」

【注】白桃著：《教學做合一概論》第75頁。(注47)

陶先生一生作爲教育實踐家，鼓吹實踐哲學，也運用到對於思維歷程的認知上，令人佩服。他強調了「行動」在思維中的主要作用，也就更加突出了思維歷程中複雜性，至今還需要在現代背景下的深入研究。

流覽以上各位前輩的見解，深深感到思維歷程的複雜。事實也確實如此，人的一生每時每刻書遭遇到的外界事物數不勝數，而人腦都能夠在瞬間思辨、認知、判斷、並指揮人體各個器官做出自己的反應。現在是人腦指揮電腦去做相應的行爲，也還是離不開把握住歷程的各個環節。這樣做的重要性是人類進化的關鍵行爲。正如杜威教授當年總結的「思維的價值」是：

【使行動有價值】第一，思維使我們解脫於衝動的，慣例的行為；正面的說，它使我們的行為有先見和目的。它使我們作有意的行動，以達到預期的結果，或把握住遙遠的將來。……思維把盲目的，情感的行動，轉化而為智慧的行動了。……正惟有思想，才能使事物之已形者，為未見者之象徵，而自然界無聲之語才可以瞭解。對於一個會思維的人，事物是它們的過去的記錄，……又是它們將來的預言。……

【使預防和發明有可能】人類也運用思維來安置人為的符號，以預示結果，而知所趨避。……文明的特質，就在於人能夠有意地製成標誌，以免遺忘；有意地創作器械，以覘預兆；使得危害可以避免乎或減少，利益可以穩定或加多。一切人為的器械，無非是有意地對於自然物所施的改變，使得它們儘量供出其未來的，隱微的，遙遠的意義。

【使事物的意義更豐富】……這書上的文字，在不識者看來，只是離奇的黑白不同的圖跡；在識者，則這些符號代表著觀念和事物了。我們久已

以事物為有意義，而非僅感官的刺激，我們這樣習以為常，以致不易認識這意義的由來，是為了在過去這種已見的事物，能指示所未見的事物，而這種指示，又為後來經驗所證明的。……

思維的巨大報酬，即在於已得的意義，在生活中事物上的應用的無限。因此，生活中意義的繼續發展也無限。

思維的力量，一方面使我們超脫於本能和慣例，一方面也帶來錯誤的機會和可能。它把人類抬高到其它動物之上，同時使人類有其它完全受制於本能的動物所沒有的危險。……[注48]

思維力量與價值如此巨大，杜威教授在百年前就已經說清楚了，筆者無需加上更多的認知了。不僅如此，人類思維經過幾百萬年的磨練才總結出來的一些見解，為什麼需要如此漫長的痛苦的磨練呢？杜威教授也總結過了，他寫道：

【錯誤思維的一般原因】錯誤信念的來源，以前有人分析過，……培根在近世科學之初起，曾列舉過四種錯誤觀念的誘因，……（1）部落的偶像。（2）市廛的偶像。（3）岩穴的偶像。（4）劇場的偶像。說得樸素些，就是（1）根於人類一般本性的錯誤。（2）由於社交和語言的錯誤。（3）由於個人習性的錯誤。（4）由於時代流行的錯誤。……

洛克……他列舉幾種人，以明思想錯誤的幾個樣子：一、第一種人是難得思維的；為省卻自己思考的煩難，他們的行動和思想，都遵循著父母、鄰居、教師，或任何人所信仰的人的榜樣。二、這種人以情欲代理理性；既然決定以情欲主宰自己的行動和思辨，則除適合自己的利益或黨派者以外，就不運用自己的理性，也不聽從他人的理性。三、第三種人願意而誠心聽從理性的，開始沒有廣大融通的識力，沒有對於一個問題的充分的觀察，……他們所識的只是一種人，所讀只是一種書，所聞的只是一種意見，……所與往還的是支流小港的通訊員，而不敢向知識的大洋去探險。本來稟賦的才力，和別人也差不多，而知識的造詣，卻迴居人後者，就為了運用「悟性」的範圍，用心於搜集知識，獲得觀念的範圍，比

別人為狹隘。

我們只要會觀察，便會見到我們自己或別人，都有相信合於自己欲望的觀念的傾向。我們喜歡它是真的，便認以為真；不為我們所喜歡的是真的，怎麼也不易為我們所相信。我們大家會輕率地得到結論；為了維持自己的態度，再也不肯檢查試證自己的觀念。我們大家會武斷地概括事實，那就是說，從一兩個事例便概括了全體。個人的欲望以外，社會的勢力無關於思想之真偽的，也有重大的影響。使得思想受這些不相干的勢力的限制的傾向。……這特質就是使我們的信念隔離或者違背理智的主要力量。和別人意見的融和的傾向，也是好的特質。但也容易陷於別人的偏見，而減少自己判斷的獨立性；或者引到極端的黨派思想上去，以懷疑其所信為對於團體的不忠。

固定的思想訓練，也並不一定能養成好的思想家。知識和練習，都是有價值的。但除非個人自己的品性中，有堅強的態度在激動著，他並不會求得這樣的價值。……同樣，人們也不很相信用論理的公式來造成一般的思想習慣了。最顯著的例，是一科專家討論到專業以外的問題，便不用自己專業以內所必須用的證明事實的思考方法。

【態度和方法的合一】……單是方法的知識是不夠的，須有運用方法的欲望才成。欲望是屬於個人的傾向的。但在另一方面，單有傾向也是不夠的，仍必須有表現這種態度的最適當的形式和方法的瞭解。……一、虛心。……二、全心。……三、責任心。……(注49)

三、小結

以上我們學習到前輩們對於「思維」的本質、理論、結構、方法、價值、進程、錯誤思維等等的概念分析結論，明晰研究是多麼重要的事情。也即是我們今天也面臨同樣重要的命題，先是要梳理清楚圍繞「思維」所展開的知識面；然後如何在此認知基礎上，如何改善我們的「思維」活動，因為我們今天所面對的二十一世紀的全人類的各種新危機，也只能依靠「思維」

的進步才可能應對。

如果再與前面所述的「觀念」的概念史、「概念」的概念史，聯繫起來看，那麼很明顯：個人的「思維」是如此豐富龐雜，或者可以說是太多太混亂。那麼人類已經學會從「思維」中濃縮出所需要的「觀念」，為自己求得平安發展。但是具體的每個「觀念」互相間依然模糊不清，或者互相矛盾，經常與實踐不相符合。於是人們又從個人「觀念」中提純昇華，形成普遍社會人群中公允的「概念」。這樣人際間、各族間就能夠互相正常交流概念，避免誤判，讓人類能夠順利前進。從語言學視角看，也正是各種各族語言文字的字形、字音，目前是很難以同一的，而大家追求的是字義、詞義、文義的互相準確表達與交流，不致或少致誤讀誤解，節省了翻譯時的種種曲解。大家在「概念」上形成一致互通，這就會導致社會的順利進展。這正是人類聰明之處！也正是幾百萬年來的經驗教訓所致。當然，「概念」還不是絕對真理，「概念」與「概念」之間，還是可以與可能再昇華組合成新的「概念」，不斷地為改善人類的認知而努力。

人類通過「思維——觀念——概念——」這條通道，已經運作幾百萬年了，取得至今最輝煌的成果。而今後的人類會接受更大的挑戰，那麼，這條通道依然是最重要的途徑！當然，關鍵還是人類自身的聰明智慧的昇華。

注 釋

（1）　參見拙文：〈馬禮遜的《華英字典》與《康熙字典》文化比較研究〉，載拙著《中國近代新詞語談藪》，外研社，2006年5月一版，第69–90頁。

（2）　中國人民大學（奧）雷立柏教授之提示。

（3）　（英）馬禮遜編《英華字典》，澳門版，1822年，引自大象出版社影印本，第431–432頁。

（4）　（德）羅存德編《英華字典》，香港版，1866–69年，引自（日）井上哲次郎增訂

本，日本藤本氏藏本版，1868年，第1779–1782頁。

（5）鄺其照編《字典集成》，香港版，1868年，第290–291頁。引自（日）內田慶市、沈國威編《字典集成（珍藏本）》，商務印書館，2016年11月一版，第96頁。

（6）譚達軒編《英華字典彙集》，香港文裕堂，1884年一版，第799–780頁。

（7）顏惠慶主編《英華大辭典》，商務印書館，1908年2月一版，第2352–2355頁。

（8）（日）井上哲次郎、有賀長雄合譯編《哲學字彙》，日本東洋館，1881年4月一版，1884年5月再版，第128頁。

（9）屠孝實著《名學綱要》，商務印書館，1925年1月一版，第19頁。

（10）（美）杜威著《思維與教學》，商務印書館，1936年8月一版，第1–2頁。

（11）張希之編著《論理學綱要》，北平文化學社，1933年11月一版，第2–3頁。

（12）林可培編《論理學通義》，上海中國圖書公司，1909年3月一版，第9–23頁。

（13）樊炳清編《論理學要領》，商務印書館，1915年1月一版，1924年五版，第4–5頁。

（14）（美）杜威著《思維術》，劉伯明譯，中華書局，1921年1月一版，1931年10月十二版，第1–9頁。

（15）屠孝實著《名學綱要》，中華學藝社、商務印書館，1925年1月一版，第19–21頁。

（16）（美）亨德著《普通心理學》，商務印書館，1926年6月一版，1929年7月三版，第366–381頁。

（17）張廷建編《論理學》，商務印書館，1926年6月一版，第13–24頁。

（18）康叔仁編《論理學大綱》，北平文化學社，1932年11月一版，第3–8頁。

（19）張希之著《論理學概要》，北平文化學社，1932年11月一版，第32–36頁。

（20）宋子俊著《論理學概論》，上海大華書局，1933年6月一版，第13–18頁。

（21）伊榮緒著《實用論理學》，北平建設圖書館，1933年7月一版，第1–7頁。

（22）王特夫著《論理學體系》，上海辛墾書店，1933年7月一版，第56–85頁。

（23）羅鴻詔著《認識論入門》，商務印書館，1934年2月一版，第18–25頁。

（24）張希之編著《高中論理學》，北平文化學社，例言寫於1935年6月，第37–41頁。

（25）汪震著《論理學》，北平人文書店，1936年4月一版，首頁。

（26）同（25），第11–17頁。

（27）林仲達編《綜合邏輯》，中華書局，1936年9月一版，第66–75頁。

（28）潘梓年著《邏輯學與邏輯術》，生活書店，1938年5月一版，第4–15頁。

（29）（美）波林、蘭費德、衛爾德合著《心理學》，傅統先譯，商務印書館，1939年7月一版，1947年2月再版，第453–465頁。

（30）（德）柴熙著《論理學大綱》，北平輔仁大學，協和印書局印，1943年9月一版，第4–17頁。

（31）汪榮寶、葉瀾合編《新爾雅》，上海明權社，東京並木活板部，1903年6月一版。

　　　轉引自鍾少華編《詞語的知惠》，貴州人民出版社，2000年10月一版，第182
　　　頁。

（32）作新社編著《東中大辭典》，上海作新社，1908年5月一版，第469頁。

（33）黃摩西編《普通百科新大辭典》，上海國學扶輪社，1911年5月一版，轉引自同
　　　（32），第95頁。

（34）商務印書館同人合編《辭源》，商務印書館，1915年甲本一版，第卯集13頁。

（35）丁福保編《佛學大辭典》，醫學書局，1922年版，福建莆田廣化寺重印本，1990
　　　年，第1602頁。

（36）樊炳清編《哲學辭典》，商務印書館，1926年5月一版，第394–396頁。

（37）中華書局同人合編《中國教育辭典》，中華書局，1928年5月一版，1936年3月五
　　　版，第395–396頁。

（38）高希聖、高喬平、郭真合編《社會科學大詞典》，商務印書館，世界書局，1929
　　　年6月一版，第438頁。

（39）唐鉞、朱經農、高覺敷合編《教育大辭書》，商務印書館，1930年7月必，第
　　　715–716頁。

（40）中華書局同人合編《辭海》上冊，中華書局，1936年12月一版，第卯集12頁。

（41）張耀翔著《心理學》，世界書局，1945年8月一版，1947年6月三版，第116–117
　　　頁。

（42）胡明主編《新哲學社會學解釋辭典》，光華出版社，1949年版，第328–330頁。

（43）（美）杜威著《思維術》，劉伯明譯，中華書局，1921年1月一版，1931年10月
　　　十二版，第71–81頁。

（44）宋子俊著《論理學概論》，大華書局，1933年6月一版，第18–21頁。

（45）伊榮緒著《實用論理學》，北平建設圖書館，1933年7月一版，第16–17頁。

（46）汪震著《論理學》，北平人文書店，1936年4月一版，第13–15頁。

（47）林仲達編《綜合邏輯》，中華書局，1936年9月一版，第86–87頁。

（48）（美）杜威著《思維與教學》，孟憲承、俞慶棠合譯，商務印書館，1936年8月一
　　　版，第14–19頁。

（49）同（48），第21–23頁。

第五章：中文「藝、藝術」之概念史

一、前言

（一）人類在地球上生存已經幾百萬年了，從遠古的族群發展到今天的地球人，每一個人都具備三的方面的根深蒂固的追求：一是生活物資的最低保障；二是個人精神的自由翱翔；三是藝術美的欣賞與追求。這三方面互相促進協調，不可抑制地構成人類進步的基本脈絡。

（二）我們看到遠古人在山洞岩岩上的刻畫圖形，可以領略古人的欲望與追求；在古族群慶祝篝火旁，可以領略古人展現歡愉的歌聲與粗獷的舞姿；我們可以在現代博物館中鑒賞各種美麗的文物；也能夠在鄉村小道邊聆聽兒童的走調謠諺，或者道旁的塗鴉；我們人類已經將藝術品充斥到地球上各個角落，也在每個人心中和行為中隨時流露對於藝術的讚美。同時，每個人的藝術衝動也是能夠隨時迸發的，甚至連在夢中都能夠唱出歌來，手舞足蹈。

（三）本文僅是講述「藝術美」方面在近代中國的形成與新發展。至於「藝術美」與物質世界的關係，與精神世界的關聯，那是不言而喻的，只是篇幅有限，不能過多從理論視角進行深入探討。而是以近代學人對於「藝術

美」的認知，作爲本文主要的介紹對象。而他們的研究成果，他們的探求，是給予我們全新的知識，是很值得我們後人學習追隨的。

（四）「藝術」是什麼？「藝術」有什麼？「藝術」如何表現？「藝術」如何欣賞？等等，都是很多人關注的問題，筆者同樣一直對於「藝術」、對於「美」，抱著崇敬的心態，以及力圖追求的願望，只是以往的歲月蹉跎，被身不由己的時代煞氣，倦得難以靜心思考，無法投入藝術的殿堂。現在想明白了，雖然耽誤了年輕時候的夢想，但是自己對於藝術的熱忱，以及自己的在學習前輩們的體驗心得，依然促使我在同齡人已經放筆之時，依然想將心中塊壘梳理一番，以作爲奉獻於藝術之神台前的一瓣心香。

（五）中國近代第一代藝術家們，他們爲了對於藝術的追求，爲了藝術能夠在中華民族繼續趕上世界潮流，他們身體力行，橫空出世，無論在藝術的任何一個類型，無論音樂、戲劇、戲曲、美術、電影等等，都用心學習思考，都用心體驗和描述，都不斷地把中國人的藝術世界表現出來，獲得了其他民族的認同，爲新中國的社會文化進步作出了貢獻，也就讓人類社會更美麗。

（六）既然藝術品是人類思想勞動和人體勞動合作創造的，那麼，藝術品的評價也就自然因人而異，很難在一個時代確定一種唯一的藝術美的標準。例如許多族群都有自己崇拜的圖騰形象，都認爲自己是惟一的藝術美的標準。但對於不同的族群可就難說了。實際上，任何一類藝術品的評價體系，都是社會上人爲的，是受到政治或經濟或權力的欲望影響而制定的。

（七）藝術品的欣賞，確實是人們提高自己文化素養的好對象和好方法，是需要每一個人，自己去領會藝術之美，去體驗藝術之美，去追求藝術之美。欣賞藝術美，也還是有一定的方法，千萬不要不懂裝懂，甚至把自己的認知當作眞理，而強迫別人信從。

（八）可以說，藝術是撥動每一個人人性的金針，在它的撥動下，人性

的美好、善良與愛情方面，都得到大大的弘揚，人的精神面貌得到昇華，人的行爲得到科學的進步。反之，所有焚燒藝術、詆毀藝術的思想和行爲，都給他人和社會帶來極大的傷害。同樣，藝術也是治療人們心靈創傷的良藥，個人和群體的悲傷、痛苦甚至痛不欲生，自暴自棄，都可以從藝術能量中獲得重生。

（九）中國古代的藝術思想和成果，是自己民族在幾千年間積澱而成，自有其文化特質。同樣，古代西方各國的藝術思想和成果，也是有其自行的道路和特質。在近代中國，中西方的藝術思想和成果都得到了廣泛的交流與認知，並由此在中國產生並形成新的藝術高潮，大大豐富了我們民族的文化生活，甚至可以說形成新的全社會的藝術生活。本文正是在這個認知基礎上，試圖展現近代中國藝術上的一些方方面面，並通過近代中國藝術家的成果，以及學者們的認知，來爲21世紀的中國藝術發展提供更清晰更科學的借鑒。不當之處，還祈方家教正。

（十）本文之研究理念和方式，是以「概念史 Begriffsgeschichte」研究爲基本，該研究方式是在20世紀30現代興起的，它通過描述一個主題詞的來龍去脈，在運用大量語言學史料、哲學史料、辭書史料、社會文化史料的基礎上，共同描述該詞如何在歷史社會中產生形成，如何從各種自以爲是的觀念中，通過社會實踐提煉昇華成爲民族社會語言中普適的概念，以及如何在辭書上面以公允概念的表述，如何在專門教科書中給出定義，綜合成爲一個文化史專題。恰如陳寅恪先生所說的：「凡解釋一個字就是做一部文化史。」筆者將之引申爲：「凡解釋一個詞就是做一部文化史。」「藝術」就是本文的主題詞。

二、中文「藝」、「藝術」觀念在古代

中國文化的一個基本特徵，就是中國字。它是以單字爲基本結構，卻又

承載著十分豐富的表意、表聲、表形的重任，甚至中國字本身也成為藝術的一種，叫做書法藝術。

「藝」字在古漢語中早就存在，有幾種寫法，按照網上的介紹，在甲骨文中就有：——被解釋為左邊是「木」；右邊是人手操作。又有：——被解釋成左邊是「土塊」，右邊是手拿，也是種植的意思。又有：——被解釋成加上「草」，是字被繁化，成為以後的 。後來又加上「云」，成為「」字。筆者對於此類解釋，心存疑惑，因為所謂「繁化」並沒有理由和證據。於是請教北大何九盈教授，在2019年11月18日，得到何老的電話訓示，讓我茅塞頓開。這裡就介紹何老的見解如下：「藝」字按照古漢語分類，應該是會意兼形聲字。「執」或「埶」都是種植的原意；而「芸」字則是除草的原意。後人把「埶」用「芸」字包起來，成為「藝」字，就意味著種植加上除草，成為一字，又省形又加深字義。筆者接受何老的解釋，書之在此。

古人運用「藝」字的例句相當多，例如：

> 「藝麻如之何，衡從其畝，王事靡盬，不能藝稷黍。」（《詩經》）；「會其什伍，而教之道藝。」（《周禮》）；「予仁若考，能多才多藝，能事鬼神。」（《書》）；「嗣而股肱，純其藝黍稷。」（《書》）；「不興其藝，不能樂事。」（《禮記》）；「志於道，據於德，依於仁，游於藝。」（《論語》）；「合諸侯而藝貢事，禮也。」（《家語》）；「後稷教民稼穡，樹藝五穀。」（《孟子》）；「貪欲無藝」（《晉書》）；「遂通五經，貫六藝。」（《後漢書·張衡傳》）；「藝，種也」（《說文》）；「良質美手遇今世兮，紛綸翕響冠眾藝兮。」（嵇康〈琴賦〉）；「方將與農圃，藝植老丘園。」（唐·王維詩）；「俗巫醫不藝，嗚呼安托命。」（宋·陸游詩）；「藝，才能也。」（《廣韻》）。

從用例中可以明白，古人對於「藝」字的字義，使用頗多，但在被後人

賦予好幾種解釋中，（只是不在本文討論範圍內，）一般多是指古代六種教學內容中的一種，古人稱之爲「六藝」，並沒有出現對於「藝」的概念性說明。

把「藝」和「術」合在一起，就成爲「藝術」一詞，在古漢語中是存在的，如《晉書》上就有句子：「藝術之興，由來尚矣。」其中「術」字一般多解釋爲方法，於是，我們就可以理解古代「藝術」一詞，即是學習六藝的各種方法。這是和我們今天理解的「藝術」概念，有較大的不同。我們今天理解的「藝術」概念，是從日本傳來的。

我們知道，古代日本人，在引進中國文化中，沒有全盤照搬，而是分別寫成日本漢字，於是她們寫成：

「ゎざ」即中文「技能、手藝、本領」的意思。

「芸術 げいじゅっ」即中文「藝術」。

「芸能 げいのぅ」即中文「技藝」。

「手芸 しゅけい」即中文「手藝」。

而到了明治年間，日本學者將げいじゅつ（芸術）與英文ART對應起來。學者伊澤修二在1882年著《教育學》出版，書中寫道：「此諸種ノ武芸練習ニョリテ強壯ナル體格ヲ造成シタルモノ甚多シトス。然シテ此等ノ芸術ハ，體育ノ法ニ於テ各異ナル所アリ。」接著在1888年出版的《漢英對照いろは辭典》中出現條目如下：

わざ、伎術たくみゎさ。Arts：accomplishments.[注1]

新的「芸術」概念，開始在日本通行起來。後來中國留日學生將之搬回中文，寫成「藝術」，擁有了新的內涵，通用至今。

三、西方「藝術ART」來到中國

在古代歐洲，「ART」同樣在社會生活中發揮著重要的作用。那麼，西方人在古代是如何理解藝術的呢？筆者的友人，人民大學教授雷立柏（Leopold Leeb），編寫有《現代漢語（關鍵字）辭源》（未刊稿），惠贈於我，其中有關「ART」的詞源介紹。這裡引述部分：

> 古代希伯來語的heresh，指「巧妙的工程」、「作品」、「技術」、詭計」，就是harash（工匠、匠人）的工作成果。「使他們的心滿有智慧，能作各樣的工，無論是雕刻的工，巧匠的工，用藍色紫色朱紅色線和細麻繡花的工，並機匠的工，他們都能作，也能想出奇巧的工。《出埃及記》EX35：35

> 古希臘語的名詞techne，指1.技藝，技術，技巧。2.手腕，詭計。3.手法，方法。4.行業，手藝。5.工藝品，手工製品。……希臘語he hippike (techne)，指「繪畫藝術」；he tektonike (techne)，指「建築藝術」。……神話中的著名工匠是Daidalos（代達羅斯），據說他建立克里特島上的迷宮，同時是雕刻家和發明家，他為自己和兒子Ikaros（伊卡若斯）製造翅膀，這樣從海島上飛走。古代歷史上最有名的藝術家是Pheidias（菲迪阿斯，西元前490–432年），他負責雅典娜廟的雕塑部分。

> 拉丁語的art，指「技巧」和「藝術」。（1）技能，技巧；技藝。（2）各種系統的知識，專門知識：……art musica 音樂；（3）藝術品。（4）Artium chorus 所有的文藝女神；（5）藝術理論；……工匠或「藝術家」叫做artifex，指（1）藝術家：artifex scaenicus演員。（2）創始人、創造者：natura omnium artifex 大自然創造了一切； artifex optimus 創造主、神。（3）技師、專家、工匠。……西方古代部分書籍中已經描述古人的藝術品，例如希羅多德書中形容埃及人的建築物，老普林尼（23–79年）在其《博物志》中形容一些著名的雕塑品和藝術家。而保羅尼阿斯（112–180年）書中描述奧林匹亞神廟中宙斯像，等等。——到歐洲文藝復興時期，藝術在其中起到了極大的作用。……(注2)

顯然，在西方古代獻中，存在大量關於藝術的描寫和大量藝術品的湧現，構成西方文明的一個重要的方面。

在西方文藝復興之後，西方藝術的部分成果，在17世紀初就被傳入中華帝國，從文獻上可以看到，早在1601年，義大利人利瑪竇（Matteo Ricci，1552–1610年）來到北京城，引發以後一系列的中西文化交流。他在1601年獻在中國皇帝的禮物中，就有「大西洋琴一張」。那是一種那時在歐洲流行的羽管鍵琴，是由羽毛管或撥子彈撥弦端的大鍵琴。按利瑪竇的建議，他的同行者西班牙人龐迪我（Pantoja），向義大利人郭居靜（Cattaneo）學會了彈琴技巧和識別中國傳統的五音，然後他向中國御前樂師們傳授了這具洋琴的彈奏法，以及八首西方樂曲，引起了皇帝的好奇心，進而要求聆聽樂曲原配的歌詞，利瑪竇由此就寫成這八首歌的歌詞，名曰《西琴曲意》。這裡引述其第七首：

> 肩負雙囊七章
> 夫人也，識己也難乎？欺己也易乎？昔有言，凡人肩負雙囊，以胸囊囊人非，以背囊囊己愆兮。目俯下易見他惡，回首顧後囊，而覺自醜者希兮！觀他短乃龍睛，視己失則瞽目兮。默泥氏一日濫刺毀人，或曰「汝獨無咎乎？抑思昧吾儕歟？」曰「有哉？或又重兮，惟今吾且自宥兮！」嗟嗟！待己如是寬也，誠闇矣！汝宥己，人則盍宥之？餘制虐法，人亦以此繩我矣。世寡無過者，過者纖乃賢耳。汝望人恕汝大癡，而可不恕彼小疵乎？[注3]

今天我們看到4百餘年前在北京紫禁城發生的那場音樂藝術表演，仿佛能夠看到和聽到西方的歌詠與西洋琴聲，在太和殿高高的寶頂間回蕩，讓中國人感受到一種從來沒有聽過的樂聲，其中也包含著西洋人的藝術思想，也能夠讓中國人獲得共鳴。

後來到1707年以前，葡萄牙人徐日昇（T. Pereira）在中國寫成書《律呂纂

要》。該書內容是介紹當時歐洲的樂理知識。書中寫道：「律呂之爲樂也，有二：一曰奇，單也；一曰偶，配合也。……當眾樂齊奏之時，其所發之音，高下長短，彼此相同，此之謂單；所謂配合者，當眾樂齊奏之時，其所發之音，高下長短雖各不同，然其音節自相胳合浹洽，聽之和美，此之謂配合音聲矣。……欲知此二種律呂之樂，先須究其二要。二要者何？乃聲音高下之節與長短之度也。……常樂不出剛柔二者，剛樂爲宴會喜樂，征獵奮發之用而作業。……柔樂形號亦可以抒寫悲怨雅麗等音矣。……作配樂音，則將四聲所屬眾音，各配其音性，排於五線所宜之位。……樂之歌吹絲竹而審用樂音，則當精而不亂，確而不移。精與確者，謂不以全音爲半音，半音爲全音也。……」（注4）

到1712年，康熙皇帝下令編纂的書中有一部《律呂正義》，以及《律呂正義·續編》。該續編前說明是由徐日昇和義大利人德理格（T. Pedrini）「所講聲律節奏，證以經史所載律呂宮調諸法，分配陰陽二均字譜，亦有圖有說。」（注5）而未署名的編者在書前的「續編總說」中更加以介紹，他寫道：

> 嘗觀《隋書·音樂志》柱國沛公鄭譯云，考尋樂府鍾石律呂，皆有宮、商、角、徵、羽、變宮、變徵之名，七聲之內，三聲乖應，每恒求訪，終莫能通。……此唐宋而後雅俗樂部旋宮轉調之綱也。惜乎後之從事者，未嘗發明其旨，遂成史志虛文。……有西洋波爾都哈兒國人徐日昇者，精於音樂，其法專以絃音清濁二均遞轉和聲為本，其書之大要有二，一則論管律絃度生聲之由，聲字相合不相合之故；一則定審音合度之規，用剛柔二記以辨陰陽二調之異，用長短遲速等號以節聲字之分。從此法入門，實為簡徑。……（注6）

從以上兩部書的內容來看，當時東西方的音樂知識是在進行正常的交流，雙方的音樂人才在認眞地互相學習，進行演奏，研討各自的樂理和樂器。可惜僅是在宮廷內表演，尚未流行到社會上。而且當時中國統治者對於

西方音樂的樂音多是第一次聆聽，在已經習慣傳統民族古樂的聲調中，很難說對其中音樂的節奏感、美感能有什麼體會，好奇而已。正如書中評論的：「惜乎後之從事者，未嘗發明其旨，遂成史志虛文。」

　　與此相似的，是西方繪畫和繪畫藝術的傳入，在利瑪竇奉獻給中國皇帝的禮單上就有三幅西洋畫像。這在中國人的眼中是很新鮮的藝術品，當時有姜紹聞在他的書中寫道：「利瑪竇攜來西域天主像，乃女人抱一嬰兒。眉目衣紋，如明鏡涵影，蠕蠕欲動，其端嚴娟秀，中國畫工，無油措手。」(注7)西方的聖母像，在中國文人眼中所引起的直觀印象是：「眉目衣紋，如明鏡涵影，蠕蠕欲動」，因而感覺畫中人是「端嚴娟秀」的，這正是藝術的魅力所在。這類畫像，在中國以後幾百年間不斷流傳中，其仿作甚至有將原畫中的背景，改變成為中國的建築和人物的。至於利瑪竇本人對於中國畫的評論，文獻中也留下他回答中國人的言論：「中國畫但畫陽不畫陰，所以面軀平正，無凹凸相；吾國畫兼陰與陽寫之，故面有高下，而手臂皆輪圓耳。凡人之面正迎陽，則皆明而白，若側立則向明一邊皆白，其不向明一邊者，眼耳鼻口凹處，皆有暗相，吾國之寫像者，解此法用之，故能使畫像和生人無異也。」(注8)中國畫家就有人接受了他的見解，開始學習西方繪畫藝術的手法，並與中國傳統畫法相融合，例如在1605年，程大約在南京見到利瑪竇，請求賜畫，利瑪竇就給了他四幅銅版畫〈寶像圖〉，後來這些畫被刻印在《程氏墨苑》中，得以流傳至今；又如在廣州十三行的經濟活動中，就不斷有相互的繪畫作品的交流。

　　其中最具有代表性人物，是義大利畫家郎世寧（G. Castiglione，1688-1766），他在1715年來華，成為中國皇帝身邊的宮廷畫家，他在華共51年，留下豔美的畫作有200幅，至今成為藝術珍品。實際上，郎世寧一方面掌握西方繪畫的幾何透視原理和手法，以及對於人和物的現實主義的描繪，形成畫面上明暗效果和凹凸立體感，又把握住中國藝術表達所欣賞的情趣，可以說

造成郎世寧新體畫法，也可以說是中西交融的一種畫法。例如他所畫的〈百駿圖〉，運用的是中國的毛筆、紙絹和色彩，但在每一個精心畫出的自由奔放的馬匹身上，都是以西洋圖畫的方法，使得每一匹馬的姿態都是符合馬的解剖結構，使得造形準確，立體感豐富，更能素描出馬匹的皺褶、筋腱，甚至血管，而活躍在各種色澤的馬身上，光彩逼人，百看不厭，讓觀者不禁想伸手去觸摸這些美麗善良的馬兒。而他與別人合作的大型銅版畫〈平定準部回部戰圖〉，畫面宏大，錯落有致，展現了一場歷史性的戰爭場面，深得皇帝的贊許。當年，他們將圖稿寄回巴黎，聘請雕刻家李巴雕刻成銅版畫，共16幅，壓印200部，再寄回中國，使我們至今依然能夠欣賞。至於他的繪畫理論，在當時人年希堯著的《視學》一書中有所記載，他寫道：

> 視學之造詣無盡也，……嘗謂中土工繪事者或千巖萬壑，或深林密菁，意匠經營，得心應手，固可縱橫自如，淋漓盡致，而相賞於尺度風裁之外。至於樓閣器物之類，欲其出入規矩，毫髮無差，非取則於泰西之法，萬不能窮其理而造其極。……近得數與郎先生諱石寧者往復，再四研究其源流，凡仰陽合覆，歪斜倒置，下觀高視等線法莫不由一點而生。迨細究一點之理，又非泰西所有惡中土所無者。凡目之視物，近者大，遠者小，理由固然。即如五嶽最大，自遠視之，愈遠愈小，然必小至一星之點而止。又如芥子最小，置之遠處，驀直視去，雖冥然無所見，而於目力極處，則一點之理仍存也。由此推之，萬物能小如一點，一點亦能生萬物。……或繪成一物，若懸中央，高凹平斜，面面可見，借光臨物，隨形成影，拱凹顯然，觀者靡不指為真物。豈非物假陰陽二拱凹，室從掩映而幽深，為泰西畫法之精妙也哉？然亦難以枚舉縷敘而使之該備也。惟首知出乎點線而分遠近，次知審乎陰陽二明體用，更知取諸天光以臻其妙，則此法之若離若合、或同或異，神明變化亦略備於斯三者也。……(注9)

郎世寧的繪畫思想與創作，在年先生筆下總結成西洋畫法三條特色，更組成他的《視學》書中基本內容；使他很可能成為第一次介紹西方的焦點透

視法的中國人。

　　而從語言學視角來看，ART傳到中國，也是17世紀開始的事情。義大利人利類思（Ludovico Buglio，1606–1682年），在中國翻譯聖多瑪斯原著《神學大全》，中文名《超性學要》，在1654–1678年間出版，書中將拉丁文ARS對譯爲「藝」。（注10）

　　後來到1822年，英國人馬禮遜（Robert Morrison）在澳門編輯出版《英華字典》，書中有對譯條目：

　　　ART業、　藝業。（注11）

　　後來到1866年，德國人羅存德（W. Lobscheid）在香港編輯出版《英華字典》，書中有對譯條目：

　　　Art手藝、技藝、藝業、工藝、六藝禮樂射御書數。……
　　　Artificer精工、精巧之工、工匠、名匠、……
　　　Artisan工匠、工師、良工、……
　　　Artist習六藝者、雕工、畫工、……
　　　Artiste俳優者、熟俳優之技者、……（注12）

　　後來要到1908年，中國譯科進士顏惠慶博士主編《英華大辭典》，由商務印書館出版，書中有對譯條目：

　　　Are藝、技藝、藝術、美術、雅藝、心藝，……
　　　還有例句：「技術之雅緻」、「應用之技藝」、「機器藝術」、「工業之藝術」。（注13）

　　至此，中國人接受了兩百餘年來所形成的英文 art 與中文「藝術」的對譯，沿用至今。當然，我們都會注意到，僅僅是雙語的對譯，並沒有對於「藝術」的概念做出判斷，「藝術」是什麼？依然模糊。

四、近代「藝術」概念形成

（一）早期的所見所聞

中國近代藝術概念的形成，是隨著近代中國人睜開眼睛看世界而來的。清末洋務運動的興起，給予了這麼一個機遇，中國陸續派遣人員出訪歐洲等國家，他們帶回來西方各種各樣的文化資訊，我們從他們留下的出版物或者手稿中，就能夠搜集到他們在西方的所見所聞，也真是頗為有趣。這裡我們就略為選擇一小部分早年中國人，在西方接觸到的一些藝術內涵表現，儘管浮光掠影，還多是一些直觀的觀念，但總算是第一次體驗吧。

在1866年，中國同文館第一屆畢業生張德彝，被派隨政府代表團前往西方遊歷，他將在各地的見聞寫成《航海述奇》，然後機緣湊合，又讓他陸續寫出《再述奇》……至《八述奇》，給後人留下許多珍貴史料，其中就有一些藝術表演方面的介紹。例如：

1866年張德彝在瑞典記道：「……看戲，戲皆女孩跳舞，赤背赤足，服短翠裙，手執花枝、小幡、花燈等物。戲甚精奇，所演之劇，風雷有聲，雨雪有色，日月有光，電云有影，樹木樓房，車船閭巷，火山冰海，遠近高低，非眼能辨。其變化尤覺神妙，一人站立，轉瞬之間，衣皆易去，或易一半，左身舊而右身新。又演樓閣之戲，其窗隙之處，晝則野馬射，入夜則燈月照臨。所有樂器只用絲竹，男唱聲洪而亮，女歌聲媚而嬌。並有人裝禽獸者，身赤輕捷，不知人而獸獸而人矣。」(注14)——這是寫歌舞。

同書中他在英國還記下：「有一燈戲，高懸布帳，對面距四五步置一燈匣，架高五尺，有小玻璃畫長四五寸者置於匣內。燈光射帳，照出畫影，大於原質，且能轉動。戲時須在暗屋，不見天光。戲畢將燈移遠，捲起布帳。」(注15)——這是寫早期電影。

1872年他在《三述奇》中又記下在法國的觀感：「西國繪畫之事，競尚

講求，然重油工不尚水墨。寫物寫人，務以極工爲貴，……畫人若隻身之男女，雖赤身裸體，官不之禁，謂足資考究故也。故石人、鐵人、銅人各像，亦有裸形臥立蹲伏者。男女並重此藝。婦女欲畫赤身之人，則囊筆往摹，詳睇沾毫，以期畢肖。至男子描摹婦女之際，輒招一纖腰嫋體之妓，令其褫衣橫陳，對之著筆，亦期以無微不肖也。」^(注16)——這是介紹西洋繪畫。

1866年與張德彝同赴歐洲的外交官斌椿，也著有《乘槎筆記》，書中記載他在義大利羅馬所見：「有一名苑，中造流觴曲水，機巧異常。多有銅鑄各類禽鳥，遇機一發，自能鼓奕而鳴，各有本類之聲。此苑中有一編蕭，但置水中，機動則鳴，其音甚妙。……」^(注17)——這是寫水中音樂。

1867至1870年，王韜在歐洲遊歷，寫下《漫遊隨錄》，書中有多種記載：

（巴黎大劇院）其所演劇或稱述古事，或作神仙鬼佛形，奇詭恍惚，不可思議。山水樓閣，雖屬圖繪，而頃刻間千變萬伏，幾乎逼真。一班中男女優伶多或二三百人，甚者四五百人，服式之瑰異，文采之新奇，無不璀璨耀目。女優率皆姿首美麗，登臺之時，袒胸及肩，五色燈光兩相激射。所衣皆輕綃明縠，薄於五銖，加以雪膚花貌之妍，霓裳羽衣之妙，更雜以花雨繽紛，香霧充沛，光怪陸離，難於逼視，幾疑步虛仙子離瑤宮貝闕而來人間也。或於汪洋大海中湧現千萬朵蓮花，一花中立一美人，色相莊嚴，祥光下注，一時觀者莫不撫掌稱歎其奇妙如此。英人之旅於法京者，導餘往觀，座最居前，視之甚審，目眩神移，歎未曾有。……影戲：專用玻璃畫片，取光於巨鏡。人物生動，意態畢肖。園林水石，屋宇河山，皆係實有其地，並非虛構。兼以日月星文，光華掩映，恍疑置身在霄漢中，其巧幻如此。……跳舞：髫年麗姝，悉袒半身，執花翩躚而集，進退疾徐，具有法度。或又以童男女雙雙對舞，流目送盼，媚態橫生，亦殊可觀。此外如戰陳紛馳，魚龍曼衍，天魔獻瑞，異狀雜陳，則又五花八門，應接不暇矣。台下雜坐樂工數十人，八音競奏，鏗鏘中節。或作鈞天廣樂，罍吼鯨鏗，幾乎振耳；或為和諧靡曼之音，靜細悠揚，各極其妙。……倫敦畫

館請餘以日影繪像，既成，懸於閣中，而以十二幅贈予。余題二律於後。
......（注18）

......王韜對於西洋的戲劇、影戲、跳舞、繪畫等都有著深刻的體驗，不惜使用了許多形容詞來表達他的感受，也就給後人留下深刻印象。

1868年，外交官志剛在法國巴黎記載：「法君那波侖第三約往宮中觀聚跳。泰西之跳，略似中國之舞。揆其意則在和彼此之情，結上下之歡，俾之樂意相關而無不暢遂者也。......中國之循理勝於情，泰西之適情重於理，固不可同日而語也。」（注19）——這是評論中西跳舞。

1876年，外交官李圭在美國寫下：

泰西繪事所最考究者，陰陽也，深淺也，遠近高低也，必處處度量明確方著筆。多以油塗色著布上，亦有用紙者。近觀之，筆跡粗亂若塗鴉，顏料多凸起不平。漸遠觀之，則誠繪水繪聲，惟妙惟肖。所繪女士，又以著衣冠者易，赤體者難。蓋赤體則皮肉筋骨、肥瘦隱顯，在在皆須著意，無絲毫藏拙處。雕刻石像、鑄造銅像亦然。此為繪畫鏤刻家精進工夫，非故作裸體以視不雅觀也。......（注20）

1877外交官黎庶昌在巴黎寫下：「數十百年來，西洋爭尚油畫，......其作畫，以各種顏色調橄欖油，塗於薄板上，板寬尺許，有一橢圓長孔，以左手大指貫而鉗之。張布於座前，用毛筆蘸調，畫於布上。逼視之粗劣無比，至離尋丈以外，山水、人物、層次分明，莫不畢肖，真有古人所謂繪影繪聲之妙。......有最出色者數幅。一面歐費爾掩（地名）瀑布，從崖跌下，紆徐委曲，奔赴注壑，兩旁亂石撐柱，浪花噴激，如霧如煙。一畫石山荒地，......一畫女子衣白紗，......一畫垂髻女子六七人，裸浴溪澗中，若聞林中颯然有聲，一女子持白紗掩覆其體，一女子以手掩額，偷目窺視，餘作驚怖之狀。一畫命婦赴茶會歸，與夫反目，擲花把於地，掩袂而泣，花皆繽紛四落，散滿坐榻，其夫以手支頤，作無主狀。......一為鉛筆紙畫日國地

名爪達伊爾納，……一畫荷蘭之阿卜姑得地，……一畫玻璃暖房，……一畫日國海口邑塞夜景，……一畫日國女子名馬達拉納悔過圖，……一畫十二三齡小女，……。西人作畫，往往於人物山水，必求其地其人而貌肖之，不似中國人之僅寫大意也。所記略得仿佛，惜乎其神妙之處皆不能傳，莊生所謂以指喻指之非指者也。……商腮利賽之旁，有一大圓頂玻璃房，內畫一千八百七十至七十一年布魯斯圍攻巴黎圖景，……。」(注21)——黎先生注意觀察到畫油畫的過程，並且列舉11幅畫給予他的具體感受。

1877年，到達倫敦的還有外交官劉錫鴻，他記下：「跳舞會者，男與女面相向，互為攜持。男以一手摟女腰，女以一手握男膊，旋舞於中庭。每四、五偶並舞，皆繞庭數匝而後止。女子袒露，男則衣襟整齊。然彼國男子禮服下褲染成肉色，緊貼腿足，遠視之若裸其下體者然。殊不雅觀也。云此俗由來最古，西洋類皆為之。」(注22)——這是介紹跳交際舞。

1890–1891年，外交官薛福成在歐洲寫下日記，中有記載：「中國之有畫，亦數千年矣，然重意不重形，……西人之油畫，專於實處見長。……四百餘年前，義國人辣飛爾（一譯作賴飛野耏）創尋丈尺寸之法，務分淺深遠近，陰陽凹凸，不失分秒，始覺層層凌空。數十步外望之，但見為真山川、真人物、真樓臺、真樹林，正側向背，次第不爽，氣象萬千，並能繪天日之光，雲霞之采，水火之形，及即而諦視之，始知油畫一大幅耳。此詣為中國畫家所未到，實開未辟之門徑。院中油畫縱橫，大小數十百幅，尤以辣飛爾真跡為貴。……」(注23)

1906年出國考察憲政的官員戴鴻慈，記下在義大利所見達芬奇所繪畫的〈最後的晚餐〉的介紹，他寫道：「博物院……油畫尤佳，美不勝錄。中有畫耶穌及十二弟子會食像一幀，橫幅丈許，神氣如生，尤其最有名者也。」(注24)——可惜他的介紹太過簡單，也就難說他自己的藝術審美如何了。

我們看到19世紀後期來到西洋的這些中國書生，他們注意到西洋藝術在

當時的一些表現，很是驚奇，他們也僅就做了一些初步的直觀的描述，說成
獵奇也不爲過，很難說是產生了對於藝術的探索和解析。我們後人也僅能從
他們簡單的語句中做些想像罷了。

（二）早期藝術知識的傳來

不過，具體的一些介紹藝術的書籍，還是被陸續翻譯傳來。例如在1886
年，英國人艾約瑟應總稅務司赫德之邀，翻譯英國初級讀物16冊，名爲《格
致啓蒙十六種》出版，其中第一冊爲《西學略述》，書中介紹西方的藝術內
容有：

> 音樂 ……今泰西洋琴計分四十九牌或五十六牌不等，其甚輕清而高者，
> 固非兒女音之可及，而極重濁者，亦倍下於盛男之音。如分有四十九牌之
> 洋琴，其間以條分宮商角徵之諸牌，上下清濁皆各計有七等。鼓者循牌撫
> 按，其條分之精，較之謌者，尤爲詳細。……又有節奏之緩急遲速，約分
> 有五六等，故亦須向琴譜中詳爲分析。……泰西諸國皆重詞曲，而創始
> 於希臘。緣各國人既皆愛音之娛耳，亦復欲多識前言往行，暢悅心目。
> 是以各國各城之人民，皆相率集貲建立劇場，招致善此之人，俾登臺獻
> 技。其詞分有二類：一爲詼諧，使人發笑不禁；一爲淒婉，使人墮淚而不自
> 知也。希臘民俗尚誠，故倍覺易欣易感。凡謌優，每班皆約有十數人，而
> 科白於台前者，不過三二人餘皆分司謌與吹彈之事。其戲目如：馳海覓
> 珍裘；七英攻城，皆取象古人遺跡而損益智。在希臘舊傳之詞曲，皆昔著
> 名詩家所作，句子長短皆有定式，不得少有紊亂。……繪事，……中國春
> 秋末時，希臘人之以繪事擅名者尤多。惟時始獲悉畫之有陰陽，故凡所
> 畫無論鬼神男女，其彩色皆視若高凸於紙之上。……雕刻石像 ……若
> 希臘人非底亞斯，其靈心妙手，今古無匹，尤喜以石雕諸鬼神之像，見者
> 立生敬畏，莫不肅然。……今詳察所雕，其人之五官四肢，凸凹長短巨細
> 等處，皆與聖人無毫髮異，則非公之揣摩精到，概可想見。……營建宮室
> ……作畫要訣……樂論……樂考……聖樂……演劇……。（注25）

此書當年得到張謇、李鴻章和曾紀澤作序，在國內介紹西方知識，起到

良好的效果，其中關於藝術知識一些方面的初步介紹，更是得到認同。

1872年，美國人狄就烈（女）在登州編寫《西國樂法啓蒙》出版，這是一部介紹介紹美國的記譜法與和聲的初級教材。（注26）

1890年，由美國人傅蘭雅在上海主編的《格致彙編》雜誌第五年上面，有一篇文章連載，名爲〈西畫初學〉，該文「是書乃英國淺巴司啓蒙叢書之一種」，（未注明譯者）。文中包含「論視法、論臨畫、論看物繪畫、論佈置方向、論光暗總理、論渲染各色」等，並附圖27幅。文中寫道：「畫學一藝，大爲趣事，可益智開心，祛俗變雅；能留意萬物，有趣之事，添人之暢樂；能體會他人之畫圖，指其妙趣，而與畫者同樂。必過來人，方知此種旨趣。……手爲作畫之具，不練手則無限眼力，萬種心思不能形之於紙。……蓋手練不熟則出筆無力，畫體乏神而勉強堆湊，大違天然之勢。……眼爲視物之具，不練眼則物體形狀與光暗顏色不能分辨清眞。……心爲運思之具，不練心則眼易誤會，手易妄圖，繪成之畫，直呆物耳。……欲繪其畫，手必靈活隨意，眼必周視合法，而心必知畫內各件之比例與其方位，又必明其造房屋之法，並其全畫之局勢，隱現伏藏，全圖畢具。無論畫何物景，其理法均同。……」（注27）

這些早期藝術基本知識的傳來，作者全是西方來華人士，他們並沒有深談，這對於當時中國讀者是合適的，也是被接受的，和被利用的。只是對於「藝術」的全面概念分析、理念、分類、方法等的探討，只有等待20世紀的中國學人了。

（三）學人的藝術概念探索

早在20世紀初始的1901年，日本人蘇峰生編輯的中文書《二十世紀新論十種》中，就有一篇翻譯俄國大文豪托爾斯泰的文章〈藝術論〉。其中就寫道：

……人以其接觸，於物所發明經驗之感情，移而植之於他人之心，使人亦同此經驗，而復發明也。是藝術之義也。……一人之樂，千萬人之樂也。此其為性。有心心相引之電線，人類利用此線，藉以傳人情，而交通，而往來。若夫藝術家，則促此線而送其一己之感情者也。唯人類有此公共之天性，故藝術能存，否則藝術必亡。藝術之基礎，實在於此。……藝術者，人群所為也。故藝術非為藝術而自存者，為人世而存者也。夫然故其價值之高下，恒視其與於人世之效益若何而判。其益人世者大，則為貴。……藝術之作用，即感情也。感情以傳染力之強有力者，傳播於世間，使人人相傳，時時相沿，一位久傳不朽之資，故藝術實為人世之大事。……（注28）

五四新文化運動表達著中華民族空前的文化變革，讓我們進入人類認同的20世紀的普世價值觀，也是我們脫離封建社會桎梏的實踐。其中，藝術的活躍與廣泛運用，就可以說是一種進步的標誌。在中國帶頭鼓吹藝術的學人，正是曾任北京大學校長的蔡元培先生，他早在德國進修時期的1916年，就連續發表《智育十篇》，其中寫道：

圖畫：吾人視覺之所得，皆面也。賴膚覺之助，而後見為體。建築、雕刻，體面互見之美術也。其有捨體而取面，而於面之中，仍含有體質感覺者，為圖畫。體質感覺何自起？曰，起於遠近之比例，明暗之掩映。西人更益以繪影寫光之法，而景狀益近於自然。……中國之畫，與書法為緣，而多含文學之趣味。西人之畫，與建築、雕刻為緣，而佐以科學之觀察、哲學之思想。故中國之畫，以氣韻勝，善畫者多工書而能詩。西人之畫，以技能及義蘊勝，善畫者或兼建築、圖畫二術。而圖畫之發達，常與科學及哲學相隨焉。……音樂：音樂者，合多數聲音，為有法之組織，以娛耳而移情者也。其所托有二：一曰人聲，歌曲是也；二曰音器。……音樂中所用之聲，以一秒中三十二顫者為最低，八千二百七十六顫者為最高。……不同之聲，又可以相諧者，或隔八位，或隔五位，或隔三位，是為諧音。合各種高下之聲，而調之以時價，文之以諧音，和之以音色，組織而為調，為曲：是為音樂。故音樂者，以有節奏之變動為系統，而又不稍滯於

跡象者也。其在生理上,有節宣呼吸、動盪血脈之功,而在心理上,則人生之通式,社會之變態、宇宙之大觀,皆得緣是而領會之。此其所以感人深,而移風易俗也。……戲劇:於閎麗建築之中,有雕刻、裝飾及圖畫,以代表自然之景物,而又演之以歌舞,和之以音樂,集各種美術之長,使觀眾心領神會,油然與之同化者,非戲劇之功用乎?……其由戲劇而演出者,又有影戲:有象無聲,其感化力雖不及戲劇之巨,然名手所編,亦能以種種動作,寫達意境;而眾人之勝景、科學之成績,尤能畫其層累曲折之狀態,補圖書之所未及。亦社會教育之所利賴也。……建築……建築者,集眾材而成者也。凡材品質之精粗,形式之曲直,皆有影響於吾人之感情。及其集多數之材,而成為有機體之組織,則尤有以代表一種之人生觀。而容體氣韻,與吾人息息相通焉。……雕刻:音樂、雕刻皆足以表示人生觀;而表示之最直接者為雕刻。雕刻者,以木石金土之屬,刻之範之,為種種人物之形象者也。……雕刻之精者:一曰勻稱,……二曰緻密,……三曰渾成,……。我國尚儀式,而西人尚自然,故我國造象,自如來袒胸、觀音赤足,仍印度舊式外,鮮不具冠服者。西方則自希臘依賴,喜為倮象;其為骨骼之修廣,筋肉之張弛,悉以解剖術為准。作者固不能不先有所研究,觀者亦得為練達身體之一助焉。……裝飾:裝飾者,最普通之美術也。……。(注29)

顯然,蔡先生在以上文章中,已經開始給出了關於藝術一些分科的不同的義界,以及特點,也是他所宣導的智育教育主要組成部分。接著他在1918年至1919年之間,在北大連續發表三篇文章來鼓吹藝術的重要性。

在1918年4月15日,他寫下〈北京大學畫法研究會旨趣書〉,文中寫道:

科學、藝術,同為新教育之要綱。……畫有雅俗之別,所謂雅者謂志趣高尚,胸襟瀟灑,則落筆自殊凡俗,非謂不循規矩,隨意塗抹,即是以標異於庸俗也。……(注30)

蔡校長開始就把「科學」和「藝術」擺到同等地位,這是很了不起的見解。

1918年10月22日，蔡校長又到研究會發表演講，他說道：

> 中國畫始自臨摹，外國畫始自實寫。芥子園畫譜，逐步分晰，乃示人以臨
> 摹之階，此其故與文學、哲學、道德有同樣的關係。……西洋則自然科學
> 昌明，……故美術亦從描寫實物入手。今世為東西文化融和時代；西洋
> 之所長，吾國自當採用。……又昔人學畫，非文人名士任意塗寫，即工匠
> 技師刻畫模仿。今吾輩學畫，當用研究科學之方法貫注之，除去名士派毫
> 不經心之習，革除工匠派拘守成規之議。用科學方法以入美術。美雖由
> 於天才，術則必資練習。……（注31）

蔡校長在演講中諄諄教導年輕學子，認知當今是「東西文化融和時
代」，而學習則「當用研究科學之方法貫注之」。「美雖由於天才，術則必
資練習」。

在1919年11月，蔡校長又接著演講道：

> 音樂為美術之一種，與文化演進，有密切之關係。世界各國，為增進文化
> 計，無不以科學與美術並重。……所望在會諸君，知音樂為一種助進文
> 化之利器，共同研究至高尚之樂理，而養成創造新譜之人材，採西
> 樂之特長，以補中樂之缺點，而使之以時進步，庶不負建設此會之
> 初意也。（注32）

蔡校長同樣是以「科學與美術並重」，「知音樂為一種助進文化之利
器」，為後人指引了明確的方向。

1921年，俄國大文豪托爾斯泰（Ле. Толстой）著的《藝術論》，再被翻
譯成中文出版，他在書中以文學家的筆墨，描述了許多自己體驗到的音樂、
戲劇、繪畫等方面的藝術美感，更有許多精闢的見解，去剖析藝術的方方面
面。但是本文更重視的是鄭振鐸先生在五四新文化運動的第二年為該書寫下
的序言。鄭先生寫道：

> ……托爾斯泰也是主張「人生的藝術」最力的一個人，這本《藝術論》所

講的，差不多比什麼人都激烈。……托爾斯泰則更進一層，毫無顧忌的把現代所稱為藝術的根本推翻，自立一種藝術的定義。他說：現代的藝術是突然費去許多人的勞力，犧牲許多人的生命，滅絕人類相互的愛情的。……他的藝術觀與別人又有不同，不惟是人生的，並且是宗教的。他一位藝術——最偉大的藝術就在表現其時宗教的意識，藝術家的本務，也就在以宗教的意識，傳布於公眾。藝術是能征服暴力的，是能創造愛的王國的。他又將藝術的範圍放廣，以為藝術是人類生活之全體的，現在是為藝術，僅其小部分。我們的生活，自兒童的遊戲，至宗教的事業，無不可視為藝術的表現。他又以為藝術作品必須通俗的——民眾化的。如果不能通俗，那就無益有害的了。要而言之，托爾斯泰是以藝術為一種革命的或征服暴力，創造愛的世界的工具的。他並不否認藝術，他不過否認現代的貴族的娛樂的有害的藝術而已。這是這本《藝術論》中所言的大要，也就是托爾斯泰對於藝術的主張的大要。

許多人不贊成把《藝術論》在現在的時候介紹到中國來。他們的意見是：托爾斯泰的主張過於偏激。中國現在正在提倡藝術的時候，似乎不可把這一家的偏激的學說，拿來打消大家都美的藝術的興趣。他們這些話完全是差了。托爾斯泰的學說，誠然是有一些偏激，但是卻正好拿來醫中國的病。中國的藝術向來是以娛樂為宗旨的，除了戲劇以外，一切的藝術都是貴族的，非人生的。……托爾斯泰這種民眾的，人生的藝術主張，實在足以醫我們的這些病。況且中國的藝術，又多是「無目的」的，什麼琴棋書畫，什麼小說詩歌，駢體散文，都是以陶冶性情為惟一的宗旨，都是偏於個人，而非社會的；偏於空幻，而非人世的。這種「有目的的藝術」著主張，正是對症良方。……[注33]

鄭先生已經將托爾斯泰的藝術觀簡單介紹出來。另外，鄭先生還強調了他的藝術觀對於當時中國傳統藝術觀的針對性，儘管說得有偏激，但恰恰是五四運動的時代巨浪所追求的思想。至於托爾斯泰自己則在書中，先是批評了不同的三種「藝術」定義，然後說出他心目中的「藝術」定義：

如果要準確的斷定藝術，應當先不要把他看做快樂的方法，而視之如人類生活條件之一部。如果能這樣的觀察藝術，我們便可以見出藝術也是熱烈互相交際方法之一。……用藝術則能傳達自己的「情感」於他人。人用聽覺或視覺來領受他人情感的表現，便能和表現著情感的人同受一樣的情感，藝術行為的根據也就在此。……藝術的起源在於認為傳播自己所受的情感於別人起見，從新把那情感引出來，用一定外部的標準來表現他。……祇要視者聽者能感到製作者所感同樣的情感，這就是藝術。藝術學位是引出自己所受的情感，而藉著行動、線、顏色、聲音及言語所顯出的樣式來傳達其情感於他人。藝術是一種人類行為，……藝術既不如形而上學所言為某種神秘思想，美，及上帝的表現；也不如生理美學所言，為人類疲勞餘暇的遊戲；既不是情緒托著外形而表現，也不是美好事物的產品，——總之，藝術不是快樂，確實人類生命及趨向幸福宜有的一種交際方法，使人類得以相聯於同樣情感之下。……（注34）

托爾斯泰的藝術觀，對於當時中國的文化界的影響是相當大的。

1922年，時代之驕子思想家梁啓超先生，自稱「不懂美術的人」，卻做了一次關於美術的演講，他說道：

美術中最主要的一派，是描寫自然之美，常常把我們所曾經賞會或像是賞會的都複現出來。……這是美術給我們趣味的第一件。美術中有刻畫心態的一派，把人的心理看穿了，喜怒哀樂都活跳在紙上。……這是美術給我們趣味的第二件。描述中有不寫實境實態而純憑理想構造成的，有時我們想構一境，自覺模糊斷續不能構成，被他都替我表現了。而且他所構的境界，種種色色，有許多為我們萬想不到，而且他所構的境界優美高尚，能把我們卑下平凡的境界壓下去。他有魔力，能引我們跟著他走，闖進他所到之地，我們看他的作品時，便和他同住一個超越的自由天地。這是美術給我們趣味的第三件。要而論之，審美本能，是我們人人都有的，但感覺器官不常用或不會用，久而久之麻木了。一個人麻木，那人便成了沒趣的人，一民族麻木，那民族便成了沒趣的民族。美術的功用，在把這種麻木狀態恢復過來，令沒趣變為有趣。……（注35）

梁先生講了美術的三派以及美術的功用「令沒趣變爲有趣」，還是沒有給美術下一個定義。

而在1922年日本學者黑田鵬信的書，被俞寄凡教授翻譯出版，書名爲《藝術學綱要》，已經將「藝術」作爲一門學科來研究，書中寫道：「藝術的定義，……要說『藝術的主體是美的感情的具體的且客觀的表現』。」至於「藝術學」有什麼內容？書中寫道：「第一是藝術的要素，……其次是述藝術的分類，第三是進一步而述藝術的製作，有『技巧』、『手段』、『樣式』，及『流派』等問題，還有藝術上的主義的問題。轉而移於藝術的鑒賞方面，……再轉而研究藝術的起源，藝術的歷史，及國民性和時代精神的問題。最後歸納到藝術的效果。……」(注36)

到1924年，北京大學教授張競生印出講稿《美的人生觀》，書中寫道：

> 藝術與科學是二物而實是一事，乃是人類對於發展上求得一個「用力少而收效大」的擴張力的一種方法。即是在求一個有定則的學理，與一個最精緻的手續，以期於最經濟而得最大的出息。……音樂是藝術中的最美者，它比詩歌更能打入人深微的心靈。它不僅如跳舞能顫動人的身體並且能激起人的精神。它不但似建築智能建築數十層的高屋，而且能建築宇宙的大觀。與、它的音中有圖畫，調中有雕刻，譜中有一切變幻不測的風景，離奇無常的情懷。它能模仿鳥鳴，風號，流泉泠泠，波濤澎湃。它的最科學化的藝術，因它是含數理的最深微者，僅靠其音浪的長短急緩，而使人不知不覺領略於心弦之中，竟把自己遺卻於形骸之外。它又是最職業化者（即最實用），人人皆知移風易俗，莫善於音樂，變更性情，陶養德行，也莫善於音樂的這些大作用了。……(注37)

張教授不愧是北大人，他秉承蔡校長的思想，把藝術與科學相提並論。並且通過他自己對於音樂美的體驗，描寫出來，僅是「音中有圖畫，調中有雕刻，譜中有一切變幻不測的風景，離奇無常的情懷，……」這幾句話，就能夠明白他是純正藝術的欣賞者，以及讓讀者不由自主地隨著他的思路進入

藝術境界。

1924年，還有哲學家李石岑發表的論文：〈藝術論〉，他寫道：

> 藝術者非直接示表現之實在於他人，乃欲由其努力以刺激他人而撤去通
> 於實在之慕也。柏格森從本能說明藝術，從個性說明藝術，可謂透徹藝
> 術之真髓矣。……人類自身具有一種激越之創造性。藝術之極致為創
> 作者與賞鑒者之創作的生命之燃燒；藝術必於此時，乃可以刺激生活，
> 而自顯其功能。……故道德為現實的，為規範的，藝術為直覺的，為浪漫
> 的；道德重外的經驗，藝術重內的經驗；道德重群體之認識，藝術重個
> 體之認識；道德有凝滯阻礙的傾向，藝術有活潑滲透的傾向。……科學
> 所以供給吾人之知識，藝術所以必須吾人之情感；惟知識為客觀的，藝
> 術為主觀的；知識為普遍的，藝術為個性的；知識為抽象的，藝術為具
> 體的；知識為思考的，藝術為直覺的。……然藝術的真絕非科學的真，
> 換言之，非客觀的真，乃一種之「真」之感情也。藝術內容之對於哲學的
> 人生的意義之要求，皆一種之真知要求也。美由真知補助，而美之價值
> 乃益增；故美的真在藝術上有至高無上之位置也。……現代的藝術，即
> 生命之藝術之結晶也。……藝術無論在何時代，皆有一種特異之色彩，
> ……純粹之美術，與發生精神之力，及健康、喜悅，有至大之關係，……
> 今日之抒情詩多帶有音樂之色彩音樂複帶有繪畫之色彩，而繪畫亦有時
> 以音樂之色調出之者，滲透融合，各種藝術之境界泯然，此不得不指為
> 現代藝術之一特色。……凡人類殘缺不完之人，盡情描寫。蓋人類本多
> 缺陷，本多弱點，自為精神上或肉體上之病者以上，必盡力表出之，以喚
> 起人類之同情；此亦現代藝術最著之特色也。……現代藝術之精神，一
> 言蔽之，自我表現之精神也。……^(注38)

哲學家的思辨是很必要的，李教授的分析頗合時代之要求，把藝術的理
性地位明確表示出來。

還是在1924年，中華書局負責人舒新城著《人生哲學》出版，書中有一
章專門討論〈藝術與人生〉，他寫道：

藝術的創造與鑒賞是人類中普遍而最足以擴張自我底勢力之活動。……
藝術是美的產物，而表現美的藝術品，則完全為創造的。……藝術的活
動時創造的，所以能使我們精神生活中富有創造性；又因牠有普遍性的
性質，故能陶鑄我們超利害的人格。……藝術有普遍性，故能超越利
害，無人我。惟藝術有這一種特殊的性質，故能擴張自我的勢力，而滿足
我們底自卑感情。……藝術有這融合全體宇宙人生的性質，就叫做藝術
的社會性。……當鑒賞時，人我利害之見悉泯，渾然與宇宙合而為一。精
神亦不期而奮發，……。(注39)

1926年，在巴黎學成歸國的藝術家林風眠，發表文章〈東西藝術之前
途〉，開始一系列探討藝術概念和藝術行為的工作。他寫道：

……音韻為聲音的舞蹈之表現，舞蹈實為動作的音韻之表現。人類在
本能上具有表現其悲哀與歡樂的一種表示，這種表示的方法，只有兩
方面，及呼叫與手勢。由此產生聲音與形式，為一切藝術原始之原素。
……藝術實係人類情緒得到調和或舒暢的一種方法。……表露自己的
內在情緒，以求調和而產生藝術。……藝術構成之根本方法，與宗教適
相反。宗教同源始於人類情緒上之一種表現。藝術則適應情緒流動的性
質，尋求一種相當的形式，在自身（如舞蹈歌唱諸類）或自身之外（如繪
畫雕刻裝飾諸類）使實現理性與情緒之調和。……藝術自身上之構成，
一方面係情緒熱烈的衝動，他方面又不能不需要相當的形式而為表現或
調和情緒的一種方法。形式的構成，不能不賴乎經驗，經驗之得來又全
賴理性上為回想。藝術能與時代之潮流變化而增進之，皆係藝術自身上
構成的方法。……西方藝術是以摹仿自然為中心，結果傾於寫實一方面。
東方藝術，是以描寫想像為主，結果傾於寫意一方面。藝術之構成，是由
人類情緒上之衝動，而需要一種相當的形式以表現之。前一種尋求表現
的形式在自身之外，後一種尋求表現的形式在自身之內。……(注40)

藝術家林風眠認識到藝術的理性基礎，「係人類情緒得到調和或舒暢的
一種方法」，這就從哲學角度來認知藝術的必要性。接著他又在1934年出版

專著《藝術與新生活運動》，他在書中全面闡述前人對於藝術概念的見解，以及他自己的新的認識，略引如下：

> 藝術就是生之意識的表現，也就是人類的一種主要的精神生活。……藝術的需要也與時俱進，而且與人生成了一種分不開的關係。……人類在物質生活中無處不需要藝術來充實生活的美感，來增加趣味，來鼓勵精神的活動。……藝術有時竟有改造社會的力量。……

> 藝術是什麼？要一個完備的定義，是很難的。……現在把重要的幾個定義寫出來，以供參考。巴托（Batteux）說：「藝術在於摹仿自然，其目的則快樂。」萊辛（Lessing）說：「把美作為理想去完成自然的東西即是藝術；換言之，藝術是自然的完成。」

> 席勒（Schiller）說：「藝術的目的是美的源泉，是經驗利益的快樂，所以藝術課名為『遊戲』，卻不是低卑的意思，而是生命自身美的實現的意思；這種生命，除美以外，並沒有旁的目的。」黑格爾（Hegel）說：「藝術是把絕對的精神依著物質的材料直觀的表現出來的東西。」萬隆（Veron）說：「藝術是情緒的一種表現：這種情緒，以線、形、顏色配合，或以舉動、聲音，屬於一定的韻腳的字句次序顯露在外面。」托爾斯泰（Tolstoy）以為藝術有廣狹二義：廣義——「藝術是附著於外面一切方面的生活的；外面所稱為藝術的戲曲、音樂、文字、繪畫，都不過是生活的一部分；我們的生活，從小兒遊戲到宗教的事業，都是充滿各種藝術的表現的。」又說，「藝術是人類的一種活動，這種活動是在一個人有意識地用某種外來的符號，把自己的經驗過的感情傳給他人，使他人感染他的感情並經驗這些感情。」狹義——「藝術是由宗教的知覺所流出的感情，直接說來，是所有傳達宗教的感情的人類活動。」賴特（Knight）說：「藝術是美的，愛的與領悟之結果……其最高機能，在利用它把握人與自然的精神，會悟他們的潛伏意義與理想的描寫，以溝通人與自然。」蒲列哈諾夫（Plechanov）說：「藝術是借形象的媒介表現人類之感情想像及思想。」廚川白村說：「藝術是苦悶的象徵。」

以上定義，都有偏狹的毛病，如巴托的定義，偏重「快樂」，席勒的說法偏重「美」，絕不能包括一切藝術的作用，然而都有一方面的真理。我們下定義，可以從各種觀點上決定的，從目的上，從效用上，從現象上都可以下定義。以目的而論，藝術的目的是「美的追求」，是「感情的傳達」，是「以情感為出發點表現思想」。以效用而論，藝術是「美的人生，是「傳達情感與思想而使他人發生同情」。以現象而論，藝術是「表現美」，「表現情感與思想」。不過藝術之中最基本的一點，就是藝術的本質，……藝術的本質就是感動人的力量，那是無疑的。……

所謂為人生的藝術，就是藝術應該表現有益於人類大多數人的思想和情緒的意思。……人類用科學來充實生活，人類又用藝術來充實精神生活。……第一就是慰藉人生；……第二就是表現人生；……第三意義就是提高人生。……亞里斯多德說：

人不但要求生活，而且要求美滿的生活，所以人們一刻不停地自己努力，都想改造自己的環境，將自己的生活美化，但是天然的事物給人享受的有限，於是有創造生活。藝術就是一種創造的生活，這種創造是利人又利己的。……無論是創作與鑒賞都是藝術活動，那是無疑的。藝術是不顧利害，忘卻功利，脫離壓制，絕對自由的表現。……在精神方面，人與人間的關係，是由法律道德與藝術來維持的，但法律是強迫性質的，道德是教訓式的，惟有藝術是直訴於人心的，所以效果最大，例如中國的舊劇對於一般民眾，維持著舊道德的觀念，比任何別的東西都有力量。可見藝術比道德本身有更大的效果。……（注41）

　　一位年輕的藝術家，卻具有哲學家的思辨及全人類的眼光，這是很了不起的，林教授把握到前人對於藝術概念的各種論述，進而以自己的理解加以分析，提出自己的進一步的見解。還更明示對於我們民族文化藝術的分析，更構成他自己對於藝術的追求的理念。今天重讀，實在是如又一次敲響警鐘，讓我們後人把握住藝術在民族進步的主要作用。當然，其前提就是理解藝術概念的本質，用不著想入非非。

林教授另外還有不少精彩見解，這裡還可以再引述部分。例如他在1927年發表〈致全國藝術界書〉，書中寫道：

> 藝術的第一利器，是他的美。……藝術把這種魔力掛在他的胸前，便任我們從那一方面，得到那一種打擊，起了那一種不快之感，只要遇到了他，他立刻把一種我們所要的美感，將我們不快之感換過去！……藝術的第二種利器，是他的力！……藝術一方面調和生活上的衝突，他方面，傳達人類的情緒，使人與人間互相瞭解。……藝術是人間和平的給與者！……（注42）

1929年，俄國思想家蒲列哈諾夫（плеханов）著的《藝術論》被重譯成中文出版，書中寫道：

> 依著托爾斯泰伯的意見，藝術是表現人們底感情，語言時表現他們底思想。這是不正確的。……所謂藝術只表現著人們底感情也是同樣不正確的。不，牠表現他們底感情也表現著思想，但牠不是抽象地，而是藉著活生生的形象而表現。……我想，藝術始於人在他自己底內部喚起在圍繞著他的現實底影響之下，他所經驗了的感情和思想而賦予牠們以一定底形象的表現的時候的。這是自明的事情，在最多的場合，人是以傳達他所反覆思索並反覆感到的東西於他人而從事這個。藝術是社會現象。……（注43）

說實話，筆者實在是沒有很明白他的思路。「藝術是社會現象」這句話有什麼奧妙，為什麼就成為與不同見解的「不」？

還是在1929年，馮雪峰將俄國革命家盧那卡爾斯基（Lunaeharsky）的書翻譯成《藝術之社會基礎》出版。書中充滿革命家的豪言，他說道：

> 藝術是向著形式創造的人類的勞動底生產物。這是最一般的又是在目下最抽象的藝術底定義。……不帶階級的性質的，那起源和關聯沒有階級利害的那樣的藝術作品，是完全不存在的；為什麼呢，因為我們不知道

無階級的社會。……現代的資產階級,在牠的完全成熟及與其同時的資本主義底沒落的時代裡,是不能創造出其中現出樣式的統一的藝術家與藝術品的。……沒落期的資產階級藝術是以什麼為目標而突進著的呢?是向著獨創性。不論誰都孤立著,自己流地,和任何別的建築地也不相似地建築著;不論誰都在製作著什麼人都不懂的繪畫和雕刻。……現在必須知道藝術不僅僅是和產業相親密,創造那努力與於想給與眼及其他以某種的滿足而已。不,藝術還可以是意識形態的的。……意識形態——是階級鬥爭底武器。即是,藝術也是階級鬥爭底武器。……煽動是非藝術不可。煽動底最力強的武器,煽動底最力強的方法——就是煽動藝術。這樣,對於無產階級,藝術就是必要的了。……(注44)

前蘇聯的哲學的基礎,正是階級鬥爭哲學,也就把藝術拉進成爲階級鬥爭的武器,「煽動藝術」成爲必要。當然,這也就不再是學術性的討論了,而是成爲必須執行的生存命令。這也就超出本文主旨,不再深入探討。

1930年,法國藝術大家羅丹(RODIN)著的《藝術論》被翻譯成中文出版,書中有許多深刻的見解,如:

在藝術家看來,一切都是美的,因為在任何人與任何事物上,他銳利的眼光能夠發現「性格」,換句話說,能夠發現在外形下透露出的內在真理;而這個真理就是美的本身。……藝術就是感情,如果沒有體積、比例、色彩的學問,沒有靈敏的手,最強烈的感情也是癱瘓的。……藝術,就是所謂靜觀、默察;是深入自然,滲透自然,與之同化的心靈的愉快;是智慧的喜悅,在良知照耀下看清世界,而又重視這個世界的智慧的喜悅。藝術,是人類最崇高的使命,因為藝術是要鍛煉人自己瞭解世界並使別人瞭解世界。……藝術,也是趣味,藝術家一切的製作,都是他們內心的反映,是對房屋、傢俱……人類靈魂的微笑,是滲入一切供人使用的物品中的感情和思想的魔力。……在藝術中,只是那些沒有性格的,就是說毫不顯示外部的和內在的真實的作品,才是醜的。在藝術中所謂醜的,就是那些虛假的、做作的東西,不重表現,但求浮華、纖柔的矯飾,無故的笑臉,裝模作樣,驕傲自負——一起沒有靈魂,沒有道理,只

是為了炫耀的說謊的東西。……（注45）

　　羅丹不愧是藝術大師，他將之畢生對於藝術的熱愛與追求的心得，和盤端出，令後人敬仰。更更需要我們後人努力學習思考的。

　　1931年，薛效文翻譯一些日本學者討論現代工業化與藝術的關係的文章，合編為《機械藝術論》出版。這是表述現代藝術家們對於現代機械在社會上的作用，而力圖關注藝術能夠如何去認知機械對於人類的影響，並且探索藝術的新理念。例如板恒鷹穗寫的〈機械美之誕生〉中，就有：

> 先以機械作為視覺的現象，在其機能之中包含著美的：一、作為偉力的。（軍艦或起重機所示的紀念性，作為主要的在此被現發了。）二、作為速度的。（有高速度的交通機關之所示的輕快，是這個地步的示例。）三、作為秩序的。（作為最性格的底示例的可以舉出立在輪轉印刷機上之秩序的機能。）　其次在他的視覺的形態上：機械是有一種之美的鑒賞之可能的。一、作為構成的底東西的。（其代表的示例有：鐵橋，無線電話柱，戰艦、橋樑等，）二、作為明快底東西的。（在自動車之車體，電燈之配電盤上，可以窺測到此種之美的純化。）三、作為微妙的複雜底東西的。（如像小型底內燃機——例如航空機的機關——所感受的美，就是這個。）　機械的環境，在極複雜底關係之下，使其自身藝術化，或攝取於其他的藝術之中。……（注46）

　　這種人機之間藝術關係的討論，是很有必要的。尤其是在21世紀的今天，人類在地球上已經面對著有思維能力的機器人，人們與它們之間會如何發展？機器人藝術已經出現，那麼，藝術機器人也大概快出現吧？藝術能否調節人機之間的關係？筆者已經拭目以待。

　　1932年，俞寄凡教授著《藝術概論》出版，書中寫道：

> 所謂「藝術」，不是指「技術」，或技術之過程，是指一種「形體」說，就是技術的成果。……第一個特徵，是可依據視覺以認識之人工的形體。

……藝術……絕不顧及直接之功利目的，但主張為其自身而存在；為求其自身之美而存在。……所謂自然美，實在是人類對自己所生的感情，自然之本身並無美醜之區別。因為美是一種價值，自然不過是一種客觀的材料，是一種「事實」。……藝術品，則其自身必已具有「價值」，不問在任何條件之下，不拘在任何鑒賞或評判者之前，常得自成其為美。……藝術之最後的表現，是內面的真實，不是再現物質的客觀的自然之外觀。故要能從藝術善各自物質主義客觀主義脫離時，始得認識「從昨日姿態之內部，表出的一種內的感情」之最大價值。……一種藝術的作品，使萬人之心中興起共通的親愛感。亦可說依託藝術，可統一人類之感情，可使個人之感情社會化。平民意識的藝術家，常從無產階級之生活相，產生新的寫實主義，人類之共感的對象，依他們之生活意識，展開新的局面。……藝術之鑒賞，反映於人類之生活感情上，而使相像一種情趣的生活，並興起想實際的創造此種生活的之欲望。……社會科學，是把淺近的真理，投入人民眾的理智，使其理解。藝術則把真理投入民眾之情操，使其觀照。……(注47)

在1934年出版的《北新文選》上，有藝術學家華林寫的文章：〈藝術與社會〉，他寫道：

藝術不是浮華的，也不是掩飾罪惡的，他是創造人類的新生命，和改善舊有的社會。（一）在物質上提醒自然的象徵；（二）在精神上喚醒人類的意識。所以藝術家不是專憑他的技能和他架空的幻想，藝人需要有科學的知識，道德的情操，且要在人類心裡得深深的探求；要有實驗方法，在人生上有精確的發現；要能合攏了人類的精神，超過那時間空間的地位，而有一存留的價值。(注48)

1936年，德國革命家李卜克內西著的《藝術的研究》，被翻譯成中文再版。書中寫道：

藝術底本質為一種力的藝術，創作的藝術——和宗教同樣——有著基本的完成底欲求，向上的發展衝動底這種斷片，以及那美的方面——的

表現。牠是藉美的要求底滿足而施著成長的作用的，——即是於美的意思上的完成的調和。他要求著現實之美的完成，而且要藉現實之美的匡正和補充來貢獻這種完成。他因而又必然地對於牠自己，對那作品或那手段，都要求著美的完成，然而他底主要任務不是貢獻完成的藝術作品，而是貢獻一個完成的世界。他底人物不是模寫或反映現實的東西，而是構成非現實的東西。美的完成是不但單在外的形態上的需要，並且在一切存在底內的本質上也需要的。……(注49)

以上三位元的見解，也是從各自的視角提出他們對於藝術概念的分析。

1936年，朱介民先生寫文章：〈一般藝術學〉，文中寫道：

藝術的分類，普通所用的標準，有下列幾種：

從對自然的關係為標準——模仿的與非模仿的。

從對實用的關係為標準——自由藝術與羈絆藝術。

依據美的標準——純正藝術與應用藝術。

依據地理的分布為標準——東洋藝術與西洋藝術。

依據樣式的發達為標準——希臘式、印度式、埃及式等。

依據時代為標準——

依據社會組織為標準——

依據感覺為標準——空間藝術、時間藝術、綜合藝術。(注50)

朱先生的文章提醒我們，藝術分類可以有多視角，就可以得出多種藝術類型。（我們今天還可以給出更多的不同的分類系統。）雖然沒有涉及藝術本質的問題，但總可以作為認知的初步。

到了40年代，一些學者對於藝術的認知更加深入了，也各自提出見解。1940年，向培良教授著《藝術通論》出版，他在〈自序〉中明確寫道：「所以，藝術是人類基本的行為，而不是從屬的現象。藝術，是使個人超出小我而融入整體的力，藝術以人和人互相瞭解為基礎；而瞭解者，即使相互間能發生更好的關係，且此種進展不會停留在中途的任何一點，必然要擴大到全

人類的瞭解和全人類的永久向上，卽人類底意識，這就是千百萬年人類所追求的最高的目的，而藝術則爲這力量的具體表現。……人類一切行爲，只要走藝術是最能脫離個人主義的氣息的。……」 (注51)

向教授在書中則寫道：

> ……集團地感覺，為藝術所由成立之第一因素。因為人之互助理解，藝術的鑒賞之得以成立。……再則，凡是藝術的行動，都不含有任何求取報償的要求。……藝術之拋棄實物，趨於假像，是必然的，因為只有這樣才可以達到無限活動底欲求。人類的本能是無限的追求快樂的，一旦這種追求不能達到，便感到痛苦。……無限的活動，就是一種不受限制，永不完成的情境；一道完成，便會終止凝固了。這種境界，古人稱為「亢龍有悔」，稱為「天地不全」，稱為「方生方死，方死方生」。……觀賞藝術品或自然美時，其過程略約可以列為如下公式：(一) 當前的對象；(二) 心理感受；(三) 心理感受外射而成感情移入；(四) 因感情移入而認對象為美。……內容與形式之爭，畢竟是藝術史上最大的爭辯之一。有人重內容而輕形式，……另外一派人則恰與此相反，一位惟有形式才可稱為藝術。……我們可以同意弗洛伊德的學說，把藝術的內容放到過去的生命之整個的綿延裡去，但我們不能同意以為藝術即被壓抑的欲望之發洩。……過重形式法則，為藝術墜入流俗的最大原因。我國詩鐘八股，歐洲的奇情劇，都毫無藝術上的價值。因為，沒有一條藝術上的法則是歷久不變的。每一大師，都從破壞既成的法則出發；每一流派，都因創造新的法則而成立。這恰如芻狗，事過境遷，就只剩糟粕；時代推移，神奇終成腐臭。……故力圖建立實證美學的盧那卡爾斯基，卻陷於水管子式的生命差那麼簡陋的結論了。……古今大師所作藝術的定義，沒有可以適用於自然的。如亞里斯多德以藝術為模仿與理想化；康德以為美僅存於主觀；席勒爾以藝術為假像與精力過程的發洩；托爾斯泰以藝術為感情底傳達，克洛契以藝術為直觀與表現；戈登克曾以藝術是思想與情緒之物質的形式；弗洛伊德以藝術是不能滿足的欲望之發洩；馬克思以藝術為生產過程的上層建築第二。這些都不能轉用於自然。……

既以美味藝術的形式，為表現的方法，而已藝術的本義在於人和人之間的瞭解，則這些藝術作品裡所與的，並非叫我們去同意於那些美底觀感，而是去瞭解作者從那些美裡所生發的情緒。美底觀念及其表現既然都在於傳達情緒，即彼此之間的差異就可以超越了。……藝術之陷於空洞，並非形式的法則上有什麼缺點，只是由於作者並沒有什麼可以表現的情緒。在生命上既是淺薄的，而欲運用技巧以掩飾其空虛，雖然也可以造成令人驚異的作品，但終無救於膚淺，其所能達到的，不過造成一種官能的快感而已。[注52]

向教授的研究頗深，對於藝術的各個方面的理念，都有所涉及與評論。只是他對於藝術所賦予的精神重擔，也許是太天真了。

1941年，藝術家豐子愷著《藝術修養基礎》出版，書中寫道：

學習藝術，須能另換一種與平常不同的態度來對付世間。眼睛要能看見形象的本書；耳朵要能聽到聲音的本身；心思要能像兒童一般天真爛漫。……藝術的目的是追求美，故藝術是美的感情的發現。……藝術形式的法則，重要的有下列六種：1.反覆與漸層。2、對稱與均衡。3.調和與對比。4.比例與節奏。5.統調與單調。6.多樣統一。……藝術是美的感情的發現，美的感情起於藝術家的心中，因美欲而變成藝術衝動，表現而為客觀的藝術品。這經過叫做創作。……[注53]

豐先生除了作為畫家多有所創作外，他的幾部介紹藝術的專著，是他苦口婆心地鼓勵民眾學習並熱愛藝術的表述。這部《藝術修養基礎》，就是認知個人的修養中不可或缺的藝術的重要，並且如何能夠順利理解、分析和學習藝術的根本入門書。

1943年，蔡儀教授著《新藝術論》出版。書中寫道：

藝術是要在雜亂的現實現象之中，顯露出它的晦暗的本質，或者說藝術是要反映現實的本質，不是單純的現實的現象。……藝術的認識是由智性再歸於感性，而主要地勢憑藉受智性制約的感性作用來完成的，……

藝術的認識內容，是由一般再歸於個別，而以個別具現著一般。……要
善於運用表現工具將藝術的認識能恰當地表現出來，便需要一種對於
藝術的工具運用的修煉，……主要的就是熟練。……藝術是通過作者的
意識反映的現實的本質，是現實的典型化，而現實僅僅是藝術的對象，
藝術的素材。……藝術是宣傳，但是藝術不全等於宣傳。藝術是形象
的訴之感性的表現，而宣傳卻不一定如此。……藝術不是等於內容加形
式，尤其不是等於思想加體裁樣式。因為藝術的形式是內容所要求的，
是內容所決定的，所以藝術的內容是第一義的而形式是第二義的。是內
容決定形式，也就不是形式決定內容。……從藝術的創作過程來看，很
顯然的是先有當作藝術內容的藝術的認識，而後有賦予藝術形式的藝
術的表現，形式是要為表現內容的，……。(注54)

蔡教授以哲學的思辨，建立了自己的藝術理論體系，並通過一些例子來
說明，這在近代中國，是很需要的。

1944年，四川省建設廳長陳築山著《人生藝術》出版，書中寫道：

藝術是起因於人類生命中種種愛好的衝動，這種衝動，是人生正覺表現
的要求。……作家所把握自然的一隅精華，或人生的一種感情，或自己
的一個理想，我們可以有同樣的感興與把握，不過我們沒有練習像作家
的心靈手巧，所以我們不會憑藉顏色、聲音、文詞、實物或假設事故，來
創作藝術，只能夠欣賞藝術而已。於是我們可以斷定一切藝術，都是作
者與欣賞者的個性與人格的寫照。其藝術品的質料，若取材於自然，那
就是自然與人生合一的寫照。若取材於歷史，那就是古人與今人合一的
寫照。……(注55)

陳廳長作為要做實事的官員，寫出這部具有新思想的理論著作，說明他
本人對於中國人人生的關心，並且認為藝術在中國人人生中是需要起到很關
鍵的作用。所用例證，也多是傳統學問中的名言，而加以人性的新考察。

1944年。畫家傅抱石著《怎樣欣賞藝術》出版，書中寫道：

我們的藝術，就是導源於人類愛好遊戲的動機，證因為藝術的本質，就是趣味較高，可以怡情適性的遊戲。……能夠提高我們的情緒，陶冶我們的性格，使生活不停滯在庸俗、腐朽、頹喪的泥沼，而能向著高尚純潔的目標，力求進步，那就是藝術。……趣味的愛好是自我的，主觀的，人們寧可到萬不得已時，放棄自己固執著的成見，但無論如何絕不放棄自己熱愛的趣味。人們最不能勉強一致的，恐怕就是各自熱愛的趣味了。基於此點，藝術家不從藝術的基本條件上作有計劃的努力而就想投機取巧，適應時尚，遷就某種人的趣味，而從事於藝術的製作，以想一舉成名，終於要失敗的；同時，我們不從藝術的意識和技巧，仔細分析，而僅以個人的趣味作為批評的標準，也是極大的錯誤。……我們要從教育程度較差的民眾之中，施行感化教育，我以為最好是提高他們藝術欣賞的能力，使他們在生活上激動愛美的要求。 藝術的職責，在求事物的美化，藝術的欣賞，就是一種審美的能力。美的現象，千變萬化，長於審美的人，就能在變化無窮的美的現象中，根據美的人生觀，求得美的一貫的系統，使與人生有關的一切，起著美化的作用，……小朋友有審美的能力，方有愛美的要求，知道愛美的小朋友，自然會愛清潔，愛名譽，愛公海，勵求進，刻苦向上。……(注56)

傅先生在抗日戰爭艱苦時期，寫出這本給小朋友學習關注藝術的書，實在是很重要。他講得條理清晰，平易實在，適合年輕人學習熱愛藝術。在今天的年輕人，是依然十分需要學習藝術的。

1947年，俄國車爾尼舍夫斯基著的《生活與美學》，被翻譯成中文出版，書中寫道：

藝術的第一功用，一切藝術作品毫無例外的一個功用，是生活和自然的再現。……現實中的事物並不甚麼時候都任憑大家欣賞，而藝術的再現（固然微弱、粗糙，總是再現）則何時何地都可供使用。……我們所理解的實生活不單是人對客觀世界的對象的關係，而也是人對內心生活。人有時生活在夢裡，這樣，那些夢在他看來就獲得了（在某種程度上一定時間內）和客觀的甚麼事物的類似。更常常地，人生活在他的情緒的

世界裡。這種情緒的狀態，假如牠們達到了引人興味的境地，就被藝術所再現。……藝術除了再現生活以外還有另外的意義，那就是說明生活。……人只消注意於某些事物（那正是藝術常做的事），就能使那些事物成為可以理解甚或使生活更可領會。……藝術的本質的意義是現實中引起我們興味的事物的再現。但是，對於生活發生興味，人就不能不意識或無意識地表示他對於生活的意見。……這樣，藝術家就成了思想家，藝術作品雖仍舊是藝術作品，卻獲得了科學的意義。……藝術的本質的功用是再現生活中引人興味的一切事物。常常地，特別是在詩中，說明生活，對於生活現象表示意見的企圖登上了前景。藝術對生活的關係如同歷史對生活的關係一樣，內容上唯一的不同是歷史敘說人類生活，一絲不苟地拘泥於事實；藝術則敘說人類生活，較之事實，卻更關心於心理和道德的真實。……讓藝術滿足於當現實不在時，在某種程度內來代替現實，且成為生活的教科書這個高尚而美麗的目的吧。現實偉大於夢幻，而本質的意義重要於空幻的虛矯。(注57)

車爾尼舍夫斯基先生的見解是：藝術再現生活和說明生活。如此論述頗為中肯，用不著上綱上線，留下讀者思辨的空間。

1948年，香港《華商報》總經理薩空了著《科學的藝術概論》在香港出版，書中關於藝術概念的介紹，基本上也同別人一樣羅列西方學者的見解，這裡就不重複了。而他書中特別探討中華民族藝術以及「配合推進人類解放運動這一課題。」他舉例頗有特色，這裡選部分如下：

……在中國山水畫中畫一所洋樓或一些西裝仕女，就以為是鎔中西傳統於一爐；並敢於正視現實的新藝術，他們是謬誤了。這謬誤是怎麼造成的？就是因為他們以為藝術只是形式。把中西藝術的現實合在一起，就是新的中國藝術了。這種顯然的錯誤，大家都可以看的出。……還有一面就是內容第一，以為藝術的內容就是藝術的全體。……在桂林看了歐陽予倩改編的《桃花扇》桂劇，歐陽這戲是以清兵入侵明亡煞尾的，我看到清兵入侵，我知道是完了，站起來要走，不料戲並未完，又是一陣鑼

鼓，又是一場砍殺，然後湧出來黨國旗各一面才完場。我當時有的真是
啼笑皆非之感，後來碰到於倩，問他是什麼道理？他說：「他們要添，我
有什麼辦法。」在這種刻舟求劍的內容第一影響之下，要中國藝術能有
「新生」，當然是不可能的。……我們要理解有準確的藝術的創造，不直
接等於給教條穿上一件藝術外衣，這是每一個藝術工作者都能了然的，
……如有人想把「三民主義」畫一本連環圖畫，我想沒有人只靠了畫，就
可以表達出來三民主義一書中的主張，……由理論與生活的交融而產
生的藝術的內容，會含有宣傳教導的成分，但絕不是直接的說教，而其
影響所及，卻往往大於直接的說教。……但絕不是每一篇小說戲劇中都
充滿了新的民主主義的字句，每一張繪畫中也都寫出新的民主主義的內
容，或者在任何藝術中明示出來違反新的民主主義如何如何。把口號寫
成五言八韻，或是商籟體，絕不是詩。……凡實現了的民族平等，民權自
由，民生幸福自不會一分一釐被遺漏，不受到宣揚。凡違背了這原則的也
一分一釐不會得到寬恕而不被揭發。甚至宣傳與揭發都不是裸露的，但
在中國民眾間其影響卻將是無限的大。……可見藝術不等於內容和形式
的機械的數學的相加，更不等於思想加詩體或曲調。……(注58)

從理論角度看，薩先生說得也許並不算周全，但是從他的視角所見的中
國藝術界實況，卻是應該理解的。

1948年，馮大麟教授著《東方文藝復興的展望》出版，書中有一節為
〈物、我、藝術——東西藝術比較觀〉。他寫道：

世界上每一文化，如不催不折，發育成熟，皆能涵煦孕化，形成一卓犖特
著的精神面目和特殊情調。藝術精神即此種精神情調的最高表現。……
中國藝術的最高精神，一言以蔽之，曰：「物我雙融」。物我雙融的表現
處，在內為性境和合，在外為物我雙忘；惟其性境和合，所以在中國藝
術精神裡無人我的矛盾，惟其物我雙忘，所以在中國藝術精神裡無人間
與自然的對立。……雖然中國藝術因藝術意境上的物我雙融，使藝術生
命由奔放而趨於收斂，使藝術神采由絢爛而歸於平淡，致在藝術意境的
表現方法式上，不能不採取「含蓄」的一途，使物眼難測其高深。……所

以中國藝術上的最高造境，皆歸於空靈恬淡，切忌質塞濃郁。……西洋
藝術精神，一言以蔽之，曰：「物我雙遣」。蓋藝術精神本是生活情調的
最高表現，……西方人的生活情調，……詮釋一種「悲劇人生」之表現，
……是從性境中壯美衝突，來表現其悲壯的生命情調，……常在吃土中
表現「浩壯」的奇彩。……西洋寫實主義在藝術上的成就，可以供我們參
考的地方也不少。至於傳神方面，西洋浪漫主義的音樂性底奔放，尤其
是我們民族藝術最缺乏的元素，同時，這奔躍的情采也是補治中國藝術
貧血症的妙劑金丹。……（注59）

馮教授的分析頗具中國傳統文化特色，雖不能說清楚西洋藝術本質特
色，但能提出「補治中國藝術貧血病」這樣的認知，還是可取的。

法國學者泰勒（H. Taine）在1865–69年出版《藝術哲學》一書，到1949
年，被沈起予先生翻譯成中文出版。沈先生還寫序來介紹泰勒想藝術理論，
他先引泰勒書中原話道：

要理解某種藝術，如異教的雕刻，寫實主義的繪畫，神秘的建築，古典文
學，感覺的音樂或理想主義的詩歌等的出現，則非研究「精神的氣溫」不
可。人類精神的產物，也與活的自然界一樣，若不藉其「環境」來說明，那
是不可能的事。然後沈先生自己說道：他從「環境」出發，更廣泛地演繹
到藝術的各方面的性質。……這種有著自然科學精神的社會學的見解，
在藝術哲學的道路上表示了一個相當的進步。……使泰勒達到了其在
藝術上的有名的法則：藝術作品，是由其圍繞於其周圍的風習及精神之
一般的狀態的總體所決定。所以出售藝術品的第一因素是社會的環境。
……自然科學注重事物的精確地觀察，理論的實證，現象的分析，因果
的探求，本質的究明，而這一切，都是一切學問的基礎。……總之，泰勒
的藝術哲學對於各民族的所以而產生的自然環境，所生活過來的社會與
政治的環境，以及各民族自身所產生的全部及其整個的文化的動向，都
是追隨著時代和歷史而逐一地加以對照，而舉出嚴密豐富的自身所涉獵
過研究實際的列證而敘述出來的。……（注60）

泰勒教授這部五百多頁的巨著，系統地闡述了他的觀點，這裡僅能再引述他的幾句話：「藝術品是以表現某種本質的顯著的性質為目的，因之也是以表現那較現實物所表現者為更明顯更完整的某重要的觀念為目的。為達此目的，須使用部分的集合而且有組織地將部分間的關係加以改變。在模仿、雕刻、繪畫、詩歌等中，此等集合是應對著現實的對象的。……」（注61）

這部一個半世紀以前的書，在20世紀的思想家看來也許是已經過時了。但在21世紀今天來看，卻反有其思考的價值，因為藝術在與自然科學、社會科學共同認知中，以「環境」（人文環境和自然環境）為思辨的綜合思想，是很有必要的。這部書對於中國學者尤其有其重要性，很值得學習。

以上是近代20多位學者給予「藝術」的各種分析，以及認知。今天我們讀來，就明顯會有幾點啟發：一是藝術在人類生活中重要的基本的需求，求美是與求真、求善並列，是人類生存所必須的，也是每一個人的生活中所必須的。二是幾萬年的人類實踐，積澱了極大量藝術產品，至今依然滋潤著人類生活，成為每一個人生活的必需品。三是幾千年來學者們對於藝術概念的認知，從來沒有中斷過，他們曾經提出過許多見解，但是看來，還是很難以說已經有了一個公允的同一的結論，「藝術」的定義，依然是百花齊放百家爭鳴。這對於後人的學習認知其實是好事，因為我們可以不斷地認真地從中各取所需，讓藝術的光芒永遠普照大地；當然也正因為探討不斷，才可能可以繼續深入探討藝術的真髓，創造出人類所熱愛的藝術珍品。

三、近代辭書中的藝術義界

中國近代的辭書出現，是中國文化建設的新舉措，它們的條目，是以詞語概念的介紹為基礎的。而近代特別出現的大量新詞語，是參合著豐富的西方詞語概念的解釋的，更是需要辭書條目來加以新的科學的明示其語義。同時，也是對於傳統古代流傳的中文字詞，加以系統的整理，形成社會上基本

統一的詮釋，這無疑也是對於古字詞本身長期滯留在各自隨便使用的觀念狀態，進行了全面的清理，使得中文的表述能夠更上一層樓，更加清晰準確，在世界上可以新的交流，走上世界語言共同發展的道路。

「藝術」概念，在近代辭書中就出現了，雖然近代中國還沒有出版一部《藝術辭典》，但是在各個辭書上，依然出現「藝術」等的相關條目。這裡選擇部分介紹：

1911年，黃摩西教授編《普通百科新大辭典》出版，書中有條目：

> 藝術
> 藝本意為栽植，藝本意為通衢。引申作學技用語。古之教育，有六藝四術，後又泛用為學技之法則。而英文學語，則稱為阿爾脫Art。亦有二用。用於廣義，則為凡藉自然物及科學，成以人工，而有審美價值之製。如詩歌、音樂、演劇、繪畫、雕刻、建築等。狹義，則為繪畫、雕刻、建築等。專關於視官之藝術，與美術同義。（注62）

1926年，樊炳清先生編《哲學辭典》出版，書中有條目：

> 藝術：英法Art，德Kunst
> ①以最廣義解之，凡涵有技巧與思慮之活動及其製作，皆是藝術。從此誼，則藝術一語，可分三項，以明其界限。（第一）藝術非認識，而為活動或製作，故與科學有別。（第二）其活動或製作中，參以意匠，故與自然物有別。（第三）參以意匠之活動或製作，乃特求精妙者，與尋常之活動或製作有別。是故以廣義之藝術言，則機師之造機械，大匠之築宮室，皆是含有思慮與技巧之活動，雖謂之藝術亦可。②從稍狹之義，則不獨參以思慮與技巧，又必具有審美的價值之活動，或為美的活動之產物，始謂之藝術。……③從最狹之誼，則專指美術中一部分，以繪畫雕刻為限。……
> 藝術衝動：英Art impulse，法Instinct esthétique，德Kunsttrieb
> 驅使藝術家，以至有創作藝術之行動者，其先必有動機。此動機，謂之藝術衝動。……執社會的見地以觀，必有「美」以外之間接動機（即凡以伴隨藝術之作用為其目的者）潛伏於先，而後漸移於純藝術之衝動。

……略有五說：（一）為模仿衝動說，如柏拉圖謂「藝術不外模仿自然，其衝動，即起於模仿性。」……（二）為遊戲衝動說。……藝術衝動，為自由的自發的，而不受物質的需要之束縛，全與遊戲衝動無異。……（三）為裝飾衝動說。即謂藝術之所由興，純以美的理想為主者。……（四）為表情衝動說。……此衝動又分二層，一則欲以自己情愫，傳達於人，一則欲得他人對我之共同表情，是也。（五）為描出衝動說。……於感情以外，加入意志的要素，更括之以「人格」語者。一位藝術者，所以描出自然及人生，而是中本寓有人格的經驗，故藝術衝動，即是發表自我之衝動。……（注63）

1928年，孫俍工教授編《文藝辭典》出版，書中有相關的條目頗多，如：「藝術」、「藝術美」、「藝術家」、「藝術派」、「藝術論」、「藝術學」、「藝術本能」、「藝術作品」、「藝術活動」、「藝術現象」、「藝術感情」、「藝術衝動」、「藝術底分類」、「藝術底效果」、「藝術底要素」、「藝術底起源」、「藝術底轉換」、「藝術的藝術」、「藝術上的主義」、「藝術底獨立性」等。這裡僅引：

藝術（Art德Kunst）
所謂藝術，就是在創造的歡悅裡，所產生的人生和自然底美底表現。普通是總括了審美上有價值的一切作品，如文學、音樂、繪畫、演劇、建築、雕刻、舞蹈等而說的。恰與政治、實業、道德、宗教等相對。 關於藝術底定義，從希臘以來，學說極多，現在摘要列舉於後：（1）藝術是自然底模仿。——亞里斯多德。（2）把美作為理想，去完成自然的東西即使藝術；換言之，即是藝術是自然底完成。——勒新。（3）藝術是理想與感情底調和。——席勒爾。（4）所謂藝術，是在有限的材料即自然裡，寓著一種無限的精神。——西爾靈。（5）藝術是把絕對的精神，依著物質底材料，直觀的表現出來的東西。——黑智爾。（6）藝術是忘卻現世底苦難的忘我的東西。——叔本華。（7）藝術是人類底一種活動力，是在一個人有意識地用某種外來的符號，把自己經驗過的感情傳語別人，使別人被這些感情染感了，並且也經驗這些感情。——托爾斯泰。（8）藝術是

理性的和意識的生活底表示。——居友。（9）藝術是一種行為，一，滿足我們對於外形初生的愛情底行為；二，把觀念放入外形的行為；三，給予我們情感、心和理性，同時給以快樂的行為。——Cherbuliez.（10）藝術是情緒底一種表現，——這種情緒以線形顏色底配合，或以舉動聲音，屬於一定韻腳底字句底次序顯露在外面。——Veron。(注64)

1929年，高希聖等先生合編《社會科學大詞典》出版，書中也是有條目：

【藝術】
社會主義的藝術家的一人瓦特·克崙氏，對於藝術下這樣的定義：「用於美的表現的生活力的一種形式。」資本主義制度是給藝術以有害的影響的，就是受了商業主義競爭和生活的鬥爭的壓迫，而藝術家成了商人和商品生產者（和做筆同樣的商品生產），他就不能做他最善的生產了。只有在社會主義的社會——生產分配機關的公有——藝術家在人類全體的利益上生產他最善的作品。這一天才是人類藝術之花的初開呢！(注65)

筆者不明白：難道至今人類藝術之花還沒有開嗎？

1930年，舒新城主編《中華百科辭典》出版，書中有關於藝術的條目頗多，這裡僅引一條。

藝術學習法[教]
學習法之一種。主旨在研究進行中，由直觀以達到享樂，復由享樂以達到精神和平，與愛美境遇域，而悟到生命之崇高。……圖畫學習法可分三期：（一）基本練習：將所見正確之形狀與調子描表於紙上。有三法：（1）畫某物時，心中不可想及此為某物，祗據目前之形象實體描出；（2）看事物應視為眼前垂直立著一塊無限大之平玻璃板，一切物扁平映於此玻璃板上；（3）須常假定一垂直線與一水平線在空中，一切線均與此兩假定線比較角度。看調子法須兩目微合，看出物體上各部分之濃淡順序而描寫之。……（二）作畫練習；……（三）鑒賞練習；……音樂學習法分二項：（一）技巧練習；……（二）鑒賞練習；……。(注66)

1935年，新辭書編譯社主編《新智識辭典》出版，書中有條目：

【藝術】Art（藝術、社會）

藝術是表現個人的或集團的情感生活與意識而藉以緊結人與人的精神交通的組織化的手段。它是社會的上層建築物之一，它的發展與變遷正是由一定的社會歷史條件決定的。例如原始血族社會有一種適應當時簡單的生產方法藝術，封建社會亦有適合於封建的隸屬關係之藝術。在今天資本主義社會中，亦有適合於布爾喬亞利益的藝術。藝術的起原現在許多人都認為是與社會勞動過程有著不可分離的關係的。……藝術是隨著社會的變遷而變遷的，沒有永久不變的定理。（注67）

1946年，胡仲持先生主編《文藝辭典》出版，書中有條目：

【藝術】

正同宗教、科學、哲學等等一樣，藝術是社會上層建築的一部分。……托爾斯泰自己所得到的結論，是「藝術是人與人之間一種傳達的手段，」或「藝術是人與他自己所經驗的感情傳達給別人為目的，而在自己的內部再喚起這種感情，並以一定的外部的記號表現這種感情的時候開始的。」而蒲列哈諾夫從托爾斯泰的這個定義出發，說道：「藝術開始於人把他在圍繞著他的現實的影響之下，所經驗的感情和思想，再在他自己的內部喚起，而給予這種感情和思想以一定的形象的表現的時候。」這種說法是最妥當的。（注68）

　　辭書的條目，理論上講就是字詞的概念表述，以公允性為標準，是不應該以撰寫人個人見解左右的。只是實際上，屢有偏差。以上這幾位中國學人編寫的條目，雖然基本上注意到字詞概念的公允性，但是由於個人利益的取捨，而讓條目與政治或經濟因素燴在一起，給讀者造成理解的困難。

四、小結

　　通過學習以上近代學人對於藝術的概念分析，筆者有所獲，略表如下：

　　一來想說清楚藝術的概念是什麼？眞的很難。幸好，這也正是說明藝術概念表述之千年難題，我們從以上學者及辭書上所見的「定義」，可以說是豐富多彩，基本上明晰了藝術概念的主要方面，他們還是有共同的認知的，讓我們明白：一來是藝術作爲人類生活中的基本要素，既在社會群體中發揮著重要的作用；二來是也是讓每個人都能通過藝術的理念和行爲，而獲取人們的基本訴求。當然，經過人類社會幾百萬年的演進，藝術是一直伴隨著人類發展，也就因而湧現出各個方面、各種類型的藝術成果，既撫育著前輩們，也更是我們現代人所必須的營養品。千萬不要因爲政治或經濟的需要而毀滅藝術思想和成果，就如極端主義者瘋狂地炸毀幾千年來的文化遺產，以及對文化進行革命的愚昧行爲。恰恰相反，正是一代又一代的族群所創造與發展的藝術思想和極大量的藝術品，供後人繼承與學習。

　　以上的關於藝術的定義的多樣性，並不需要統一，每個人都可以有自己對於具體藝術品的鑒賞眼光和修養，絕對不應該把自己的藝術觀強加到別人頭上。只是，每個人自身的藝術修爲，也正是文明人的基本需求，是很需要通過學習、鑒賞、體驗，來獲得藝術的奧妙，也就會昇華人們自身的生活情懷，更免除各種反藝術的各種荒唐行爲與「理論」。藝術是人生必需的，對於「藝術美」的追求，是應該和物質上的需求和眞理的追求並列，即是人們常說的「眞、善、美」的追求。

　　各個族群的藝術精神與作品，決定著族群藝術的多彩或沒落、豐富或淡寡、精巧或粗獷。

　　藝術花朵的培植是付出長時間的極大的心血與勞動，而摧毀藝術花朵則是舉手之勞。

　　藝術概念的擁有或拋棄，決定著個人生活的多彩或沒落。個人的藝術觀是個人自由的體驗，把自己的藝術觀強加給別人，在社會上經常會發生，但卻是不可接受的。藝術是需要自我欣賞和互相欣賞的。

藝術是族群生活的情趣，是不宜拿來做高低貴賤的比較的。因爲高低貴賤是政治或經濟的術語。任一個人能夠欣賞藝術的各種成果，獲得生活的活力，激發個人創造力，才是文明人的標誌。

注 釋

（1） （日）惣鄉正明、飛田良文編《明治のことば辭典》，日本三秀社，1986年12月一版，1989年2月再版，第134頁。

（2） （奧）雷立柏編《現代漢語（關鍵字）辭源》（未刊稿本），第119–120頁。

（3） 引自《利瑪竇中文著譯集》，朱維錚編，香港城市大學出版社，導言寫於2001年，第290頁。

（4） 見《明清之際西學文本》第四冊，中華書局，2013年4月一版，第1847–1881頁。

（5） 同（4），第1883頁。

（6） 同（4），第1884頁。

（7） 姜紹聞著《無聲詩史》，轉引自鄭昶著《中國美術史》，中華書局，1935年7月一版，嶽麓書社，2010年1月重印本，第79頁；參見向達文：〈明清之際中國美術所受西洋之影響〉。載《東方藝術與西方藝術》，商務印書館，1933年12月一版，第5–65頁。

（8） 顧起元著《客座贅語》六卷，南京，1603年，轉引自鄭昶著《中國美術史》，同（6）第79頁。

（9） 年希堯著《視學》，北京，1729年一版，1735年增訂再版，轉引自《明清之際西學文本》，同（4）第1921頁。

（10） （意）利類思譯《超性學要》，轉引自雷立柏編《漢語神學術語辭典》，宗教文化出版社，2007年2月一版，第223頁。

（11） （英）馬禮遜編《英華字典》，澳門，1822年原版，大象出版社影印本，2008年，第30頁。

（12） （德）羅存德編《英華字典》，香港，1866–69年原版，日本井上哲次郎增訂本，藤本氏藏版，1884年，第88–90頁。

（13） 顏惠慶主編《英華大辭典》，商務印書館，1908年，第48頁。

（14） 張德彝著《航海述奇》，張家藏稿本刊印，1870年，轉引自鍾叔河校點本，湖南人民出版社，1981年1月，第98–99頁。

（15） 同（14），第66頁。

（16） 張德彝著《隨使法國記[三述奇]》，同（13），第217頁。

（17） 斌椿著《乘槎筆記》，京都琉璃廠原刊本，1873年春月，轉引自鍾叔河輯校本，

湖南人民出版社，1981年4月，第41頁。

（18）王韜著《漫遊隨錄》，稿本，湖南人民出版社，1982年12月一版，第88–91頁。

（19）志剛著《初使泰西記》，京都隆福寺寶書堂，1877年，轉引自穀世及輯校本，湖南人民出版社，1981年1月，第66頁。

（20）李圭著《環遊地球新錄》，善成堂刊本，1878年，轉引自鍾叔河點校本，湖南人民出版社，1985年3月，第232頁。

（21）黎庶昌著《西洋雜誌》，黎氏刊，1900年，轉引自喻岳衡、朱心遠校本，湖南人民出版社，1981年6月，第106–108頁。

（22）劉錫鴻著《英軺私記》，長沙刻本，1895年，轉引自朱純點校本，湖南人民出版社，1981年11月，第132頁。

（23）薛福成著《出使四國日記》，1902年石印本，轉引自安宇寄校點本，湖南人民出版社，1981年4月，第260–261頁。

（24）戴鴻慈著《出使九國日記》，農工商部工藝局印刷科印，第一書局發行，1906年12月，轉引自陳四道校點本，湖南人民出版社，1982年5月，第244頁。

（25）（英）艾約瑟譯《西學啟蒙十六種》中之《西學略述》，1886年出版，上海著易堂書局，1896年版，第4–66頁。

（26）（美）狄就烈編《西國樂法啟蒙》，1872年原版，轉引自陶亞兵博士論文：〈1919年以前的中西音樂交流史料研究〉，中央音樂學院1992年3月，第102頁。

（27）（美）傅蘭雅主編《格致彙編》第五年春號，江南製造總局第6頁。

（28）（日）蘇峰生編《二十世紀新論十種》中，俄國托爾斯泰著《藝術論》，上海鴻文編譯圖書館石印，1903年秋，第61–66頁。

（29）蔡元培講稿《智育十篇》，此為1916年他在法國華工學校講授稿，童年在《旅歐雜誌》上連載，1919年在巴黎成書。轉引自《蔡子民先生言行錄》，北京大學新潮社，1920年10月原版，山東人民出版社，1998年4月重印本第311–318頁。

（30）蔡元培寫：〈北京大學畫法研究會旨趣書〉，原刊於《北京大學二十周年紀念冊》（1919年出版），引自《蔡子民先生言行錄》，同（27），第195頁。

（31）蔡元培演講：〈在北京大學畫法研究會之演說詞〉，原刊於《北京大學日刊》236號，（1918年10月25日出版），引自《蔡子民先生言行錄》，同（27），第196–197頁。

（32）蔡元培演講：〈在北京大學音樂研究會之演說詞〉，原載《北京大學日刊》第488號，（1919年11月17日出版），引自《蔡子民先生言行錄》，同（27），第194頁。

（33）（俄）托爾斯泰著《藝術論》，耿濟之譯，商務印書館，1921年3月一版，1922年3月再版，鄭振鐸序言，第1–4頁。

（34）同（31），第64–68頁。

（35）梁啟超演講：〈美術與生活〉，八月十二日在上海美術專門學校演講，原載《時

事新報》副刊「學燈」，1922年8月15日，轉引自《梁啟超哲學思想論文選》，北京大學出版社，1984年4月一版，第377–380頁。

（36）（日）黑田鵬信著《藝術學綱要》，俞寄凡譯，商務印書館，1922年6月一版，1923年5月再版，第3–5頁。

（37）張競生著《美的人生觀》，北京大學出版，1924年，轉引自北大出版社同名書，2010年11月版，第174–176頁。

（38）李石岑文：〈藝術論〉，載《李石岑論文集》，商務印書館，1924年6月一版，第104–125頁。

（39）舒新城著《人生哲學》，中華書局，1924年9月一版，1925年12月五版，第43–51頁。

（40）林風眠文：〈東西藝術之前途〉，原載《東方雜誌》1926年第23卷10號，轉引自《林風眠談藝錄》，中國青年出版社，2014年1月一版，第40–49頁。

（41）林風眠著《藝術與新生活運動》，南京正中書局，1934年5月原版，轉引自同（36），第87–109頁。

（42）林風眠著《致全國藝術界書》，1927年發表，轉引自同（39）第124–141頁。

（43）（俄）蒲列漢諾夫著《藝術論》，林柏重譯，上海南強書局，1929年4月一版，第2–4頁。

（44）（俄）盧那卡爾斯基著《藝術的社會基礎》，（馮）雪峰譯，上海水沫書店，1929年5月一版，1930年3月再版，第3–63頁。

（45）（法）羅丹口述《藝術論》，曾覺之譯，開明書店，1930年10月一版，轉引自《羅丹論藝術》，沈琪譯，人民美術出版社，1978年5月一版，第2–10頁。

（46）（日）板恒鷹穗等著《機械藝術論》，薛效文輯譯，外國語研究會印刷發行，1931年7月一版，第9–10頁。

（47）俞寄凡編著《藝術概論》，世界書局，1932年12月一版，第5–104頁。

（48）華林文：〈藝術與社會〉，選自《枯葉集》，見於《北新文選》，北新書局，1934年7月四版，第1–4頁。

（49）（德）李葡克內西著《藝術的研究》，成文英譯，上海大光書局，1936年6月再版，第4–5頁。

（50）朱介民文：〈一般藝術學〉，載《文藝創作講座》，第一卷，大光書局，1936年5月三版，第6–22頁。

（51）向培良著《藝術通論》，長沙商務印書館，1940年9月一版，自序第2頁。

（52）同（47），第15–63頁。

（53）豐子愷著《藝術修養基礎》，桂林文化供應社，1941年7月一版，第11–41頁。

（54）蔡儀著《新藝術論》，重慶商務印書館，1943年11月一版，第6–79頁。

（55）陳築山著《人生藝術》，商務印書館，1944年10月一版，1948年1月三版，第12頁。

（56）傅抱石著《怎樣欣賞藝術》，文風書局，1944年10月一版，第10–33頁。

（57）（俄）車爾尼雪夫斯基著《生活與美學》，周揚譯，香港海洋書屋，1947年11月一版，第120–139頁。

（58）薩空了著《科學的藝術概論》，香港春風出版社，1948年7月一版，第83–93頁。

（59）馮大麟著《東方文藝復興的展望》，上海交通書局，1948年1月貴陽初版，1948年2月上海一版，第345–359頁。

（60）（法）泰勒著《藝術哲學》，沈起予譯，香港群益出版社，1949年1月一版，沈起予序第1–8頁。

（61）同（56），第35頁。

（62）黃摩西編《普通百科新大辭典》，上海國學扶輪社，1911年5月一版，亥集第24–25頁。

（63）樊炳清編《哲學辭典》，商務印書館，1926年8月一版，第968–970頁。

（64）孫俍工編《文藝辭典》，上海民智書局。1928年10月一版，第955–956頁。

（65）高希聖等編《社會科學大詞典》，世界書局，1929年6月一版，第783–784頁。

（66）舒新城主編《中華百科辭典》，中華書局，1930年3月一版，第1145–1146頁。

（67）新辭書編譯社主編《新智識辭典》，1935年10月一版，1936年10月五版，第969–970頁。

（68）胡仲持主編《文藝辭典》，上海華華書店，1946年4月一版，1947年3月二版，第228頁。

第六章：中文「美、藝術美」之概念史

一、前言

「美」這個字在中國文化中，幾千年來廣泛流傳，已經幾乎習以爲常，人人會用，所謂「愛美之心，人皆有之」。更由於中文基本特點，可以在前面加一個字，或者後面加一個字，而組成一個詞，只是這個有「美」字的詞，都離不可「美」的本意。但是筆者當試圖探尋一下「美」的概念本意時候，翻閱多部古典所謂經典古籍，卻沒有見到一人一部書中，對於「美」的字義、以及「美」在中國人的人生觀中、在普遍的日常生活中、在統治者需求的倫理教導中，都很難見到對於「美」的認知探求，實在是令人不解，書生們又似乎都不需要理解或宣傳「美」的社會價值，而是自以爲明白？其實，大概只是明白這個「美」字如何寫罷了，而其核心內容是什麼則付之闕如。

筆者童年曾在粵北逃難，直到50年代初來到圓明園上中學，朦朧中無「美」可談，直到有一天，我們的美術老師陳葆琨老師來上課，他一言未發，拿起一枝粉筆，就在大黑板上畫起來，整整一堂課，就在黑板上畫了一大幅風景畫。我們全班同學自始至終沒有一個人說話，全都緊盯著陳老師手

中的粉筆的移動，讓一幅天然美景逐漸顯露出來。下課了，老師走了，我依然緊盯著這幅即將擦去的美景；後來，又有一天上課，陳老師卻是把我們拉到學校與鄰近農村緊連的一條小河旁，叫我們畫一張畫。我坐在小河邊，望著河水中的的漣漪、水中的水草和小魚兒清晰可見，以及岸邊一顆柳樹上的枝條輕擺，綠得那麼飄飄然，稍遠則是農舍，天空還飄蕩著幾朵白雲，我先是感覺很陶然，很舒暢，但是當我慢慢拿起鉛筆想畫時，卻發現我畫的只是筆道道，根本不是眼前的美景，我又難受極了。終究，我是太缺乏藝術細胞了。（倒是我們班在這環境的薰陶下，後來湧現了人民音樂家施光南）一個多世紀後，此情此景，我依然感覺到當年的栩栩生機，以及陳老師的苦心教誨。(注1)

現在我已時垂暮之年，心中依舊十分想理解「美」為何物？「美」是如何撩撥著每一個人的生生世世間？我們該如何認知「美」的社會價值？帶著這些相關疑惑，我流瀏覽了古代中文經典，實在是找不到解惑人。我都有點責怪兩千多年前的孔門大賢人，他們當年問東問西，就沒有問一問：「何為美？」沒有給老夫子一個顯擺的機會。而留下來的，僅有一句話：「不有祝鮀之佞，而有宋朝之美，難乎免於今之世矣。」他所說的「美」，僅僅是與佞相左的美色意思，是一種道德對應。真是「難乎免於今之世矣」，也難乎發於今之世矣。

我又接著翻閱古希臘以來的西方哲人的探討，發現他們是認真思考和分析，提出各種各樣的見解，已然形成一個思辨的系統，流傳至今，很值得學習認知。當然，也可以反駁批評，順著成為「美學」的道路，走到今天。

我繼續翻閱近代中國學人的書籍，發現他們也是認真對待「美」的概念問題，各說各是，絕不是一句「美屬於意識形態」、「美服從於階級鬥爭」就能夠了事的，恰恰相反，近代學人是力圖從學習中獲得知識，他們的智慧得到社會的有力反應。本文也正是學習前輩們的成果，略作梳理，而盡力表

述出他們的心血。

　　每個人在漫長的人生道路上，都需要追求美，才能夠屏棄或克服醜與惡的現實存在。因此，對於「美」的探索與研究，在現代中國實在是太需要了。

　　「美」的具體表現是很多方面的，而最直接最有效的表現，除了自然美之外，就是通過藝術來實現，因此，探索與研究「藝術美」是順理成章的事。其中，關於「藝術」的概念研究，已經另文表述，不再重複。而藝術作爲「術」的一種，確是一種文化方法，是能夠全方位表述各種「美」的，而且還能夠表述「醜」或「惡」的。本文也將介紹近代學人對於「藝術美」的認知探討。

　　近代中國學術的領頭人蔡元培先生，在五四新文化運動初始就鼓吹美育，給長期缺乏研究美爲何物的中國帶來全新的認知，除了一些學者潛心研究美學概念之外，還可以看到在教育界、音樂界、戲曲界、戲劇界、雕刻界、繪畫界、文學界、書法界、建築界、電影界、商界等等，都鼓足精神，熱情激昂，全面探索追求美的表述，追求美的生活的實現，浩浩蕩蕩，形成中國近代文化的新高潮，卽使是說成爲五四新文化運動的精髓之一也不爲過。只可惜本文不能容納下中國近代藝術美的歷史概貌，只能以後分別略述。

　　本文的研究理念和方式，是以「概念史 Begriffsgeschichte」爲基本，該研究方式是在20世紀30年代開始興起的，它通過描述一個主題詞的來龍去脈，在運用大量語言學史料、哲學史料、辭書史料、社會文化史料的基礎上，共同描述該詞如何在歷史社會中產生形成，如何從各種自以爲是的觀念中，通過社會實踐提料昇華，成爲民族社會語言中普適的概念，以及如何在辭書上面以公允概念的表述，如何在專門教科書中給出定義，綜合成爲一個文化史專題。恰如陳寅恪先生所說的：「凡解釋一個字就是做一部文化史。」筆者將之引申爲：「凡解釋一個詞就是做一部文化史。」本文的主題詞是「美」、「藝術美」。

二、中文「美」的觀念在古代

　　「美」的觀念與追求，中華民族也同其他民族一樣，早在遠古時期就存在並且演變，後來形成中文「美」字，我們見到在甲骨文中就出現有、等相近的寫法，而後來人對之解讀，則是有幾種。主要的一種有引《說文解字》上的說詞：「甘也。從羊從大。羊在六畜，主給膳也。美與善同意。」另外的一種是今人的說詞，則是說美字像是人頭上插花，等。筆者覺得都可以理解他們說法的優點，以及不足之處。留下這個爭論，正好是訓詁學在今天發揮作用的地方。

　　筆者關注的是，美字在古代運用是什麼樣的情況呢？於是筆者先看單用「美」字在詞語中的例句，實在是頗多，例如：

　　「彤管有煒，說懌女美」《詩經》；「洵美且仁」《詩經》；「智囊子爲室美」《國語》；「不有祝鮀之佞，而有宋朝之美，難乎免於今之世矣。」《論語》；「百姓聞王車馬之音，見羽旄之美，舉欣欣然有喜色而相告。」《孟子》；「膾炙與羊棗孰美？」《孟子》；「暢於四支，發於事業，美之至也。」《易》；「彼將惡始而美終。」《國語》；「予美亡此，誰與獨處。」《詩》；「君子成人之美，不成人之惡。」《論語》；「商賈以美貿惡，以半易倍。」〈鹽鐵論〉；「委厥美以從俗兮，苟得引乎衆芳。」《離騷》；「毛嬙、驪姬，人之所美也。」《莊子》；「我孰與城北徐公美？」《戰國策》；「美教化，善談論，美音制。」《後漢書》；「滿座之人見王勃年少，卻又面生，心各不美。」《醒世恆言》。

　　從中領略這幾句話，已經明顯指明不同的意思。而如果我們再在美字後加一個字，組成片語，即如：

　　「美人」如：〈六韜〉「厚賂珠玉，娛以美人。」；《楚辭・九章》「結微情以陳詞兮，矯以遺夫美人。」；《詩》「去誰之思，西方美人。」

「美女」如：《史記》「美女者，惡女之仇，豈不然哉。」「美化」如：唐・杜荀鶴「美化事多難諷誦，未如耕約口分明。

「美好」如：宋・梅堯臣「春陽發草木，美好同一時。」

「美俗」如：《荀子》「無國而不有美俗，無國而不有惡俗。」

「美盼」如：宋・柳永「傾國巧笑如花面，恣雅態，明眸回美盼。」

「美鳳」如：宋玉「美鳳洋洋而暢茂兮，嘉禾悠長俟賢士兮。」

「美美」如：《樂府詩集》「上陵何美美，下津風以寒。」

「美容」如：《楚辭・九章》「雖有西施之美容兮，讒妒入以自代。」

「美貌」如：宋玉「須臾之間，美貌橫生。」

「美德」如：《荀子》「汝將行，盍志而子美德乎。」

「美麗」如：《荀子》「今世俗之亂君，鄉曲之儇子，莫不美麗、姚冶、奇衣、婦飾、血氣，態度擬於女子。」

「美觀」如：漢・徐幹「學猶飾也，器不飾則無以為美觀，人不學則無以有懿德。」

古漢語中，又還在美字前面加一個字，組成詞，也是頗多，這裡不再詳列，僅舉部分詞名如下：知美、濟美、好美、擅美、軟美、溢美、較美、盡美、窮美、肥美、便美、盛美、潤美、眾美、遍美、沃美、豐美、虛美、讚美、具美、雙美、醇美、麗美、華美、綺美、淑美、至美，等等。全都用的有聲有色，五彩繽紛，到現代已經習以為常了。大概就可以說：中國人是用「美」這個字，和它為主幹的「美字族」，來加到一切認為美好的人和事物上面，但是就沒有一個古代大師費神來給「美」是何物？作出一點思辨！僅是留下古人的一些岩畫、青銅器上紋飾、敦煌窟中塑像、古樂器等實物，以及書中的描寫，後人鑒賞和研究。不能不說是極大的遺憾。不過，僅是從這些表現美的古代實物中，依然是能夠總結出中國古代藝術發展史來的，也就

是古代中國人對於美的認知一斑。

三、西方「美Beauty」來到中國

（一）西方人對於「美」的認知

西方文明的遠古源頭，從文獻來看，基本上是要從古埃及說起，我們現在所見到古埃及文化琳琅滿目的對象，不論從金字塔的建築，到豐富的藝術藏品中，生活用品上，都充滿藝術的心血，成爲「美」的古典標誌。就連留存的詩歌中，也是美不勝收。例如在距今約4500年前，有一首詩是這樣的：

> 不要為你的知識感到自豪，
> 而應向無知者和智者請教；
> 藝術的探索沒有止境，
> 沒有任何藝術家的技藝能盡善盡美；
> 精闢的言辭比綠寶石還要深藏不露，
> 但在磨石女工那裡卻會找到。(注2)

這位詩人能夠運用如此豐富精彩的語言，表露著他對於藝術和美的熱愛，而且富含著智者的哲理，更是從生活中獲得的經驗。

接著是古希臘羅馬時期，以至到文藝復興時期到19世紀，我們現在還能看到極大量的表現美的方方面面成品，在這些基礎上，更加難能可貴的是當時的一些「愛智者」，他們發起並發表關於「美」的概念性探討，積成人類文明認知的先導者，他們的聰慧的思想成果，延綿不絕於耳，至今依然活躍在人們的心中。這裡僅能引述部分：

> 美，肯定是柔和的、平滑的和不生硬的東西，並因此具有一種特性：很容易溜入和滲透我們的靈魂。我確定地認為：善就是美的。——蘇格拉底(注3)
>
> 凡是想依正道達到愛情至深境界的人應從幼年起，就傾心嚮往美的形

體。如果他依嚮導引入正路，他第一步應從只愛某一個美形體開始，憑這一個美形體孕育美妙的道理。第二步他就應學會瞭解此一形體或者彼一形體的美與一切其他形體的美是貫通的。這就是要在許多個別美形體中見出形體美的形式。……再進一步，他應該學會把心靈的美看得以形體的美更珍貴，如果遇見一個美的心靈，縱然他在形體上不甚美觀，也應該對他起愛慕，憑他來孕育更適宜使年青人得益的道理。從此再進一步，他應該學會見到行為和制度的美，看出這種美也是到處貫通的，……從此再進一步，他應該受嚮導的引導，進到各種學問知識，看出它們的美。於是放眼一看這已經走過的廣大的美的領域，他從此就不再像一個卑微的奴隸，……他終於一旦豁然貫通唯一的涵蓋一切的學問，以美味對象的學問。——柏拉圖(注4)

善與美是不同的（善經常以行為為主，而美則在不動的事物身上也能見到），……美的主要形式秩序、勻稱和明確性，這些是數理科學特別長於證明的。又因為這些（如秩序和明確性）顯然是許多事物的原因，數理科學自然也必須研究到以美為因的這一類因果原理。——亞里斯多德(注5)

有兩種類型的美，優雅在其中一種占支配地位，另一種則以尊嚴為主。……——西塞羅(注6)

美有三種要素：第一是一種完整和完美，凡是不完整的東西就是醜的；其次是適當的比例或和諧；第三是鮮明，所以鮮明的顏色是公認為美的。——阿奎那(注7)

沒有給予美的科學，只有給予美的評判；也沒有美的科學，只有美的藝術。因為給予美的科學，在它裡面就須科學地，這就是通過證明來指出，某一物是否可以被認為美。那麼，對於美的判斷將不是鑒賞判斷，如果它隸屬於科學的話。至於一個科學，若作為科學而被認為是美的話，它將是一個怪物。——康德(注8)

我對美學家們不免要笑，笑他們自討苦吃，想通過一些抽象名詞，把我

們叫做美的那種不可言說的東西化成一種概念。美其實是一種本原現象,它本身固然從來不出現,但它反映在創作精神的無數不同的表現中,都是可以目睹的,它和自然一樣豐富多彩。——歌德(注9)

感官可以接觸的事物:顏色、聲音、形象、動作,都能產生美的概念和美的知覺。這些美屬於一類,對於這一類,人們有理無理地稱為物質美。如果從感官世界推導精神、真理、科學的世界,我們在其中又可以看到更更嚴肅的,但並非不真實的美,統轄智性的法則、主宰物體的普遍規律、包括和產生一系列冗長的推論的根本原則、藝術家、詩人或哲學家的創造才能,這一切都是美,和大自然的美一樣;以上就是人們所稱的智性的美。 最後,如果我們觀察道德世界和它的法則,自由、美德、忠誠等概念,……便都屬於第三類的美,它超越其他兩類美,這就是道德的美。……——庫申(注10)

從主觀的意義來看,我們把給予我們某種快樂的東西稱為「美」。從客觀的意義來看,我們把存在於外界的某種絕對完滿的東西稱為「美」。……凡是使我們感到愜意而並不引起我們的欲望的東西,我們稱之為「美」。……「美」的客觀的定義是沒有的;現存的種種定義(不論是形而上學的定義或是實驗的定義)都可以歸結為主觀的定義,……凡是表現「美」的,就是藝術,而凡是使人感到愜意而不引起欲望的,就是「美」。……——列·托爾斯泰(注11)

以上是西方思想者對於「美」的部分研究見解,如此豐富,如此精彩,後來流傳到中國,至今依然是社會上、學術圈中,被普遍關注運用的見解,人人都可以對之發表各種認同或反對的聲音。

(二)Beauty來到中國

英文Beauty,是從拉丁文Bellus演進而來,而拉丁文則是很受古希臘文源頭的影響。筆者尋找古希臘文的源頭久而不得,後來請教老友雷立柏教授,蒙他相贈他尚未出版的工具書,才見到如下對應的解釋:

καλός

美麗的 優雅的 可愛的 能幹的 適當的 有用的 有利的
舒服的 善良的 高尚的 榮譽的 正直的
τò καλóγ；τα καλα
美麗 美德 尊嚴 享受 喜樂 幸福
αισδυτιχσς
美學(注12)

　　我們可以感到，古代希臘文化中，對於「美」的運用也是很廣泛的，
它承擔著相當豐富的要表達的內涵。當然，古希臘時期的文字，與古漢語是
沒有交流的。一直到17世紀初，一些來華學者，能夠在中華著書立說，或者
翻譯（編譯）當時西方的一些著作，在中國與中國學者合作，用中文出版，
形成中西文化交流的一次高潮。例如義大利人高一志（A. Vagnoni，1566–
1640），他在1620年編譯出版《童幼教育》，其中就對譯引用到很不少的用
「美」字的地方，後來陸續還有義大利人艾儒略著《西學凡》書中，還有艾
儒略著《性學觕述》書中，還有義大利人畢方濟口述、徐光啓筆錄的《靈言
蠡勺》書中，以及葡萄牙人費奇規等人編寫的《齊家西學》書中，都出現不
少講到美，和有美字組成的詞。這裡僅列舉部分：

　　「以美治君數大邦矣」；「以美法總領大國焉」；「獨服榮美」；「夫美質
者如田制膏腴」；「美實不可見矣」；「夫質之美者」；「不使飽飫為美業之
滯也」；「反以為本體美飾」；「忽逢美少年招搖於市」；「未識內修之美
也」；「衣之盛美率為傲徵」；「將溺清神而負美學」；「必計吾修道德而
積美功焉」；「總論物之真與美」；「為諸善美之海」；「將見世間之萬美
萬好」；「以好餚非假為妍美」；「惟德之美耳」；「種於溝壑豈若種於美
區」；「適遇美伎招之」；「又俾湧美乳」；「聲至美」；「然後美贄」；「童
稚為美種之苗」；「宇內惟希者貴美」；「初學書者須臨美帖」；「文言非美
行應之」；「此種種美資非主之聖寵不可獲矣」；「智師美教非潔質烏能
受哉」；「則避華美之地而於荒僻之處設帷焉」；「免淫欲之害而獲潔學
之美」；「治國之美法曰」；「真情之美」；「譬之美軀之無兩目」；「美寶不

可見矣」；「大國之寶，不如美書，積美書，不如持之密而專指久也」；「以
發明其美意焉」；「美言潤飾之」；「甘淡薄，則美志立」；「向所習文學美
藝」；「造美味之形以獻」；「畫美婦乘牛」。^(注13)

從以上的引文，我們可以看到，將拉丁文翻譯成爲中文後，關於「美」
的認知與運用，是與中國人的傳統是相互協調的一致的，也是豐富的，如果
不是說這是外國人所寫，那就難以分別了。只是，其中依然缺乏對於「美」
的概念作出解釋。後來二百餘年間，這些譯書雖然得以存留，但是在社會上
作用不多，不被重視。而當我們反觀鄰居日本，他們在長期崇拜漢文化之
後，在19世紀中葉開始明治維新，他們變革的很多表現，多可以從詞語概念
的引進表現出來。古代日本人用的「美」字是從漢語中借過去用的，也是長
期缺乏字義的概念。而到了1872年，學者西周先生將Aesthetik看對譯成日文
「美妙學びみょうがく」。不久，東京大學教授井上哲次郎，改成爲「美學
びかく」，得到社會的公允運用。在1898年出版的辭書《ことはの泉》上，
就明確記載：「美とはいかなるきの，美術はいかなるものなるかを論究す
る學。」這樣，在近代日本，對於「美」的好奇、探討與研究也就多起來
了。到19世紀後期，中國到日本留學生，將日文「美」等相關字詞，特別是
其中語詞的觀念、概念，都搬回中國，與傳統相結合，成爲中文的「美」中
的內容。

（附注：引文中有「美學」一詞，該詞義並非今日我們所用的「美學」
意思，而應該只是「美好的學問」而已。）

四、中國近代「美」概念形成

（一）學者見解

中國人關注「美」的概念，實在是很晚的事了。在1906年，藍公武先生
在日本發表論文：〈斯賓塞之美論〉，他寫道：

美學肇始於希臘。其原語為 $\alpha\iota\sigma\theta\eta\tau\zeta\chi o\xi$（譯言感覺的）英語為 Aesthetics。德語為 Aesthetik。古皆釋為感覺性之學問。⋯⋯（一）美學為研究美之性質及其法則之學。⋯⋯（A）研究美感對境之性質及其法則。（B）研究心理上之美感性質及其法則。⋯⋯（二）美學為標準之學。故其對於藝術，有建立標準之務。（三）欲知美者，必知非美。故美學又研究醜之性質及法則。⋯⋯(注14)

到了五四新文化運動開始之前的1917年，先行者蔡元培先生開始鼓吹民族要進行美育教育，他說道：「純粹之美育，可以陶養吾人之感情，使有高尚純潔之習慣，而使人我之見、利己損人之思念，而漸消沮者也。蓋以美為普遍性，絕無人我差別之見能參入其中。⋯⋯」(注15)

蔡校長一開始就把「美」的理念，擺到了高尚純潔人性的高度，接著蔡校長又發表演講：〈美學的進化〉，開始整理西方傳來的美學概念，他說道：

美學的萌芽，也是很早。中國⋯⋯沒有人能綜合各方面的理論，有系統的組織起來，所以至今還沒有建設美學。⋯⋯在歐洲古代，⋯⋯柏（拉圖）氏於美術上提出「摹仿自然」的一條例，後來贊成他的很多。⋯⋯（亞里士多德）氏對於美術，提出「複雜而統一」一條例，至今尚顛撲不破。⋯⋯波埃羅⋯⋯提出「美不外乎真」的主義。⋯⋯褒爾克⋯⋯說「美是一見就生快感的；這是與人類合群的衝動有關。」⋯⋯一七五〇年，德國鮑格登著《愛思推替克》（Acsthetica）一書，專論美感。「愛思推替克」一字，在希臘文本是感覺的意義。⋯⋯希洛他所主張的有三點：一、美是假像，不是實物；與遊戲的衝動一致。二、美是全在形式的。三、美是複雜而又統一的；就是沒有目的而有合目的性的形式。⋯⋯黑格爾⋯⋯他說美是感覺上表現的理想。理想從知性方面抽象的認識，是真；若從感覺方面具象的表現，是美。表現的作用愈自由，美的程度愈高。⋯⋯哈脫門⋯⋯分美為七等：由抽象進於具象，第一是官能快感，第二是量美，第三是力美，第四是工藝品，第五是生物，第六是族性，第七是個

性。……（注16）

通過蔡校長的介紹，對於什麼是美的理念？對於美的研究與認知又曾經有過什麼樣的說辭？下過什麼樣的定義？都有所涉及。雖然很可能，當時的中國大學生們來說，聽懂沒聽懂都很難說，但是對於美的關注和研究，也就陸續開始了，引來近代後人的一連串的思辨成果，建立了中國的美學研究體系。

也是在1917年，蕭公弼先生在北京的《寸心》雜誌上連載〈美學·綱要〉，他寫道：「美學者，研究精神生活之科學也。……美感之高尚卑下，及其容量之大小，時間之短長，苦樂之因果，實因人智慧而別，則智慧之於審美，豈不大哉。……美學者，情感之哲學。……吾人所謂美者，不雜利害之見，而能使人愛好暢快者也。……美之玩賞者，實自觀想喚起其特種機能的快感而已。……」（注17）

肖先生的見解頗佳，可惜後來沒有集結成書。

1921年，耿濟之先生翻譯俄國大文豪托爾斯泰著《藝術論》出版，書中在介紹了歷代大量思想者對於「美」下過的定義後，他寫道：

> 我們且不論這種美的定義是根據於利益，適合，平均，秩序，配合，平均，部分的和諧，個體，異樣，或各個的連合，——且不論這種客觀定義的不滿底試驗，——美的定義總有兩種根本的觀察點：（一）美是一種自己存在的東西，為絕對完全，——如觀念，精神意志上帝，——的表現之一；（二）是一種得來的快樂，毫無私人利益的目的生在裡邊。……美的定義惟有兩種：一種是客觀的，神秘的，與最高完全相結合的——為幻想的捉摸不定的定義；一種是極平常的，極明白的，主觀的，認所喜（То, что нравится）的美的。……從主觀的意思看起來，我人稱那予我人以一定快樂的東西為美；從客觀的意思看起來，我人稱那絕對完全的東西為美，並且承認他，因為我們因這種絕對完全的表現而得著快樂。……實在這兩種意的意義都歸於得著快樂一點，就是我們那不期然而得

來的快樂認做美。……（注18）

托爾斯泰伯爵不愧爲文學家，他詳細第介紹歷代大量學者研究「美」的思想，並且明確自己的對於「美」的解析，當時對於中國年輕人的影響是比較大的。

1923年；呂澂教授著《美學概論》出版，書中寫道：「美爲物象之價值，乃其物象爲一種精神或生命之象徵始行成立。吾人之所謂美固在物象，物象之所以爲美，則不在其自體而在所表出之生命或所爲人格之價值。以是美非單爲物象之固有價值，又復爲無條件之價值也。……所謂美，則惟限對象感情，故其能滿足主觀之統一性必其自體內部所本具。……美爲物象之價值，蓋由純粹之感情而成立。……」（注19）

呂教授的書恐怕是近代中國人寫的的第一本美學專著。接著在1924年，則一下子出版了兩部相關專著。一是北大教授張競生著的講稿《美的人生觀》，書中寫道：

只要我人以美為標準去創造，則隨時，隨地，隨事，隨物，均可得到美的實現。凡真能求美之人，即在目前，即在自身，即一切家常日用的物品，以致一舉一動之微，都能得到美趣。並且，凡能領略人造美的人，自然能擴張這個美趣，去領略那無窮大和變化不盡的「自然美」。因為自然美之所以美，不再自然上的本身，乃在我人看它做一種人造美與我們美感上有相關係，然後自然美才有一種意義。……美不僅於物質的創造上得到最經濟的利益而已。它對於精神上的創造更能得到最剛毅的美德。惟有美，始能使人格高尚，情感熱烈，志願堅忍與宏大。惟有醜，才是身體疲弱，精神衰頹與人格墜落的主因。一切惡疲弱衰頹的狀態乃是醜的結果，一切剛毅勇敢的的德行，才是美的產兒。……人類對於美的滿足，不再純粹的精神美的領略，也不在純粹的物質美的實受，乃在精神美與物質美兩者組合程度「混合體」上。當其美化時，物質中含有精神，精神中含有物質。……（注20）

　　張教授的學術思想這部書中表述得相當淋漓致盡，書中涉及美的衣食住、美的體育、美的職業、美的科學、美的藝術、美的性欲、美的娛樂、美的思想、美的宇宙觀（美間、美流、美力）等等，在今天看都是頗應被國人所注意的話題，而在當時自然引起不小的風波。可見先行者之難當，先行的思想更加難以理解，更莫說如何認知學習借鑒了。

　　1924年，還有哲學家黃懺華著《美學略史》出版，書中寫道：

> 依普羅丁拉（Plotinos），美底根源，在「一」或者「太極」和「理」；所以他本質上是超感覺的，不以感覺的性質為必要；雖然，物質也在分有「理」底面影之處，獲得他底美。美，在形式；雖然，他所謂形式，意思不是感覺的要素結合底形式，是「理」那個東西底姿態。所以美不但住在單純的對向（希臘美學思想正統所謂「多樣底統一」）裡，又在單純的光色等類裡；對向所以稱為美，也不但因為他是抽象的形式；而且因為有在他上面遊戲底光和力。……所謂美術，是具有像建築、雕刻、繪畫的形式的；是想用向五官陳訴底具體的象徵，把生活底種種形相如實表現的。他以求感情底滿足為主，從感情底方面解釋人生，把自然加以理想化去表現，評價自然同人生底美醜，捕捉瞬間的、幻影的、部分的、易失的美，把他結合又高調，叫他變做永久的、確定的、具體的。……(注21)

　　1926年，張競生博士又出版一部書《美的社會組織法》，他提議：

> 要使人人得到情感公道的分配與享用，當從美入手。美也有消極積極二方面，從消極上說則當使一起醜的不存在，始免使人討厭。從積極上說，則凡生活及藝術與精神上皆當求得種種美的表現，……公共情感，於博愛外，更需要於「兼美」了。……(注22)

　　張博士力圖以「美」的理念構成全新的全人類社會的基礎，如此高度的思想建構，在中華文明幾千年間是開拓性的吧？也符合當時社會弘揚的共產主義理想吧？

1927年，還有學藝大學范壽康教授編《美學概論》出版，書中寫道：

> 美學乃研究關於人類理想之一就是美的理想方面的法則之科學。……美
> 的經驗要不外是分作美的對象和美的態度二項。……藝術品實在不過是
> 構成美的材料的對象罷了，所謂美的對象乃是由感覺的材料所構成的主
> 觀上的形象。……美的評價的東西不單在技巧，不單在題材，卻是在於
> 由技巧與題材所表現的那種作品中永久流動的生命或精神，只有這生命
> 或精神乃是唯一之美的評價的對象。……所謂美的價值單由物象是不能
> 成立的；必須我們將感情移入之後，方才有所謂美醜。……(注23)

1927年，還有陳望道教授編著《美學概論》出版，書中寫道：

> 美學底對象，共有（一）美，（二）自然、人體、藝術，（三）美感、美意識。
> ……凡可以稱為美的，必為所意識的許多對象中可以稱為我們感覺底對
> 象的那一部分的東西。……全部都以感覺為其所緣，而無甚麼抽象的東
> 西。……第一，它就須有具象性和直觀性。倘若某種的美學書籍，叫具
> 這具象性和直觀性的可感覺的對象為「物象」時，則所謂美者，乃還是僅僅
> 限於所謂物象的對象中才有的一種性狀。……但在實際上，卻又不是任
> 何的美意識上都具有同樣性質又同樣程度的具象性和直觀性。……(注24)

以上兩位教授都藉著西方學者的見解，而與中國人的思維傳統相結合，
解析著美作為學問而形成的認知。用詞的理論性較強。

1927年，藝術家林風眠回國寫了一本小冊子，名為《致全國藝術界
書》，書中寫道：

> 美像一杯清水，當被驕陽曬得異常急躁的時候，他第一會使人馬上收到
> 清醒涼爽的快感！
> 美像一杯醇酒，當人在日間工作累得異常疲乏的時候，他第一會使人馬
> 上收到甦醒恬靜的效力！
> 美像人間一個最深情的淑女，當來人無論懷了何種悲哀的情緒時，她第

一會使人得到他所願得的那種溫情和安慰，而且毫不費力。……(注25)

林教授的詩意語言，將美的形象比喻得令人陶醉。

1928年，徐慶譽先生著《美的哲學》出版，書中寫道：

> 從來論「美的性質」的意見，極其複雜，……如柏拉圖、托爾斯泰、勞斯金諸人，以「快樂」和「道德」說明美的性質；康德、海格爾和顧列里支等，以「理想」說明美的性質；叔本華和尼采等，以「情感」說明美的性質；格羅遮以「直覺」說明美的性質，此外尚有許多意見和派別，不勝枚舉。我以為美的表現，即吾人「精神活動的表現」。吾人的精神活動，即「知」、「情」、「意」三大心理作用的總稱，美是心理生活全部的表現，若僅以「知」或「情」代表全部精神活動，未有不陷於錯誤者。謂美必基於「快樂」與「道德」，固非確論；謂美不容於科學的真理，亦非定評。總之美是精神的產物，和生命的本體，非物質，亦非現象；超乎「時」、「空」之上，而不受制於「時」、「空」；介乎「物」、「我」之間，而又統一其「物」「我」。……表美的方式，常因人文進化而變易，大概宇宙一切事物，都是由單純趨於複雜，由粗簡而進於精微。美的表現，在最初時代，完全是自然現象的描寫，即美學上之所謂「象徵主義」，以後一變而為「主知」的「古典主義」，再一變而為「主情」的「浪漫主義」。……(注26)

徐先生從哲學思辨角度，對於「美」的概念有所研究，不但介紹前輩們的思想，還清楚地表述自己的看法。確實是相當不易的表述，並非抄襲之作。

1932年，朱光潛教授著《談美——給青年的第十三封信》出版，詩人朱自清為該書作序，他以漂亮的散文來展開，當年肯定是打動許多青年人的美心。他在倫敦寫道：

> 青年們往往將雜誌當水火，當飯菜；他們從這裡得著美學的知識，……他們也往往應用這點知識去欣賞，去批評別人的作品，去創造自己的。……從這種凌亂的知識裡，得不著清清楚楚的美感觀念，徘徊於美感

與快感之間，考據批評與欣賞之間；自然美與藝術美之間，常時自己衝突，自己煩惱，而不知道怎樣去解那連環。……新文化是「外國的影響」，自然不錯；但說一般青年不留餘地的鄙棄舊的文學藝術，卻非真理。他們覺得單是舊的「注」、「話」、「評」、「品」等不夠透徹，必須放在新的光裡看才行。但他們的力量不夠應用新知識到舊材料上去，於是只好擱淺，並非他們願意如此。這部小書便是幫助你走出這些迷路的。……其次指給你一些簡截不繞彎的道路讓你走上去，不至於彷徨在大野裡，也不至於彷徨在牛角尖裡。其次它告訴你怎樣在咱們的舊環境中應用新戰術。……他告訴你美並不是天上掉下來的；它一半在物，一半在你，在你的手裡。……（注27）

詩人的話永遠是振奮人心的，今天讀來，依然繚繞梁上呀。朱光潛教授則在書中寫道：

真和美的需要也是人生中的一種饑渴，——精神上的饑渴。……美是事物的最有價值的一面，美感的經驗是人生中的最有價值的一面。……美感經驗既是人的情趣和物的姿態的往復迴流，我們可以從這個前提中抽出兩個結論來：一、物的形相是人的情趣的返照。物的意蘊深淺和人的性分密切相關。……二、人不但移情於物，還要吸收物的姿態於自我，還要不知不覺的摹仿物的形相。所以美感經驗的直接目的雖不在陶冶性情，而卻有陶冶性情的功效。心裡印著美的意象，常受美的意象浸潤，自然也可以少些濁念。……依我們看，美不完全在外物，也不完全在人心，牠是心物婚媾後所產生的嬰兒。美感起於形相的直覺。……美之中要有人情也要有物理，二者缺一都不能見得出美。……我們說「藝術美」時，「美」字祇有一個意義，就是事物現形相於直覺的一個特點。事物如果要能現形相於直覺，牠的外形相和實質必須融化成一氣，牠的姿態必可以和人的情趣交感共鳴。這種「美」都是創造出來的，不是天生自在俯拾即是的，牠都是「抒情的表現」。……（注28）

朱教授顯然是理解美學精神後，以與青年人談心的方式，將他的見解準確又清晰地明晰出來，這是很深入淺出的方法，也確實對於美的認知是很有

心得的，對比現今一些擺博導架子來「教導」別人是有很大的不同，怪不得至今此書還在重印出版。

1934年，呂澂教授又著《現代美學思潮》出版，書中寫道：「美學的一般性質……第一，美學是一種學的知識。……就以關於美的概括組織又抽象的知識爲主。……第二，美學又是種精神活動學。……第三，美學又是種價值的學。……第四，美學又是種規範的學。……美學從事實的確切研究下手，結果也很有鑒賞或創作標準的地方。……」(注29)

1934年，藝術家林風眠又寫文章：〈什麼是我們的坦途〉，文中寫道：

> 美麗是這樣能夠吸引人的東西！據心理學家言，美之所以能引人注意，是因為人類有愛美的本能的緣故；人類學者更以各種原始人類的，以及各種現在著的野蠻人類的，如愛好美的紋身，美的飾物，美的用具等，證明了這事實；生物學者亦以各種動植物之以花葉羽毛之美為傳種工具的事，把這事實推廣到各種生物界去。人類的生活能力高於一切生物，所以人類不特能欣賞美，而且也能創造美。人類所創造的美的對象是藝術，人類所創造的研究美的對象的學問是美學。美學不特研究美的對象，也批評它；美學不特可以批評藝術，也可以拿來評價人類的普遍生活；它可以把知識的對象的真，意志的東西的善，藝術的對象的美，完全統一在一點上。……(注30)

同年，林風眠教授又著《藝術與新生活運動》出版，書中繼續發揮他對於「美」、「藝術」以及時代的種種見解。他寫道：

> 所謂「美」也就是使人人起同樣的好感的意思，「美」就是有一種情感動人的力量。……可是美是沒有一定的標準的，究竟怎樣的東西才算是美，要定一個公式是不可能的，……美的觀念，人人不同，隨時間而異，……美的觀念是隨社會心理而變的，而社會心理又跟著社會組織而變的，所以，如果把美認為藝術僅有的目的，其結果一定滿足了個人的主觀的美的要求，而忽視了多數人的需要，換言之，藝術變成了少數人享受的東

西。……(注31)

藝術家的筆下，對於美的認知是很不一般的，林教授就是全面展開通過藝術而形成美的感情是描述，並且還思考「多數人的美」。

1935年，傅東華教授翻譯義大利克羅斯教授的專著《美學原論》出版，書中寫道：

> 美並不是一種物的事實；美不屬於物，卻屬於人類的活動，屬於精神活動能力。但是現在，這些僅足助成美之再生的物的事情和事實，我們已明白它因如何的移轉如何的聯合而終省略地稱為美的物及物的美了。……所謂自然美，往往是指僅有實踐的快樂的事實說的。……凡要審美地賞識自然的事物，我們必須從它的外在的及歷史的實在抽象出來，並將它的假像或表像與實際的存在分離開來。……凡此種種觀察，都是正當的，且都可以證實自然美不過是一種先有創作的美之再生的戰因。……當我們利用許多為自然中所現有而為人工所不能製造的配合時，其結果的事實就叫做渾成美。……普通言語學——在其內容可以化為哲學的限度內，就無非是美學。……凡是研究美學問題，就是研究哲學的言語學。言語的哲學和藝術的哲學是一件東西。……言語的表現——這種東西，常被看做一種感歡發聲的事實，這是屬於所謂感情之物的表現，是人類和動物所共同的。……我們所已曉得的一條美學善古代總原則，就是：凡已產生的表現，必須先降到印象的地位，然後方能產出新的印象。當我們創造新字眼時，我們普通總把舊字眼來變形，而改變了或擴充它們的意義；但這手續，並非是聯合的，卻是創造的，特不過供給這種材料的，已不是那個假設的原人的印象，而是一個經久生活在社會裡，且曾把許多東西（同時也有如許言語）貯存在他的精神裡的人的印象了。——那種因欲尋求美之基本形式而起的將物的事實當做美的事實的錯誤，在言語學上就是那些要想尋求言語的基本事實的人所犯的錯誤。……語言是永遠的創造。凡曾經語言地表現的東西，絕不會再重複的，除非把已經創生的使之再生。常新的印象必須惹起聲音和意義的不絕的變化，就是說，必須惹起常新的表現。……(注32)

　　克羅斯教授的大作內容擁有十八章，他重點批判了一般流傳的美學中的廣泛見解，然後提出他自己的見解。這對於中國書生來說是很有用的。筆者注意到他最後一章，提出「結論 言語學與美學之同一性」。這是個頗有趣的命題，筆者關注中文言語學多年，從來沒有想過與美學的關聯，看來是應該思辨的。

　　1936年，金公亮教授編《美學原論》出版，他的老同學蔡元培先生為之作序，蔡先生寫道：

> 在民元時，我曾提出對於教育方針的意見，以美育與軍國民主義、實利主義、德育主義及世界觀並列，我以為能照此做去，至少可以少鬧許多亂子。 但是，審美觀念是隨著修養而進步的，修養愈深，審美程度愈高；而修養便不得不幫助於美學的研究了。通常研究美學的，其對象不外乎「藝術」、「美感」與「美」三種。以藝術為研究對象的，大多著重在「何者為美」的問題；以美感為研究對象的，大多致力於「何以感美」的問題；以美為研究對象的，卻就「美是什麼」這個問題來加以探討。我以為「何者為美」、「何以感美」這種問題雖然重要，但不是根本的問題；根本的問題還在「美是什麼」。……(注33)

　　蔡先生的文章比照他十多年前寫的更加清晰明白。而金教授則在書中給自己定了十一項定則，列如下：

> 定則一美便是那給領略者以愉快的一種東西。……定則二美祇能由知取領悟而非感覺所能覺知的，因此美所給予的愉快不是感覺的愉快。……定則三美之為美，祇生知的愉快，但因美同於善，所以美亦在精神中喚起愛。……定則四美以包含秩序為主。……定則五美並非包含在任何秩序中；但包含在那漂亮的秩序，或者用奧古斯丁的話，那「秩序的精華」之中的。……定則六要充分地鑒識和欣賞美，必須先由心清楚地覺知美。……定則七感覺美有兩種：在感覺對象的本身中有絕對感覺美；在感覺對象與感覺的關係中有相對感覺美。絕對感覺美在於形式的規則

性，色彩的對稱的位列，以及聲音的調和的結合中；相對感覺美在於感覺對象之對於感官的適應性中。……定則八感覺對象除其本身原有的美以外，還有象徵美。……定則九使「人」最最滿意的美，是由適宜的感覺徵象所表現的精神美。……定則十美不是主觀的而是客觀的。……定則十一趣調有一種固定的標準，所以趣調並非由各人任意專斷的。……(注34)

金教授在書中接著還批評了幾種「關於的種種誤解」，諸如：「美和功利」；「美和感覺的滿足」；「美和聯想派學說」；「美和風俗」；「美和泛神論」等等。不再介紹。只是金教授的這些「定則」其實還是有不少可以討論的，如果改爲美學中在研究討論的命題，恐怕更恰當。

1937年，哲學家溫公頤著《哲學概論》出版，書中專有一章講述「美之價值」，他寫道：

美之價值即為審美判斷之對象，而每一判斷均為吾人之心靈對於客觀情境之反應；事物之所以為美，即因其具有特種之性質，可以引起觀察者之美的判斷也。……考一物之所以能成為美，實與其物之排列結構有關，情至明顯。圖畫之布局，雕刻之形構，戲劇舞臺之配置，詩歌形式之組織，及音樂曲調之節奏等，均與美之性質有莫大之關係。凡美之物品中均有特具之美的要素。……以美之表現，主觀之心為必不可缺之要素也。……「和一」確為美之客觀條件，然美之賞鑒，大部由於主觀心靈之反應。……由是觀之，美感之反應，乃情與理之結合，乃一種具有深摯之情感判斷。故偉大之藝術家不但具有濃厚之情感，且具超人之理智，用是，能將其深摯之美感客觀化，而得永恆之價值。……(注35)

溫教授是以哲學思辨的角度，對於美的價值做出分析與評價。他贊成一種主觀與客觀相結合的美學觀。

日本對中國的侵略，嚴重影響了中國學術的正常發展，美學的研究就很明顯地減少了。1942年，中央大學校長羅家倫著《新人生觀》出版，書中有

一篇文章：〈恢復唐以前形體美的標準〉，文中寫道：

> 美學是哲學的一部分，美的生活是人類生活的一部分，審美的標準就是
> 人類生活最高尚最優美的一種理想。美學的主要，不但在他把人生的形
> 態和社會的觀念哲學化、藝術化、文學化，而尤其在他確立一種生活的
> 理想，使人人於不知不覺中提高生活，一齊朝著這個理想走去。形體美
> 是美學中最普遍的觀念，也是最難表現的觀念。……(注36)

1943年，蔡儀教授著《新藝術論》出版，書中寫道：

> 所謂美，一方面是指客觀對象的屬性條件，另一方面而是指主觀精神的
> 狀態。所謂美的主觀精神的狀態，就是一般所說的美感，或者美的情
> 緒。……因為美的主觀精神的狀態，實是根據於美的客觀對象的屬性條
> 件。只有由美的客觀對象的屬性條件，才能發生美的主觀精神的狀態，
> 所以美根本是客觀的東西。……美的觀念的構成是由於同類的現實的
> 一般的屬性條件，……也就是對於典型的形象的認識，能夠叫我們更正
> 確地更鮮明地把握著現實的本質，由此而知道許多已知的東西和未知的
> 東西，於是美的觀念的發生固是不能脫離知的，而美的情緒的引起也是
> 不能脫離知的。……(注37)

1946年，蔡儀教授又著《新美學》出版，書中寫道：

> 我認為美在於客觀的現實事物，現實事物的美是美感的根源，也會是藝
> 術的根源，因此正確的美學的途徑是由現實事物去考察美，去把握美的
> 本質。……美學的途徑不能由主觀意識的美感入手，也不能由藝術入手。
> ……美的本質就是個別事物中顯現著的種類的普遍性，美的事物就是種
> 類的普遍性顯現於其中的個別事物。也就是說，美就是美的本質表現於
> 事物的特殊的現象之中。……變化的統一和秩序對於美的本質是有關係
> 的，……總之，比例和調和，均衡和對稱，它們的成為單純現象的美的
> 條件，或事物形式上的美的條件，正是因為它們表現著種類的普遍性，
> 表現著美的本質。……總之美的事物就是典型的事物，就是種類的普遍

性、必然性的顯現者。在典型的事物中更顯著地表現著客觀現實的本質、真理，因此我們說美是客觀現實的本質，真理的一種形態，對原理原則那樣抽象的東西來說，它是具體的。(注38)

蔡教授的兩部書中的中文專業用語，今天讀來是要頗費一番功夫的。特別關於「典型性」的問題，是很難以自圓其說的。

1947年，俄國車爾尼雪夫斯基先生著《生活與美學》被周揚翻譯成中文出版，書中寫道：

> 美的概念在統治的美學體系中展開著。由這個根本觀點得出了如下的定義：美是在有限的顯現形式中觀念；美是一種被相像為觀念之純粹表現的，特殊的個性的對象，因此觀念無不感性地被顯現在這特殊的對象上，而特殊的個性的對象又無非純粹是觀念的表現。這特殊的對象就叫形象。這樣，美就是觀念與形象之威權的吻合，完全的一致。我不要費詞去說，這種美的看法所由來的根本概念現在已被確證為謬妄；我也不要去詳論，依照這種觀念體系，美是一種由於未受哲學啟發的思想之不能洞徹萬物而發生的「假像」，在那種洞徹之下，觀念在特殊對象上的顯現的貌似的完全就會被識破，結果思想程度愈高，美愈後退，直至我們達到思想發展的最高點，那就只剩下真實，無美可言了。……在人類所寶貴的一切東西中，他所最寶貴的是生活。……「美是生活」「任何東西，我們在那裡面看得見依照我們的概念應當如此的生活，那就是美的；任何東西，凡是獨自表現生活或使人憶起生活的，那就是美的。」——這樣一個定義似乎可以圓滿地說明我們內心喚起美的感情的一切事例。……真實的最高的美是人在現實世界中找到的，而不是由藝術所創造。……現實中美的事物並不甚麼時候都任憑大家欣賞，而藝術的再現（固然微弱、粗糙，總是再現）則何時何地都可以供使用。……(注39)

車爾尼雪夫斯基先生在書中列舉了「統治的美學體系和我們提出的體系」概念，並在對前者加以評判之後，論述自己的體系的正確。後來在中國曾經有所影響，糾纏在於哪一種「體系」屬於什麼「階級」之戰，而非美的

概念的辯證描述與論辯。

至於車爾尼雪夫斯基的斷言：「美是生活」，是表述了他對於人生所追求的美的意願，但作為美的概念，則有缺失，因為反過來說「生活是美」則不妥，生活中有美也有醜，有善也有惡，有真也有偽。人生應該追求美，但人生不如意事常八九呀。

1948年，傅統先教授著《美學綱要》出版，書中寫道：

> 美是先驗的，而不在被我們所經驗的外物之中。……美是客觀的、普遍的、永恆的。……美的標準是先驗的而不是經驗的；是普遍的而不是特殊感覺性的；是必然的而不是偶然的。……美的理想是從不完善的美感經驗中昇華成功的。因此，我們不能以抽象的潛存者來解釋美感經驗。……這樣一種複雜的心理組織，主觀與客觀相混，直覺與知識相成，形式與內容相關，聚精會神，不沾實用，無所為而為的作用所表現之我與萬物合而為一境界，這種境界我們歸之於內在的價值。……(注40)

1948至1949年間，丘景尼教授編述《美學》書作為華北大學講義出版，書中寫道：

> 美的評衡之本質，一本乎人性，而又非囿於個人偶然之主觀制約者。……一般美的價值，即為經驗對象統覺時之心的活動之價值，而非以此統覺之對象為出發點所喚起之心的活動之價值也。……美的態度者，於一切物象中發見其生命之態度也。此所謂生命——非生理學上之生命，乃人格之生命——不論有生無生，一切三界，均具有之。吾人以靈感把住此種生命之時，亦即美的價值所由成立之日。……所謂美的價值者，第一須為吾人官能對象之物象價值。第二須為物象之因有價值。第三須為物象所表出之生命價值。第四須為由極美的照觀以入於吾人中之價值。此四條件，約之則可歸於感情移入價值之一項。……(注41)

以上是20多位學人對於美和美學概念研究的見解，雖然多數是介紹西方已經存在多年的，關於美的種種論辯，但對於中國人來說，是前所未聞未見

的思想，原來美是需要研究，而且是可能會產生各種各樣的判斷。於是，在近代，全民族全社會都掀起追求美的風氣，衣食住行，各行各業，上至達官貴族，下至平民百姓，尤其是女性和小孩，她們有幸擺脫千年封建禮教，最高興還是徹底剪去背上的大條辮子，以及無人道的裹小腳等封建惡習。大家在各種生活細節上，在各種場合中，特別是在各種藝術環境中，不論詩歌、音樂、舞蹈、戲曲、戲劇、美術、建築、電影、服裝、生活用品等等，全都欣喜若狂地追求美的享受，結果是導致全民族的文化飛躍進步。

（二）學者見解工具書中的「美、美學」概念

中國古代有字典，但是缺乏辭典及百科全書，那是由於我們的文化認知需求中有一條特點：「不求甚解」，因此對於字義詞義的詮釋就常常各取所需，缺乏整理和規範。當近代西方辭書傳來，書生們發現辭書的條目基本上就是字詞的概念解釋，於是風起雲湧般在中國出現編纂中文辭書的熱潮。據筆者統計，僅20世紀前半葉，就編纂加編譯出版新辭書400餘部。(注42)

值得注意的是，近代辭書的條目的編寫，是需要按照概念式的表述，不能夠以傳統的觀念為基準。這對於中國人是全新的文化產品，是很需要的文化產品，流傳至今。

其中自然不乏關於「美」的概念式詮釋。而且要比前述的學者們還要早得多，並且解釋得似乎更加清楚明白。下列部分，以見當年編纂者們的辛勞。

1903年，後任駐日公使的汪榮寶先生在日本時候，與葉瀾先生合編《新爾雅》出版，書中所引的概念，基本上是日本學者的見解，書中有條目：

> 研究美之性質，及美的要素，不拘在主觀客觀，引起其感受著，名曰審美學。(注43)

1911年，東吳大學教授黃摩西編《普通百科新大辭典》出版，書中有條

目：

【美學】審美學

有哲學的科學的二派，前者為美其物之研究；後者則為藝術之心理學的
——社會學的研究。晚近之趨向，後者尤為勢力。(注44)

1915年，商務印書館同人編《辭源》出版，書中有條目：

【美】[迷履切紙韻]

(一)外觀之善也。[論語]子謂韶，盡美矣。又盡善也。[注]美。謂聲容之盛。善
者，美之實也。(二)讚美之也。如詩序美召伯美齊桓公之類。(三)國名。……(四)
洲名。……。

【美學】

就普通心理學上所認為美好之事物，而說明其原理及作用之學也。以美術
為主，而自然美歷史美等，皆包括其中。萌芽於古代之希臘。……亦稱審美
學。(注45)

1926年，樊炳清先生編《哲學辭典》出版，書中有條目：

【美】英 Beauty，The Beautiful，法Beauté, le Beau，德 Sch ǒnheit, Das
Schǒne

(一)以廣誼用之，與云「美的」同。即就印象中足引起吾心之美的態度者，而
指其性質。……至康德之思辨美學，欲以「美」賅括一切美的範疇，於是美
由廣狹誼之別。……

(二)從狹誼，則凡足引起美的態度之印象，惟能令吾精神中，生純粹之快感
者，始謂之美。……狹誼之美，由其人性調和而來，故官能上之快感為其第
一要素。……官能上快感，雖為美之原始要素，然其自身，只可言快，未可名
之以美。必此感覺的要素，以適合吾心之形式，而結合之，又此形式，能表
出所涵意味，而其意味適合吾心，茍如是，則所云美，愈進於最上級。……
可知快感與形式，又以適合吾心之內容，為美之第三要素。而內容益豐閎，
益為高級之美。……。

【美學】英 Aesthetics，法 Esthétique，德 Aesthetik

(一)或作審美學。就最廣誼之美，而研究其性質及法則之學也。原語，由希臘語之αισθησιζ而出，本為感覺之義。十八世紀中，德之哲學者包姆加敦始借此語，以為美學之命名。故研究美的問題者，雖自古已然，而建設體系，俾成一獨立之科學者，可云自包氏始。美學以審美的事實為對象，……美學之範圍者，有二說。一謂美學之所研究，不外美術，故美學即是美術學。一謂美術雖為美學之中樞，而自然美、歷史美等對象，當包括在內。此其異也。至斯學之研究問題，及其方法，可分三類：（其一）謂凡美的現象微論屬於鑑賞，或屬於製作，據是意識上事實。離乎意識，美即莫自而有。從此見地，則美學不啻一種應用心理學。研究之者，當用心理學研究法。其職分，則在分解審美的意識之性質，兼闡明其起原及發達。……（其二）謂美的事實。雖直接生於 意識，然非純乎個人的。以製作言，自公共意識產之。以鑑賞言，亦公共意識受之。故此為社會的事實，凡從事研究者，當用社會學研究法。……（其三）謂美的事實，微論自心理方面以觀，自社會方面以觀，其根柢，皆與人生價值，相關密邇。而吾人精神中之自然的要求，常欲比較一切價值，期達於最高最後之理想，然後已。故人之研究價值者，不能止足於相待的科學，而終當闖入絕對的哲學之範圍。美學既為研究價值之事，自當為哲學中一部分，所謂思辨哲學，即用此見解也。苟以哲學的見地，研究美學，則美之本性，及美與世界本體之關係，最為問題中主腦。……。

(二)原語 Aesthetics，本自感覺之義而來，故有用作「論究感覺性質之學」之意者。此當譯感覺論，與美學全然有別。……。

【苦快的美學】英 Algedonic Aesthetics，法 Esthetique Algedonique，德 Algedonische Aesthetik

苦快的一語，以希臘語之αλγοζ及ηδογη兩辭結合而成。及快感與不快感之謂也。美國之馬奢爾，於所著《快不快及美學》一書，始用斯語。命之謂苦快學（Algedonics），而目美學為苦快學中之一分科。凡官能之快，皆然。有不以某類之快為美者，特其人之個獨的性癖耳。惟快之為快，暫而不常，逝而不續，設有某類之快，每當其印象反復時，或再生之於吾心，而吾必起快感，又決無不快感混入，此快即是美感。其引起此快之事物，及美的對象也。人稱此說為苦快的美學，亦謂之快樂論的美學。數為感情派美學之

一種。蓋馬奢爾之意，但謂美的態度，與快感相終始，而非謂美之內容，以感情的為主。故頗有異乎他派之感情美學者。(注46)

1928年，中華書局同人編纂《中國教育辭典》出版，書中有條目：

【美育】

舊時教育，對於美育，甚為忽略。……教育以培養人生正當的好尚為目的者，是為情感教育。情感之培養，主賴美育之功。所謂美育者，即發抒美感，怡情悅性，使生活得以美滿愉快而高尚者也。論其目的，學者間常有三種不同之見解。其一謂美育不切實際，了無功用。實則美育能增長吾人之進取活氣，不可謂為無用。其二謂美育之功用在涵養德行，與訓育相混。然美育與訓育，有時固互相完成，究竟二者各具特性。訓育作用在使人按照道德標準而行為；美育則有使人樂於依照道德標準而行為之作用；其三謂美育為少數閒暇階級所獨有之事，與普通人無涉。此實大誤。蓋美育之目的在培養人生好尚，使其有欣賞之能力也。好尚之事，任何人皆有之，獨其能力有高下之不同。故所好之物亦異耳。美育之施，正所以提高其好尚也。……至實施之法，全在設備美的環境。……。(注47)

1928年，孫俍工教授編纂《文藝辭典》出版，書中有條目：

【美】（Beauty，法Beau，德 Schonheit）

（前面羅列八位西方學者給出的美的定義，從略）……美是什麼？在歷史上的回答，是極不一致的。但是究竟說來，不外下面三種的概念。（一）廣狹二義。——廣義的美是在狹義的美之外，含著有稱為彼底「美的」的東西的。因而在這中間把崇高、滑稽、悲壯等，也包含在內了。但是狹義之美……即是所謂「純純美」，即是對於「使我們在精神上發生一種無遺憾的滿足純純快感的印象的性質」而說的。（二）美底概念底形式——美是有一定的形式（規範）的，絕不是雜亂無秩序的概念。這是徵之於我們底美的經驗而能肯定的。……（三）美底概念底內容。……總之美底規範，不外如福爾·刻特所說：（1）以客觀的記號來表就是形式與內容底一致，是對於人生為有價值的內容，是有機的統一體，是假像的；（2）以主觀的記號來表就是充滿

感情的直觀，是感情表像底擴大，是關係活動底昂進，是實感底沉降。

【美底感情】（Aesthetical Feeling ，德Aesthetisches Gefuhl）

是由美底對象而惹起的感情。換言之，就是我們在美底態度上所意識的情，一般名為美底感情。福爾‧刻特巴萊區別為三種：就是一，對象的感情；二，關聯的感情（即同情）；三，主觀的狀態感情。……。

【美底價值】（德 Aesthetischer Wert）

美的價值就是說在美的這一點上所持著的價值。詳言之就是：一，物象底價值；二，物象底固有價值；三，在物象之中所表現的生命底價值；四，依據美底觀察所體驗的價值。(注48)

1930年，唐鉞、朱經農、高覺敷編《教育大辭書》出版，書中的「美育」條目，注明為蔡元培所寫：（全文有3000字以上）

【美育】（Aesthetic Education）

美育者，應用美學之理論於教育，以陶養感情為目的者也。人生不外乎意志；人與人互相關係，莫大於行為；故教育之目的，在使人人有適當之行為，即以德育為中心是也。顧欲求行為之適當，必有兩方面之準備：一方面，計較利害，考察因果，以冷靜之頭腦判定之；凡保身衛國之德，屬於此類；賴智育之助者也。又一方面，不顧禍福，不計生死，以熱烈之感情奔赴之；凡與人同樂，捨己為群之德，屬於此類；賴美育之助者也。所以美育者，與智育相輔而行，以圖德育之完成者也。吾國古代教育，用禮樂射禦書數之六藝。樂為純粹美育；書以記述，亦尚美觀；射禦在技術之熟練，而亦尚態度之嫻雅；禮之本義在守規則，而其作用又在遠鄙倍；蓋自數以外，無不含有美育成分者。……（吾國「美育」之術語，即由德文之Asthetische Erziehung譯出者也。）自是以後歐洲之美譽，為有意識之發展，可以資吾人之借鑒者甚多。……(注49)

1935年，新辭書編譯社主編《新智識辭典》出版，書中有條目：

【美學】 Esthetics（藝術）

以美乃至藝術為標準之學問。美學有所謂「從上之美學」與「從下之美學」

二種。前者是以演繹的方法抽象的規定美的本質底概念；後者是以歸納的方法說明和記述關於美的各種問題。(注50)

1937年，中華書局同人編《辭海》下冊出版，書中有條目：

【美】 迷履切，紙韻。
(一)《國語·晉語》「彼將惡始而善終。」注：「美，善也。」(二)美色也《左傳·桓元年》：「美而豔。」(三)讚美之也。《詩·召南甘棠》序：「甘棠，美召伯也。」(四)國名。……(五)洲名。……(注51)

以上是這些工具書上的條目，它們表述了對於「美」的一些概念，這在歷史悠久的中國是第一次。雖然各家的表述各有千秋，但是已經能夠給予近代中國學人基礎知識，條目能夠被廣泛利用了。

總之，「美」作為人人關注的命題，幾千年來的文獻都說明，一直爭論不休，體驗不休，到底什麼是「美」？各說各是，有從哲學角度說，有從科學角度說，有從心理學角度說，有從社會學角度說，有從政治學角度說，有從自我愛好說，有從經濟需要說，等等，說了一大堆，讓人眼花繚亂，難以定說。反正林黛玉心中的美還是她心目中的美，賈寶玉心中美還是他心目中的美。還有，到底如何認定怎麼才算是「美」？也是各說各是。審美的心態，審美的行為，審美的判斷，等等，也都是與每一個都息息相關，都是與社會、與時代千絲萬縷地捆綁在一起，糾纏不清。本章已經引述了20多位學人對於「美」的概念見解，他們在短短30餘年間，熱情地探索美學其中的種種理念和概念，給中國新一代帶來豐富的新思想和新方法，導致全民族全社會都以追求「美」來主導，尤其是年輕人都關心和追求美好的人生觀，追求美好的生活，追求美好的知識，真是了不起。

當然，這些學人的論述，存在著種種不足，這正是因為對於「美」的研究與實踐，幾千年來就一直是各個族群、每一個人，不論男女老少，都充滿著對於「美」的好奇與探索，不斷地湧現各種新的美好的事物和藝術品，但

是卻從理論上很難給出大家都滿意的說詞，連一個大家都認可的定義也都很難確定。甚至連一些專業詞語，都一下子很難被理解。

對中國學人來說，熱鬧的「美」的研究與探索，既顯示了他們的認知精神，也顯示了他們的不足。不過，既然已經與外來的探索相接軌，道路已經指明，前途漫漫其修遠兮。在今天，我們後人正可以不忘初心，沿著前輩們開拓的思路勇敢地走下去。

五、中國近代「藝術美」概念形成

「藝術」的概念和「美」的概念，在近代中國得到傳播。而且「藝術」與「美」的概念是互相協調的，談藝術是離不開美的，談美也是離不開藝術的。因此出現「藝術美」這個概念，是十分正常的，這個概念會促使人們思考並且在現實中、在理論中都尋覓如何能夠創造藝術品？如何因而得到美的體驗與享受？近代中國學人為此也是做出貢獻的。

在美學界，一般把藝術美來與自然美對應。其實，自然本身沒有什麼美或不美的區別，自然美，是人類通過自身體驗感受，而認為自然是美的。它們的區別，只在於藝術美是人工創作，通過各種美的方法勞動而形成的，是人的精神祈求和勞動技能主動相結合而形成的。

由於藝術的內涵過於豐富，其具體表現在音樂、繪畫、雕刻、建築、戲劇、戲曲、電影、歌舞、詩歌，等等專門的藝術門類中，也可以表現在人生的衣食住行、吃喝玩樂、生離死別、喜怒哀樂優美崇高、悲壯滑稽等等方面，甚至連「醜」的事物，或者是商品的標記、化妝品的功效，也可以用美學去探索與研究。只是在人類以數百萬年計算的歷史長河中，所創造與積累的藝術作品實在是太多了，現在就連每一天能夠在地球上造成多少藝術品，也恐怕數不清。本文不可能全面介紹，僅以近代「藝術美」的概念所掠過的見解，作為當時歷史文化的表徵。

（一）學者之見

1922年，日本學者黑田鵬信著的《藝術學概論》被翻譯成中文出版，書中寫道：

> ……繪畫、詩文，就是認定美感、快感、悲哀感。換一句，就是人類的感情。人類當觀賞景色，及別離親友時，心裡有感情的興起，把這感情表現出來時，就變做藝術。……藝術的感覺的材料，和美的材料相同，也有「色」、「形」、「音」三者。建築、雕刻、繪畫、工藝美術的等的材料，是色和形；音樂的材料是音；詩文則和別種藝術異其旨趣，普通雖是使用文字，這也是把言語在形上表現；……演劇，是把色形音做材料的；舞踴，也把色和形做主的，要是伴有音樂，那末音也加入了。……（注52）

1923年，呂澂教授著《美學概論》出版，書中寫道：

> 若曰美，則必於一種藝術表現出之而後得言。……吾人辨色聞聲，加以注意，則於體驗一種統覺活動與相伴之感情而外，又得體驗生活之一般節奏，及所謂情調者。是種情調，即由聲色印象之波動，以及於心之全體而成，故仍與其動因之聲色相結合，覺為聲色之情調。於是在宮商青黃之辨別而外，又有嚴肅若快樂，靜寂若流動，溫和若冷酷等可以感得。……藝術所以能為美的觀照之準備者，蓋在能以所欲表現之生命，從現實關係切離，而置諸全異實際情形之新官能現象中，以成其美的觀念性、分離性若客觀性。即此一事可特名之為表現。有如雕塑之移人生於無知金石之類，音樂之結合人類內面過程於自然之音響，文學之以人事充實言語媒介所構成之理想世界，凡是皆由所謂表現之方法而後成立者。……（注53）

1924年，北京大學教授張競生著《美的人生觀》講稿，書中寫道：

> 人造美是科學的創造，即是把環境一切之物，創造成為一種美的現實。……人造美是哲學的創造，乃在創造我們心理與行為上整個的美之作用。但是這二個「人造美」乃是互相關係，互相促進。……凡一切人類的

生活：如各種工作、說話、做事、交媾、打架等等皆是一種藝術。若看人生觀是美的，則一切關於人生的事情皆是一種藝術化了。……其感人深處莫如詩歌。而其傳神的巧妙又莫如雕刻與圖畫。至於跳舞，乃合動的音樂詩歌和靜的圖畫雕刻為一門，似應列為藝術的上品。……音樂是藝術中的最美者，它比詩歌更能打入人深微的心靈。它不僅如跳舞能顫動人的身體，並且能激起人的精神。它不但似建築只能建築數十層的高屋，而且能建築宇宙的大觀。它的音中有圖畫，調中有雕刻，譜中有一切變幻不測的風景，離奇無常的情懷。它能模仿鳥鳴、風號、流泉冷冷、波濤澎湃。它是最科學化的藝術，因它是含數理的最深微者，僅靠其音浪的長短急緩，而使人不知不覺領略於心弦之中，竟把自己遺卻於形骸之外。它又是最職業化者（即最實用），人人皆知移風易俗，莫善於音樂，變更性情，陶養性情，也莫善於音樂的這些大作用了。故音樂是一種用力最少而收效最大的藝術。(注54)

張競生教授的話頗為浪漫，當年的一些人看不慣，今天看來，確實是對於藝術美的抒情描寫。而且，他的書中還具體描述了：美的衣食住；美的體育；美的職業；美的科學、美的藝術、美的性育；美的娛樂；美的人生觀；美的思想以及方法等等。他侃侃而談，就如王勃在黃鶴樓吟詩一般呀。

1927年，藝術家林風眠著《致全國藝術家書》發表，書中寫道：

藝術的第一利器，是他的美。

美像一杯清水，當被驕陽曬得異常急躁的時候，他第一會使人馬上收到清醒涼爽的快感！

美像一杯醇酒，當人在日間工作累得異常憊乏的時候，他第一會使人馬上收到甦醒恬靜的效力！

美像人間一個最深情的淑女，當來人無論懷了何種悲哀的情緒時，她第一會使人得到他所願得的那種溫情和安慰，而且毫不費力。

藝術把這種魔力掛在他的胸前，便任我們從那一方面，得到那一種打擊，起了那一種不快之感，只要遇到了他，他立刻把一種我們所要的美

感,將我們不快之感換過去!只要一見到藝術面前,我們操縱自己的力量便沒有了,而不期然的轉到他那邊!

藝術的第二利器,是他的力!……

……藝術,是人生一切苦難的調劑者!……

……藝術,是人間和平的給與者!……(注55)

藝術家林教授用詩一般的語言,把他對於藝術的美的感受表達出來,令人傾倒。他的這篇《致全國藝術家書》,其實是致全民族的書,他大聲疾呼,藝術對於民族進步的根本重要性。他的開創之功,他的爲民族進步而奮鬥的精神,他的對於藝術的深情,都令人敬仰。

1929年,張秀山先生編譯《音樂之性質與演奏》出版,書中寫道:

「音樂美」的第一要義就是樂曲中必須含有自由美。旋律之意思的本身須是美的。……須知自由美不是屬於活力的,也不是純純無定的。大凡藝術品都要依著智力來判定,就按藝術的字義來講,牠是表明有巧能、思想、力量而更加以喜好的「練習」的。……音樂的美不像繪畫和雕刻可以由物上看出,牠的材料是人類思想的產品。音樂的美只有人類可以明白,牠是由純純的智力造成的,不過較其他的美術最爲抽象罷了。……她的進行須有三種要素:就是感覺,理性和情感。在最無限制和不可思議的情形之下,常用不可拒抗的理論求牠來解決。合乎比例,對稱,均衡,和合乎理性的發展,都是美術上要緊的事項;……暈了的意思和情感計畫,統須受理性的支配。……一個偉大的樂曲,須有感覺的美,須有情感的雄辯,更須受形式的法則所支配。(注56)

1929年音樂家黃自發表演講,題爲〈音樂的欣賞〉,他說道:

藝術都有兩個要緊的成分:「內容」和「外形」。「內容」是藝術作品的主題、意義。「外形」是就技術上的講求,表示出主題與意義,而同時使作品有美的組織。……音樂的「內容」就是「樂意」的種種變化。「樂意」的蛻化同時產生出曲體的結構——那就是「外形」了。……知覺的欣賞最

容易辦到，只要你覺得音樂「悅耳」就完了。……1.節奏的美：譬如有時很靈活的節奏，能使吾人不知不覺中手舞足蹈的。2.曲調的美： 一個曲調非常婉轉和順，或者非常輕清迅速，都可以使我們有知覺的快感。3.和聲之美：雄渾，或富麗的和聲，使得我們愛聽的。4.音色之美：清越嘹亮的歌喉，或管弦合奏樂器配合之變幻百出，全是音色之美。……在知覺的欣賞方面，我們應當能審辨美的節奏、曲調、和聲及音色。在情感的欣賞方面，應先知道寫音樂表情的方法，及作曲家的生平和性格，然後用我們的聯想，去體貼他所表的情感。在理智的欣賞方面，我們先當知道些音樂各種派別之不同，及各派之特點，次當能審辨「樂意」，末當能追溯此「樂意」的種種變化而造成精密的結構。 我們若能如此，庶幾不愧為「知音」。(注57)

　　音樂家黃自和畫家林風眠對於藝術美的見解頗為相近，因為他們首先都是具體沉浸在藝術的海洋中，深深體驗到藝術美的魅力，並且能用詩歌般的言語，去向中國人做出吶喊，要去熱愛藝術，要去欣賞藝術美！以及如何去學習欣賞美的人生。

　　1932年，俞寄凡教授著《藝術概論》出版，書中寫道：

　　「欸乃一聲山水綠」只此七字，已可想像無限的自然美；然這亦不是自然本身之價值，是作者描寫對自然發生之共感，是作者之心靈表現，而成功的藝術美。山水船隻，不過是事實，本身之存在，……並無美醜之差別。要惹起作者之共感，具體化而成詩文，已成為一種個藝術品，已具一種美的價值（內具美的價值之人工品，）亦不是簡單的「事實」，是可依美之高下以計量價值之一種「形式」。繪畫、雕刻、戲劇等，描寫自然之美者，皆與此理想同……依託藝術，可統一人類之感情，可使個人之感情行社會化。……(注58)

　　1932年，朱光潛教授著《談美——給青年的第十三封信》出版，書中寫道：

欣賞藝術美，比如說聽音樂，我們常覺得某種樂調快活，某種樂調悲傷，樂調自身本來祇有高低長短急緩的分別，而不能有快樂和悲傷的分別。……聽者心中自起一種節奏和音樂的節奏相平行。聽一首高而緩的調子，心力也隨之作一種高而緩的活動；……這種高而緩或是低而急的心力活動，常蔓延浸潤到全部心境，使牠變成和高而緩的活動或是低而急的活動相同調，於是聽者心中遂感覺一種歡欣鼓舞或是抑鬱悽惻的情調。這種情調本來屬於聽者，在聚精會神之中，他把這種情調外射出去，於是音樂也就有快樂和悲傷的分別了。……

書法在中國向來自成藝術，和圖畫有同等的身分，……我們說柳公權的字「勁拔」，趙孟頫的字「秀媚」，這都是把墨塗的痕跡看作有生氣有性格的東西，都是把字在心中所引起的意象移到字的本身上面去。移情作用往往帶有無意的摹仿。我在看顏魯公的字時，彷彿對著巍峨的高峰，不知不覺的聳肩聚眉，全身的筋肉都緊張起來，摹仿牠的嚴肅；我在看趙孟頫的字時，彷彿對著臨風蕩漾的柳條，不知不覺的展頤擺腰，全身的筋肉都鬆懈起來，摹仿牠的秀媚。……在美感經驗之中，注意力都是集中在一個意象上面，所以極容易其摹仿的運動。

自然美可以醜化為藝術醜。長在藤子上的葫蘆本來很好看，如果你的手藝不高明，畫在紙上的葫蘆就不很雅觀。……毛延壽有心要害王昭君，才把她畫醜。世間有多少王昭君都被有善意無藝術手腕的毛延壽糟蹋了。……自然醜也可以化為藝術美。本來是一個很醜的葫蘆，經過大畫家點鐵成金的手腕，往往可以成為傑作。大醉大飽之後睡在床上放屁的鄉下老太婆未必有什麼風韻，但是我們誰不高興看醉臥怡紅院的劉姥姥？……我們說「藝術美時」，「美」字祇有一個意義，就是事物現形相於直覺的一個特點。事物如果要能現形相於直覺，牠的外形和實質必須融化成一氣，牠的姿態必可以和人的情趣交感共鳴。這種「美」都是創造出來的，不是天生自在俯拾皆是的。牠都是「抒情的表現」。……(注59)

朱教授以他清新的語言，更以中國人都懂得的例證，來說明藝術美的原理。

1935年，朱謙之教授著《中國音樂文學史》出版，書中寫道：

潘梓年先生在《文學概論》有一段我要說而沒有說出的話，便是：「人們的生命是一個流，不斷的向著一個永久流去，也有時聚成大海，波浪拍天；有時匯為小河，慢聲低唱；有時受著太陽吐金光；有時常對明月發笑；更有時蒙了雲霧，現出淒慘的顏色。然而他終究是個流，永遠不斷的生命之流，這個流反映在聲音上成為音樂，反映在色線上成為繪畫，反映在形體上成為雕刻，反映在動作上成為舞蹈，而反映在文學上便成為文學。」這簡單的話，已把藝術的源泉湧現在我們的眼前了，藝術的泉源就是「真情之流」。……如後期印象派，他們也不被視覺所欺，卻要聽著靜悄悄的生命的聲音，在潺潺的流過去的時間上，感著一種喜悅。……未來派更極力主張動的時間的感覺的表現。而在雕刻方面，如靈的寫實主義的羅丹，也把雕刻轉到生命，用一種外容（現實的空間）想沖進未知境界，聽神秘底果子樹上底啼鳥底聲音。……現在無論那一種藝術，都和音樂有契合之處。……那專司文藝的七位女神，合為一體了；所謂文學、戲劇、繪畫、音樂、跳舞、建築、雕刻，都配合一起，成了音樂的動的東西。這就是藝術的世界。……（注60）

朱教授與潘梓年先生的描寫，把我們都引到藝術美上面去了。

1940年，向培良教授著《藝術通論》出版，書中寫道：

人類的任何製作，很少有不經過藝術潤色的，其牽涉之廣，與乎所費勞力之多，遠超通常的想像之外。一切物類，……恐怕大部分的勞力都用在裝飾美觀上罷。還有無數純粹為粧飾美觀而造成的工藝品。再則，有多少勞力用在印刷、繪畫、音樂、戲劇，巨大的建築上面呢！有多少優秀人物終身從事於藝術呢！我們無處不接觸藝術，超乎滿足於享樂之上地需要藝術，天天涵容在那裡面，如魚之相忘於江河，而不自覺其花費了極大的勞力以求取得之。……自此以後，無論饑饉、戰爭、社會的貧困都不曾減少藝術底活動，人類不惜冒任何困苦以完成之。在布匹上染著色彩，織以花紋，既不足使之增加溫暖，也不足使之增加堅固，徒然增多

倍的勞力而已。至於詩歌繪畫，更無實用之性質。人類非無限勞力在這些
「無用」之物上面，難道僅僅為了娛樂或精力過剩底發洩之尾閭嗎？……
人類有要求瞭解他人與表現自己的天性。此種天性至極深厚，堅固而不
可拔，因此在個人之外，更以深厚的力量，建立一種人與人互相瞭解的
程式，亦即所謂人類意識。此種意識，乃表現於情緒一方面。因為人的行
為，不外本能的衝突與環境的制約之互相激盪。……所以人類的精神不
得不另外開闢一個境界，以激引並涵容我們的情緒。在現實世界之外，
創造最完美的情境；在現實的行為之外，創造最深邃的行為。於是人生
才從動物水準超昇。藝術的根，就生在這裡。……故藝術遂成為人類永
久上進之實際的程式了。……藝術是人類可以互相瞭解的唯一通路；而
這種在情緒上要求互相瞭解的活動，又是人類精神擴大超昇的途徑。情
緒必須發洩，但實際生活是太狹隘淺薄了，既無適當的對象，亦不易發生
偉大的行動，故不能夠是偉大的情緒生發形成，所以便結構為藝術，藉
物質的形式以表現情緒，藉行動以使情緒達於完成。……(注61)

向教授的系統見解說明，人類的天性決定著人類對於藝術的追求，而藝
術美滿足人們不斷地「如魚之相忘於江河」，並且不斷地繼續追求新的藝術
美。他的理念，讓後人茅塞頓開，認知藝術美在人生中多麼重要和必要。

1943年，蔡儀教授著《新藝術論》出版，書中寫道：

……藝術美，又不一定是從工作日的範疇來看的，以種屬的條件為決定
的要素的典型，而卻主要是從社會的範疇來看的，以階層的條件為決定
的要素的典型。因此自然美固可以成為藝術美，即自然醜也可以成為藝
術美。米龍的維納斯表現著藝術美，羅丹的老妓也表現著藝術美，喜劇
中可以表現藝術美，悲劇中也可以表現藝術美。……藝術的美，不僅在
於藝術的內容，也在於藝術的形式，離開藝術的內容固然沒有藝術的
美，離開藝術的形式也沒有藝術的美。……(注62)

1944年，藝術家傅抱石著《怎樣欣賞藝術》出版，書中寫道：

藝術的職責，在求事物的美化。藝術的欣賞，就是一種審美的能力。美的現象，千變萬化，長於審美的人，就能在變化無窮的美的現象中，根據愛美的人生觀，求得美的一貫的系統，使與人生有關的一切，起著美化的作用。……美無分於精神和物質，一種悅耳的歌聲，與天上的神曲，一個美麗的花園，和奇異的海市蜃樓，同樣的可愛，美化的生活，是最經濟，最衛生，最合用，最有趣味的生活。……增加美觀，是衣服的主要條件之一，衣服美，則認定舉止動作，言笑迴旋，就不會暴戾怪癖，損害社會的和諧，……衣服的藝術化，可以使自己得著舒適的快感，引起人群愛美的觀念，兼能增進社會和諧一致的幸福。……飲食藝術化，就是創造美的生命的源泉。美的飲食同美的衣服一樣，也當以經濟，衛生，合用，富於美的趣味為原則。……屋內要保持絕對的清潔，清潔是美觀的主要條件。……現代藝術化的新道路，……人們在路上散步，恍然如同走在花園的過道上一樣。……凡健康的體格，高尚的人格，以及卓絕的智慧和抱負，都是在藝術的生活環境中熔鑄出來的結晶。(注63)

傅先生的關注點，是把生活中對於藝術美的需求，放在了人類的基本需求上面，這其實也是人類漫長的歷史發展中，一直在孜孜以求並且奮鬥不已的思想和行為。

以上這些中國近代書生，講述他們對於藝術美的深刻見解，這對於民族在時代進步中，大幅度提高有意識地追求藝術美，是起到了理論指引的作用。我們讀來，似乎並沒有多少理論性，但其可行性和實踐活動，則是無可替代的。

（二）近代辭書中見解

1926年，樊炳清先生編《哲學辭典》出版，書中有條目：

【藝術美】英Beauty of art，法Beau de l'art，德Kunstschönheit
與自然美相對為言。吾人對於藝術而感其為美，與夫對自然而感其為美者，其主觀態度不同，其客觀條件亦異。自學者言之，其價值更有大小。約看括以三說：（甲）謂藝術乃模仿中之模仿，故其去理想界也，較諸自

然美遠且下，柏拉圖之說是也。（乙）謂人由渴求理想之故，始有藝術。自然有界限，且不自由，藝術則價值已醇化者，故其價值出乎自然美之上，黑智爾之說是也。（丙）謂假像之與實體，其通共之點益少者，其相離隔益易，故以藝術美較諸自然美，固便於離隔，而欲以無關心之態度，直觀自然美，則頗難捕得之，哈特曼之說是也。[注64]

六、小結

（一）中華民族對於「美」的全新認知，在近代是得到以上書生們的辛勞耕耘，把美學中的種種概念梳理出來，使得全民族的新的追求美的思想和行為全面開花，在社會的各個階層，在每個人的人生道路中，都不可避免地湧向新的美的思想和活動，並且在使用之中更加熱烈，也就湧現中華自己的文化特質的新藝術品，這也恰是中華古老文明與世界文明並肩而進的藝術美。

（二）美是人類生活中的必需要的，在幾萬年的已知文明中，一直是激勵著人們生存發展的動力之一，並且也創造出無數精美的藝術品和美的思想。當然，也有不少美術珍品，被思維凝固的人瘋狂地毀掉了。我們應當強調，對於美的敬重與愛護，是人類社會的基本準則之一。中國古人都同意「愛美之心，人皆有之，」但是對於「美」是什麼？「美」的定義如何把握？如何追求「美」？恐怕是一筆糊塗賬。等到五四新文化運動前夕，以蔡元培先生為代表的學人，通過大力鼓吹美學概念，從而引發民眾的熱忱歡迎，才有今天的知識的進步，以及生活中種種美的改善。

美的概念本身，歷經幾千年無數思想者和愛美者的探討，至今可以說還是難以全體一致的承認唯一的定義。而已經出現的眾多的從不同視角所獲得的結論，依然看上去是有道理的，依然看上去是能夠接受的，但又是不完美的，這就給予愛美者們一個無窮的課題，依然還是需要今人孜孜以求地追尋新的答案，每一個人都有責任和能力去追尋的答案，因為美的本身，是牽涉

到每一個人的一生的願望的。

看來，「美」的研究不僅僅是思想問題，而是與社會、族群、科學、教育、心理、經濟、政治、文化、傳統等等，糾纏著一起，每個人都有自己的美的人生觀，那麼，只能是在時代背景下，從各個視角全面展開研究。

美與不美或醜，是有著對立的判斷，但又是牽連在一起，很難永恆不變。它們之間不是辯證的統一，而是實用的統一，是由於人與人之間利害與實利需求矛盾，而造成互相認知的協同。

既然美與醜在每一個人的一生經歷中，經常是需要和理解的，那麼，學習美與醜，理解美與醜，把握美與醜，都是必需的了。把握住美學知識，就是我們時代的責任。

注釋

（1）陳葆琨，北京101中學美術教師。在1966年，被不愛紅裝愛武裝的紅衛兵當場打死在教學樓前。

（2）轉引自（德）漢尼西、朱威烈等編著《人類早期文明的「木乃伊」——古埃及文化求實》，浙江人民出版社，1988年12月一版，第68頁。

（3）—（11），全都轉引自（美）艾德勒·范多倫編《西方思想寶庫》，編委會譯，吉林人民出版社，1988年3月一版，第1273–1292頁。

（12）（奧）雷立柏編《古希臘語漢語簡明詞典》，尚未出版，第167頁。

（13）引自《明清之際西學文本》第一冊、第二冊，中華書局，2013年4月一版，第215–345頁；第519–565頁。

（14）藍公武文：〈斯賓塞之美論〉，載《教育》雜誌第二號，教育雜誌社編輯，1906年11月，日本秀英社在東京出版，第19–20頁。

（15）蔡元培演講：〈以美育代宗教說〉，原載《新青年》3卷6號，1917年8月，轉引自《蔡元培選集》，中華書局，1959年5月一版，第53–57頁。

（16）蔡元培演講：〈美學的進化〉，原載《北京大學日刊》第811號，1921年2月19日，轉引自同（14），第167–172頁。

（17）蕭公弼著〈美學綱要〉，原載《寸心》，1917年1月–6月刊，轉引自《中國歷代美

學文庫・近代卷》高等教育出版社，2004年，第641–657頁。

（18）（俄）列・托爾斯泰著《藝術論》，耿濟之譯，商務印書館，1921年3月一版，1924年3月再版，第53–55頁。

（19）呂澂著《美學概論》，商務印書館，1923年11月一版，1924年10月再版，第8–12頁。

（20）張競生著《美的人生觀》，北京大學出版，1924年講稿，引自北京大學出版社，2010年11月一版，第17–25頁。

（21）黃懺華著《美學略史》，商務印書館，1924年初版，嶽麓書社，2013年11月一版，第15頁；第73頁。

（22）張競生著《美的社會組織法》，中國印書局，1926年1月一版，第218–219頁。

（23）范壽康編《美學概論》，商務印書館，1927年3月一版，第1–42頁。

（24）陳望道編著《美學概論》，民智書局，1927年8月一版，第13–19頁。

（25）林風眠著〈致全國藝術界書〉，1927年原版，轉引自《林風眠談藝錄》，中國青年出版社，2014年1月一版，第132頁。

（26）徐慶譽著《美的哲學》，世界學會，1928年4月一版，第30–36頁。

（27）朱自清文：《談美》序，開明書店，1932年12月一版，1933年5月再版，序第1–5頁。

（28）朱光潛著《談美——給青年的第十三封信》，同（26），第10–75頁。

（29）呂澂著《現代美學思潮》，商務印書館，1934年4月一版，1935年7月再版，第6–9頁。

（30）林風眠文：〈什麼是我們的坦途〉，原載杭州《民國日報》，1934年新年特刊，轉引自《林風眠談藝錄》，同（24），第84頁。

（31）林風眠著《藝術與新生活運動》，正中書局，1934年5月一版，轉引自《林風眠談藝錄》，同（24），第90–91頁。

（32）（意）克羅斯著《美學原理》，傅東華譯，商務印書館，1935年1月一版，1935年6月再版，第123–189頁。

（33）蔡元培序，載金公亮編《美學原論》，正中書局，1936年7月一版，1947年11月滬一版，第1–2頁。

（34）金公亮編《美學原論》，同（32），第1–98頁。

（35）溫公頤著《哲學概論》，商務印書館，1937年4月一版，1945年12月再版，第254–261頁。

（36）羅家倫著《新人生觀》，商務印書館，1942年3月重慶出版，1946年12月上海五版，第27頁。

（37）蔡儀著《新藝術論》，商務印書館，1943年11月贛一版，第180–182頁。

（38）蔡儀著《新美學》，群益書局，1946年一版，第17–80頁。

（39）（俄）車爾尼雪夫斯基著《生活與美學》，周揚譯，香港海洋書屋，1947年11月一版，第11–121頁。

（40） 傅統先著《美學綱要》，中華書局，1948年5月一版，第29–36頁。

（41） 丘景尼編述《美學》，線裝本，無出版項，書脊印「華北大學講義」，而華北大學系1948年8月至1949年底於正定縣，第1–42頁。

（42） 參見拙編著《中國近代辭書指要》，商務印書館，2017年5月一版，書中共收錄1912–1949年出版各種辭書400餘部。

（43） 汪榮寶、葉瀾編纂《新爾雅》，上海明權社，推測為1903年6月以前出版，第61頁。

（44） 黃摩西編《普通百科新大辭典》，上海國學扶輪社，1911年5月一版，第巳集39頁。

（45） 商務印書館同人編《辭源》，商務印書館，1915年4月一版，第未集113–114頁。

（46） 樊炳清編《哲學辭典》，商務印書館，1926年5月一版，第426–438頁。

（47） 中華書局同人編《中國教育辭典》，中華書局，1928年5月一版，1936年3月五版，第415頁。

（48） 孫俍工編《文藝辭典》，上海民智書局，1928年10月一版，第476–486頁。

（49） 唐鉞、朱經農、高覺敷合編《教育大辭書》，蔡元培寫條目「美育」，商務印書館，1930年7月一版，第742頁。

（50） 新辭書編譯社主編《新智識辭典》，上海童年書店，1935年10月一版，1936年10月五版，第442頁。

（51） 中華書局同人編《辭海》下冊，中華書局，1937年8月一版，第未集136頁。

（52） （日）黑田鵬信著《藝術學概論》，俞寄凡譯，商務印書館，1922年6月一版，1923年5月再版，第1–6頁。

（53） 呂澂著《美學概論》，商務印書館，1923年11月一版，1924年10月再版，第7–53頁。

（54） 張競生著《美的人生觀》，北京大學講稿，1924年北大出版，轉引自北京大學出版社，2010年11月一版，第75–76頁。

（55） 林風眠著〈致全國藝術界書〉，同（24），第132頁。

（56） 張秀山編譯《音樂之性質與演奏》，北平中華樂社，1929年7月一版，第111–115頁。

（57） 黃自講演：〈音樂的欣賞〉，1929年12月3日，在上海美術專門學校演講，刊於《樂藝》第一卷第一號，國立音樂專科學校樂藝社編，黎青主編，1930年4月一版，第26–37頁。

（58） 俞寄凡著《藝術概論》，世界書局，1932年12月一版，第10–99頁。

（59） 朱光潛著《談美——致青年的第十三封信》，同（26），第29–75頁。

（60） 朱謙之著《中國音樂文學史》，商務印書館，1935年10月一版，第3–5頁。

（61） 向培良著《藝術通論》，商務印書館，1940年9月一版，第4–16頁。

（62） 蔡儀著《新藝術論》，商務印書館，1943年7月重慶出版，1946年9月上海初版，第184–185頁。

（63） 傅抱石著《怎樣欣賞藝術》，文風書局，1944年10月一版，第32–45頁。

（64） 樊炳清編《哲學辭典》，商務印書館，1926年5月一版，第969頁。

第七章：中文「政治、政治學」之概念史

一、前言

（一）自從人類誕生在地球上的幾百萬年間，人類之所以能夠不斷在進化發展，除了生理條件外，還有一個重要的條件，就是每一個人的一生，生老病死，都是需要在一個人群中發展，開始是在家庭中，接著是村落、族群，再是民族、國家，組成一個龐大的網路。而在其中運行的，必需要的就是政治關係，人與人之間的政治關係和生存關係。換句話說，就是政治關係影響著，或控制著每一個人的生活。當然這並不是說，政治統帥一切，而是影響著一切。因此，每一個人在一生中無可避免地需要把握住政治的影響。在有文獻記載的歷史中，各個族群都有各自的政治管理的手段，以及成功或失敗的經驗。在遠古社會，其中共同的特點就是先是從政治實踐經驗中選出有能力的人做族長，然後大家服從。這樣，族中就產生首領（或稱皇帝）和民眾兩類政治層面。而族長希望繼續深入領導民眾，就需要在他與民之間安排「臣」來執行他的政策與行為，這種「臣」對首領是聽話的奴才，對民則是老爺。政治的「遊戲」就在他們三者之間攪動著。在有文獻記載的七千餘年中，一直不斷地前仆後繼地在各族群中「遊戲」著，看看東方或西方各國

家，莫不如此。後人有把古代各國統治術區分爲奴隸制、農奴制、或原始共產主義制等等，其內核政治都是如此。

（二）「政治遊戲」，也就是「權力遊戲」。政治就是決定著誰是「遊戲」規則的決策者？誰是執行規則者？誰是被規則執行者？決策者的名稱很多，最多的是皇帝寡人；執行者的名稱更多，總稱曰臣，按品級排隊；被執行者就是民衆。這三者之間是可能變換位置的，是互相可能制約的，全看某個人的政治才能「玩」得怎麼樣，即「玩弄權術」的本領如何？使用的是什麼樣的的詞語和行爲而已。

（三）中華民族在兩千多年前，就已經在實踐中明白「政治遊戲」的重要和方法，於是在遊戲中加入「倫理道德」來作爲「遊戲」中的尺規，不管是做皇帝、做臣、做百姓，都需要有各自的倫理道德標準，好成爲別人判斷是否合格的政治標準。所謂「君君、臣臣、夫夫、婦婦」是也。至於戰國時期的法家理念，漸漸被淪落爲帝王用來控制和訓誡臣和民的工具，而非主觀上王、臣、民三者之間互相控制的工具。我們還都很容易查到，在中文古文獻中，存在著大量描述他們三者各自的政治見解的話語，可以說成一個「政治話語群」，其中的一些詞語內涵都有根有據，發人深省，沿用至今。只是沒有一個人的一句話是足夠作爲「政治」概念的，也就是說，人人都有政治的觀念，人人都可以按照自己的理解和想像去泡進政治環境中，但就是不去追尋「政治」本質到底是什麼？不去思考「政治」有什麼和能夠做什麼？

（四）西方在兩千多年前的古希臘時期，他們在城邦制和奴隸制基礎上做「政治遊戲」，他們在邦王、執政官、公民之間，加入的是宗教和法律，這些因傳統而積累形成的宗教和法律，在城邦上下互相之間，都起到鼓勵和約束作用，例如每一個公民，都可以站到議事廳上申訴。其中許多原則，一直演變至今。甚至在當時最主要的思想家中，出現帝師亞里斯多德，來專門寫一部書，名曰《政治論》。書中的思想原則，至今還在人類社會實踐中。

很顯然，古希臘人早就關注政治概念，並且與實踐相結合，作出各種各樣的探索，到今天依然還被人們所引用。

（五）中國皇權專制政治，在延續兩千餘年之後，來到19世紀中期，封建體制迎頭與西方來的新體制相撞，在經歷各種各樣的軍事、經濟、文化打擊之後、各種困惑湧起，體制內和體制外的書生們開始議論「經世救國」的大道理和新措施，中國的帝、臣、民都遇上前所未有的政治危機，況且老祖宗的所有的對付「敵人」的方法與措施都不合適施為，而新的實力性的方法則很缺乏，至於自己視為根本的「人天合一」的理念，在這裡全然沒有用。到了19世紀末期，在國內是太平天國的政治變革嘗試失敗，在對外是甲午海戰的大敗，導致割地賠款的嚴重後果，全民族空前的政治危機已經找不到解藥。中國近代體制內外的知識分子，以他們的認知感覺到，中華民族前進的巨輪已經到了一個新的「拐點」，其中最明顯的是舊政體應付不了現實困難，於是先行者大聲呼籲，奔相走告，甚至採取行動，這就是後來歷史上名之曰「戊戌政變」和「維新變法」，一直延續到20世紀初十年光景。那個時期留下的皇帝的詔書、大臣們的上書，民間書生們的言行，現在都可以在許多文獻館中見到，一個主題就是政治應不應該變？如何變？變成什麼樣？其中主要內容：一是介紹西方列國的政治體制和政治理念，包括「政治」、「國家」、「政權」、「憲法」、「專政」、「權力」、「權利」、「共和」、「人權」、「民權」、「民主」、「自由」等等，以及這些詞語在西方各國歷史上運行的經驗教訓等；這些就變成變革的依據；然後再將這些新詞語概念引進到中國國情內部，用這些「夾生飯」似的的新詞語來「建議」皇帝接受並且實施，這從政治角度看，其失敗的後果是不言而喻的。但是也還是引來中華民族奮發圖強，在孫中山先生的革命口號鼓吹下，迎來了辛亥革命的成功，舊政權得以變革，中華民族有了「民國」。這次破天荒的政權變革，不僅僅是統治者換一個人那麼簡單，而是全民族全面的變革，要

面對一大堆新困難和新問題，要讓全社會得到安定發展，其中學術界就很自然要承擔解答一系列歷史上沒有的新問題，其中包括「政治」是什麼？政治應該做什麼？政治與民生、社會、經濟等的關係如何？中國政治何去何從？等等，於是我們可以看到，辛亥革命後40年間，許多大學建立政治學系，許多政治學教授著書立說，或者翻譯西方專著，這些年出版的以「政治」爲主題的著作有400部左右，成爲近代中國學術研究的熱門課題之一。本文從學術角度，正是梳理當年前輩們的研究所得。他們正是引進「政治學」這門新知識，把傳統的你死我活的政治鬥爭記錄，按照理性的「政治學」的思維，加以整理與描述，提升到理論層面來研究。當然，在這些言論不同的《政治學》中，正好表現出作者們的政治思想與立場。

（六）政治安排著每一個人在族群社會中的位置，但這種安排是人爲的，所謂「天不變，道亦不變」，是拿來作人爲安排的理由，而每一個人在社會中的追求是會變的，因此，一旦「天變」了，「道」就不變也得變。在任何一部《政治史》書中，我們都可以反復地看到這種複雜的變革過程。不過，本書不是政治史書，不從歷史上搜羅各種史實證據，來說明什麼偉大光明正確，或者邪惡醜陋殘忍，而是語言學的視角，利用政治史的史料，表述「政治」這個概念的來龍去脈，明示概念在族群社會中的形成與作用。

（七）本文是通過概念史（Begriffsgeschichte）研究方式來進行的，這種研究方式，是從20世紀30年代開始運用的，它通過描述一個詞的概念形成的來龍去脈，在運用大量語言學文獻、政治學文獻、哲學文獻、辭書文獻、社會文化史文獻的基礎上共同描述該詞如何在歷史中產生形成，如何從眾多思想者的觀念中提煉昇華，成爲民族社會普適的概念，以及如何在辭書上面給以公允概念的表述，如何在教科書中給出定義，綜合他們的成果，成爲一個文化史專門課題。恰如陳寅恪先生所說的：「凡解釋一個字就是做一部文化史。」筆者將之引申爲：「凡解釋一個詞就是做一部文化史。」

（八）中文是以「字」爲基礎建構的，很多的「詞」是以兩個字組合凝練而成，每一個字、詞所能表達的字義、詞義都很豐富，每一個人學習後都可以運用，但是你所運用表達的字義、詞義、語義，又因爲你所表達的方式、音調不同，而不一定是讀者、聽者所能完全理解的。用理論說法，就是各人所要用詞表達的觀念可以是隨心所欲，但是並不是大家一致認同的，於是就需要在漫長的社會實踐中，某個詞需要經過大家協調運用，才可能形成這個詞的概念，是基本上普適運用的。如何把一個詞的概念形成詳細清晰地表述出來，這正是概念史所需要研究把握的，也正好顯示人們頭腦中的某一個「概念」，如何通過複雜的思辨，通過客觀的社會驗證，把古代各種各樣的混雜的「觀念」予以昇華，最後成爲公允的普適的內涵。只是，這個已經形成的「概念」，在現代社會中並非一成不變的，在各個民族之間也會不同，它還會與時俱進的。只有把握住時空中的概念的準確清晰，才能夠讓人際社會的各種交流順利進行。

（九）中文「政治」一詞，以及所關聯的許多關鍵字詞，在中國歷史中發揮過重大的作用，也已經在文獻中堆積如山，但是卻長期缺乏梳理。本文正是希望通過概念史這種方式，作一些基本的梳理。本文重點所關注的詞有：政治、國家、政權、憲法、權力、權利、專政、共和、人權、民權等。不當之處，還祈方家教正之。

二、中文「政、治、政治」觀念在古代

古漢語的「字」在漫長的運用習慣中，形成「字」是作爲漢語運用的基礎，而且在幾千年間缺乏梳理其字形、字音、字義。到清朝編纂《康熙字典》時候，才梳理出有不同字形的47035個字，只是其中大部分是古代就廢棄的字，常用的僅是數千個。因而，在古代書生們實際運用時，就經常給某一個加上不同的表述內涵，或假借、或異讀、或會通等辦法，將許多常用字一

字多用，或一字多音，或一字多義，或多字一義等，搞得使用者麻煩多多。於是逐漸出現「詞」，將兩個或多個字綁在一起，以表達新的更豐富的「詞義」。到了19世紀，這種「字義」、「詞義」的積累就太豐富混雜了，給讀書人平添無窮的麻煩。我們可以看到，我們要研究的「政、治、政治」這一類的字詞，在古代本來就已經運用廣泛了。但是，某個人談的「政」的內涵，並不一定是讀者所認同的「政」的內涵。原因很簡單，就是古代書生全是從政治活動經驗中感受到的「政」可以表達自己的觀念見解，而沒有人梳理給出過「政」的概念是什麼。下面我們先看看「政、治、政治」在古文獻中的運用例子：

古代「政」字應該是從甲骨文演化而來的，其寫法是：	，可以解釋為以手指揮征伐的意思。《說文解字》上曰：「政，正也。」而「正」的標準是什麼？只有天知道。我們只知道，在文獻中可以見到一長串運用的例子，按訓詁學家的分析，是可以有不同的幾種字義，如：

> 「八政」（《書》）；「蓄疑敗政，怠忽荒政。」（《書》）；「司馬掌邦政，統六師平邦國。」（《書》）；「君罔以辯言亂舊政。」（《書》）；「苛政猛於虎。」（《禮》）；「五十不從力政。」（《禮》）；「均人掌，均地政。」（《周禮》）；「德盛則修法，德不盛則飾政。」（《大戴禮記》）；「天下有道，則政不在大夫。」（《論語》）；「道之以政。」（《論語》）；「橫政之所出，橫民之所止，不忍居也。」（《孟子》）；「震之以政，動之以事。」（《逸周書》）；「原人事之政理，不出戶而知天下。」（《鬼谷子》）；「戮之也，將用其政也。」（《管子》）；「動眾用兵必為天下政理。」（《管子》）；「故群臣公政而無私。」（《韓非子》）；「用公屬籍致政，北面委質而臣事之。」（《淮南子》）；「貶末世之曲政也。」（《淮南子》）；「正身惟常，任賢惟固，恤民惟勤，明制惟典，立業惟敦，是謂政體也。」（漢·荀悅）；「臣忠君明，此之謂政治綱也。」（漢·賈誼《新書》）；「三世執其政柄，其用物也弘矣，其取精也多矣。」（《左傳》）；「或政權在臣下」（《漢書》）；「粟者，王者大用，政之本務。」（《漢書》）；「仰古俯視，以佐時政。」（《後

漢書》）；「朝廷每有疑政，輒驛使諮問。」（《後漢書》）；「存亡以之反
覆運算，政亂從此周複，天道常然之大數也。」（《後漢書》）；「明於政
體，吏才有餘，論當甘便事數十條，名曰《政論》」（《後漢書》）；「舜命
後稷，食為政首。」（北魏·《齊民要術》）；「看人政見半面。」（南朝《世
說新語》）；「闇劣不得屍祿害政。」（《晉書》）；「得疾，視政不時。」
（唐·韓愈）；「微臣智識淺短，寔昧政源。」（唐·陳子昂）；「進善人，共
成政道。」（《新唐書》）；「雖竊政權，將大斥不附者。」（《新唐書》）；
「砭切政病」（《新唐書》）；「今日之政，小用則小敗，大用則大敗。」
（宋·蘇軾）；「公之文根乎仁義而達之政理。」（宋·陳亮）；「予於政
機，人望惟允。」（宋·曾鞏）；「安眾以惠，戎略是務，政網從簡。」（《宋
書》）；「觀其言而察其行，審其罪而定其政。」（元·孟漢卿）；「外則政
權不一，分操割裂。」（清·方苞）。

同樣，「治」字古人用起來也是頗為熟練，也是有著可以各自解釋的字
義。如：

「上古結繩而治」（《易》）；「治而不忘亂」（《易》）；「百官以治」
（《易》）；「帥執事而治」（《周禮》）；「治神之約為上」（《周禮》）；
「掌國中之士治」（《周禮》）；「以斂進其治」（《周禮》）；「一曰治典，
以經邦國，以治官府，以紀萬民。」（《周禮》）；「王者功成作樂，治定
制禮。」（《禮記》）；「審聲以知音，審音以知樂，審樂以知政，而治道
備矣。」（《禮記》）；「以治政也」（《禮記》）；「治國在齊其家」（《禮
記》）；「家齊而後國治，國治而後天下平。」（《禮記》）；「凡國之大事，
治其禮儀。」（《周禮》）；「未有治而能仕可知者」（《大戴禮記》）；「以
治人情」（《禮》）；「制治於未亂」（《書》）；「以相統治」（《書》）；「愛
民治國」（《老子》）；「堯治天下之民」（《莊子》）；「以禮飲酒者，始乎
治，常卒乎亂。」（《莊子》）；「驟而語形賞罰，此有知治之具，非知治之
道。」（《莊子》）；「不聞治天下也」（《莊子》）；「治民焉為滅裂」（《莊
子》）；「勞心者治人，勞力者治於人，治於人者食人，治人者食於人。」
（《孟子》）；「教不善則政不治」（《國語》）；「民之修小禮，行小義，
飾小廉，謹小恥，禁微邪，治之本也。」（《管子》）；「治安百姓，主之則

也。」（《管子》）；「禹以治，桀以亂，治亂非天也。」（《荀子》）「故義勝利者為治世，利克義者為亂世。」（《荀子》）；「治古無肉刑，而有象刑。」（《荀子》）；「聖人在上則民少欲，民少欲則血氣治。」（《韓非子》）；「治強生於法，弱亂生於阿。」（《韓非子》）；「心治則百節皆安」（《淮南子》）；「如此則民治行矣」（《史記》）；「其治要用黃老術」（《史記》）；「高有大罪，秦王令蒙毅法治之。」（《史記》）；「韓非著治術，身下秦獄，身且不全，安能輔國。」（《論衡》）；「疾病則亂，吾從其治也。」（《左傳》）；「以德和民，不聞以亂，以亂，猶治絲而棼之也。」（《左傳》）；「使少知治體者得佐下風，致此治非有難也。」（漢·《新書》）；「野老治國於地利，騶子養政於天文。」（《文心雕龍》）；「文教麗而罕於理，乃治體乖也。」（《文心雕龍》）；「名為治平無事，而其實有不測之憂。」（宋·蘇軾）；「議治亂之本根，求祖宗之故事。」（宋·范仲淹）；「不能勾治國安邦朝帝闕，常只是披霜戴月似簷下。」（元·《猿聽經》）；「可以文明治世者」（明·《鬱離子》）；「……陛下垂衣裳而天下治。聖情甚悅。」（明·馮夢龍）。

以上我們看見，「政、治」兩個字，或單獨運用，或與其他一些字詞混合運用，就讓讀者基本上知道這是什麼意思。這些字句，至今還能夠在中文裡出現運用。

同樣，「政治」一詞在古漢語中也是運用著的，我們可以看到古文獻中有：（蒙「掃葉庫」贈予相關史料）

「道洽政治，澤潤生命。」（《書》）；「掌其政治禁令」（《周禮》）；「故政治不悔，定而履。」（管仲）；「君順懷之，政治歸之，不懷暴君之祿。」（晏嬰）；「是以政治而國安也，……是以政亂而國危矣。」（墨翟）；「沉湎淫康，不顧政治，至於滅亡。」（《淮南子》）；「信賞罰以政治」（《史記》）；「政治有理矣，而能為本。」（《說苑》）；「有教然後政治也，政治然後民勸之。」（漢·賈誼《新書》）；「非謗政治，歸惡天子，詿誤諸侯王。」（《漢書》）；「政治錯亂，法度失平。」（《論衡》）；「政治少懈，文致未優。」（唐·韓愈）；「政治有虧，刑典不措。」（唐·李世民）；「周田

皆以政治者聞，遷遷大位。」（唐·李公佐）；「帝問政治之要，播曰：為政之本，要得有道賢人乃治。」（歐陽修）；「國家政治得失，生民之休戚系焉。」（《明太祖實錄》）；「執政詢以政治」（明·方孝孺）。

顯然，古人是把「政、治」兩個字並列起來運用，省略地表達與「政、治」都相關的意思。但也一直沒有人詰問這「政治」到底是什麼意思？或者這「政治」包含什麼東西？甚至可否拿「政治」來研究一番？簡單說，就是古代使用「政治」這個詞的觀念不斷，各說各是。總之，在兩千餘年的封建王朝政治體制下，參與過各朝各代「政治」的一些書生，寫下了他們對於「政治遊戲」的體驗而已。

三、西方「政治Politics」來到中國

（一）古希臘時代「政治、政治學」的探索

在3500年前，古希臘文明已經具有王朝的體制，由於貴族地主的崛起，到西元前700年左右，陸續轉變成為城邦制，實行的是寡頭政制（僭主），但是貴族們互相爭鬥的結果，逐漸演進到在奴隸制基礎上的城市公民會議與與貴族的議事會相協調的民主制。我們可以以西元前594年執政官梭倫所制定新的《法典》為標誌，來瞭解古希臘的各種政治原則與執行狀況。這也就使得古希臘文明繁榮興旺數百年，並且創造出各種精神和物質的財富，為後人借鑒利用至今。其財富中，也是本文所關注的，是由於公民言論自由，而產生出一批智者和愛智者，如蘇格拉底就是專門在廣場上發表各種思辨的言論；而柏拉圖在前387年就在雅典創立學園，學員們天天都可以為希臘的政治問題作出激烈的辯論；更有亞歷山大大帝的老師亞里斯多德，專門著書《政治學》，書中長篇大論地分析希臘歷史上各種政體、政治類型、政治策略等等，還給出他的理想的政治圖景。當然，也開始對於「政治」詞語給出他的認知概念。至今，柏拉圖著的《理想國》和亞里斯多德的《政治學》，依然

是現代政治學讀本的鼻祖。

在古希臘語言中，政治一詞是寫作「πολιε」，原意思是「城堡、衛城」。而其中所關注包含的內容實在是太多了，諸如國家是什麼？有什麼樣的國家？共和國是什麼？公民是什麼？憲法是什麼？各種政體的優劣？理想的政體是什麼樣的？革命是什麼？君主政治與庶民政治與財閥政治的區別？政治制度以及權力、權利等問題，等等。一句話總結：就是通過研究歷代政治體制中的各種現象，討論政治概念至今不斷。以後的發展，在任何一本《西方政治思想史》書中都能夠看到，這裡不介紹了。

這裡僅是引述一部分古代西方思想者關於政治、政治學的言論，我們現在不需要區分他們當年在政治上的立場：

> 君主學以一致和友誼這兩股紐帶把兩種類型的人互相聯繫在一起的時候，當所有政治網路中最高貴最優秀的網目臻完善的時候，當把城邦所有居民（不管是奴隸，還是自由民）都囊括在網路之中的時候，就把他們編織在一起，管理他們，就這樣吧幸福賜予了城邦，並為他們的幸福提供了保障。——柏拉圖《政治家》

> 政治學就是這麼一種學問，因為它是每一個國家必須研究的學問，也是每一個公民必須懂得的學問，我們看到甚至最高級的最令人敬佩的學問都包括在政治學之中，……政治學還決定我們應當做什麼事，不應當做什麼事，所以一切學問都囊括其中，其目的是為了人類的幸福。——柏拉圖《倫理學》

> 當一個城邦建立之初，其人口的數量只要在一個目的在於爭取良好的政治體制中，大家都能夠自給，便足夠了。
> 人類在本性上，也正是一個政治動物，……

> 政治學並不製造人類，然而它使人類脫離了自然，並駕馭他們。

> 政治學應考慮適合於不同公民團體的各種不同政體。……政治學還應該考慮，……應以哪種政體為相宜，並研究這種政體怎樣才能創制，在構

成以後又怎樣可使它重於永遠。……政治學術還應懂得最相宜於一般城邦政體的通用形式。政治學方面大多數的作家雖然在理論上各具某些卓見，但等到涉及有關應用（實踐）的事項，卻往往錯誤很多。

以群眾為統治者而能照顧到全邦人民公益的，人們稱它為「共和政體」。……僭主政體為王制的變態；寡頭政體為貴族政體的變態；平民政體為共和政體的變態；僭主政體以一人為治，凡所設施也以個人的利益為依歸；寡頭（少數）政體以富戶的利益為依歸；平民政體則以窮人的利益為依歸。三者都不照顧城邦全體公民的利益。

平民政體的目的是自由，寡頭政體的目的是財富，貴族（賢能）政體的目的是維持教育和全國性制度；而僭主政體只保護僭主。

對於一家世襲的君主政體，還應該提到另一個傾覆的原因。這一形式的諸王常常為人民所鄙薄；或者忘卻了自己只享有王室的尊嚴，卻並無僭主的權威，他們竟損害或凌辱他人。於是他們的滅亡指日可待了。僭主可以不管人民是否同意他為僭主而繼續施行他的僭政，就王位說來，如果所統治者並不樂意做他的臣民，那就不成其為君主了。——亞里斯多德《政治學》(注1)

　　古希臘的思想者，能夠憑藉歷史經驗，縱情討論政治是什麼，政治有什麼，以及如何通過研究政治而獲得理想的人類政治圖景，分析得相當仔細和深刻。他們的這個思路和研究政治的方法，在後來漫長的兩千多年間，人類文明不斷地進步，也就不斷地有各個時代的思想者繼續鑽研政治學的各種內涵，到今天我們還在運用。

（二）西方「Politics」詞語來到中國

　　東西方各族群各自形成各自的政治遊戲規則，並且各自運作數千年，互相之間沒有交流。一直到17世紀西方一批來華人士，他們帶來各種新的知識，他們與中國學者合作翻譯出版過數百本內容豐富的著作。他們的帶頭人正是義大利人利瑪竇（P. Matthoeus Ricci1552–1610），他就曾與李之藻合作，

在1602年製成《坤輿萬國全圖》印刷出版，圖中有翻譯的說明文字，其中有一段寫道：

> 此歐羅巴州，有三十餘國，皆用前王政法，一切異端不從，而獨崇奉天主上帝聖教。凡官有三品，其上主興教化，其次判理俗事，其下專治兵戎。……(注2)

利瑪竇這裡運用了「王、政、法」等字，來介紹西方政治體系的基本內容，可惜太簡單了。另外還有義大利人高一志（P. Alphonsus Vagnoni，1566–1640），他在1630年左右，在山西編著一部中文書名《治平西學》，其內容是介紹西方「君權神授」觀點的前提下，「王政」的政治原則、政治制度和政治經驗等，這與當時中國政體和理念似乎差不多，例如他寫道：

> ……治政之學。而凡志於國家之濟極者，無不殫力以究之也。因而可知治政之學，自天初降而至於治民，使其復得其正，因終歸天以享永真知福也。

> 王政以仁以義而成，仁多見於恩；義多見於刑。恩用以進善；刑用以止惡。恩使民愛，刑使民畏。無仁無恩，則民無由愛君，……

> 王權之勢與王威之儀，多生傲於心，生怨於民，故須以謙馭傲，以遜迎怨，方王權可穩，王道了盡矣。

> 王言必罕必謹，必實必踐，未常虛缺，乃足取信於內民，及於外國，因致民安而政流通焉。蓋信者，恒古無不為人道之據，交易之基，國家之蕃。

> ……非合政治之節者，必不容施行。凡遇竊行者，必懲而遠之矣。蓋夫政治之妙與國家之保存，多係於預防民侈民亂之端已耳。

當時中國皇帝恐怕沒有看到過高一志的這部書，即使看了也不會有什麼特別感受吧，因為中國封建王朝的理念也差不多如此。他的書中，只有一段話是介紹了亞里斯多德的《政治學》中的部分見解，他寫道：

夫政固有三種：一曰一人且王之政，二曰教人且賢之政；三曰眾人且民之政是也。蓋治人之權凡係乎一人者，即謂帝王之政；凡係乎明智之數士，即謂賢者之政；又凡民中無君臣、無尊卑之殊，而權悉係於眾者，即謂民眾之政。……（注3）

這樣三種政權的分類形式，中國人同樣也難以明白其中奧秘。結果，這第一次的交流就悄然無聲地泯滅了。至於該書中所翻譯用的「政、治政、政治、國家」等字詞，由於筆者沒有能夠見到原本，不知道究竟是如何對譯的？後來到1654年，義大利人利類思（Ludovico Buglio, 1606–1682），在中國翻譯出版《超性學要》，他在書中，將拉丁文Politica對譯成「奉上」。（注4）這個「奉上」的中文意思顯然與「政治」的詞義相差甚遠。

後來要到百餘年後的1822年，中國已經又改朝換代，英國人馬禮遜（R. Morrison）在澳門編輯出版《英華字典》書中有條目：

POLITICS　國政之事

還有例句：「談了此國政。」（注5）

接著是德國人郭實臘（Karl Friedrich Augst Gützlaff），中文筆名愛漢者，他在1833年，在廣州主編出版中文刊物《東西洋考每月統計傳》。這份刊物，曾經對於魏源等學者多次轉用，並曾寄到北京。在1838年的4月號上，有一篇「英吉利國政公會」文章，介紹英國當時政治結構；在7月號上，又有一篇「北亞默利加辦國政之會」文章，介紹美國建國之初的政治結構。其中寫道：「……不立王一位國主，而遴選統領、副統領等大職，連四年承大統，必干民之譽，暸然知宰世馭物，發政施仁也。就治天下可運之掌上。此元首統領百臣，以正大位，修各政以安黎民焉。如此政治修畢，遍國之地方，亦各立其政，如大統亦然。而各地方之政體皆統爲一矣。……」（注6）郭實臘用了與馬禮遜相同的「國政」一詞，同時又用了「政治」一詞，意思並不相同。

不過，在1853年，即是在第一次鴉片戰爭之後，英國人麥都思（W. Medhurst）在香港主編中文報紙《遐邇貫珍》出版。在該報紙第一號的序言上面，就已經出現「追溯前代鑑史政治之方」一句話；在第三號上載文章：〈英國政治制度〉，頗為詳細第介紹英國的政治體制與演變，全文有1800多字；接著又在1854年的第二號上載文章：〈花旗國政治制度〉，更頗為詳細介紹美國的政治體制與演變，全文有3300多字。文後有總結道：「……英國合郡國，政制大略相同，兩國權柄，皆由庶民所出，所秉權者，俱為國例所鉗束，無論官民，悉為例範圍。……」。（注7）

麥都思這裡所翻譯的「政治」一詞，顯然不是從馬禮遜那兒來的。

到1866年，德國人羅存德（W. Lobscheid）在香港編輯出版《英華字典》，書中有條目：

> Politics ，政，政知，治國總知，國事
>
> Polity，政，國政，國典
>
> Policy，政法，治國之法，管理國法（注8）

以上是早期一些西方的「政治」詞語直接傳到中國的情況，當年似乎影響不大。而對比一下日本人的做法，他們從古代全面學習中華文化，到近代有了巨大轉換，以蘭學初始，到明治維新，全面吸收西方的新知識，同時改造傳統的舊常識，短短幾十年間，日本就成功轉型了，讓這些新詞在日本社會中廣泛運用了。這裡我們舉幾個相關詞，明示「政治」類的新詞何時在日文中出現的：

> 政事科せいじか《和蘭字彙》，1858年。政治家せいじか《政治學講義》，1878年。有句子：「強豪ナル政治家出テ、已ガ權力ヲ以テ、常二相敵抗シ相分離セムトスル眾人ヲシテ強テ和合一致セシメ。」
>
> 政治學，政事學せいじがく《西洋學校軌範》，《百學連環》，1870年，有句子：「今マ事に就て真理の一二を論ぜんにはpolitic政事學なゐあり政治哲

學せいじてつがく《政治原論四則》，1883年，有句子：「自由平等ノ說ヲ唱
ヘ、王權尚武ノ說ヲ和シ、政治哲學ノ議論烈シクシテ。」(注9)

後來中國在甲午海戰中被日本戰敗，全民族震動，需要搞清楚爲什麼會
戰敗？一批中國年輕人湧入日本學習，吸取通過日文而獲得的西方新知識，
其中就包括學習到日本從西方翻譯引進的新詞語，他們就大量搬運回中國運
用，而他們的帶頭人就是國事犯梁啓超先生，他可謂搬運大隊長，帶頭搬運
大量日文漢字的新詞語回國，運用成中文漢字的意思。像這裡舉例的「政
治學、政治家、政治哲學」等詞，應該就是日本人按照中文習慣而創造的新
詞，其內涵是與西方Politics的本意一致。當是的中國書生運用時是與傳統中
文字義混合運用，所以往往一個詞的內涵就摻雜著中、西、日三方的字源本
意，流傳至今。(注10)

不過，留學生們還是給中國帶回來全新的知識系統，其中「政治」的新
知識，就讓朝野上下的震動不已，當時上層官員們和書生們參政議政的言論
不斷發表，他們探索諸如：中國政治體系是什麼？如何讓中國政局趕上世界
潮流？「政治」所涉及的國家、主權、憲法、民權等等理念應該如何認知？
等等，熱鬧得很，結果引發中國幾千年來的政局大變化，在滿族清王朝統治
被推翻以後，討論政治和政治學的熱潮更加高漲，本文將在後面陸續展示。

四、近代「政治、政治學」概念形成

古代雖然有「政治」一詞，但使用者頗少，並不是社會上關注的熱詞。
至於歷代中華民族的國家政治問題，各個時期多有激烈的政治行爲和討論，
在中華大地上的人們在封建專制基礎上多是關注的。但是，當19世紀西方文
明與中華文明發生碰撞時候，自1840年第一次鴉片戰爭起，當政者一次次喪
權辱國之後，全民族受到強烈刺激，感受到國家有危亡的情景，於是一些先
知的「匹夫」們前仆後繼，探討民族國家的新出路，並且身體力行，僅用了

百餘年時光，中國的國家體制就發生根本的變革，人們的思想認知也發生根本的變化，以致他們所用以表述的語言文字都變革了。其中，首要的變革就是讓「政治」和政治詞族成為民族時代的熱詞。

政治詞族在近代湧現，當然是時代的需要，只是來得十分迅猛，來得十分複雜，更由於古代並沒有給這些詞以恰當的定義，所以每個人運用時候，開始都是套用傳統詞義，以及都是從日本回傳來的新詞義，去表述他們各自的政治主張和認知，各自以為自己瞭解的詞義，以適應或喚起別人的注意，而不管後來的讀者能否順利理解。所以我們看到，大致上在清朝末期，特別是在給皇帝上奏的奏摺等文獻中，使用政治詞族的詞特別扎眼，（多是新詞，）而且基本上很少有解釋，似乎皇帝等決策者都很明白這些詞的含義。直到20世紀初開始或翻譯或自撰的《政治學》一類書籍出現，才關注給政治詞族的各個詞予以概念性的定義。另外就是當時新湧現的工具書上，這些政治詞族的詞也才分別陸續出現在條目上。

由於這些書生之見太多太複雜，所以本文只好從概念史的視角來區分時期，來表述他們當年的見解，而不強調這些書生在當時的政治立場，更不按《政治史》書那樣分門分派來介紹。讀者自會從文獻中判斷他們各自的歷史功勞或政治功勞。（注11）

（一）清末時期朝野書生之見

中國在近代自身的主動變革，發生在19世紀60年代，可以江南製造局的建立為標誌，也即洋務運動的初始，該局成為當時世界上大規模的工廠之一，局中有一個「翻譯館」，在1868年就聘請了英國人傅蘭雅（John Fryer, 1839-1928）來做譯員，他與中國書生合作翻譯了百餘部西方學術專著，還成立「格致書屋」和主編《格致彙編》雜誌，他口譯的書中就有一部關於政治經濟學的書，中文名為《佐治芻言》，1885年在上海出版。他在書中用了「國政」一詞，這應該是沿用馬禮遜的譯法。他寫道：

所謂國政者，固合眾人之意見，寄於一人之身，假手以行之者。故國家
行政，除代眾人興利除弊外，不得妄作好惡，致戾輿情。惟事權則不得
不歸之一人或二三人，方不致政令錯亂，若政出多門，則意見不齊，易至
事事掣肘。即數人之中亦當推心置腹，斷不可各存私見。又國政以能愜
於民心者為本，國家所行之事，必在在有益於民，斯民方肯心服，……總
之，若無國政，雖有法律，亦不能行，國中必亂。此亂一生，非從前之小弊
可比矣。……地球所有國政，約分三種：一為君主國之法，一為賢主禪位
之法，一為民主國之法。……凡國家未能盡得民心，以致國事多有棘手，
則必疑百姓將要作亂，不得不用刑驅勢迫之法，使不得顯出作亂之心。
……百姓有受國家虐政之累者，在上一邊已經過度，一旦有釁可乘，民之
報復國家者亦必過度。……凡民主之國，不得不教百姓學習辦理公事之
法。……國家立政，若不能洽於人情，則百姓怨怒漸深，必有猝然變亂，
廢革國朝之事。……蓋國政本與百姓互相維繫，故國政或有弊病，則百
姓皆當出為商酌，思一和平簡便之法，變改舊章。……(注12)

傅蘭雅的口述，已經將「國政」的一些基本概念明示介紹給中國人，不
知道當時最高統治者們是否注意到？只有康有為先生曾購買學習過。

而在這之前，已經有人開始運用「政治」一詞。我們可以看到在1879
年。時任中國駐日本參贊黃遵憲出版《日本雜事詩（廣注）》，書中就使用
了「政治」一詞，（句子為「其關於政治者……」），這應該就是從日本已
經翻譯使用的「政治」接過來的。(注13)

另一位是香港《循環日報》主筆王韜，在1882年出版《弢園文錄外
編》，文中有一節為「紀英國政治」，其中寫道：「觀其國中平日間政治，
實有三代以上之遺意焉。官吏則行薦舉之法，必平日之有聲望品詣者，方得
擢為民上，……而又必准舍寡從眾之例，以示無私。如官吏擅作威福，行一
不義，殺一無辜，則必為通國之所不許，非獨不能保其爵祿而已也。……其
政治之美，駸駸乎可與中國上古比靈斯焉。……。」(注14)

還有一位麥孟華舉人，1897年在《時務報》上發表文章，文中寫道：

「……政治之新學，又豈高拱肉食者所能代謀哉？……」(注15)

以上三位運用了「政治」一詞來作爲新詞使用，但沒有解釋政治是什麼？僅是起到吹哨人的作用，只是哨聲太小，對當時中國影響不大。按照中國傳統文化的慣例，是只有皇帝「開金口」才會諭及全國。幸好，清朝光緒帝戴湉（1871–1908）自己來使用了。他在1897年的「舉特科」上諭中，已經寫道：「考求各國政事」(注16)，在3年後，1901年7月16日的「廢八股」的上諭中，「政治」一詞一口氣出現6次，而且分爲「中國政治」和「各國政治」。(注17) 直接擺明了要全國臣民都來關注「政治」的內涵。後來在1905年，在派官員「赴東西洋各國考察政治」的上諭中，又說道：「……赴東西洋各國，考求一切政治，以期擇善而從。」(注18) 顯然，光緒皇帝對於「政治」的變革的祈望實在是很高很高的，仿佛能像是找到三藏法師那樣從西方求佛得到解決中國困境的法寶。於是，我們看到，從20世紀初始，「政治」一詞就猛升到熱詞的地位，在晚清最後十年間，朝野上下利用和討論「政治詞族」的言論鋪天蓋地而來。本節僅選取朝廷中的一些奏摺和民間書生們的發表的一些文章中個議論，專著留待下一節。因爲這些議論中，可以大量地使用「政治」來造詞譴句，而不必分析「政治」是何物？不必考慮「政治」的本質，拿過來就用，至於讀者能否理解？那可就不管了。恐怕這也是中國官場的一種傳統罷。例如：

1908年，學部右侍郎達壽（滿族）奉命前往日本考察憲政，回來寫奏摺報告「考察日本憲政情形具陳管見摺」。他說道：

> 憲法制定之形式既有三種，而政治運作之實際亦遂不同，……大權政治者，謂以君主爲權力之中心，故其機關雖分爲三，而其大權則統於一。其對於內閣也，得以一己信任之厚薄，自由進退其大臣。其對於議會也，則君主自爲立法之主體，而議會不過有參與之權。議會雖有參與之權，而君主實仍操裁可之柄。其對於裁判所也，其裁判權雖寄於裁判所，而大赦特赦減刑復權之事仍屬天皇之自由。此大權政治之大概也。議院政治

者，以議會為權力之中心，……。分權政治者，其大統領則有行政權而無立法權，……。大凡君主國體而取大權政治者，其國會與民主國體取分權政治，或君主國體而取議院政治者判然不同。……(注19)

1901年開始，中國的國事犯梁啓超先生在日本，以他的如簧之筆，連續發表許多探討中國前途的政論文章，他在1902年寫的〈國家思想變遷異同論〉中，使用了「政治之區域寥闊」一句話，然後又說：「務令適宜之政治普遍於全世界」。接著他又寫〈釋革〉一文，其中他寫道：「夫淘汰也，變革也，豈惟政治上為然耳，凡群治中個一切萬萬事物莫不有焉。」到了他再寫〈新民說〉的文中，他又說：「政治上之自由者，人民對於政府而保其自由也。」到1903年他再寫：〈政治學大家伯倫知理之學說〉一文中，更是藉伯倫知理的政治學理論，他把矛頭引申到：「今日之中國，實非貴族政體，而為獨裁政體。其蠹國殃民者，非芸芸坐食之滿人，而其大多數乃在閹婉無恥媚茲一人之漢族也。而其實為媚者，非媚滿人媚獨裁耳。使易獨裁者為漢人，其媚猶今也。媚獨裁之漢人，其蠹國殃民，亦猶今也。」(注20)

1903年，有一位漢駒先生在《江蘇》雜誌上發表文章：〈新政府之建設〉。他寫道：

專制妖氛，瀰漫全國，階級毒焰，深中人心，一國主權，一姓握之，萬般政務，一人決之。政治之主人，則皇帝是；政治之目的，則皇帝至幸福是；政治之策略，則皇帝之私意是。國中之國民也，主人也，盡入萬重羅網，盡墜千丈深淵，若祖若宗若子若孫，世世困於泥犁，無門可以超昇，更何國民之有？臣僕而已矣；更何主人之有？奴隸而已矣。四萬萬堂堂大國民，除服從私意遵守王法之外，更無可以發表意思之餘地。……(注21)

1905年，同盟會員汪精衛在《民報》上發表文章：〈民族的國民〉，他寫道：

考之吾國之歷史，六千年來之政治，可名曰君權專制政治。二百六十年來

之政治，可名曰貴族政治。……夫貴族政治，不平等之政治也。……蓋人類當一切平等，乃於其中橫生階級。貴者不得降躋，賤者不得仰玫。權利義務，相去懸絕。此其逆天理裡，悖人道，而不容有於人間世。……滿族漢族其權利義務之不相同者，……一、公權之不平等；二、私權之不平等。公權者，以構成國家機關之資格而獲之權利也；私權云者，以個人之資格而獲之權利也。人們於一方為構成國家之分子，而他方有自由獨立之人格，其權利義務悉規定於國法。以公理言，宜皆平等，無參歧也。然中遭同種相戕，或異種相競，優勝劣敗之結果，而疆界分，一切生活，異其程度，而於公權，尤側重焉。……嗚呼，吾願我民族實行民族主義，以顛覆二百六十年來之貴族政治！嗚呼，吾願我民族實行國民主義，以顛覆六千年來之君權專制政治。(注22)

1908年，同盟會老會員吳敬恒發表文章：〈無政府主義以教育為革命說〉，他寫道：

政治革命，以抗爭權利為目的，為多數與少數相互之，其公德則歸向於國權。故往往革命一起，易生革命黨之暴徒，始則奪權於少數強權者之手，繼則互相爭奪，肆為屠戮其彼此挾以間執人口，而自以為不敢顯然逾越者，惟在保愛祖國，護持國權。若國權以外，即無所謂公德。……(注23)

1911年，光緒20年的狀元張謇，時任江蘇諮議局議長，他寫出〈建立共和政體之理由書〉，他寫道：

……政治則機器，有共和政治，然後有共和程度之國民。……國民未能脫離君主政府，祇有立憲，請求共和不可得；既脫離君主政府，祇有共和，號召君主立憲不可得，亦國勢事實為之也。(注24)

1911年，還有商務印書館編譯所理化部主任杜亞泉，寫〈政黨論〉一文，他寫道：

> 專制政治之下，國民雖於政治上有若何之意見，不能於政治上生若何之
> 關係，故亦不暇顧問，聽肉食者謀之，不復以此空費其思想。立憲政治，
> 重視輿論，國民漸知其與政治之關係。於是由政治上之關係，而生政治
> 上之研究；由政治上之研究，而生政治上之欲望。此固心理作用，隨在可
> 以證明者。……(注25)

　　不知道當時的掌權者是否看到這些臣民的言論？當時只有《民報》上的
「顛覆」言論是被注意、被禁止的。這些當時在報刊出現的有關「政治」的
言論，倒是吸引了全國新老書生們的注意，有所感，於是放開喉嚨喊起來，
各懷各的政治意圖，而以冠冕堂皇的文字表述出來。但是，究竟「政治」是
什麼內涵？如何界定？如何運用？都很難在他們的筆下流露，民眾倒是在他
們的煽動之下顯示出關注「政治」的熱情。

　　我們也可以從這些言論中看到，由於每個人都立場與願望不同，即使運
用的是同一個詞，但他們各自對於「政治」詞語的運用傾向也就很不同。如
上層官員們談立憲，就是力圖捍衛中國要從君主專制政治轉化爲君主立憲政
治而已。而社會人士談立憲，則明顯分爲兩派，一派是要通過君主立憲政治
來維護他們的利益；另一派則明白宣告君主立憲的死刑，而以民主憲政政治
取代。他們扯上民族問題、民主問題、自由問題、各國政治歷史問題等等，
頗有自賣自誇之嫌，但是已經足以讓中華民族猛醒，認眞地探尋自己的前途
了。

（二）清末時期出現的政治專著

　　時代的驕子梁啓超先生，在1902年就「編譯」一部書，名爲《近世歐
洲四大家政治學說》，他在「例言」中寫道：「譯者不通法文，所據者日本
名士中江篤介譯本也。」不過，現在看來，該書應該說是梁啓超先生藉日
文譯本，而以自己的見解，去解讀這「四大家」（霍布士Hobbes、陸克Johu
Locke、盧梭Jeun Japues Rousseau、孟德斯鳩Moutesquien）的學說，今天的讀者恐

怕很難區分書中哪一句是原作者的話？日本譯者的話？或者是梁啓超先生的
自解自說？不過，梁先生將「政治」與「學說」合成一個新詞，這就將對於
古代「政治」一詞的用法，提高到「政治學」這樣的層面，從此，中國人的
參政議政的實踐，與學術研究「政治」就可以分開了。只可惜他在全書中還
是沒有給「政治」、「政治學」下一個定義。例如他在書中寫道：

> 且霍布士雖不謂人心有自由之性，然以契約為政治之本，是已知因眾人
> 所欲以立邦國之理。其見可謂極卓。……陸氏則不然，謂民約以施行威
> 權，非棄其固有之權，正所以保護其固有之權，但權之不便於邦國者，則
> 棄之耳。……陸氏以為不然，蓋所謂君主專制政體，不能謂之真政體。
> 政府與民眾之間實含有爭鬥之權，不過勉強支持而已。……盧梭以為民
> 約之目的絕非使各人盡入奴隸制境。故民約既成之後，苟有一人敢統禦
> 眾人而役使之，則其民約非複真契約，不過獨夫之暴行耳。且即使人人
> 甘心崇奉一人，而自供其役使，其所為民約者，亦已不正，而前後矛盾，不
> 可為訓矣。……及盧梭出，始別白之，以為主權者惟國民獨享之，若政府
> 則不過承國民之命以行其意欲之委員耳。其言曰，政府者何也？即居於
> 掌握主權者即國民全體與服從主權者即各人之中間，而贊助其交際，且
> 施行法律，以保護公眾之自由權者也。……孟氏學說，最為政治學家所
> 祖尚者，其政體論是也。……孟氏以為專制政體，絕無法律之力行於其
> 間。君主尚武力以攝其民，故此種植政，以使民畏懼為宗旨雖善其名曰輯
> 和萬民，實則斷喪元氣，必至舉其所賴以立國之大本而盡失之。……貴
> 族政治，蓋以國中若干人獨掌政柄，實君主之餘習也。若夫共和政治，則
> 人人皆治人者，人人皆治於人者。……孟氏謂法治之國以法律施治謂之
> 法治，人人得以其所當為，而不能強其所不可為，此自由權所在也。……
> 又謂司法之權，若與立法權或與行政權，同歸於一人，或同歸於一部，則
> 亦有害於國人之自由權。蓋司法權與立法權合，則國人之性命及自由權
> 必致危殆。……(注26)

1902年，留日回國的作新社成員楊廷棟翻譯出版《盧梭民約論》，他寫
道：

天下之事，不有前因，必無後果，夫取決於眾。推立君主，是為民約之因。人民之於君主，有應盡之責，是為民約之果。若夫君主妄逞己意，而與民約之旨相背馳，則君民之義既絕，應盡知責，亦隨之二滅。且君主之中，甚或有損本國之利，以益他人者，是猶齕割肢體，以飼鄰里，寧有是理哉。……民約也者，一位人之天性，雖有強弱愚智之不同，而已義理所生之限制，使強不得凌弱，智不得辱愚，天下之人，悉享平等之權利，立國之基，即在是，而萬國所行之政體，亦於是立也。……國憲良否，莫若決於行政立法兩權相合之所。蓋法由我立，政由我行，利害損益，必較他人為明，然事事物物，無界可分，其弊亦有不勝言者。行政立法之權，集於一人之身，則其恉必不能普諸萬姓而無偏。……政府滅亡之故，厥有二因：王公之專橫，與官吏之暴虐是也。(注27)

1902年，針對當時開始介紹西方政治體系和政治運作，有一位「竟強庵主人」，翻譯德國麥克塞挪鬥（Max Novdau）的書出版，名爲《野蠻之歐洲》。該書主要是談論西方的政治理念，其實是與實踐有相當大的距離，以此否定政治變革的理論。也就是說，政治學理論與政治實踐之間，還是有很大的差距的。例如他寫道：

……一千七百八十年以後，各國所立憲法，皆以主張民權，乃自實際觀之，而國家之機關行動，則尚循舊軌也。稱君主為上帝之天驕，稱人民為國家之附屬。官吏本人民所雇役，今則儼為國權之司員，且侵假而為人民之監督焉？侵假而為人民之仇敵焉？不順民志而奉君意，人民乃猶尊敬而服從之？噫，彼巍巍在上著，果聰穎過人？抑或材質出眾歟？……民政兩字，驟觀之若一國主權，皆掌諸民，惟民為得運用其權力然者。亦昔之所論自治，僅屬理想，今則施之實行然者。豈知政體雖云共和，而利權可以傳襲，爵位可以傳襲，資本家與富商之有勢力，官吏之有威權，國民無完全之思想言論即行動之自由權。民政真際，固若是乎？吾知今日之假民政，與天然之真民政，實永不相容也。國中群治，曾不少變，徒斤斤焉，爭君主民主之名。是猶書賈輸幹禁之書於他國，而詭稱為說部或教書，以矇混人目也。……(注28)

1903年，留日回國的麥鼎華先生，翻譯時任美國普林斯頓大學校長威爾遜（W. Wison，後於1912年當選爲美國總統）著的書《政治汎論》2卷，《政治汎論後編》2卷出版，該書應該是從日本學者高田早苗翻譯的《政治汎論》再翻譯而成的，這是一部研究一些國家政治發展史的專著。書中寫道：

> 政治之所以能成立而發達者，實人類迫於外界各種之事情，不得已而考求方法之結果也。……亞里斯多德，論政體腐敗與革命循環之理曰：凡一國起於自然之政體，必為君主政體，以有強力故，遂以一人而掌握國家之主權。此君主者，必傳其祚於子孫，而子孫忘祖宗遺法，祖宗所憑藉以謀國之道，逐漸廢棄，而成專制之弊政。專制既極，必有起而反抗之者。君主孤立無援，必致敗亡。由是起而倡亂者，掌握政權，而成貴族政體。貴族政體之初，亦必圖國家之安寧，謀人們之幸福，行之既久，殘朽腐敗，卒為暴漫恣睢之寡頭政治。此寡頭政治，各分黨與，私利是圖，其害人民之自由，比之專制政治，尤有甚者，勢必驅多數之人民，反動而謀革命。革命終而民主政體起，然遲之又久，法律弁髦，道德掃地，不至無政府不止。夫無政府政治，何可持久，於是必有凱撒，其人之專制君主，出以救國家之亂亡，複社會之秩序。君主政體復興，而政體革命之循環，亦相繼而起矣。……(注29)

這當然是書生之見，對於政治的學術研究有用處而已。

1903年，日本政治家、思想家尾崎行雄著的書，被王建善翻譯成中文書，名爲《併吞中國策》（原書名《支那處分案》）。尾崎作爲日本立憲政友會的發起人，書寫他當時認爲如何抓住機會，認知中國的薄弱處境，由日本用一切手段來併吞中國，他在書中列舉了併吞的理由、關係、辦法和措施等等。尾崎甚至在書中對於「中國」一詞，故意改用了表示十分藐視的「支那」一詞。當時，他的思想和理論是推動了日本占領朝鮮，以及鼓動日本襲擊中國的甲午海戰等，雖然他本人晚年是反對日本軍國主義侵略的。譯者都在後記中說道：「此書言我國弊病，深切著名，其筆鋒之犀利，可謂利鏃穿

骨。列國所以對我國之政策，我國人所昧也。此書亦詳哉言之。全書語語警切，沁人心脾，用爲我國藥石，至爲適當。……」(注30) 現在我們重新審視這部書，應該是很有意義的。

尾崎在書中介紹了他認爲的中國當時的政治狀況，他寫道：「國民之國家思想，保國之一大要質也。故民無國家思想，雖兵力強大，其國必亡。而支那人未知國家爲何物，焉得有國家思想。……支那人之政治思想：官吏雖乏政治思想，若人民有之以矯正之，猶可得施善政也；人民雖乏政治思想，若當局者備之，亦得施牧羊主義之善政；上下俱無政治思想，官民俱腐敗，斯終不能保全其治安。蓋政治思想者，保國之一大要質也。欲知支那人政治思想之有無厚薄，讀其歷代之名臣奏議可知矣。浮華之言，迂遠之議，滿紙皆是，何嘗有政治思想？……支那民種，其天性文弱好利，古來常苦於本國官吏之暴虐，屢屢受胡兒蠻酋之撻伐，服從其統馭，故民之從順易馭，天下幾無其比。我兵之入盛京省也，居民歡迎，自稱新民。如此無恥之極，乃支那民種古來之性情習慣，不足怪也。……支那之革新改良，非特拯四億生靈於塗炭之中也，非特保全東洋之治安也，實增進宇內福利之要務也。……」(注31) 如此狂妄的言語，眞是欺侮清朝人到極點了，當時有血氣的中華年輕人何以能夠忍受？中國眞是面臨著亡國的危險了。

而同樣是在1903年，國內也出版了梁啓超的新書：《政治學新論》，該書名明確用了「政治學」一詞，但內容並非是對於政治學的介紹，而只是他的一些相關論文集。例如在「國家思想變遷異同論」中，他整理了中國舊思想與歐洲新思想差別的十一條，這裡選兩條：

中國舊思想：

二國家與人民全然分離。國家者，死物也，私物也。可以一人獨有之。其得之也，以強權以優先權。故人民之盛衰，與國家之盛衰無關。

三治人者為一級，治於人者為一級。其級非永定者，人人皆可以為治人

者，人人皆可以為治於人者。但既為治人者，即失治於人之地位。既為治於人者，即失治人者之地位。

歐洲新思想：

二國家與人民一體。國家者活物也。（以人民非死物故）公物也。（以人民非私物故）故無一人能據有之者。人民之盛衰，與國家之盛衰，如影隨形。

三有治人者，有治於人者，而無其級。全國民皆為治人者，亦皆為治於人者。一人之身，同時為治人者，亦同時即為治於人者。(注32)

梁先生的書後面，有專門兩篇論述：

〈中國專制政治進化史論〉和〈論專制政體有百害於君王而無一利〉，他的總結有：「中國數千年君統，所以屢經衰亂滅絕者，其屬階有十，而外夷拘攣流賊揭竿兩者不興焉。一曰貴族專政；二曰女王擅權；三曰嫡庶爭位；四曰統絕擁立；五曰宗藩移國；六曰權臣篡弒；七曰軍人跋扈如唐藩鎮之類；八曰外戚橫恣；九曰僉壬朘削如李林甫盧杞之類；十曰宦寺盜柄。此十者，殆歷代所以亡國之根源。凡叔季之朝廷，未有不居一於是也。至求此十種惡現象所以發生之由，莫不在專制政體。專政政體者，實數千年來破家亡國之總根源也。(注33)

另外，在1902年至1903年間，當時的新出版團體作新社同人，就編譯出版《原政》，為英國斯賓率爾著，楊廷棟翻譯。該書是介紹原始社會時候的政治源流；以及《近世政治史》，為富士英翻譯。該書全是介紹介紹西方一些國家的政治發展史。不涉及政治的概念問題，故不再介紹。(注34)

1902年，作新社還集體著作《國家學》出版，書中寫道：「今日文明之國則不然，一位政治者，非謂祭祀，乃調處國家活動之顯象也。所謂國家活動云者，謂國之主權，統治國土與人民及對於外國所保護之現象者，屬於政治學之範圍。故政治學者，為動處之國家學。……」(35)

而在1903年，翻譯大家嚴復先生編譯出版《社會通詮》，他的英文與中文古文頗佳，互相注譯。他在書中「注」上就明示「治制 Politics，今譯政治。」然後他編譯出一個政治的定義如下：

> 治制者，民生有群，群而有約束刑政，凡以善其群自相生相養者，則立之政府焉。故治制者，政府之事也。……然則，治制固不必國家而後有。然吾黨必區治制之名，以專屬國家者，以其義便，而國家為最大最尊之社會，關於民生者最重最深故也。(注36)

嚴復先生到1904年編譯出版的孟德斯鳩著的《法意》一書中，繼續使用「治制」一詞。例如他寫道：

> 國有治制如君主民主。國法者，所以成此治制者也。民法者，所以翼此治制者也。故其立法也，不可不察其治制之形質精神而為之形質精神之分見後兩卷。……復案：五洲治制，不出二端：君主民主是也。君主之國權，由一而散於萬；民主之國權，由萬而匯於一。民主有二別，用其平等，則為庶建，真民主也；用其貴貴賢賢，則曰賢政。……治制有形質，有精神，所謂形質，乃其物之所由立；所謂精神，乃其物所由行。形質以言其體，精神以著其用，體立而後制度人情著。自注形質精神乃極要之區分得此而後可及其餘法治以此為關鍵者不可殫述。……(注37)

嚴先生的古文實在太深奧，令後學們汗顏。

1903年，還有日本學者白河次郎與國府種德著的《支那文明史》，被翻譯出版，書中有一章為〈政治上之觀念及君主政體之發展〉，其中寫出他們對於中國古代政治觀念的見解：

> 孔子謂文宣王，歷代祭典。學者之傳其學說者，自受秦一大鐵捲以來，唯為君位裝飾之器具，以為君主之利用。其苟有因類似「合意干係」之學說，而若反抗主權者，乃悉受主權之粉碎，與權臣之蹂躪。是皆學說之他一部，助主權而使為大之過焉矣。如漢之陳蕃李膺，明之方孝孺，其著焉

者也。其他與主權若權臣衝突而守撲擊者，殆無代無之。如此儒教之一部分，大為強其君主權力之援助。其君主政體，秦始以來，歷代確定。全支那統一之君主，稱曰皇帝。王朝革命，以篡奪為禪讓，以戰勝為放牧，堯舜三代之「君主貴族政體」，為儒教所是認者，常至為後代「壓制政治」之口實矣。支那君主政治樹立之變遷，概要如此。⋯⋯支那之君主，唯戰勝者權力者為之，不限其階級者也。（一）皇帝不問何人，戰勝者權力者，悉可即位。（二）皇帝得以禪讓放牧之口實，起僕前朝。（三）皇帝有無限之命令權而統治臣民。（四）皇帝之意志，直法律而政治也。如此條件之下，見支那之君主政體。⋯⋯(注38)

日本學者的旁觀者見解，知之甚深。

1907年，留學東京早稻田大學政治專攻生王國樑譯述《普通政治學》（原書為他的老師高田早苗的專著）出版，他寫道：

英國曰政治學（Political Science），德國曰國家學（Statswissenschaft）。溯其語原，所謂政治學者，亦用國家學之義，大抵與社會現象中，擇其關於國家諸現象，而研究其性質組織作用等學問之總稱也。⋯⋯不自由國家之人民，悉聽其主治者，命令而行，彼等行政部全無制限，又立法等事，人民無毫末之權利。如此國家謂之不自由也。然所謂不自由國者，不獨指人民為暴虐的君主之壓制，縱令君主於形式上認有法律制限、保護生命財產等項，而在實質的制度上論，之其與不自由，則一也。⋯⋯半自由國家，單上流社會有監督政府，即參與政權之利益，其他下流社會，仍無自由參與政權。⋯⋯自由國家，此國中人民得稱曰國民。人人皆得參與政權，關係立法即制限政府之權。而其制限政府之法，古代則人民自集會議事，近世則公選委員或代議士間接關係矣。⋯⋯(39)

《普通政治學》書後附有「注解」。其中「（1）政治。英語Politics，法語Politique，拉丁語Politicus。其餘諸國，大抵相同。而其語源，出自希臘語Politikos(πολιτικοδ)。希語用此字者，關於Polis(πολιδ)之事。其義，即城市（City）之意。希臘所謂城市者，與今有異，因其一市府為一國家也。」(40)

1907年，還有日本小野塚喜平次講述，鄭虎譯編出版《政治學》，書中給出「廣義政治學」內涵的示意格式：

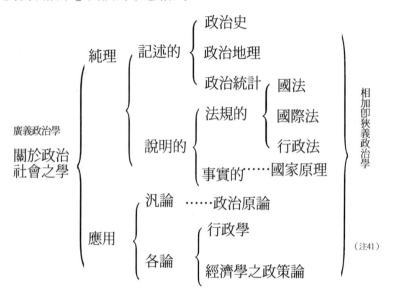

（注41）

該書中還介紹了日本的政治變革，書中寫道：

> 凡國家舉行大改革，必有宣言。日本明治元年之宣誓，即棄從來政治上方針而入於近世政治上方針之一過渡也。其誓文凡五條：（一）廣興議會，萬機決於公論。（二）上下一心，盛行經綸。（三）文武一途，至於庶民。各遂其志，使人心無倦。（四）破除舊來之陋習，基於天地之公道。（五）求智識於世界，以大振乎皇基。……自純理上觀察之，政治學之研究，在求發見法則，以屬吾人所欲瞭解現象之智性欲望，而其所發見之法則，可以應用與否，非主要之問題也。……若政治現象，繁頤複雜，苟研究有得，而吾人智性之欲望，殆有不可口之愉快者，此即純理的研究之價值也。（注42）

到1910年，北通州協和書院院長，美國人謝衛樓（D. Z. Sheffield）重新編譯威爾遜的書出版，書名為《政治源流》。謝衛樓在自序中寫道：

樓所著《政治源流》一書，非詳細評論萬國政治之精微，只擇數國有關
於時勢，堪與取法者，而解其大旨，且於其不同之處互相考證，究其本
源，則知緣國家之景況，人民之經遇與風俗之靡常。政治遂分多類，各類
由時勢而生，又隨時勢而變也。且此書構造，乃本數國之歷史，與政治相
關者而採擇之。……(注43)

該書開宗明義，給出了「政治學」的概念：「政治學所究考者，乃在立
國之根由，與其義理，並創制之規模，行政之法則，與夫國家之律，執政之
人也。」(注44)

該書第十八章為〈論中國之政治〉，第十九章為〈論清國之政治〉。(注45)
但，其實也不是「論」，只能說是介紹中國歷代政治發展史而已。

以上這些書的作者和譯者，以及朝野人士在各種新舊報刊上所發表的
政治見解，他們似乎都急於參與當時中國時政的變革，拿來西方的政治學知
識，就套按在中國人頭上，都希望能夠被昏睡的中國人接受。應該說這種對
於「國家大事」的公開言說，在古代是相當危險的事情，但在時勢逼迫下，
確實起到了作用，關聯到當時中國的政治前途迷茫，缺乏知識的人才來實現
千古不變的傳統，而且急需新的政治知識來說明變革的合理性，導致這些新
一代的政治理論家開始成長，把新的知識理念灌輸到中華大地上了。只是今
天的感覺是頗為膚淺而已。

清朝末年最清醒的政治家，是孫中山先生。他在清末的一系列言論，不
但是掌握政治學的基本理論，更是在民族存亡之際，身體力行四十年，實現
他的「喚起民眾」的宏願，並帶領中華民眾走上全新的政治道路，建設共和
國。關於中山先生的政治學說的研究已經超出本文範圍，不再展開。這裡僅
舉兩例：一是他對於舊傳統專制政治的批判，1904年，他在美國演講，曾說
道：

吾輩受韃虜政府毒虐已二百六十餘年，而其罪慘酷重要者，則有十端：

（一）虜據政府以自利，而非以利民。（二）阻止人民物質思想之進化。
（三）馭吾人如隸圉，而盡奪一切之平等權及公權。（四）侵害我不能售
與之生命權及財產自由權。（五）容縱官吏以虐吾民而腹削之。（六）禁
止吾人之言論自由。（七）定極不規則之稅則而不待人民之認可。（八）
用極野蠻之刑以對囚犯，逼供定罪。（九）不由法律而可以剝奪吾人之權
利。（十）放棄其責任為吾人所托生命財產者。^(注46)

　　另一個例子，是他提出完整的具有中國特色的政治理論體系，他在1906
年，在日本東京的演講中就說道：

　　……三大主義，第一是民族主義，第二是民權主義，第三是民生主義。
……我們推倒滿洲政府，從驅除滿人那一面說，是民族革命，從顛覆君
主政體那一面說，是政治革命。……凡革命的人，如果存有一些皇帝思
想，就會弄到亡國。因為中國從來當國家做私人的財產，所以凡有草莽
英雄崛起，一定彼此相爭，……。總之，我們革命的目的，是為眾人謀幸
福，因不願少數滿人專利，故要民族革命。不願君主一人專利，故要政治
革命。不願少數富人專利，故要社會革命。這三樣有一樣做不到，也不是
我們的本意。達到這三樣目的之後，我們中國當成為至完美的國家。……
將來中華民國的憲法，是要創一種新主義，叫做「五權分立」。……（行政
權、立法權、裁判權、考選權、糾察權）……^(注47)

　　中山先生的言論如他的外號「孫大炮」一般，確實是準確犀利明快，震
撼人心。

（三）清末時期工具書中的「政治」概念

　　為了適應時代的需要，清末時期湧現一批新型工具書，舊傳統的類書系
列已經趕不上需求，必需要對擁進中文的新知識給出說明，因此需要新型工
具書。於是，另一種為「經世文編」系列出現，有十餘部，雖然內容上已經
大量錄入西方的新訊息，但依然還是類書的方法，即把一堆從書報刊上搜羅
到的新訊息，一股腦地堆砌在各個主題下，並不判斷什麼是準確的知識，什

麼是道聽塗說的訊息，看上去眼花繚亂，卻抓不住知識的概念。可喜的是，還有第三種新工具書湧現，即是百科辭書型的。據筆者研究，在這些約40部百科辭書中，辭書條目的品質有差有佳，參差不齊，但多已經是以一個條目一個概念的原則安排了。這裡略選數例：

1.用「政治」作書名的辭書：

《萬國政治藝學全書》380卷，朱大文、凌賡颺編，1894–1902。《列國政治統考》18卷，漸齋編，1902。《五大洲各國政治通考》8卷，錢恂編，1902。《五大洲政治通考》48卷，急先務齋主人校刊，1901。

其中，錢恂先生是以「出使英法義比參贊」的身分，自己在工作中搜集的40個國家的政治結構，應該是比較第一手的文獻。只是他在「序」中的見解如下：

> 嘗謂泰西之政治，實似中國中古之政治也。其政理則自議院以至學堂，其人情則自君主以至細民。所言皆可行之事，所習皆有據之學。非若有能以文言懸擬事理，即稱為真，經濟者可比焉乎？……(注48)

而另一位太平齋主人為《五大洲政治通考》作「序」中，則寫道：「……政治類，一代之規，國之政體在焉；論道議法，總百揆也。……」(注49)

2.書中有「政治」類或卷的辭書：

《時務通考》31卷，杞廬主人編，1897年。有〈公法、約章卷〉。《時務通考續編》31卷，同上，1901年。同《時務通考》。《萬國分類時務大成》40卷，錢豐輯，1897年，有〈政治卷〉。《分類時務通纂》300卷，陳昌紳編，1902年，有〈政體卷〉。《新輯增圖時務匯通》108卷，李作棟編，有〈政治14卷〉。《洋務經濟通考》16卷，邵友濂編，1898年，有〈政府卷〉。《萬國時務策學大全》48卷，漱石山館主人編，1897年，有〈政治卷〉。《東中大辭典》1部精裝，作新社編譯，1908年，有「政治術語」。

《編譯普通教育百科全書》100卷，范迪吉等編譯，1903年，有「政治」。
《新學大叢書》120卷，飲冰室主人編，1903年，有「政法」卷。《新爾雅》
1冊，汪榮寶、葉瀾編，1903年，有「釋政」類。《普通百科新大辭典》15
冊，黃摩西編，1911年，有「政治類」。

　　3. 有關「政治」條目選：

　　上述這些工具書中，都有了關於「政治」類的條目，雖然還很不周全，
而且多數是從日文翻譯而來，於今不是很貼切，但已經是概念的初步形式
了。這裡舉幾部書中的條目為例：

　　1903年出版的《新爾雅》中有分類總條目之一，名為「釋政」，其中寫
道：

> 有人民有土地而立於世界者謂之國。設制度以治其人民土地者謂之政。
> 政治大綱三：一曰國家；二曰政體；三曰機關。……有一定之土地，與宰
> 製人民之權力，而為權利義務之主體，備有人格者，謂之國家。（按：政
> 治學上所用名詞之意義，最為繁博深奧，非略加注釋，恐閱者不能盡解，
> 今略釋之。……）國家者，有治者被治者之區別也。（治者為君主或為大
> 統領，其餘則為被治者。）……統治者與被治者之關係，係以強力而成
> 立者，謂之服從國家。（自族制神政治發達，部族膨脹，不得不併吞他部
> 族，以圖擴張，於是戰鬥攻伐無已時。而競爭之結果，弱者不保生存，勢
> 必至求為強者之隸屬，以庇其餘蔭。酋長政治封建制度，即其例也。）是
> 謂之服從國家。統治者與被治者之關係，由兩者間之約束而成者，謂之
> 約束國家。（自近世天賦人權之說張，久握大炳之君主，不得私其權為
> 己有，約束國家之所以成立也。其中有約從、契約之區別。約從國家者，
> 君主舉人民固有之權，分而還之於眾，以邀國人之悅服；契約國家者，
> 憑人民之腕力，以除舊建新，故國家為臣民所自造，統治者不過受人民
> 之委託而已。……）（注50）

　　1907年出版的《法政辭解》書中有條目：

政體：謂為政治之體裁之義也。各國政體如何，因主權行動之形式而異。而主權行動之形式，雖原因於歷史，然大都依法制之規定為主，故其種類甚多，雖不能明確區別，而其最重者，則為專制政體、立憲政體二種。

政權：謂一國之臣民，參與其國政治之權也。

政治犯：為紊亂政治上秩序之犯也。^(注51)

1908年出版的《東中大辭典》中有條目：

「政治」（セィヂ）（名）：一國主權者。統治其領土及臣民之謂。

「政治學」（セィヂガク）（名）：研究國家起原、組織、性質、及政策標準之科學。

「政黨政治」（セィタゥセィヂ）（名）：(一)政黨內閣之政治。(二)從政黨主張之政治。^(注52)

1911年出版的《普通百科新大辭典》中有涉及「政治」的條目近百條，這裡選三條：

大權憲：立憲國屬於君主之國家政務權。國家統治權，概統轄於君主，凡立法司法行政等權，皆包括於此權內。由此國權屬於君主之點觀之，而謂之大權也。君主之大權，有不可不以他之機關參預之者，如立法權是也。有不可不以他之機關行使之者，如司法權是也。有全歸君主之處理者，結約頒賜等是也。

統治權憲：統治權者，治者支配被治者之權。即下命令時，有不服命令者，可以此權強制執行也。統治權，惟國家有之。然非國家惟一之目的，而實為其手段，欲達國家目的，故用命令強制之手段。然國家行為，雖不僅在統治權之作用，而實為國家最重要之權能。國家之統治，為原有者而非坿與者，故為單位而不可分，且為獨立最高者。凡在國家內，不論何人，不可不服從此統治權。

法治國政：對於專制國而起者。在專制國，統治者為君主，國權隨意行

使，不拘法規。縱令國權之行使有經規定者，亦祇為君主所下之訓令。而國家與臣民之間，無拘束之法規，是為絕對之專制國。專制國，亦有民法刑法，民事刑事之裁判，國家亦有拘束者。然行政權之行使，則勿法規之拘束。反之，在法治國，不惟司法權拘束於法規，即行政權之行使，亦拘束於法規，不惟行政官廳，即君主於行政權之行使，亦拘束於法規。行政法，為關於國家與臣民之行政之法規，有拘束之力。如此行政悉依法規者，謂之法治國。⋯⋯(注53)

（四）小結

綜觀以上的中國學人對於「政治」的初始理解，表現了在1912年以前幾十年間的中華民族，在中西文明板塊碰撞的大範圍下，遇上了千年未見的政治社會危機。於是有識之士全力投入政治活動中，有一些人士是保國、保種、保皇等被動地呼喊著；有一些則體驗到政治變革的迫切需要，理解到封建傳統的不合時宜，進而主動地尋覓民族的新出路，因而呼喚變法、新政、革命等等。恰如魯迅先生在後來所提示的：有些人要閉關自守，有些人建議要拆房子，有些人建議要開窗戶。這些初步從西方引進來的政治思想理念，其結果是一場政治、軍事、經濟、文化、思想的大革命，把中華民族引進到新的發展道路，跟上了世界文明發展的軌道。

我們今天梳理前輩們的思想言論，通過「政治」概念的產生和自我解讀，雖顯得初步幼稚，其中有糊塗的，也更有清醒的。他們作為第一代政治家，已經盡了他們的歷史責任。古代中國官員們，頗有「政治」操作的經驗和行動本領，但是缺乏「政治學」的知識，難以將社會政治活動引向良性發展。而十九世紀末期開始的新政治思想的鼓吹和行為，他們是引進了先進的政治學理念做基礎，雖然他們各自的認知並不一定相同，導致偏激幼稚的行為也各自不同，但是他們的辛勞確實喚起了民眾，終於獲得我們中華民族的新政治進步，終於擺脫了禁錮我們進步的封建枷鎖，走上與時代接軌的新道

路。前輩們的功勞不可沒，前輩們留下的政治遺產更應該珍惜與總結教訓。

從概念史角度觀察，當然，西方「政治」概念的形成，是經過了漫長的社會文化的認知，才從繁雜的「觀念」群中逐漸昇華清晰，並逐漸獲得共識。而清代末年前輩們對於「政治」理念的探討，多數實在是太過於膚淺，尤其是清代體制內的官員們，他們響應皇帝的號召，急忙拿西方傳來的「政治」術語當咒語來念，完全沒有理會「政治」到底是怎麼一回事，反正皇帝用過的詞語再重複就萬事大吉。用今天的話說，他們其實是在借用「政治」的觀念，來表述他們的好奇和無知，因爲他們的文中完全沒有提供他們心目中的「政治」定義，而是把各種各樣走馬觀花、道聽塗說的「政治」言說，不斷重複而已；至於以梁啓超爲代表的留日學到的日文見解，照貓畫虎地搬進中文，很少去注意其中的文義內涵。如此的翻譯與引用，在當時是獨樹一幟的。例如梁啓超的《政治學新論》的書名很吸引人，對當時中國影響是很大的。但是其中卻沒有「政治學」的定義概念。當時只有直接從西方學界翻譯引進的「政治」術語還差強人意，像美國總統威爾遜的書和思想，就頗爲適應中國年輕人的需要。在這些中國人中間，以孫中山先生爲代表的思想家，才是眞正理解「政治」的概念，並且在實踐中用40年的生命去予以實施。

要注意的是，當近代中國人開始用「政治」類術語的時候，其中的語義，其實就已經滲進了西文Politics的語義，和日文せいじ的語義。當然這是與古代「政」、「治」、「政治」的含義大有差別了。這樣一來，近代中國人從作者、譯者到讀者，都增加了新的語文困難，互相理解與解讀，都很不容易對號入座了。清末的「政治」理念就是在這語文背景下激昂又混雜地走過來了。其實當年的許多新詞語湧現在中文裡，都出現類似夾生飯的現象。

中國近代辭典的出現，以條目的形式給讀者提供新的概念，這古代工具書上所缺乏的。雖然其中多數條目的來源，是從日本辭書上翻譯引進的，從

文字學角度看其組詞，是頗有新義，也就讓當時的年輕學子熱情地吸納。黃摩西教授編的《普通百科新大辭典》，就成為一部至今依然適用的工具書。

對於清末中國人對於政治前途的擔憂與認知，還可以用當年被稱為康聖人的康有為夫子的話來表述，他寫道：「今吾國人初欲變法，事事師法歐美，惜乎多無知識，往往得一知半解，而不得其全體，則足以大敗也。且歐美政藝，一切皆經試驗定測而來，皆經百千敗績，乃改良而得之。各國各有其歷史風俗，易地則敗。僅吾國人皆慕歐美人之良法，而無其百試之經驗，萬一誤而蹉跌，則五千年文明之古國，豈可為試驗場乎？惟我海內同胞，無動於感情，無蔽於近見慎擇熟講而後力行之，中國幸甚。」[注54] 康夫子在十多年前，冒死領導「公車上書」，祈望上天普降甘霖，救濟中華民族於政治苦難中，不料在暴雨將要傾盆而下的前夕，卻憂心忡忡起來了。

五、民國時期「政治」概念

1912年，是中華民族的政治體系和理念大轉變的年代，我們民族利用了兩千多年的封建政治體制突然如敝履般拋棄掉了，邁入了全新的「民國」政治體系。原先在帝國政壇上活動「遊戲」的人，多數隨著隆裕太后而退出歷史舞臺了。全新的一代臺上和台下的政治家們擁上來，在短短的約37年間，上演了各種各樣的政治劇，讓中國人看得眼花繚亂，卻又常常摸不著頭腦。用魯迅先生的詩句說就是「城頭變幻大王旗」。如果要對有清一朝代的政治「遊戲」，作一個評論，恐怕是1902年辜鴻銘老先生說的「愛國歌」最精彩了，他說道：「天子萬年，百姓花錢；萬壽無疆，百姓遭殃。」[注55]

而進入民國時期的政局亂象，就完全不同於封建時代的「遊戲」規則了，往往在政治上所應該討論決定的事情，是從骨子裡伴隨著腥風血雨的武力打鬥，以及各派或個人的經濟利害衝突，所有新學來的人類正義的字詞的背後，是人的本性的衝突。只要新詞語、新派頭能夠換來升官發財，一些政客是在所不惜的寫進文章裡；而在陰暗的幕後，各種謀財害命、殺人放

火的勾當是瘋狂地進行著。這個過程，在所有的各派人寫的《中國近代政治史》、《中國近代政治經濟史》、《中國近代軍事史》等書中，全都有所描述。這不是本文研究範圍，故而從略。

從概念史角度觀察，當年在政治舞臺上的人物，大多數人利用「政治」觀念是五花八門的，說得是天花亂墜，更是做得一塌糊塗，很難說有什麼公允的政治概念能夠被實證。而民眾是不希望越看越糊塗，因而對於「政治」概念的準確與公允是迫切盼望的。幸好新式教育起到了作用，很多大學都設有政治系，不少教授就寫出《政治學》一類的專著，為後人留下很大量的文獻。今天我們發現，這些中國的第一代政治學者確實是寫出許多研究成果，現在可以初步梳理出他們當年辛勞的成果了。由於成果太多，筆者曾想區分為時間段或派系段來介紹，結果發現更難以說清楚，只好決定還是按時間排列，從1912年至1949年，大體上分為10年代、20年代、30年代、40年代而已。至於他們各個人的政治學術觀點與傾向，相信現代的書生是能夠看懂的，無需筆者來亂點鴛鴦譜。當時工具書中的見解，也另外列一組。

從語言學角度還要注意到，在這個狂飆演進的時期，中文的整體結構有了空前的變革，字義字音字形、詞義詞音詞形、文義文法也都實踐了脫胎換骨的演進，我們從幾千年習慣所帶來的古字古音古義，已經變革成為白話文，其中吸收了大量新詞語，所以當我們學習理解當時的政治概念的時候，務必要注意每一個字詞句中的語義的根本改變了。也就是說，當時參與政治臺上的說客，或者政治學家，他們各自心目中的字詞觀念，與公允的概念可能會有很大的不同。

至於相關政治學內容的論爭，從1912年至1938年，在公開發表的報刊上面，按照日本學者京都大學竹內實教授主編的《中國近現代論爭年表》上統計，有：女子參政、臨時約法、立憲論、總統許可權、政黨內閣制、二次革命、共和制、開明專制、新約法、革命政權與暴民政權、復辟、聯邦制、

國體、憲法、帝制、協約國、護法運動、民生主義、民主、問題與主義、公理與強權、無政府主義、社會主義、好政府、造國論、反動、蘇維埃、國家主義、人權、我們走那條路、現代化、建國、民主與獨裁等，而且論爭的時間都不長、範圍都不大。至於39至49年間則幾乎沒有公開的政治學方面的爭論。如果比較一下同時的公開爭論，則明顯比起文學方面差得很多，更比當時政壇上的廝殺軟弱許多。這不能說是一個民族在突變時期的正常表現。太少的政治學上的論爭，至少只能說是我們對於政治學的認知的薄弱。

（一）10年代

近代中國政治變革的第一幕是以武力來實現的，史稱爲辛亥革命，以在武昌的軍人們打響第一槍爲標誌。他們的政治訴求是什麼呢？他們在「黃帝紀元四千六百零九年八月」（1911年）發布的〈革命軍政府佈告全國文〉中，我們可以窺到一二。全文前面三分之二是歷數滿族政權對於漢民族的壓榨不公，然後寫道：「本政府用是首舉義旗，萬衆一心，天人同憤，白麾所指，瓦裂山頹。……是所深望於十八行省父老兄弟，戮力共進，相與同仇，還我邦基，雪我國仇。永久建立共和政團，與世界列強，並峙與太平洋之上，而共用萬國和平之福。又非但宏我漢京而已，將推此赤心，振扶同病，凡文明之族，降在水火，皆爲我同胞之所必憐而救之。嗚呼，機不可失，時不再來，想我神明貴族，不乏英傑挺生之士，曷勿執竿起義，共建洪勳，期於直抵黃龍，敍勳痛飲。……」(注56)

中國武人，在六千年中華文明史中，經常是用武力來表達他們的訴求。這一次是具備新時代精神的「新軍」人，他們希望「永久建立共和政團」的新中國，還想要解救「凡文明之族，降在水火，皆爲我同胞之所必憐而救之者。」他們得到了全民族的擁護。但可惜，他們雖運用了當時流行的新詞語，且顯然對於語義所知有限，什麼是「共和政團」？如何建立？更如何「永久」？絕大多數人是模糊不清的，更沒有具體操作的政治方案。因此，

他們嚮往的「共用萬國和平之福」，則也就遙遙無期了。

1912年4月，時任南京臨時政府參議院副議長湯化龍（1874-1918年，光緒年法學進士），在上海與500餘位關注中國政治的名流書生，召開「共和建設討論會」，旨在「以政治為論點，各以所抱持主義為論政之衡。」在會議的開幕式上，湯化龍致辭曰：

> 清帝退位，國體改成共和以後，舊制全行消滅，新制尚待設立，荏苒數月，所謂國利民福，能克副共和之實際，至今一無所覩。外國人往往謂吾國人無建設共和能力。此語吾人絕不願任受。既不願任受，則今後吾國對內對外之方針如何？政治主眼與政治手段如何？新舊交遞，萬緒千端，欲審一輕重緩急之序，斷非少數人士，立談時間所能決定。……澄心研究，於吾國種種建設事業，求一至當可行，以為政黨之預備。……」會後發表「中國立國大方針商榷書」。書中寫道：「吾國政治之弊不在煩苛，而在廢弛。夫煩苛者，專制之結果也；而廢弛者，放任之結果也。緣專制之結果而得革命，則革命後當藥之，以放任歐洲是也。緣放任之結果而得革命，則革命後當藥之以保育吾國是也。若以放任承放任，是無異以水濟水；廢弛之後又廢弛焉，國其能國乎？……故自由平等之大義，在百年前歐洲洵為起死聖藥，而在我國，實不甚應於病源。……今次革命，由表面觀之，則政治革命、種族革命而已，若深探其微，則思想革命實其原動力也。蓋數千年公共之信條，將次第破棄，而數千年社會組織之基礎，將翻根柢而動搖。夫僵腐之信條，與夫不適時勢之社會組織，苟長此因而不革，則如淤血於心臟，徒滋病源，革之誠是也。然嬗代之時間太促，發動之力太劇，則全社會之秩序破，非亟有道以維繫之，而社會且將自滅。……夫種族革命不過為政治革命之一手段。……而數千年來惡政治之巢穴，為國家進步之一大障物者，既以拔去，此後改良政治之餘地較前為寬，其機會較前為多，其用力較前為易。……夫為政在人，無論何種政體，皆以國民意力構造之而已。我國果適於共和與否，此非天之所能限我，而惟在我之自求。……（注57）

這些書生政治家，看中國政治問題還是有見解的：「荏苒數月，所謂國

利民福，能克副共和制實際，至今一無所覿。」但是他們拿出來的大方針，只有「保育政策」和「政黨內閣」，那可就是紙上談兵了。無怪乎連湯議長也死在最恐怖的政治手段——暗殺——裡了。

1912年6月，以中國統一黨和共和黨的名義，集體翻譯出版《平民政治》一書，在該書前有「黨敍」，說明他們的政治目的是：「中華民國元年二月，統一黨成立。衆議本黨事業，當自出版始，所以布本黨之志，導引國人示吾民國所欲取則自途徑，使秩然爲一致之行動也。輿論有紀律，則政見藉以行。……抑民主政治詳制度，平民政治兼及社交、黨派、物質、經濟等，願吾國人益究心於其社會事務之狀況，力爭爲大共和國大國民。……。」(注58)

這些初嘗中國政黨滋味的政治家們的，他們在尋找中國政治的出路，居然是以「出版」爲事業。但他們的熱心與幼稚，在今天的年輕人眼中，眞不知道如何評論呢？

不過，這部書倒是值得中國人一讀。該書是曾任英國駐美國公使勃拉斯所著，在美國相當流行使用。日本學者見一太郎曾翻譯在日本出版。該中文譯本共有9人翻譯，其中兩人是從英文翻譯；七人則是從日文翻譯之。該書的發行所民友社在「社敍」中說明：「……書中名詞有譯其意而卒無相當之義者，……此則吾國法律名詞未的當之故也。……書中稱專門政治家，乃賤之之詞。蓋謂以政治爲生涯，專以私利運動選舉權，攫取官職，把持議案者。……」(注59) 該書不是如當時一般講述政治學那樣，僅是在一些政治術語上做考究，而是介紹美國民衆在當時政治生態環境中是如何發揮作用的。正如作者在書中寫道：

> 余著書之目的，以爲喋喋於民主政治之功能，不如舉美國制度悉載之爲當。蓋不特欲研究其主權所在，制度若何，凡人種之歷史習慣，並其根本之觀念，周圍之物質等，苟爲美國之所特有者，無不欲研究之。因欲避演繹之弊，遂取其事實，盡吾力之所能及者，一一臚列之，使一目了然，良

以披露自己之意見，終不如使該事實自述之之為愈也。夫人遇有大問題，必講求有素，而推動乃能精深。此常理也。……凡人接觸一國民的共和團體，所欲知者，其主要有三：（一）其組織及憲法之機關；（二）運用方法；（三）活動與指導之勢力是也。……政府之權力，有二重，半在國民政府（即聯邦政府）半在諸州政府。……此應研究者，在組織彼等之憲法，支配彼等之權力，及其立法體實際上之動作。……國民政府與諸州政府，全體之機關，皆由政黨運用。合眾國之政黨，在世界各國中，其組織最為精巧，純由專門政治家之統轄運動，在政治機關中實位居第二，與法律所組織之政府對峙，至其繁瑣複雜之度，亦與政府無異。美國政治學者，不治國家學，而專習選舉制勝之術，故此術極發達。……謂政黨有處理裏辦國務之極大勢力者，非也。政黨之後，與政黨之上，尚有人民焉。彼所謂輿論者，乃全國民之本意。然畢竟包括於政黨之中。何則？盡合諸政黨，即成為國民故也。政黨無不力言其為輿論之代表，而輿論又無不為其本身之目的所利用。然輿論立於政黨之上，比之政黨更鎮定更遠大，足使其首領生畏，且足以箝制政黨之全體，無一人敢公然抵抗者，如決定國是之方向及性質是也。此皆從多數人民心理而生，比之他國，威權尤甚，此為全美政體之中心點。所記述者即在美國人民重要之政治思想習慣及其傾向，其政治思想習慣傾向，如何而見於動作之上，一一明辨之。……。(注60)

勃拉斯大使對於美國政治結構與運作的分析，確實是很有特色，很值得學習，可惜當時的中國政治家沒有辦法學到手。

1912年10月，大總統秘書、資政院議員陳敬第編輯的書《政治學》，被重印出第三版，原書為日本法政大學教授小野塚喜平次所著。小野教授對於中國初期政治學術的人才培養貢獻良多。書中有比較詳細的關於政治的概念分析如下：

自來解釋政治之語，有左之四種：第（一）學說謂政治者，達國家目的之手段之行為總稱也。　此說之誤，在以政治與政策混同觀之。……此特主觀之理想而已。以理想為政治，政治學所不取也。第（二）學說謂政治

者，關於國內政權競爭之現象之總稱也。……政權競爭，指實際言之。
當競爭之時，絕不示其為政權競爭，必曰此為政策。雖政治未可與政策
混同，要有密切之關係。今全然拋棄政策，此不完全者。第（三）學說，
謂人類間勢力競爭現象之總稱也。……第（四）學說，為政治者影響及
於國家之國家機關及人民行為之總稱也。……今於政治之意義，更加一
層限制，則政治云者，以國家機關及國民行為，直接關於國家根本之活
動之總稱也。……（注61）

日本學者的咬文嚼字，確實是研究仔細，只不知這對於當時中國的書生
有多麼大的幫助。

1912年，熊希齡先生成為民國政府的總理，他發布〈大政方針之宣言
書〉，他梳理了當時中國外交、內政、軍事、財政、實業、教育等各方面的
狀況，並且提出他的治理方針理念。他寫道：

凡為治者，必先慎察國家所處之地位，所遇之時勢，乃就國民能力所及，
標準之以施政，然後其政策乃非託諸空言。今之治者，動曰我國破壞之
時告終，建設之時始。斯固然也。……今後外交方針，惟當以兩義為
之綱領：一曰開誠佈公，以敦睦誼也。疇昔譚外交者，動以縱橫捭闔為
能事，此實權道非經道也，在壤地相錯，野心競爭之國，時或用之而奏
奇效，然絕非我國所宜。自前清之季，往往用小智小術對外，或用地方感
情，雜乎其間，然覆善恆相接。今政府務反其變，惟持國際上之正義，
以與友邦相見。……二曰審勢相機，以結懸案也。前清執政，撢於負責，
故外交紛爭一起，輒以敷衍遷延為習。……內治之根本，厥惟財政。財
政現狀之艱險，稍愛國者，類能言之。然艱險之程度，果至何等，非在當
局，恐未能喻也。……治本之策，一曰改正稅制；二曰整頓金融；三曰改
良國庫。……實業交通二政，為富國之本。我國產業幼稚，故宜采保護主
義；我國資本缺乏，故又宜采開放主義。斟酌兩者之間，則須就產業之性
質以為衡者。……抑立國大本，首在整飭紀綱，齊肅民俗。司法與教育，
實具最要之樞機也。今之稍知治體者，咸以養成法治國家為要圖。然法
治國，曷由能成？非守法之觀念，普及於社會焉不可也。守法觀念如何

而始能普及？必人人知法律之可恃，油然生信仰之心，則自懍然而莫自犯也。故立憲國，必以司法獨立為第一要件。……(注62)

熊希齡先生曾是前清翰林院編修的身分，居然成為民國初年的政治家，並以總理身分發表他對於時局的全面見解。從內容看，這位僅當了幾個月的總理對於中國實況是相當瞭解的，而且也針對內外困境，提出他的冷靜的思考和對策，讓全國民眾得知實際的中國狀況，並且是應該按照普適的知識方法來穩步進步發展。實屬難得。

可惜，歷史從來不是一帆風順前進的，到了1915年，已經穩坐大總統寶座的袁世凱先生，本可以青史留名的，但卻被傳統的陰魂勾著，居然要換個名義做皇帝，演出了一場自編自演的政治鬧劇，在文獻中留下了他與他的「擁戴者」的劇本痕跡很多，這裡簡述一二：先是在1915年12月7日，參議院宣布自己成為國民代表大會總代表，然後在12月11日開會，是為「解決國體總開票」。結果是總共1993名「代表」，全都投了贊成君主立憲，會場上楊度和孫毓修提議，恭上一份「推戴書」，由秘書長朗讀，全體「代表」起立同意。「推戴書」上寫道：「恭戴今大總統袁世凱為中華帝國皇帝，並以國家最上完全主權奉之於皇帝，承天建極，傳之萬世。……」袁皇帝在兩次形式的推辭後，在12日早上，袁皇帝發布申令說：

> 天下興亡，匹夫有責，予之愛國，詎在人後？但億兆推戴，責任重大，應如何厚利民生？應如何振興國勢？應如何刷新政治？躋進文明，種種措置，豈於薄德鮮能所克負荷！前次掬誠陳述，本非故為謙讓，實因惴惕文縈，有不能自已者也。乃國民責備愈嚴，期望愈切，竟使予無以自解，兼無可諉避。……。袁皇帝一生老練圓滑，在前清政局中出生入死，居然如此缺乏時代的政治常識，就連他想到的三個「應如何」？全然沒有讓民眾高興一點的虛文，這樣就當皇帝行嗎？他暴露了自己的無知的無畏，給自己挖坑埋自己。而民國開初的大好政治時光，也就被他攪亂了。袁皇帝死後，曾任南京臨時政府教育總長的蔡元培給他蓋棺論定：「袁氏之為人，

蓋棺論定,似看無事苛求。雖然,袁氏之罪惡,非特個人之罪惡也。彼實代表吾國三種之舊社會:曰官僚,曰學究,曰方士。畏強抑弱,假公濟私,口蜜腹劍,窮奢極欲,所以表官僚之黑暗也。天壇祀帝,小學讀經,複冕旒之飾,行拜跪之儀,所以表學究之頑舊也。武廟宣誓,教會祈禱,相士貢諛,神方治疾,所以表方士之迂怪也。今袁氏去矣,而此三社會之流毒,果隨之以俱去乎?(見第三號《旅歐雜誌》)(注63)

而在1915年,沈步洲先生翻譯出版《美國政治精義》(64) 一書,書中沒有給出政治的定義,僅是比較詳細地介紹美國國家的政治結構形式,對中國人是難以起到幫助作用。

在1916年,革命家朱執信先生,在《民報》上發表文章:〈論社會革命與政治革命並行〉,他是針對《新民叢報》的論點而寫道:「《新民叢報》所以評社會主義要有四端,社會革命終不可以現於實際而現矣,而非千數百年之內所能致,一也。行土地國有於政治革命時同於攘奪,二也。利用下等社會必無所成而徒荼毒一方,三也。並行之後,無資產之下等握權,秩序不得恢復,而外力侵入國遂永淪,四也。……」接著是朱先生的反駁,略引數句:

凡政治革命之主體為平民,其客體為政府。(廣義)社會革命之主體為細民,其客體為豪右。平民政府之義,今既為眾所共喻,而豪右細民者,則以譯歐文Bourgeis Proleterians之二字。其用間有與中國文義殊者,不可不知也。日本於豪右譯以資本家或紳士閥。……至於細民,則日本通譯平民或勞動階級。平民之義多對政府用之,復以譯此,恐致錯亂耳目。若勞動者之觀念,則於中國自古甚狹,於農人等皆不函之,故亦難言適當。細民者,古義率指力役自養之人,故取以為譯也。……令政治革命倖得成功,而不行社會革命者,則豪右之族跋扈國中,不轉瞬政權復入於彼手,而複於革命以前之舊觀矣。又令不為政治革命,而為社會革命者,則彼挾其政治上勢力,可為己謀便安,制惟專利彼族之法,社會革命之效果,亦歸於無有也。……政治革命運動之力,出諸豪右之手,則不出

諸細民之手，則是時社會革命運動，雖欲起而無從也。（所謂革命運動
之力之所出，謂主要之部分，故往往有豪右主於政府之反抗，而勞動者
參加之者，其力不能不謂自豪右出。又非發起鼓吹之謂。謂如瑪律克聖西
門，皆非窶人子，其所鼓吹者，不過興發其力，而非力之本體也。）……
抑惟政治革命時，人心動搖，不羨鉅富，於是壟斷私利之念薄，而公共安
全幸福之說，易入於其心也。逮事既平，則內顧慊然，不自足於飽暖，而
進思兼人之養奉，乃苦謀所以得之者則必求使己營利之制。語以人各百
金者，不以為喜；語以百人而其中一，可得萬金者，則雀躍從之。常思自
詭必得，而不慮其不得之困矣。惟在患難乃於公共之利害明，而為一己
冀饒獲之念不切。……而中國今日固已放任競爭，絕對承認私有財產制
者也，故不得不言中國有社會革命之原因也。……今者老朽之政府，誠
亦各蓄貨財，顧其富或緣得，而絕非與貴有不可離之關係，此自古而已然
……即已有政治革命者，社會革命後之完備組織，無為政治不良而被破
壞之慮是也。藉欲行完美之組織於專制政府之下，則緣彼以階級為制度
之精神，故必兩不相容，於是兩相激蕩，專制之敗，幸也。其勝則此制湮
矣。故欲其制之安全永久，亦必政治革命已行而後可得也。……(注65)

革命家朱執信把政治革命與社會革命的實踐問題，拿來在理論上仔細分
析利弊，雖然講得頭頭是道，但終究太書生氣了。他本人也就犧牲在政治革
命的旋渦中了。

辛亥革命後的七八年間，中國的政治舞臺上迎來一批全新的演員，他們
中的多數，連政治學的基本詞語概念恐怕還沒有掌握好，就在嚴重缺乏社會
知識的實踐中，就一邊學習一邊武鬥起來。歷史學家可以說這是民主誕生的
陣痛，但付出的代價卻是痛苦的。幸好，在1919年的世界格局變化中，中華
民族迎來五四新文化運動。由於一批掌握新知識的書生的奮力說明，中華民
族認知了兩位洋老師——賽先生和德先生，從此中國人努力學習已經百年，
從此才明白要擺脫封建桎梏所需要的全面變革奮鬥，才可能與世界上多數民
族走往民主政治和科學認知的道路。

（二）20年代

1920年，北京大學文科學長陳獨秀教授，發表文章：「談政治」。這位即將成爲中國共產黨首任總書記的他寫道：

> 我們應該明白強權，國家，政治，法律是一件東西底四個名目，⋯⋯人類底強權也算是一種自然力，利用他也可以有一種排除黑暗障礙底效用。⋯⋯我們要明白世界各國裡面最不平最痛苦的事，不是別的，就是少數遊惰的消費的資產階級，利用國家、政治、法律等機關，把多數極苦的生產的勞動階級壓在資本勢力底下，當做牛馬機器還不如。要掃除這種不平這種痛苦，只有被壓迫的生產的勞動階級自己造成新的強力，自己站在國家地位，利用政治、法律等機關，把那壓迫的資產階級完全征服，然後才可望將財產私有，工銀勞動等制度廢去，將過於不平等的經濟狀況除去。⋯⋯若不經過勞動階級占領權力階級地位底時代，德謨克拉西必然永遠是資產階級底專有物，也就是資產階級永遠把持政權抵制勞動階級底利器。⋯⋯我的結論是：我承認人類不能夠脫離政治，但不承認行政及做官爭地盤攘奪私的權利這等勾當可以冒充政治。我承認國家只能做工具不能做主義，⋯⋯近代以勞動者爲財產的資本家國家，都是所有者的國家，這種國家底政治法律，都是掠奪底工具，但我承認這工具有改造進化的可能性，不必根本廢棄他，因爲所有者的國家固必然造成罪惡，而所有者以外的國家卻有成立的可能性。⋯⋯我承認用革命的手段建設勞動階級（即生產階級）的國家，創造那禁止對內外一切掠奪的政治法律，爲現代社會第一需要。後事如何，就不是我們所應該所能夠包辦的了。(注66)

陳教授闡述了他學習來的俄國列寧同志的理論，以他的國學底子，講得斬釘截鐵，頗有震撼力。只是他還是考慮到在中國的「後事如何？」這可就難說了。他自己也很快就變成了政治遊戲中的犧牲品。

1922年，美國駐華公使芮恩施著的書被北京大學新潮社的羅志希翻譯爲《平民政治的基本原理》出版，北京大學教授蔣夢麟在「序」中寫道：

芮先生不但為歐美的政治學者，對於中國政治亦素有研究；所以他這本書不是又懸空談政治原理，實對於我國現行政治，有切要的建設的批評，把歐美的政治和中國的需要，明明白白的講出來。……[注68] 而芮先生書中寫道：「政治的精神，籠罩在一切動作之上，一種自願和才度想聯合各種的能力，作一種有組織的行動，受政治權威的領導，為達到種種特殊固定的目的，以有利於社會全體的，才是政治本體的規矩準繩。中國的國家，原來是非政治的Non-political；他的動作，大概都是社會的和經濟的。經濟的結合，商人的組織，和由家族構成的種種社會團體，對於政治的動作，皆絕少依傍。政治的組織，永不曾完全代表中國人民種種的活動和種種的需求。所謂政治的組織，不過限定在一個很小的範圍以內，祇是管徵稅練兵諸事。中國國民的哲學，無論是孔子的或是老子的，都是傾向於不自然而然，卻是極普遍的社會活動之勢力，較之傾向於固定的、野心的、要費盡氣力應用牽強以統治自然勢力的政治興趣為尤強。……所以若是自由平民國家與代議政府的理想，真是徹底的被人民抓住，在中國建設一個偉大、能幹、有勢力的政治的社會，這種材料就在手中。祇要有領袖能將他們自身專心致志在這個目的，他們將來很能成就一種永久的事業，遠過於任何私人和財產之上；因為祇有經過他們，這很大的人口，才能漸漸的成為真正快樂的和興旺的，且含有一種人生的滿足；這種滿足，祇有人人覺得自己是一個莊嚴高尚而有正當勢力的國家中之一分子，方可得到。[注68]

芮先生的外交官的語言，雖然立論清楚，對於當時中國人的觀察也頗為準確，但終究繞來繞去，難以有效。

1923年，北京大學教授張慰慈著《政治學大綱》出版，書中給出政治學的定義：

政治學是研究國家如何發生，如何進化，找出因果變遷的公例（歷史的政治學）；並觀察國家的性質及組織，和所處的環境，所發生的變端（敘述的政治學）；更從這種性質、組織、環境、變端之中，找出根本觀念和具體的原理和原則（純理的政治學）；拿來做怎樣應付現在政治環境，

解決現在政治問題,創造新政治局勢的工具(實用的政治學);這就是政治學的涵義。……政治學的題目是國家——人群的一種組織。政治學的目的就是研究人與人在這種有組織的社會中之動作。……所謂「政治的」是指一切與國家有關係的種種事實、勢力、和現象而言;所謂政治學就是科學的國家知識。……各國社會主義派所組織的政府,就把國家當作調劑經濟發達的唯一機關。進來最重要的問題,就是國家對於為經濟原素的土地、勞力、資本,應怎樣支配?對於生產分配消費,應怎樣管理?這些經濟學的根本問題,現在都變成政治學的根本問題了。經濟是人類生活的基礎,政治就是建築這種基礎的事業。……政治學也是叫人應該怎樣行為的工具。人生的天職在謀人類最大的幸福和公共的安寧,國家的職務也在謀人類最大的幸福和公共的安寧。……政治學是指導國家應該怎樣幫助人生怎樣行為的。……(注69)

張教授總算在中國建立了一套政治學的理論,給後來人把握住理論的武器。

1924年開始,孫中山先生把他創立的「三民主義」,作16次系列的演講,全面闡述了他歷練多年的政治原則,他說道:

政治兩字的意思,淺而言之:政,就是眾人的事;治,就是管理。管理眾人的事便是政治,有管理眾人之事的力量便是政權。今以人們管理政事,便叫做民權。……人類的聰明也一天進步一天,於是生出了一種大覺悟,知道君主總覽大權,把國家和人民做他一個人的私產,供他一個人的快樂,人民受苦他總不理會。人民到不能忍受的時候,便一天覺悟一天,知道君主專制是無道,人民應該要反抗,反抗就是革命,……民權革命,是誰同誰爭呢?就是人民同皇帝爭。……概括的說一句,第一個時期,是人同獸爭,不是用權,是用氣力;第二個時期,是人同天爭,是用神權;第三個時期,是人同人爭,國同國爭,這個民族同那個民族爭,是用君權;到了現在的第四個時期,國內相爭,人民同君主相爭,……公理同強權爭。……我們革命黨於宣傳之始,便揭出民權主義來建設共和國家,就是想免了爭皇帝之戰爭,惜乎尚有冥頑不化之人,此亦實在無可

如何。……由秦以後，歷代皇帝專制的目的，第一是要保持他們自己的皇
位，永遠家天下，使他們子子孫孫可以萬世安享，所以對於人民的行動，
於皇位有危險的，便用很大的力量去懲治。故中國一個人造反，便連到
誅九族。……如果在中國來提倡發財，人民一定是很歡迎的，我們的三
民主義，便是很像發財主義，要明白這個道理，要輾轉解釋才可成功。
……歐美代議政體的好處，中國一點都沒有學到，所學到壞處，卻是百十
倍，弄到國會議員，變成豬仔議員，污穢腐敗，是世界各國自古以來所沒
有的，這真是代議政體的一種怪現象。所以中國學外國的民權政治不但
是學不好，反而學壞了。……在人民一方面的大權，……是要有四個權，
這四個權是選舉權、罷免權、創制權、複決權。在政府一方面的，是要有
五個權，這五個權是行政權、立法權、司法權、考試權、監察權。在人們
的四個政權，來管理政府的五個治權，那才算是一個完全的民權政
治機關。有了這樣的政治機關，人民和政府的力量，才可以彼此平
衡。……(注70)

　　中山先生作為中國歷史上罕見的政治家，他成功地認知中國社會和時代
重任，再以中國人都明白的語言說出真理來。先是他對於「政治」一詞的概
念解釋，簡單明瞭，卻又讓人準確理解；他對於三民主義的詳細說明之後，
總結出絕大多數中國人的心裡話：「如果在中國來提倡發財，人民一定是很
歡迎的。我們的三民主義，便是很像發財主義。」如此直白又刻骨銘心，絲
毫不用堆上一堆形容詞或誘惑人的鬼話。

　　北京《晨報》記者瞿秋白在1921年曾赴俄國，直接見到俄國革命領袖列
寧，並且學習到列寧主義，到1924年，他著的《社會科學概論》出版，書中
寫道：

政治不但是階級鬥爭的工具，而且是最重要的工具；階級與政治不能相
離，有階級即有政治。……一切階級鬥爭，無有不反映到政治上來的，
一切政爭亦無有不含階級性質的。根本上來說，階級鬥爭是爭政權之鬥
爭，……總之，政治制度是社會內階級關係的表現；政治制度的流變，

就是社會內歷史上各階級之此進彼退或犄角相持的種種鬥爭陣勢之反映。經濟上的發展要求根據這些大生產制度,漸次實行有規劃的經濟。可是有規劃的分配及生產直接侵害資產階級的生存權,所以資產階級絕不肯為社會上多數人福利而容忍無產階級政府和平進行這經濟改造事業。因此,無產階級必然行獨裁制——剝奪資產階級之政權及一切公權,祇有勞動者享有代表制的權利——蘇維埃制。……共產主義的發展必定完全消滅階級及政治制度,更不用說個人的元首制了。 那時的社會裡,絕對用不著治人的機關,而祇要治物的機關。……那時的生產量非常增多,人人「各盡所能,各取所需。」人類都成智力體力兼備的勞動者——沒有階級,沒有國家和政府,便無所謂「民」,當然更無所謂政治了!真正「平等,自由,博愛!」[注71]

瞿記者的俄文翻譯能力如何筆者不知道,但是他的譯文在中文裡確實是引發一種革命旗幟的作用,把政治、經濟、階級、蘇維埃、共產主義等全匯到一起了。

1926年,革命家惲代英以黃埔軍校政治總教官的身分編纂《政治學概要》出版,書中寫道:

政治學是什麼?自有歷史(有階級制度)以來,政治總是統治階級(壓迫階級)之治術(治理被壓迫階級之術)。封建政治,是封建階級(君主,貴族)統治其他階級之術;資本主義政治,是資產階級統治其他階級之術;無產階級專政的政治,是無產階級統治其他階級之術。到沒有階級的時代,(自由社會)政治則稱為全民治理自己事務之術。——所謂全民政治。有這時候的政治,實際上僅等於現在經濟事業(公司,工廠等)委員會中之事務。是以治事為目的,不是以治人(鎮壓反對派勢力)為目的。……目前中國的國家,是帝國主義者與其走狗宰割國內被壓迫各階級的工具,他們用不平等條約,法令,以及各種不平等的制度來束縛中國人民。本黨要建設三民主義的國家,是要喚起此等被壓迫各階級,聯合起來抵抗帝國主義,剷除反動勢力,以完全實現三民主義。……從前俄皇以武力鞭笞之弱小民族,漸生離心之傾向。惟蘇俄本列寧提攜弱小民族

之主義，毅然許各民族自決。建立獨立之蘇維埃共和國，各民族建國以後，反感於蘇俄之誠意，與自身之需要，四年之間，遂以組聯邦國統一全俄。此正合我國情，而可以為我之師法。……(注72)

這就是惲教官給予中國近代軍人的政治觀。

1928年，中華平民教育促進總會鄉村教育部主任陳築山先生，著《政治學綱要》出版，書中用一圖說明之：

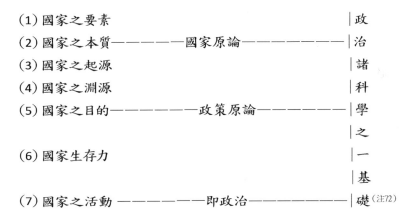

(1) 國家之要素　　　　　　　　　　　　　　｜政
(2) 國家之本質—————國家原論—————｜治
(3) 國家之起源　　　　　　　　　　　　　　｜諸
(4) 國家之淵源　　　　　　　　　　　　　　｜科
(5) 國家之目的—————政策原論—————｜學
　　　　　　　　　　　　　　　　　　　　　｜之
(6) 國家生存力　　　　　　　　　　　　　　｜一
　　　　　　　　　　　　　　　　　　　　　｜基
(7) 國家之活動—————即政治—————｜礎(注72)

1928年，心理學家郭任遠著《社會科學概論》出版，這是郭教授寫給中學生的讀物，他寫道：

> 我們雖然已經飽嘗政治不良的痛苦，大多數的人們卻不管政治的事。「天高皇帝遠」中國的人民歷來和政治沒有都沒有關係的。歷代的治亂興亡人民都以為不管他們的事。「日出而作，日入而息，帝利何與我？」歷代的皇帝通常也以不干涉人民為最好的政策。人民只覺得皇帝之高貴，而不覺得皇帝之可怕。設不幸國家有擾亂的事，影響人民的生活，他們也以為這是出於天數，人力是無可如何的。……人民是國家的本質，本質不良，那裡會好呢？中國已經革了幾處命，已經換過了國體，政府也已經改組了好幾處了，然而政治上卻絲毫沒有進化？這十幾年來我們在政治上耗了力量不多嗎？用了精神與財力不少嗎？犧牲得不少嗎？可是結果還是這樣。……我們這幾年來革命的功作已經跑錯了方向了。我們天天從政府

上，軍事上做功夫，而對於政治的本質——民眾——初時一點都不用力，到最近也只從表面上做一點宣傳的工作，對於民眾的實際的訓練簡直是沒有。……(注73)

郭教授是從中國歷史上的人民與皇帝的關係角度來講述中國政治問題的關鍵所在，並非在下定義。

1929年，北京大學教授陳豹隱著《新政治學》出版，書中寫道：

人類關於這種強制權力的生活，叫做政治生活。政治就是政治生活或政治生活現象的縮短語。……普通政治學上的解釋，大概有兩種：(一) 國家活動說，主張政治是國家的活動或國家的主要活動。這種說法自然是不妥的；第一，國家這東西本是一種政治生活上的產物，政治在前，國家在後，現在以國家釋政治，明明是本末顛倒。……(二) 實力關係說，主張政治是一種實力上的管轄關係，這種說法也不妥當，……。具有強制權力的強制團體的內部，既然常常含著矛盾，行著鬥爭，所以人類關於權力的生活，結局就是一種鬥爭生活；站在被統治階級上的人們，常常為想著脫離或減輕強制而行鬥爭，站在治者階級上的人們，常常為要繼續求知別人而行鬥爭。……政治學裡面，……分為四種：(一) 帝王學，即古來所謂治術；……(二) 革命學，即一種專門從被治階級的觀點，去研究人類政治生活關係的學問。(三) 國家政治學，即一種專門從國家的立場 (在事實上即是專門從治者階級的立場) 去研究……。(四) 國際政治學。……自然會分為資本主義政治學和社會主義政治學，兩派，……(一) 資本主義政治學只說外部統一的強制團體，社會主義的政治學卻兼說強制團體的內部矛盾和治者階級和被治階級的鬥爭。(二) 前者只宣傳政治理想的學說，後者卻兼用唯物的歷史觀點，去解剖政治學說和社會事實之間的關係，換句話說，就是，兼行政治現象的解剖。(三) 資本主義的政治學，在目前因為要想維持資本主義勢力所把持著的政權的緣故，不肯研究革命的真理 (在從前他們還未摶住政權的時候，雖然也提倡過革命)，社會主義的政治學卻恰恰相反，他不但不隱蔽革命的真理，並且還用全力鼓吹革命。(四) 總起來說，資本主義的政治學，多

帶神秘的政治哲學的性質，常站在唯心論的觀點上；社會主義的政治學卻不然，他多帶確實的政治科學的性質，常常站在唯物論的觀點上。……（注74）

　陳教授的「新」政治學，就是把政治學區分成兩種對立的「主義」政治學，或者區分成「治者」和「被治者」兩類政治學，然後施加上褒貶之辭。其實，這本身正是「政治」立場問題，並非「政治學」的問題。

　1929年，黃埔軍校教官楊劍秀（陽翰笙）著《社會科學概論》出版，書中寫道：

政治者：統治階級用以壓迫被統治階級的一種主要的工具也。……所謂階級鬥爭，實在即是爭政權。因為非自己這一階級取得政權，便不能改造那不合於自己生活需要的現實經濟組織，由於此等鬥爭，統治階級乃按時代的生產關係之進展而更換。……政治制度的變更，就是社會內歷史上各階級此進彼退貨彼此相持的種種鬥爭陣勢之反映。……階級之和政治，真是如影隨影是絕對不能分開的。……我們知道，階級不是永遠要對立著的，人類社會進化到今天，階級的對立已經尖銳和單純化了，階級的最後的對立是：資產階級和無產階級。社會經濟———生產力的進展，與現存的經濟關係（也即是階級關係）發生很大的矛盾，結果資產階級終於是要倒的，無產階級抬頭以後，再也沒有什麼「第五階級」來和牠對立了，生產力不受經濟關係的束縛而能很自在的迅快的向前發展去征服自然，經過衣蛾過渡期，階級自然會消滅。到那時階級既沒有，用不著你來治我，我來治你，於是也就用不著治人的政了。大家大家共存於快樂的生活裡，只能有些工作的規則，無須乎什麼強力機關來阻嚇別人，政治的將來，必然只有隨階級的消滅而消滅。……（注75）

　楊（陽）教官想的真遠，連遙遠的將來沒有政治的社會是什麼樣都想到了。倒是讓筆者想起了湯瑪斯·莫爾的《烏托邦》來。

　1929年，暨南大學法學院長孫寒冰主編《社會科學大綱》出版，其中

《政治學》一篇係由復旦大學法學院長吳頌皋寫道，他寫道：「政治學一方面是一種科學，一種哲學，他方面卻也是一種藝術。⋯⋯所以政治學是爲了明白政治現象，而以國家爲研究主體的一種純理科學；同時也是爲了改善政治現象，而以國家爲研究主體的一種應用科學。⋯⋯」（注76）

1929年，《雙十》雜誌主編鄧初民著《政治科學大綱》出版，鄧先生在〈自序〉中寫道：

> 我的政治科學的研究，是從宇宙觀，人生觀，社會觀說起的。我從無所不包的宇宙中，踏破芒鞋，尋覓出了所謂人生，社會，又從社會總體的構造中，指示出了「政治」與「政治科學」所占的位置。然我們的研究，當然不能於此止步，以爲知道「政治」與「政治科學」在社會總體中的位置便夠了；必須更邁步前進，探求「政治」與「政治科學」的本質是什麼？⋯⋯「政治」的位置，屬於社會總體構造中的上層建築之一，而牠的本質，便是一種國家組織，一種社會階級的產物。而國家即是一階級支配其他階級之機構。政治科學即是處理政治現象之學。政治現象之幾種表現便是國家，因此一般人通稱政治科學研究的對象爲國家。⋯⋯然而政治又是經濟之集中的表現，離開了經濟構造，便不能說明活的變的政治。所以我的研究，是始終站在新唯物論的立場上，從經濟背景的深處來說明各種政治現象。⋯⋯革命便是一種轉換，一種飛躍。⋯⋯資產階級群的德謨克拉西到勞動者群的德謨克拉西，也是量與質的不同。由資產者群的德謨克拉西到勞動者群的德謨克拉西，即是一種由量到質的轉換。」（注77）而鄧先生在書中給出的定義是：「以政治現象為研究對象，用科學方法達到從混沌的政治現象中抽出因果關係法則的目的之學，便是政治學。（注78）

鄧先生把德謨克拉西分割爲資產者群的，和勞動者群的，還有量與質的轉換，確實發人深省。

1929年，還有任和聲先生著《政治學概論》出版，書中寫道：

政治學乃研究人事現象，即社會現象之科學。……吾人應先追溯國家之原始，及進步，尋出歷史上之公例（應用邏輯上歸納方法）。再觀察現在國家之性質組織及種種變端，從此種性質，此種組織，此種變端之中，更尋出原理原則（亦應用歸納法）。如何根據原理原則，應用之於現代種種環境，以解決現代政治問題（應用演繹方法）。是則歷史政治學，敘述政治學，理論政治學，實用政治學，均收聯絡應用之效矣。……(注79)

1929年，還有徐慶譽先生著《現代政治思想》出版，書中寫道：

宇宙萬有，都是在進化和創造的歷程中，政治也不能違背這個公例。政治的目的，就是要使個人有創造的機會。凡反乎創化原理的政治，即為腐敗的政治；凡合乎創化原理的政治，即為進步的政治。新時代的新政治，是以「新社會制度」為基礎的，絕不容「舊社會制度」繼續為進化的障礙。我們從「實驗主義」所得的教訓，即是：莫要空談理論，要顧及結果，凡不能發生良好結果的理論或制度，都不是真實的或健全的。……我們可以把理想主義做政治的目的，把創化主義做政治的生命，把實驗主義做政治的手段。……

|　目的——理想主義（止於至善）

政治　|　生命——創化主義（日新又新）

|　手段——實驗主義（實事求是）

……「民治主義」一名詞，英文為Democracy，德文為Demokratie，法文為Démocratie，義大利文為Democazia俄文為Демократіе。其實這些不同的字，都是希臘文δημоs（人民）加Кparos（權力或統治）變成的。可見Democracy即是「人民統治」的意思，簡稱「民治主義」，與原文的意義，非常適合。近有人音譯為「德謨克納西」。……(注80)

1929年，還有日本高橋清吾教授著《政治學概論》，由王英生翻譯出版，書中寫道：

決定政治的標準的可說是「社會裡面一部分人，擁有物質的力量所行使的全個社會的支配經營」。……「現代的政治現象是諸種社會集團間的政權之維持，取得，鬥爭，及其行使的社會支配經營的過程。」……採取自然主義的客觀方法，去研究政治現象使其成為有系統的知識，這邊是政治科學。反之，採用主觀的方法，去研究批評政治現象，或闡明其意義，或采尋求其指導原理，這是屬於政治哲學的範圍。……柏拉圖說支配政治現象的有三個要素：一是自然法則（神）；二是機會（偶發事件）；三是技術（人為），故政治現象有普遍性和個別性。誠如柏拉圖所言：偶然和技術在政治現象上的作用與自然作用有同樣的力量，因為偶然發生的事件，政界可起大的變動，又因政策的好歹，政權可以發生轉移。……（注81）

1929年，秦明先生編《政治學概論》出版，書中寫道：

……前德皇威廉第二說：「民治主義這個名詞可以比之一只酒瓶，裡面什麼酒都可以灌進去，而且睡眠酒都灌進去了。酒是由刺激性的，所以喝的人都很熱狂。喝多了，當然就醉。」（注意：這裡所謂民治主義，是指資產階級的德謨克拉西，威廉是反對民治主義而擁護他的皇帝獨裁的。）……政治學是以國家為研究的對象，但一切御用學者們，對於國家的研究，當然也免不了要把酒瓶裡面灌進些含有麻醉意味的毒酒。就是說站在支配階級的利益上，以主觀的虛構的敘述代替客觀的科學的研究。俗話說：「假若是人的利益所需要，就是幾何學上的三角形也可以幻化成四角形的。」這就是御用的學者們對於國家的解釋所以用些空泛的政治、法律等名詞來輾轉訓釋的原故。……「國家是人類社會之一種階級的組織。」沒有階級的時候，便沒有國家，國家是與階級生同床死同穴的一對恩愛的永戀的夫妻。……對於社會制度之一種叫做「政治」的，加以正確的觀察或說明併發見其法則而成為一有系統之學說的，即是政治學。（注82）

秦明先生顯然火氣很大，在政治術語中加進來「毒酒」、「生死」、「夫妻」、「四角形」等詞語，足添殺傷力。

國家之活

20年代的中國政治實踐在疾風暴雨中渡過，在書房中的政治學的探討也隨之熱烈，以上就是實證。

（三）30年代

1930年，上海法政大學政治系主任高一涵著《政治學綱要》出版，書中寫道：

> 政治系到底是不是科學？這個問題早就引起許多人的爭論。反對政治學為科學的理由，大概有下列四種：（一）人類的行為是有目的的，和有選擇自有的；既然有目的和選擇自由，便不能有一定不變的法則。故政治學的法則，一定不能如自然科學的法則那樣精確。（二）歷史的現象（社會現象）是一回的，不是重複的；因果完全相同的事件，絕對不能在歷史上重演第二回。故社會現象的時時變遷，好像臨流濯足，抽足再入，已非前水。想在時時變遷的社會現象上找出一定不移的法則，是絕不可能的事。（三）社會事業大多是偉人的事業，有一個偉人出現，社會現象往往為之一變，故在個人的特性外，去尋找社會的法則，也是不可能的事。（四）社會現象的自身，本不確定，社會發見出來的事件，多帶有偶然性，絕沒有一定的因果律例。……政治學中雖然沒有放諸四海而皆准的公例，可是遇著一定的病症，卻往往有一定的醫治藥方。……社會現象與自然現象一樣，都完全受因果律的支配。不過社會想像中因果關係太複雜，往往使人家不容易明瞭真正的原因究竟在什麼地方罷了。……國家到了現在，早已成為人類為達到某種目的而設的工具，故國家不是人類的目的，祇是人類的方法，久已成為定論了。照玄理的國家觀說：國家乃是判斷人生價值的終極的標準，故國家就是至善；照股份公司的國家觀說：國家不過是人類為達到安寧幸福的生活目的而設立的一種方法，故國家自身無目的，祇以人生為目的。前者把人類看作國家的肢體，說國家以外無人格；後者把國家看作人類的工具，說人類以外無國家。一個以國家為主，結果成為專制主義；一個以自由為主，結果成為自由主義。……再

照壓迫工具的國家觀說，國家是優勝的經濟階級壓迫被壓迫被榨取階級的工具。同樣社會主義派以為：這一派的錯誤，……把資本主義的社會的缺點，當作國家的缺點，似不免有倒果為因的弊病。……(注83)

高教授整理出政治學不能叫做科學的4個理由，他自己有所思考，但是並沒有得出明確的答案，這是一位真正的思考者和研究者。

1930年，中國共產主義小組成員、上海大陸大學教授施復亮著《社會科學的研究》出版，書中寫道：

政治學也是社會科學的一種，研究人與人的關係（即支配關係）之科學。因為在一定的社會中，必有與此社會的經濟關係相應的政治關係（支配階級與被支配階級），與經濟組織相應的政治組織，即所謂政治制度。政治學是研究此等政治關係和政治構造的。政治就是國家，這在說明政治的意義，或許也可以這樣循環論證。……政治一名詞的內涵，也有組織的意義，強制的意義，而在社會生活裡，同是一種社會制度。……(注84)

1930年，朱采真女史著《政治學通論》出版，書中寫道：

政治學是關於國家之學，本有傳統的意義。要曉得政治社會的特徵在於國家的存在，一切因國家的活動而發生的現象何莫非政治現象。……廣義政治學……（一）純理的：純理政治學之目的在於原理原則的發見和現象的記述說明。(1)記述的：如同政治史、政治地理、政治統計等。(2)說明的：又可分別為二：（甲）以國家法規為研究的對象，如同國法、行政法、國際法等學；（乙）以國家事實為研究的對象，如同國家原論。（二）應用的：應用政治學之目的在於利用純理的研究之結果，再進而研求怎樣可以達到國家之目的之方法；並且還有泛論和各論之分別。(1)泛論：如同政策原論，研究國家一般政策的原理原則。(2)各論：如同（甲）行政學，（乙）專科研究國家的社會經濟政策，像勞工政策、農業註冊、商業政策，以及人口政策等等。……這是從事實方面說明國家的現

象以及論究其政策基礎的學問。……(注85)

1930年，郭眞、高圮書兩位先生著《社會科學的基礎知識》出版，書中寫道：「政治學也是社會科學的一種，研究人與人的關係（即支配關係）之科學。……政治就是國家，……國家是人類社會之一中階級的組織。並且是一種強制的組織。……政治這一名詞的內涵，也有組織的意義、強制的意義。……」(注86)

以上是四位書生之見。而在1930年，卻發生了近代中國政治史上的一件大事，那是由於在1929年3月，國民黨上海黨部提出了「嚴厲處置反革命分子」議案後，國民政府在4月發布「保障人權令」，這一下子就激怒了一批知識分子，以「新月書店」董事長胡適教授、《新月》主編羅隆基、以及梁實秋教授爲主，先後發表文章，然後集結成書：《人權論集》出版，該書中除搜集了他們三位的文章外，還有「附錄」，其中包括瞿秋白、魯迅等人的相關文章外，還附有「當局法令文書」、「書信」等文獻，成爲「眞憑實據」的第一手文獻，給予今天可以一窺中國當年的政治活動。這裡僅選三篇文章爲例：一是胡適教授所寫的〈人權與約法〉，他開頭就寫道：

四月二十日國民政府下來一道保障人權的命令，全文是：世界各國人權均受法律之保障。當此訓政開始，法治基礎亟宜確立。凡在中華民國法權管轄之內，無論個人或團體均不得以非法行爲侵害他人身體，自由，即財產。違者即依法嚴行懲辦不貸。著行政司法各院通飭一體遵照。此令。在這個人權被剝奪幾乎沒有絲毫餘剩的時候，忽然有明令保障人權的盛舉，我們老百姓自然是喜出望外。但我們歡喜一陣以後，揩揩眼鏡，仔細重讀這道命令，便不能不感覺大失望。……無論什麼人，只須貼上「反動分子」、「土豪劣紳」、「反革命」、「共黨嫌疑」等等招牌，便都沒有人權的保障。身體可以受侮辱，自由可以完全被剝奪，財產可以任意宰割，都不是「非法行爲」了。無論什麼書報，只須貼上「反動刊物」的字樣，都在禁止之列，都不算侵害自由了。無論什麼學校，外國人辦的只須

貼上「文化侵略」字樣,中國人辦的只須貼上「學閥」、「反動勢力」等等字樣,也就都可以封禁沒收,都不算非法侵害了。……這封信是我親自負責署名的。我不知道一個公民為什麼不可以發表對於國家問題的討論。……只能求情而不能控訴,這是人治,不是法治。……(注87)

二是羅隆基主編寫的〈專家政治〉,他寫道:

政治上的主義,如同宗教上的信仰一般。……無論什麼主義,總靠好的行政去實施主義上的一切主張。沒有行政,一切主義,都是空談。行政腐敗,主義天花亂墜,人民依然遭殃。……二十世紀的政治,是專家政治。……中國目前政治上紊亂的狀況,根本的罪孽,是在不懂政治的人,把持國家的政權;不懂行政的人,包辦國家的行政。……好像二十世紀政治和經濟上的一切專門問題,用喊口號,念標語的方法可以解決似的。……試問,一個國家的官吏,專靠推薦、援引、夤緣、苟且的方法來產生,這是不是拿國家的官位當贓物?這種制度,是不是分贓制度?……我個人談政治,並不競競於空泛名詞上的爭論。政治的目的,是在管理眾人的事,什麼人有管理的知識及能力,我們小民就歡迎誰來管理。「黨治」亦可以,我們先問問談「黨治」的人,是否先能「治黨」。……只有正當的選舉和公開的考試,才能產生真正的專家政治。只有專家政治,才能挽救現在的中國。(注88)

三是梁實秋教授寫〈論思想統一〉,他寫道:

天下就沒有固定的絕對的真理,真理不像許多國的政府似的,可以被一人一家一族所把持霸占。人類文明所以能漸漸的進化,把迷信剷除,把人生的難題逐漸的解決,正因為是有許多有獨立思想的人敢於懷疑,敢於嘗試,能公開的研究辯難。思想若是統於一,那豈不成為一個固定的呆滯的東西?……在俄國,他們是屬行專制主張思想統一的,據羅素告訴我們說,有一位美學教授在講述美學的時候也要從馬克思的觀察點來講!美學而可以統一在馬克思主義之下,物理、化學、數學、音樂、詩歌,哪一樣不可以請馬克思來統一?這樣的統一,實在是無益的。……

但是一個人在幼稚的時候，他的腦筋是一塊白板，把某一套的主張和偏見灌輸進去便會有先入為主的效力。除了少數思索力強的青年以為，大多數的人很容易漸漸被薰陶成為機械式的沒有單純思想力的庸眾。這樣的學生長成之後，會喊口號，會貼標語，會不求甚解地說一大串時髦的名詞，但是不會思想，不會懷疑，不會創作，這樣的人容易指揮，適宜於做安分守己的老百姓，但是沒有判斷是非的批評力，絕不能做共和國的國民。……這是愚民政策！這是強姦！……這是消極的辦法，消極地排除「思想統一」的障礙。凡是有獨自的不同調的思想的人，分別地加以殺戮、放逐、囚禁，這不過是比較淺顯的迫害，還有比這個更為刻毒的方法呢。例如，對於思想不同的人，設法使其不能得到相當職業，使其非在思想上投降便不能維持生活。這樣一來，一般人為了生活問題只得在外表上做出思想統一的樣子。……(注89)

以上三位書生慷慨之言，立論嚴謹。但是對於政治遊戲來說，這可是「逆天大罪」，於是我們看到該書後所附錄的政府法令一堆，現在附一條如下：「[二十八日下午十一時七分上海專電]市黨部以胡適所作〈知難，行亦不易〉、〈人權與約法〉、〈我們什麼時候才可有憲法〉三文，認為侮辱總理，詆毀主義，背叛政府，煽惑民眾，今決議呈中央嚴辦。（按胡氏〈知難，行亦不易〉、〈我們什麼時候才可有憲法〉二文，皆載諸近刊之《新月》雜誌第二卷第4號）（胡適眉注：「《大公報》。八月二十九日」）」(注90)無須筆者再作什麼說明，「當局」先是逮捕羅隆基博士，接著在一年以後，查抄沒收該書及《新月》雜誌。幸虧在2013年得以重印，我們才能看到歷史這般真像，因出書而獲罪。

1931年，中山大學教授鄒敬芳著《政治學概論》出版，書中寫道：

現代政治現象方面，政府的原動力，是政黨，因此，現代政治現象，主要是政黨現象。……在一個社會以內的某一部分人，強制的支配其餘的人們，以經營兩下共同的各種問題。同時，政治學，即是政府現象。……現代政治現象，是在各社會集團之間政權維持，獲得鬥爭，以及隨著此事

而發生底社會的支配，經營過程。[注91]

1931年，謝義偉教授翻譯美國但寧教授著《政治學說史》出版，譯者在〈序〉中談的是翻譯難題，他寫道：

> 以一個符號代替另一個符號而求完全不失原來的意義，固然每每是不可能的事情。如德文recht或法文的droit，在英文中就沒有相當的字可以翻譯，通常雖譯作right，終嫌不能十分恰當，至於中文的譯名「權利」或「法律」，更只能表示原意的一方面而已；但一個符號雖然有多方面的意義，人們用這符號時常只用一方面的意義，在這時自然比較易於翻譯。……例如第一章的political capacity二字，著者本意是指治人及治於人的能力，譯者卻譯為政治能性。能性二字是譯者杜撰的。capacity通常譯作能力。……[注92]

這是一部比較詳細的政治學說歷史書。

1931年，張世林先生譯述英國賴司兒教授著《政治典範》出版，書中介紹「賴氏學說概要」，寫道：

> 現代之政治思潮，反對主權論之思潮也，反對國家之強制權，反對主權之表示曰法律。……蓋賴氏以為國家果有最高無上之主權，即不應有革命；有革命即無最高無上之主權之說。……權利者，社會生活之要件，缺之者則人類不能發展其自我之最善之謂也。人之所以有權利，即以吾人為國家分子之故。人之所有權利，所以使吾人所特具者，在此國家組織之下，得以貢獻於公眾。……權利非法律所發生，乃其先決條件。社會之內，以各盡所長為原則。……二十世紀，可謂政治上生計上之浪漫主義時代矣，各懷一心理想計畫，去目前之舊，圖今後之日新又新。……賴氏宗旨，簡括言之，曰國家、社團、個人三者，宜求其相劑於和平，國家非主權體也，委之以平均酌劑之任務，個人則設為權利系統之保障之，俾達於自我實現之境。……賴氏曰，以革命方法，達生計改造之目的，不特原有目的不達，且有害有不可勝言者。……[注93]

　　賴氏的書是一部對於政治理論、思想、方法的獨自闡述的典範性的專著，內容很豐富，但與中國關係不大。

　　1931年，基特爾著《政治學》被孫大中先生翻譯出版，書中有一個比較詳細的「政治學分類表」：

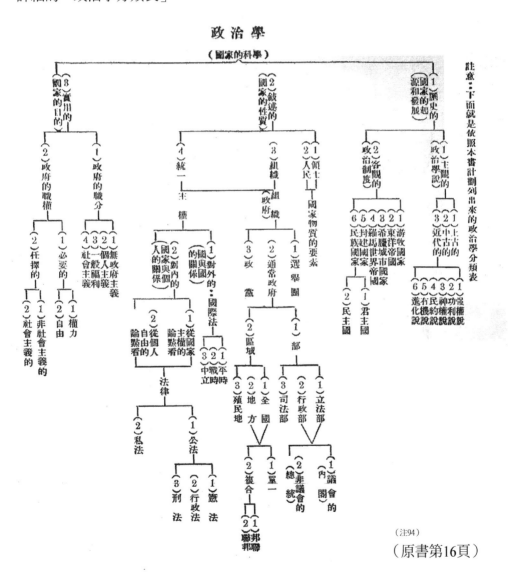

（注94）

（原書第16頁）

　　1931年，2千3百多年前的古希臘哲人亞里斯多德著的《政治論》，總算被吳頌皋、吳旭初先生翻譯出版了。這是政治學的開山經典專著，兩千多年來一直影響著各國人們的思想行為。後來的政治學，全都是由此而引發的。這裡略舉書中數言：

　　　　（6）國家之目的有二：（一）在滿足人之社會的本能；（二）在使人適合於善良生活。……政治的統治，所以異於統治奴隸者，首在以被統治者之福利為其目的之故。（7）國憲之良否，系於是否以公共幸福為其目的而斷之。……善良之國憲有三：（一）君主政治（monarchy）；勳閥政治（aristoracy）；民主政治（polity）。……惡劣之國憲亦有三：（一）暴君政治（tyranny）；財閥政治（oligarchy）；極端庶民政治（extreme democracy）。……惡劣之政制，為善良者之變態（perversions）。（8）庶民政治與財閥政治之成立，並非僅據治者與治於人者之人數比例而定。……以庶民政治，又恆為貧民之所統治；而財閥政治，又恆為富民之所統治故。（9）平民派（democrats）奉「平等」（equality）為金科玉律；而財閥派（oligarchs）則信政權應不平等，而以財富為比例。……然二派均未注意國家之真正目的，即德行是已。……如有人能盡力促進德行，則其人應享最大部分之政權。（10）本此同樣原則，故正義公道云者，非即多數人之意志之謂，亦非指富者之意志而言；乃係一種行為的途徑，而為國家之道德方針所要求者是已。……(注95)

　　亞里斯多德的見解確實是精細恰當。他的思想開拓著政治學研究之路。

　　1932年，南京中央政治學校薩孟武教授著《政治學概要》出版，書中寫道：

　　　　國家是以人民領土為基礎的獨立的統治團體。……國家既是霸道造成的團體，則國家的目的，自然要保護支配階級而壓迫被支配階級了。……人類一面有生存欲，同時又有利己心，由於這二種心理的作用，社會遂陷於鬥爭之中。但是鬥爭不已，必有一倒；有了國家，則鬥爭關係可進化為平和制度的法律關係，一面被支配者的生存，由於這個法律

制度得了保障；同時支配者由於這個法律制度，亦須保障被支配者的生存權。所以兩者之間雖有支配與被支配的差別，然而兩者的「隸屬關係」又可設定了一種「保護關係」。……第一期是員警國（Polizeistaat）時代，……第二期的法治國（Rechtsstaat）時代，……第三期的社會主義國（Sozialistische）時代，……社會主義國則根據人民的意思而決定孰為民利為民害。又者，社會主義國的施政，亦當根據法律。……(注96)

1932年，吳友三翻譯季爾克立斯著《政治學原理》出版，書中寫道：

採用「政治科學」一名詞，在理論實際兩方面，均有理由。政治科學之中心對象，既為國家。故其範圍，當限於與國家相關之研究。……討論國家之現在，指對於國家意義、起原、與主要性質之分析而言；國家動作之種種表像（即當時政府之原則與實際），當然亦屬於此部之下。在國家的過去項下，所包括者為：政府工作之歷史概略，或國家及關於國家觀念之歷史的演進。至於國家之應當如何，則包括分析政府之職務，及決定能使政府優良之原則。……政治自由本身，不能視為一種目的。吾人欲達到政治自由者，祗因其為達到人性完成上之較高道德目的之手段而已。政治自由既為一種手段，故必當先使人民智識漸行提高。民治之最大危險，在人民的無知識的意見。……(注97)

這位英國學者，在做一種純理性的政治科學和政治哲學的分析，也與中國關係不大。

1932年，中國社會科學家聯盟主席田原（鄧初民）著《政治學》出版，書中寫道：

在事實上，有了政治現象的社會，「國家」，或「人民」並不是一個利害一致的整體，即不是一個沒有階級矛盾的和諧體。所謂超然於國家與人民之上的「管理」，「治理」，是絕對不會有的，所有一切，便祗是階級與階級的矛盾。……在落後的社會科學之中，政治學更是落後。……一、政治是以階級矛盾為其基本內容，即包含支配者與被支配者之間的相互關係及作用，研究政治學的學者們常容易基於自己的利益的打算，不能

或不願暴露政治的真相，以免與現實政治相抵觸；二、現實的國家的主
權者，大都只能容許或嘉納與現實政治無抵觸的政治學說；三、就政治
作科學的研究而暴露政治的真相，以致與現實政治像抵觸的政治學說，
難免不被支配者所蹂躪。……政治學的學說，與倫理的觀念結了不解
之緣，弄得事實的認識與價值的測量錯雜起來。例如他主張國家是最高
的道德的社會，國家的目的是至善等，便是用倫理的標準估評國家的價
值的明證。這種倫理學的政治觀念，一直支配著後來的政治學者們。即
如現在主張「好政府主義」的人們，可以說是受了這種影響。……蘇維
埃：(1) 給我們以工農的武裝力量，這種力量，不像舊的常備軍那樣，和
人民分離，而是和人民密切相連的，在軍事上講來，這個力量，比較從前
一切軍隊，都強大得多；在革命的觀點上講來，他不能為其他力量所代
替。(2) 這個機關對於群眾和大多數人民發生絕頂密切的不可間斷的，
易於檢查和恢復的聯繫，在舊的國家機關之下，這種聯繫，簡直是夢想不
到的。(3) 這個機關的成分，為人民所選舉，因民意而撤換，沒有官僚主
義的架子。所以比以前的機關，都要民主化些。(4) 牠和各項的職業，緊
密地相連，因之牠可以不經官僚主義的方法而促成各色各樣的深入民
眾的改良。(5) 她是一種組織形式，即是被壓迫的工農階級裡面最覺悟
最堅強最先進部分的先鋒隊的組織形式。經過這種機關，被壓迫階級
的先鋒隊，可以提高，教育，訓練，和領導這些解集中的廣大群眾。這些
群眾，直到現在，總是完全處在政治生活及歷史之外的。(6) 牠可以使我
們合併議會主義和直接民權的長處，就是說牠把立法的作用和法律的
執行，合併於人民所選舉的代表身上。和資產階級議會主義相較，這點
是在民主主義的發展上具有全世界歷史意義的進步。……(注98)

　　鄧教授的話說的比較坦率，直指政治學家的毛病。但是他對於「蘇維
埃」的言之鑿鑿，確實是不符合史實的，作為學者自身對於真實社會的調查
與分析太差。

　　1932年，商務印書館編輯李聖五編《政治學淺說》出版，此書不值一
讀。(注99)

1932年，還有日本今中次麿著《現代獨裁政治學概論》，由萬青先生翻譯出版，書中寫道：

> 攝政政治，……恐怖政治，……革命的內閣政治，……總督政治，……總而言之，（一）四種政治都不是合法的組織，乃是出於革命的，或由於政變而來的非合法的組成；（二）四種政治，都是推翻舊的政治組織，代以新的憲法，即實行憲法的改廢；（三）四種政治，都不過是一時的過渡的變法，絕非永久性的組織。……1852年3月5日馬克思寫了一封信：……「資產階級的歷史家是比我以前早就認定了階級鬥爭的歷史的發展，資產階級的經濟學也是早就論定了階級的經濟的解剖學。然則我在此時從新要論的是什麼事情呢？那是第一，階級的存在之聯繫於生產的徹底的歷史的發展鬥爭；第二，階級鬥爭之必然的傾向於無產階級獨裁政治；第三，這獨裁政治之不外是向進於全階級的廢除及沒有階級的合成一體的社會構成的轉移過程；……」。列寧是又這樣說著：「蘇維埃是無產階級獨裁的俄羅斯的形式。如果研究無產階級獨裁的馬克思主義理論家，實際的研究這現象，那末……牠是先關於獨裁得到一般的定義，然後理解到各個特殊的民族的形式的蘇維埃，而不防把牠視為無產階級獨裁的一形式，作為批判的對象。……(注100)

1933年，周紹張先生著《政治學體系》出版，書中寫道：

> 我以為政治學是研究治人方法底原理原則，及說明國家在靜態中和動態中之因果定律的科學。這是工具前面解剖政治二字的歷史事實所已明白顯示出來的。我們否認不了事實，就否認不了這個意義。……所以如果維持和平、保障權利、圖謀公共幸福，為政治學底理想和目的，那就恰恰是政治學為統治者服務的證明。統治者之所以要有政治學，正是在為自己規定其統治底計畫，對民眾掩飾其專有權力壟斷政治的行為。政治學底任務正在這裡。……它的使命正同個人主義國家觀和國家主義國家觀一樣，是要支配一個時代歷史的。一到新興勢力起來與舊有的統治階級算總帳的時候，它便必然要由理論轉化為事實。……(注101)

　　周先生在書中還把別人的見解貶得幾乎不值一錢，如他寫道：「我們就張慰慈底定義看來，比一切完備；其實是爲『歷史的政治學』就是說明的政治學，卽政治學底定義；而『敍述的政治學』是應該包括在說明的政治學內的。高一涵把治人改作治事，太常識化了。依前面論證看來，是不正確的。至於陳豹隱在其自稱爲從未曾有之作品《新政治學》中所列的定義，也沒有一點新見，且不著實際；……」(注102) 可惜，這不是學術討論，而是自己不明白，也不准許別人明白。

　　1933年，中央大學教授楊幼炯編《政治學綱要》出版，書中寫道：

> 政治學所研究的問題：第一就是敍述國家的性質，觀察國家的特質即組織與其所處的環境，所發生的變端。第二就是在追求國家的起原和發展。第三就是說明國家的目的，考察政府的職務和功能，而求適應政治的環境，謀政治問題的解決。……現代政治的研究，……一部分以供給政治組織上的智識為主。（一）在國體方面，注重討論內閣制、總統制、聯邦、國家起源及國家主權等問題。（二）關於現有的政治制度，作比較的研究。……（三）政治思想的研究，具有解釋的敍述的功用，研究現存思想的各派，就他們的學說來源，以證明現代政治的趨勢。第二部分就是關於實用政治的一方面。（一）研究政治集團中之政治生活的實情與社會的關係。（二）研究政治組織的運用和功能。（三）研究國家實際政治運用的方針與其國家的社會經濟政策。……(注103)

　　1933年，前蘇聯外國工人出版社出版了《蘇維埃中國》一書，裡面搜集的是中國中央蘇區的文獻，由中國共產黨代理總書記王明寫的「引言」，在「引言」中全文轉載了由「中華蘇維埃共和國中央執行委員會主席毛澤東、副主席項英、張國燾、中華蘇維埃共和國革命軍事委員會主席兼工農紅軍總司令朱德署名的「中華蘇維埃共和國中央政府告全世界工農勞苦民眾宣言」。全文太長，這裡僅引述書中所載「中華蘇維埃共和國憲法大綱」第一條和第十條，已見共產黨的政治初心：「一、中華蘇維埃共和國的根本

法（憲法）底任務，在於保證蘇維埃區域工農民主專政的政權達到他在全中國的勝利。這個專政的目的，是在消滅一切封建殘餘，趕走帝國主義列強在華的勢力，統一中國，有系統的限制資本主義的發展，進行國家的經濟建設，提高無產階級的團結力與覺悟程度，調節廣大的貧民群眾在他的周圍，以轉變到無產階級專政。……十、中國蘇維埃政權以保證工農勞苦民眾有言論出版集會結社的自由為目的。反對地主資產階級的民主，主張工人農民的民主。打破地主資產階級的經濟的政治的權利，以除去反動社會束縛勞動者和農民自由的一切障礙。並用群眾政權的力量，取得印刷機關（報館印刷所等）開會場所及一切必要的設備，給予工農勞苦群眾，以保障他們取得這些自由的物質基礎。同時反革命的一切宣傳和活動，一切剝削者的政治自由，在蘇維埃政權下都絕對禁止。」(注104)

這些政治理想，在30多年後就得以在中國開始實現。

1933年，鄭斌先生著《社會主義的新憲法》出版，該書是介紹當時前蘇聯的憲法內容。書中寫道：

> ……有產階級專政與無產階級專政有一通性，即一經濟階級壓迫另一經濟階級也。……然無產階級國家亦一國家也，亦一權力也，亦一特別階級之權力也。據恩格兒及列寧，則無產階級國家非應行廢止之國家，乃逐漸消滅之國家，其何故也？蓋無產階級掌握政權後，先將生產手段變為國家財產，然後廢止階級差別與階級對立，及至無可壓迫之階級，無階級支配與生存競爭，即無須特別壓迫權力，即無須國家。社會關係中國家權力之干涉，已歸於無用，國家自然長眠。對人支配變為事物管理及生產管理，國家不廢而自亡。是故社會階級之消滅，為國家消滅之必要條件。(注105)

1933年，美國高納教授著《政治學大綱》，被顧敦鍒、莊恭先生翻譯出版，書中寫道：

政治學確是真正的科學了。政治科學對於我們有許多實際上的幫助：一方面可以使我們演繹成完美的原則，作聰明的政治行為的基礎；一方面更可以揭破謬誤的政治哲學的理論。就科學而言，政治科學當然及不上各種自然科學那樣完美和成熟，因為政治科學所研究的事實是比較的複雜，影響於社會的和實際的現象的各種原因也比較的難於控制，而且是永遠的在變化著的。因此，政治科學在一切社會科學中，仍是最不完備，最欠發達的一種科學。……民主政治是建立在一個錯誤的原則上的，這原則就是每一個人，不論他的真價值如何，他對於參預政治的能力是與任何別人一樣的，結果是沒有一個人選舉官吏和議決政治方針的選舉票的效力，比別人的再大。……(注106)

1933年，中央大學校長桂崇基著《政治學原理》出版，書中寫道：

全民政治最大的優點，當在其能提高一般人民的地位，發展一般人民的能力，激發一般人民對於公共事務的興趣，堅固一般人民的愛國熱忱。……全民政治的缺點何在？……就在不能儘量發展政治的效能。……美國民主政體最大缺陷有八點：（一）人民對於州議會與國會的信仰，日益減低；（二）多數州的司法不良；（三）罪犯管理不得法；（四）法律執行不嚴；（五）城市管理的浪費，賄賂的公行，官吏的庸傭；（六）政黨之為政販把持操縱；（七）立法與司法機關，常為資本家大公司所左右；（八）公共事業尚未能儘量吸收人才。總此八點，可以「效能低落」四字盡知。雖其間不盡為民主政體所獨有，然民主政體未能剔除政弊，增加效能，是不可能諱言的。……(注107)

1934年，上海新亞中學校長陳端志編《現代社會科學講話》出版，書中寫道：

有許多學者對於國家的解釋，卻不是說國家是一種秩序的組織，就是說國家是公共福利的維持著；不是說國家是保護國民的機關，就是說國家是道義和理性的實在性。這樣說來，國家簡直成了神聖不可侵犯的東西去了。然而實際上呢，國家既是政治的最高形式，無疑的國家確確實實的

是階級統治和階級強權的組織，是保護剝削階級的利益和統治被壓迫階級的機關。……經濟上強有力的治者階級，都有能力去占據政治的國家權力，簡直可以說這些組織的支配權，完全握在他們的手裡。我們怎好說國家是公共福利的維持著呢！……所謂階級鬥爭，實在即是爭奪政權。因為非自己這一階級取得政權，便不能改造那不合於自己生活需要的現實經濟組織，由於此等鬥爭，統治階級乃按時代的生產關係之進展而更換。……政治制度的變遷，即是社會內歷史上各階級此進彼退或彼此相持的種種鬥爭陣勢之反映。……（注108）

陳校長快人快語。

1934年，復旦大學教授孫寒冰翻譯美國迦納教授著《政治科學與政府》出版，該書正是前面介紹的美國高納著《政治學大綱》的不同譯本。不再重述。（注109）

1934年，英國甄克思著《政治簡史》，又被張金鑑先生重新翻譯出版。張先生在「序」中寫道：

> 譯者完稿後始發現原著經嚴侯官先生譯名《社會通詮》，早已出版問世。本擬將譯稿擱置，不謀付梓，以免重複。旋因購得嚴譯，詳加參閱，深覺兩譯行文頗有不同。嚴譯尚典雅，文意深沉；新譯重通俗，詞句淺明。且嚴譯中之各種譯名與近日流行者多不一致。譯者轉而深信二者非但可並行不背。且可互相補充，參照閱讀，故決定將此拙稿付印問世。……（注110）

該書中寫道：

> 政治——政治者，政府之事務也；即生活於同一社會人民之管理與統治也。且實惠者乃以共同意志或目的結合之民眾團體也。僅以偶然機會聚合之群眾不能稱為實惠，蓋彼未具有一定之目的；且其聚合與分散僅憑一剎那間之幻想耳。組成此群眾之分子彼此間無相互責任與義務之承認，並無較長之歷史及固定之組織。……國家者係以個人為主而結合之

實惠也，並不含有農業社會之共產主義。……所幸專制暴君想以個人之行動，直接控制每個人民之迷夢，向不曾實現。但國家成立之開始，即有一種趨向，在打破國家與個人間之間接阻礙。每個聰明之統治者均認識此種障礙可以漸進之方式消除之。建立國家之成功主帥，不論其為外來之遠征者或各族之統一者，總發現在其所屬之人民中，已有各等權力之存在，由其順服之臣僕行使。此等統治者若無何等反抗，征服者之主帥，對之亦少有更換。征服者只要求此等統治者認識彼等之權力係來自皇帝。……政治組織中最占重要，爭執最多者當首推財產制度。……財產者，乃存在於人類中或有限制之人類中的一種權利。人類藉此權利能獲得自物質事物引申出之各種利便，以謀自身之利潤或利益。……（注111）

1934年，武漢大學李劍農教授著《政治學概論》出版，書中寫道：

現代國家的人民，在公法上有兩方面的資格：一為具有本國國籍，服從國權，受國權之支配管束，是為被統治者；二為具有本國國籍，並有參與國權行動之權利，即為公法上構成國家之主體分子。以前項之資格而言，則稱之為國民；以後項之資格而言，則稱之為公民，公民的觀念，在中國是到現代才發達的。……所謂事實的主權，與上述政治主權有別；為政治上一種主權的變態，意思是指政治上各種沒有法律根據的威力，事實上使人民不能不服從，但在法律上卻無可以使人民服從的理由。此種事實上的主權者出現，就是革命。……這種事實上的主權者，其基礎全在武力。國家永久的生存，武力雖不可少，但專憑武力是不能成功的。……合法的主權者，若忽視上節所謂政治的主權，也常足以惹起革命的危險，以致產生產生事實上的主權者，來爭合法主權者的地位。……社會主義派的理論：……第一，他們以為土地……的天然富源，……歸少數人所有，……很不合於公道正義。第二，人類生活所資，除了土地，就是加以人工的製造品，製造必需勞動力，……現在這種私人資本主義的生產制度，也是很不合於公道正義的。第三，就社會經濟全部的利益上說，私人互相敵對的競爭，有許多物力和人力，是浪費過了的。……若由國家統籌，支配經營，這些危害，都可以免去。第四，根據近世的經驗，

把國家所管理的範圍擴大，不惟沒有害處，並且很有利益。……他們所主張的新制度，到底能否實現，實現的程度如何，則尚有研究的餘地。反對他們的，也有幾種很重要的理由：第一，就社會文化的進步上說，有一點很難解決的：……若說新制度一經施行，人類的道德必隨之改變，必完全趨於利他的方面進行，恐怕只是一種空想。第二，就利益的分配上說，也有一點很難於解決的：……若用「各盡所能，各取所需」的方法，則能者的利益，常為不能者所奪去，公道又安在呢？……結果也足以阻礙經濟的進步。第三，就事業的管理上說，……若把一個國家當作一個總公司，所經營的包括經濟生活的全部，又不如私人所有的事業有一種小我的自私心，去刺激他們的活動力，節制他們的越軌行為，其結果不是紛亂，便是腐敗。遠的將來不可知，就現在的人類道德上說，這種懷疑，絕不是過當的懷疑。第四，就人生的興趣上說，也有一點可慮的事：國權的支配管理，若及於國民的全部生活，……個人除了僅守國家所指定的路線行走外，別無活動的可能性；所謂自由，將完全取消；人生的意義將等於死板板的機械，還有和興趣呢？上面這些反對的理由，也不是沒有價值的……(注112)

1935年，哲學家常乃悳編《社會科學通論》出版，書中寫道：

我們以為政治的活動所以在社會各種活動之中占一部分重要位置的原因，固由於社會集團的維持即發展上本身需要而來，而政治現象所以隨時隨地有種種不同的變化者，則完全由民族性的不同而然。……第一，政治組織的方式受民族性的支配。我們知道政治組織的方式（即政體）通常分君主專制，君主立憲，及民主共和三種，最近又有蘇維埃式的一階級專政及法西斯式的一黨專政的方式出現。……第二，政治潮流中的大小變化的發動及其方向，均受民族性的支配。……第三，一國的政策，行動，受民族性的支配。……第四，民族性可以規定政治領袖的性格行動。政治領袖的出現，一部分雖由於個人的天才與能力，但其能成功與否，則全視其能適應其本國的民族性與否。……中國民族歡迎穩健實際的領袖，而不歡迎好大喜功的領袖，這都是民族性支配領袖的成敗的

實例。……第五,政治思想即政治潮流也受民族性的支配。……(注113)

1935年,陳豹隱教授著《現代國際政治講話》出版,書中寫道:

（一）從人類求智識的本分說,我們必須研究現代國際政治。第一,因為政治在目前的歷史階段上較其他一切行動或現象都占著優越性,可以支配其他一切的行動或現象,所以必須研究政治。第二,在另一方面又因為在歷史的現階段上各國是聯成一個體系的,所以單研究政治還不夠,此外還要研究國際政治,（如像中國就受到國際各帝國主義的經濟的、政治的、乃至軍事的支配或影響,就是顯明例子）。因此,可以說,凡是人類都必須研究政治,並且必須研究國際政治。否則一切智識都無著落,無歸結……即是說,我們研究國際政治的第一目的,在造成我們一切智識所依以運用,依以發揮作用的基礎,同時即在完成做人類一分子看到我們的人格。（二）當作中國一國民的文明,尤須研究現代的國際政治。因為中國是一個半殖民地的國家,並且在事實上是國家共同的半殖民地的國家,一切的行動皆受著國家的支配和影響,所以國際上各強國之間的關係的變化,會馬上直接反映到中國來,使中國也起了變化。……所以中國國民尤須注重國際政治的分析。過去有許多革命者徒然犧牲了生命財產而無若何結果,其主要原因即在不明瞭國家的情勢。……（三）從現階段上的世界危機期的一般青年的軍事責任說,亦有研究本門課題的必要。……誰也知道現階段的歷史是全世界的危機期,無論遲早,結果必會走到第二次世界大戰去;……因此各國的青年將校皆深刻研究社會科學,尤其是政治學。例如日本在最近,許多青年軍人的關於軍事的著作,皆引用恩格斯的唯物辯證法;……他們絕不像我們中國,凡談唯物辯證法的,就被認為反動分子或反動黨員,其實,辯證法只是一種理論的認識工具,而反動黨員卻是一種行動集團,絕對不能混為一談。日本即利用這種工具,趁國際上的變化,來蠶食中國。……我們研究現代國際政治的第三個目的,在完成現階段上的中國青年的軍事責任達成上的能力,以順應不久的必然爆發的世界危機的總決算。(注114)

陳教授將中國政治問題,引向了國際舞臺,並且有他自己的一套見解。

　　1935年，日本五來欣造先生著《政治哲學》，被李毓田先生翻譯出版，書中寫道：

> ……概念是有力動人，人有時懸想於腦中之概念，即是行動之開始；從而若不加此行動之要素，則純粹之概念即不能存在；……政治哲學者，是即以所稱政治理想之概念為其研究之對象也。例如國家本位所包含之政治理想，是「統一」與「權力」之概念；個人本位所包含之政治理想，是「人格」與「分權」之概念；社會本位所包含之政治理想，是「協同」與「連帶」之概念；其他則包含有「自由」，「平等」，「進步」，「秩序」，「人類愛」，「調和」，「幸福」，「正義」，「神」等等之概念。包含此概念之一個，或二個以上之理想。此諸種理想若統一之，蓋即所謂之「文化」。……唯政治理想，亦即是等之理想；故實行是等理想之手段，必須有以區分之：譬如就社會主義之人類經濟平等理想而言，然實行經濟平等理想者，必須具備有種種之手段，然而主張所有權之廢止者之社會主義；與主張不必廢止所有權，唯使資本家償還其不當得利為已足者之社會連帶主義等主張，是即為此手段問題。判斷社會主義之價值，在務須將此種之理想價值與手段價值一起統括而判斷之。緣政治理想者，即係此目的之價值與手段價值之兩方面也；故政治理想之價值判斷，亦即此兩方面之判斷。判斷政治理想之價值必要的科學，則即為關於人類所包含之一切科學也。……(注115)

　　五來先生的哲學見解中，對於政治的「概念」的使用與判斷，頗為精確。對於中國學者來說，這是很難得的。

　　1935年，德國宋巴特教授著的《德意志社會主義》，被楊樹人先生翻譯出版，書中寫道：

> 我們有許多種「社會主義」概念定義的彙編，……第一組：社會主義——社會「進步」，世界的改良；人民的幸福，文化運動，超昇得救的意念；第二組：社會主義——主見「信徵」，態度，立場；第三組：社會主義——社會秩序「制度」的原則。……我瞭解社會主義為一種社會生活的境地

「狀態,情狀」,在這境地中,個人的行為根本要受具義務性的範式決定,而這些範式則以那一般的在政治共同中著根的理性為其根源,以法律為其外表。……

……無產階級社會主義中的主要成分,這種銳化解釋中包括下列觀念:(1)總是有一個階級為宰製的,「榨取的」,而其他階級為被宰製的「被榨取的」;(2)一切國家處施都是適合宰製階級的利益;(3)所以,各家不脅是「宰製階級的委員會」。階級國家論與階級鬥爭論,正好相合,兩者實是同一理論的立兩方面。……馬克思主義社會論的基本原則,……這個戰略的綱領如下:(1)因為對於階級鬥爭原則,絕對無顧忌信誓,所以內心上否決一切原則上的諒解;沒有妥協政策,沒有「政黨」政策!不與現在的權力機關講和平(至多是臨時的),不為公益服務!(因為沒有這回事),無產階級追求獨裁,只有在無產階級完全勝利以後鬥爭才中止。(2)無產階級的政策是國際的,其利益首先與其階級地位有不可分的關係,在一切資本主義國家都是一樣。……(3)……「共產主義者應當到處扶助革命運動,反對現存的社會政治現狀;應當無條件地站在革命方面,不論其為法國人或是中國人所代表;從我們的立場來看,我是指革命者。」(馬克思)……「取消宗教,取消人民的虛幻的幸福,即等於要求人民的真正幸福。放棄其現狀上的虛幻的要求,即等於要求放棄一種現狀,那個需要虛幻的現狀。批評宗教,歸心結核就是批評愁城,愁城的神聖虛景(神聖幌子)即是宗教。」(馬克思原文散印)……社會主義信徵所根據的最深基礎,不是倫理的估價,科學的知識[認知]更不要談起;這是一個信仰,信仰社會主義將要來臨;無產階級社會主義者對於真正宗教意念的心緒愈空虛,這種信仰愈活躍,愈能排擠一切其他心靈作用。於是社會主義的信仰,蒙上了一層神話的形式,這神話透入各派的理論,自無產階級思想起始直到如今。……「社會主義掃除災痛與過飽和與不自然,使人類生活愉快,愛美,有享樂的能力。並且同時把科學和藝術創造的自由帶予一切的人們。」(考茨基)……

……國家(民族)社會主義一般講來即是一種社會主義,它在民族團體中求實現,……社會主義與國家社會主義是互相倚靠的。所以國家社會

主義是建築在那一種思想上面：沒有普通實用的秩序，只有適合於某一特定民族的秩序。所以一個真正的秩序只能以民族為基礎，按照上帝所分別創造的各種民族不同的外表的，心靈的與精神的賦性。適用於社會秩序者亦適用於倫理。……(注116)

該書譯者在「譯序」中則寫道：

宋巴特是七十歲的老教授，在國際學識界很有資望，……本書名為《德意志社會主義》，但並不代表馬克思主義，……他雖說承諾國家社會主義，然而本書卻不是代德國國家社會主義黨「歌功頌德」之書；……我們的現時代是一個浮動的，不安定的，表面的時代。人們失去了定盤心，作事草率，思考不徹底，判斷淺薄而無根據。……活在這種時代，真是痛苦，大好的社會竟為這種少教淺薄的無聊的「人們」所嚷的「市聲」所奪；二是痛苦是非顛倒，黑白不分，清白的人枉遭污衊。……(注117)

楊樹人先生在譯書中感受到的是二重痛苦，是因為他聯想到自己祖國的政治局面，並且通過德國人的民族性來反觀自己的民族性。而筆者則是對於作者的嚴謹學風，細緻精確的筆法大為嘆服。他對於所使用的每一個字都是交代清楚的，他對於不同見解的批評是先立下「何謂批評」的。他是從巴比倫塔的建造講起，引申到國家、國族、計劃經濟、主義、技術、生產等等，處處貫穿著他心目中的「國家社會主義」的內涵。

1936年，王希鶱先生著《政治學要旨》出版，書中寫道：

政治之功用，即在於將社會內諸種職能，予以調劑，使之聯絡，使之統一，俾各得其平。現代之政治學，即指此種公共事業之管理，與社會各職能之調劑之學問。……國民依據共同政策（或云共同政見）、自由組織、帶有永久性、用以取得政權為目的之團體，是謂政黨。……政黨之功用：……第一，政黨能使一般人民政見相同者，互相團結，並增加其監督政府之力量。假若取得政權，可將一致贊同之政策，見諸實行。第二，政黨能將人民應表示贊否之問題，先為之提倡，以便以便民眾之抉擇

標準。第三，政黨能推出適當之候選人，使人民投票時，不致茫然不知所擇。第四，政黨如在內閣制之下，可使政治責任分明，政治效率增加；如在三權分立之下，又可使立法與行政收連絡之實效。第五，政黨可使一般民眾得到政治教育與政治訓練，並增加其對於政治問題之興趣。第六，政黨制度能使一黨專政無從發生。（……蓋在一黨專政之下，他黨不能存在也。）……政黨之弊害：……第一，政黨自護其所主張，常顛倒事實之真相。第二，政黨之分黨，未必即為民意之分界。第三，政黨之所得於黨員者，非必為真正之忠誠。第四，政黨於其所主張，常過甚其辭，以聳人聽。第五，黨員之入黨籍有隨個人而來者，非真信奉主義。第六，政黨利用人類下意識之心理，蠱惑人民，以供其奔走。……(注118)

1936年，英國麥克斐教授著的《政治學》，被《國論月刊》主編陳啓天翻譯出版，書中寫道：

> 國家是一種團體，這個團體依政府所公布的法律而活動，為達此目的，賦予強制的權力，以維持社會秩序之普遍的和外部的情形。……當國家法律干涉意見時，則法律成為單純的強制。因為當法律命令人民以反對其意見時，人民可以自由行為；而法律命令人民以善心反對其意見時，則人民得自由思想。法律命令人民信仰，則此足以使人民作偽或反抗，而訴之於民心。法律的工具喪失其真實的性質，而忠心的基礎也被推翻了，所以法律強迫信仰時，則法律變為虛設而已。……

> ……法律也與道德不同。道德是個人精神的良心的命令。從表面看，道德好像是風俗和社會訓練的產物，但道德成為一種行為，是出於個人的自律，而自由選擇幸福的目的與方法。道德常取決於個人自己的是非觀念，最後也常取決於個人自己的善惡觀念。道德是個人的直接反應，這種反應乃一切忠心的根本。……道德的原則常常決定著一個人對每個人和一切人的義務，在整個幸福的意識中包含有整個的人格。……法律不能規定道德，只能規定外部行為。所以法律只應規定國家認為有利於幸福的行為。……風俗在社會中自然生長，以顯出信仰的基本條件與生活的模型。風俗可以發展到極其強固濃厚，致生活的新模型不易產生，

然風俗的起原則是出於自發，不是出於任何要組織的意志所創造，更確不是出於國家的意志所創造。國家雖可改變風俗所由產生的環境，以間接影響風俗，卻無大權力，或者於破除風俗也無大權力。……

……國家具有生殺一切團體的權力——不僅生殺個人——，……國家要求可用強力解決政治問題的權利。國家如此做去，即提高了政治的興趣，到完全統制其他一切興趣。……所以武器定罪的主要理由，變成武器繼續使用的理由。在戰時，國家將一種特殊的政治目的，置於家庭文化生活和經濟秩序等的普通目的之上。為達此目的，國家不惜壓抑並擾亂家庭、教會、文化團體、經濟制度，及其他一切，而教導國民用暴力、盜竊、詐偽、暗殺等與社會，以建立相反的一種道德，對待敵國。……(注119)

麥克斐教授研究得相當仔細。

1936年，英國鮑恩思教授著的《民主政治論》，被《論語》雜誌負責人之一的孫斯鳴先生翻譯出版，書中寫道：

民主政治乃是一種政體，在這個政體中，有組織的公共權力，乃係為各個不同的團體間的默契所維持它們原要運用那種權力，以保護他們的利益。……政治的詞令，原是表現個人能力的最主要的手段，因而才看獲取權位；惟既一旦在位了，則一個人有時便可以其有效率的行政或外交談判，藉報紙的宣傳而取得地位。……民主政治分明是一種試驗，原意無非要想在任何社會中，能夠盡其可能地誘致許多人出來，不但要用他們的手，同時更要用他們的情感和智慧，來共同參與公家的事務。它不是一種哲學家們討論的方法也不是一種鄉愚的胡鬧。它乃是一種方法，使一般通常的男女，可以藉此得到充分的同意，來為某種共通的目的而聯合從事。……獨裁政治，它一半係建立於神話上的。照理論上講獨裁政治，乃為對於一個整個社會的統制，為社會上的一切分子謀福利，政權執於挑選的少數人，他們應居最高的地位，以造成一種公善的「意識」，並對這種公善而獻身。這種挑選的少數人，他們在法西斯的福音上，應對一位神聖的「領袖」盡忠；又以勸導的方法，取得一般蚩蚩者的同意，並以強迫的手段，阻止任何人的批評。……共產主義的理論，主張獨裁

政治，乃為破壞資本家支配全社會的必要的手段。它又被認為「無產階級」或實業上的手藝工人真正意志的表現。且為建立一種「無階級的」社會的工具，這種「無階級的」社會，先前在任何地方都是從未發生過的。凡對這種意見抱持任何異議的，便都被目為不當道德墮落，或受「資本家」收買的明證，而反對派則都被殺或被囚。這種學說的術語，本屬於十九世紀的中葉，而且幾乎全部都從馬克思的各種著述終引申出來。……法西斯主義以及它的德國的學說，便都包括崇拜神聖的領袖，不許他人的批評，並以少數的選民為某種特選的「國家」，造成光榮或「平等的」地位。人人都應為民族盡力，如黑智兒所想像的即應為國家而盡力。而一切行為之最光榮的，自然即為和平而戰爭了。凡忠實黨徒，皆需要唯一的領袖；凡對其默示的真理，敢作公然反抗的反對派，則必須要給以強暴或監禁的教訓。……這兩種獨裁的方式，同時都主張「公道」。這字若以某種新的帶有魔術性的意義說來，分明又與「權力」——對於一般企圖改變現狀者的無審判的殺害或拘禁——相同。……(注120)

1936年，政論家章淵若著《中國民族之改造與自救》出版，書中寫道：

我們政治上的危機，實在是一個很嚴重的問題。……（一）以武力為做官的後盾。……（二）做官心理的根本錯誤。……中國傳統的思想，……以為做官就可以發財，……以為做官為發財的捷徑，以做官為無上的光榮。……（三）有治法無治人——中國的政治思想，向來有人治主義與法治主義之不同。……（四）有治人無治法。……徒有治人而無治法，也是無濟於事的。……社會之日亂者，亦可謂由於法治精神之不張。……（五）無統一的思想。……（六）人民無政治的智識。……(注121)

在1936年出版的《各科學習研究法》一書中，收有孫寒冰教授的一篇演講文；「怎樣研究政治學」。文中寫道：「政治二字的意義，是指人類的強制的支配關係或統治關係而言的。一切社會中，物質上或智慧上的強者，莫不欲使弱者順從他的意想，隸屬於他的權力之下。強者治人，弱者治於人。人類的政治生活是開始於統治者之劃分而起的，這是鐵一般的事實，我們不能否認的。統治者在必要的時候，他可以用他的最高權力，

採用監禁、放逐、處死等方法，來貫徹他的政策，達到他的目的，他可以絕對不受他人之支配。不過統治者也絕不能濫用其權力，也受著當時代的風俗習慣道德上種種的限制。在一定社會中，一個人或一群人應用著他的權力，統治其餘的一部分，我們統稱之為政治。所以政治學是研究人類之強制的統治關係，或支配關係的社會科學。^(注122)

廈門大學文學院長林語堂教授，1935年在美國寫了本英文書，在1936年被黃嘉德先生翻譯成中文出版了，書名《吾國與吾民》。1938年又被鄭陀翻譯出版。書中寫道：

> 作為一個國家，我們在政治生活中一個最突出的特點就是缺乏一部憲法，缺乏民權思想。……我們認為政府官員是「父母官」，他們實行的是「仁政」。他們會象照看他們自己的孩子們的利益那樣照看人民的利益。我們放手讓他們去處理一切事務，給予他們絕對的信任。我們把數以百萬計的錢放在他們手中，但從不讓他們彙報開支情況。我們給了他們以無限的權利，卻從未想到過如何保護自己的權利。我們把他們看作是仁人君子，有教養的紳士。……這些人堅持認為道德改革是解決政治腐敗的方法，這個事實本身就是他們幼稚的思想方式的標誌。表明他們沒有能力把政治問題作為政治問題來處理。……我們對行政官員們說：「如果你變成仁人君子，我們就會給立牌樓，永遠瞻仰。如果你變成了無賴、騙子或竊賊，我們也絕不會把你關進監獄。」再也找不出任何一個別的國家，其人民是這樣仁慈第對待他們的行政官員們。……正因為缺乏制度，人們的升遷要靠他與某黨派的關係，於是，他們的精力要放在社會應酬之上，而不是放在如何履行法律規定的義務之上。這些話放在今天是否也是真理，只有當官的以及當官的候選人，才最明白。……把孔老夫子稱作道德思想家，他的懦弱道德說教被尊崇為「政治」理論，這實在是命運對他開的奇特的玩笑。……在中國政府得到徹底改造之前，它就永遠會像一個混亂的股份公司。這裡只有經理和職員們在牟取暴利，股東們卻在失去信心，都感到沮喪——他們就是中國的黎民百姓。……中國發展了一種美飾文辭的藝術，……我們靠言辭活命，靠言

辭來決定政治或法律爭鬥的勝負。中國的內戰總是以互相通電為形式的
筆墨戰為先導。平民百姓們刻苦地研讀這些互相謾罵之詞，還有客氣的
反駁，甚至有厚顏無恥的謊言。人們辛勤地研讀並試圖判斷哪方的文體
風格較為活潑典雅，勝對方一籌。與此同時，他們也完全明白，不祥的
陰影正籠罩在地平線上。……找到漂亮藉口的黨派總能在大眾眼裡獲
勝。於是，死的語言就變成了騙人的語言。只要你有一個中聽的藉口，你
想幹什麼就可以幹什麼。……(注123)

林教授以散文筆調，深刻地刻畫出近代中國人在對待政治問題時的文化
特質。

1936年，還有中央政治學校薩孟武教授著《政治學與比較憲法》出版，
書中寫道：「布林塞維主義乃是馬克思主義的一派，所以其主張大體與馬克
思主義相同。」馬克思說：

資本主義社會與社會主義社會之間，有一個革命的變革期，以乘其缺，
因之，有一個政治的過渡期，與之相應。這個時候的國家乃是無產階級
之革命的獨裁。布林塞維主義在得到政權之後，就依據這個理論，實行
無產階級的獨裁。蘇俄憲法第一條說：「……本憲法的任務在於保障無
產階級的獨裁政治，以撲滅資產階級，廢除剝削階級，並實現無階級差
別、無國家權力之共產主義」。但是無產階級怎樣獨裁呢？……(注124)

上將馮玉祥邀請陳豹隱教授到廬山為他上課，講述政治科學，他將自
己的學習筆記編著成《現代政治鬥爭原理筆記》一書，在1937年出版。馮上
將曾為民國初期的中國政治舞臺上的人物，演出過自己的角色。這位布衣將
軍此時有機會反思自己的作為，以及透過中國政治舞臺上的親身經歷，發現
自己政治知識不足，而極其希望能在理論上搞明白，他很誠懇地通過學習思
考，提出自己的見解，確實難能可貴。至於恰當與否，那已經不重要了。他
在書中寫道：

……現代政治鬥爭，是被壓迫階級拼命反抗，壓迫階級用死力壓迫的鬥

爭。無產階級的自覺、組織、能力都是從來沒有過的強大起來，同時資產階級也集中全力做最後的掙扎。所以說現代政治鬥爭帶有深刻化的階級性。第二是大眾性即群眾性。……第三是大規模性。……第四是嚴密的組織性。……第五是國際性。……第六是理論鬥爭性。……今天，誰能真為大眾謀利益，大眾就擁護誰。大眾並沒有成見，不過他們很明白誰是站在他們的立場上奮鬥，誰是不顧他們的利益。行動與理論都是如此。……政治行為多為國家行為表現出來，所以過去大都認為政治學就是國家學。這完全是自統治階級地位著眼，而不瞭解所謂政治是什麼。所以也可把政治學當做帝王學。政治學的對象是人在政治生活上的相互關係。……學政治就是為的做政治鬥爭。我國讀書人向來就犯這個大毛病，總以為讀書人該與現實隔絕，認為能不問時事才算幸福，把精力都用在不講實用的方面去。……我是三民主義信徒，為三民主義信仰奮鬥過，我曾率領過幾十萬健兒為三民主義而戰。但是到了現在，三民主義不見了，祇看見許多「忠實」同志升了官發了財，在上海置了地產，在南京蓋了洋房！真令人痛心啊！而國家垂危民族垂危，但這樣不能算是三民主義的罪過。中山先生因缺乏唯物哲學的養素，所以三民主義的哲學基礎不固。自己就犯了觀念論的錯誤，把仁義道德孔孟學說，摻雜在三民主義裡去。這一來就有許多人把三民主義解釋得玄妙異常，離開現實，使牠與幾千年的僵屍合抱了。……所以說三民主義是救中國的藥方並非錯誤，雖然這個藥方因時代的劇烈變化，隨時應加以修正與補充。……中間階級在革命過程中是個大問題。所謂中間階級就是小資產階級、智識分子、自由職業者、技術人員、手工業者、小商人、中產農民、店員……他們徘徊於資產階級無產階級之間。……他們難有固定的意識，不堅決、動搖的特性，很能損害革命。思想與行為不一致，滿口革命，然而所做所為無不腐化反革命，隨風倒，投機取巧，這是智識分子的通病，亦即中間階級的通病。對此非加以糾正不可。……(注125)

　　筆者欽佩馮上將的求知、認知的精神，他的半生都是在中國政治網中翻滾，能夠一直獨立思考並行動，可以說是代表了當時中國人民的心聲。他在學習後的總結是：「到了今天，誰能真為大眾謀利益，大眾就擁護誰。大眾

並沒有成見，不過他們很明白誰是站在他們立場上奮鬥，誰是不顧他們的利益。行動與理論都是如此。」

1937年，中央大學楊幼炯教授著《中國政治思想史》出版，書中寫道：

> ……政治思想之形成，由於社會生活之影響，歷史學說之關係及思想家之人物與個性三原因。……中國政治思想既根源於固有之宗法制度，則其第一特徵，即為神權主義之思想。所謂「宗法」即是父系、父權、父治之氏族制度。……中國政治思想在古代，是君權與神權祖權之混合。……中國之尊祖，已成為宗教上普通儀式與信仰。儒家為恢復宗法制度起見，乃取當時各族自祭其始祖之習慣，作成祭禮，以為維繫宗法制度之一種宗教。……我國政治思想之第二特徵，即是以家族為本位。……中國人生觀念之價值標準，既重在中庸之德，對於物質生活與精神生活，均無偏於一隅之弊。此種中庸主義，實為中國民族性之表現，其由來已久。故在思想上以意欲自為調和，持中為其基本精神。此種思想之缺點：（一）習於消極妥協，不能積極進取，不適於宇宙進化之理法。（二）惰性太重。（三）雖有世界思想，而無國家觀念，過於偏重家族本位。……我國政治思想之第三特徵，即民本思想之發達。……黃黎洲發揮孟子「民為貴，社稷次之，君為輕」之學說，以張大民權。著《明夷待訪錄》，更充分發表其主張。……〈原君〉篇中認定「為天下之大害者，唯君而已。」又曰：「今天下怨惡其君，視之如寇讎，名之曰獨夫，固其所也。」黎洲此種極端的非君論，在發揮漢族之民本思想，開我國民權革命論自先河。（注126）

楊教授講的是中國古代政治思想的基本特質，以及形成過程，它也是我們民族性的反映。

1937年。清華大學助教鄒文海在赴英國進修期間，著《自由與權力》出版，書中寫道：

> 自由就是社會中留給我們活動的空隙，一定是社會的風俗制度所維護的。因此之故，我們要有自由，就得同時有權力，不然的話，風俗制度無

由存在，而我們活動空隙，也必定愈來愈狹了。……權力乃是維持有用的風俗制度的力量。至於自由，我們應當說它是社會變動是減少阻力的一種工具，所以權力與自由，實在是社會中不可缺少的流量中勢力。沒有權力，則社會沒有秩序；沒有自由，則社會沒有進步。過分的權力乃為專制，過分的自由乃為放縱，都是社會禍患的媒介。沒有權力的社會，其自由必至流為放縱；沒有自由的社會，其權力必至變為專制。這是歷史中有價值的教訓，我們不能不深深記住的。中國帝政時代，人民沒有自由，所以帝皇乃有專制的暴行。……（注127）

　　以上我們看見，從1928–37年十年間，筆者引述了47部當時出版的有關政治學的書籍，多數為中國學者自著，少數是翻譯外國學者的。除去沒有被引述的政治學專著外，我們也還是感到相當震動，因為近代各門學科專著的出版，都沒有政治學書出版這樣密集和深入。這說明那個時期，中國人除了在現實中感受政治舞臺上的花色表演外，深切感受到對於政治學急迫的求知，大家都很想搞明白「政治」到底是怎麼一回事。而這幾十部專著，也確實是能夠提供了豐富的知識見解，討論「政治」所應該涉及的定義、內涵、社會意義、歷史關係、政治手段等等，都能夠觸及，這對於19世紀的中國人來說是不可想像的。同時顯然，由於中國政界各派的思想需要，代表他們的各自利益與說詞，也就顯象得五花八門，血淋淋的政治現象，被書生們說得如奇葩綻放。這對於當時的年輕讀者來說，實在是學習的大難題。而對於今天的讀者來說，則是需要冷靜總結與思考。

（四）1938年至1949年

　　1937年，由於日本軍國主義侵略中國，中華民族面臨極大的生存危機，中國政治學的研究與探討，隨著政局的激烈動盪，也就進入新的需求，一直延伸到1949年。

　　1938年，翟放先生著《論政黨》出版，書中寫道：

我們的時代，即資產階級時代，它的特點，就是把階級矛盾弄簡單了。全
體社會現已漸次分裂成為敵視的兩大營壘，互相對立的兩大階級：這就
是資產階級和無產階級。……在資產階級統治的地方，他破壞了一切封
建的、家長的、田園的關係。他無情地打破了結合人和他的「天然主宰」
的複雜的封建關係，使任何人中間，只保存一種聯繫，即明目張膽的自
利，刻薄寡情的「現金主義」。宗教的熱忱、義俠的血性、兒女的深情，早
已在利害計較的冰水中淹死了。個人人格變成了交換價值，無數永久特
許的自由換成了一個刻薄寡情的貿易自由。總而言之，資產階級把從前用
宗教和政治所掩飾的剝削，變成了赤條條的、沒廉恥的、直捷的、殘忍
的剝削。資產階級，已將有名譽的受人尊敬的一切活動底光榮毀滅了。
……資產階級，倘不將生產工具不斷的革命，因之使生產關係以及全部
社會關係跟著革命，那是一定不能存在的。……流氓無產階級是舊社會
最下層腐朽的消極產物，有許多都被無產階級吸引到革命運動中來了，
但按他們的全部生活狀況，更易傾向於出賣自己，做反動陰謀。……無
產階級之所以需要黨，並不只是為的要爭得專政，而且更其是為的要保
持專政，鞏固專政和擴大專政，以謀社會主義底完全勝利。……這就是
說，在無產階級群眾中造成骨幹和支柱以反對小資產階級自發勢力底和
小資產階級習慣底腐蝕影響，這就是說加強無產階級在重新教育和改造
這些小資產階層方面的組織者的工作，這就是說幫助無產階級群眾把他
們自己訓練成為這樣一種力量，以至於能夠消滅階級和準備條件去組
織社會主義的生產。……共產黨組織的藝術就在於利用一切和一切的
人，去做無產階級的階級鬥爭，在黨員中適當的分配黨的工作，經過黨員
經常吸收無產階級廣大群眾去參加革命運動並保存對一切運動的堅固
的領導，要做到這一點，不是用強迫的方法，而是用威信的力量，用優越
的努力，經驗、周到、能幹的力量。……(注128)

翟先生這部書，簡直可以說就是列寧著作的中文解釋本。

1938年，德國薩洛孟著的《政治學概論》，被陶茲人先生翻譯出版，書
中寫道：

政治思想是有立場的。政府和行政之外，有一個國會，所以權力戰在表面上形成了思想戰，因政治思想以利益主體群眾為中心，變為不適合的，基本原則的和有目的地位。這種地位雖有其全體效勞之要求，仍舊是偏於特殊的群的。……投機、浪漫、合理論、信條也要政治化，因為異族的，不適合的思想加入政治，被統治者之政治思想而被信仰和迷信所決定。政治行為之過高估計以及地位低落，在政治家和統帥們底英雄禮拜當中，以及在權力神化當中表現出來。……政治家行為當然以一種信仰為基礎，決斷和責任以一種對固有事物之信心，以固有民族，以對將來和永久之意思為基礎；但是被統治群眾之信仰是另外一種的。政治宣傳使信仰之人握有永久的權力，俾使人能負日常的責任，給他們無宗教的保證，使妄想的要求成為較能實現的要求。絕對的事物在日常戰爭和造成機會當中成為預言，實踐關係得到千年光明。政治的宗教是人民底安眠藥，是一種酩酊藥和麻醉劑。迷信、魔術、驅鬼、造反案，所有這些東西社會存在政治意識底半宗教世界裡面。……國家的本質要是統治，則爭這種統治的戰爭決定於黨化。不光是國際間發生這種權利戰，即國內群之間亦有這種戰爭。意識的狹隘和空間的狹隘，造成排斥和拒絕別人。人類的條件是人類對人類的反抗。如果團體之形成是由於畏懼和保障，則政黨形成被占有欲和憂憤所決定。……(註129)

德國學者的文風，確實是很難讀懂。

1938年，黃埔軍校政治總教官柳克述著《政治學》出版，該書內容缺乏新意，這裡不再引述。(註130)

1940年，時事問題研究會編輯《抗戰中的中國政治》出版，書中「例言」中宣布：

> 材料的來源，……是國內一切公開的書籍、報紙和雜誌，……有聞必錄，……反對杜撰，……而既揚善，也不隱惡，以便於研究者獲得事實的真相。……(註131)

書中所引文獻過多，這裡僅引各編標題，也能理會一二：「第一編目前

政治機構的弊端與變更。……第二編國民參政會的召集及其經過。……第三編抗戰中的民主運動。……第四編抗戰中的民眾運動。……第五編抗日民主政治的模範地區。……第六編抗戰中各黨派團體及武裝部隊所頒布的抗戰綱領及主張。……(注132)

1940年，范任宇先生編著《三民主義精義》出版，書中寫道：

> 自人類組織發生了缺點以來，在中國和歐洲都有了幾千年。政治是特權階級的專有生活；國家是壓迫人民的的特有工具。因為這一方維護統治階級的人們，便將政治渲染得玄妙不可捉摸，使一般人民自己知難而退，不敢過問政治。一方面反對統治階級的人們，也將政治詛咒得卑賤不足道，使一般人民祇是憤恨，祇是厭惡，甚至要取消政治。……從前國家政治上的主權都是操縱在統治階級的手中，為防範人民反動，時常利用特有的權力專來「制服群倫」，對於應有的公共事務，反而不積極的去做，祇是消極的維持。所以使得人民對於政治的權力，祇是恐懼。……因為不滿意君權壓迫人民，便產生了民主政治，就是政治上的主權由人民來行使，就是民權。……民權是從革命而來的，「所以我們希望國家長治久安，人民安樂，順乎世界潮流，非用民權不可」。……(注133)

1940年，中共中央革命軍事委員會主席毛澤東在延安發表文章：

> 〈新民主主義論〉，文中寫道：「中國無產階級、農民、知識分子與其他小資產階級，乃是決定國家命運的基本勢力。……現在要建立的中華民主共和國，只能是一切反帝反封建的人們聯合專政的民主共和國，這就是新民主主義的共和國。……資產階級總是隱瞞這種階級的地位，而用『國民』的名詞達到其一階級專政的實際。這種隱瞞，對於革命的人民，毫無利益，應該為之清楚地指明。『國民』這個名詞是可用的，但是國民不包括反革命分子，不包括漢奸，而是一切革命的人民。一切革命的階級對於反革命漢奸們的專政，這就是我們現在所要的國家。……中國現在可以採取國民大會，……但必須實行無男女信仰財產教育等差別的真正普遍平等的選舉制，才能適應於表現民意與指揮革命。……

非少數人所得而私的精神，必須表現在政府與軍隊的組織中。……國體——各革命階級聯合專政；政體——民主集中制，這就是新民主主義的政治。……」[注134]

1941年，西南聯大教授、立法院參事陳之邁著《政治學》出版，書中寫道：

> ……在國家不曾消滅以前，即在過渡的社會主義時期，國家雖在勞動階級把持下，是必須發揮極大的力量。發揮這個大的力量的方式是勞動階級的專政。照他們的說法：專政是「武力的統治，不基於任何法律的武力的政治」，「專政是一種如鐵一樣的權力，對於反對者無一絲一毫的顧惜！共產主義者所要建立的一個勞動者的國家，非達到完全戰敗反對者，為整個資產階級剷除，從根消滅其苗芽，使其絕無再萌的可能，絕不終止」！……在近幾十年來，傳統的自由主義國家，在事實上已經演變而成所謂「社會服務國家」或「社會福利國家」。這一個理論的轉變是由於社會立法的倡行，和民主政治的實現。自從社會立法倡行以來，勞動階級便不去走馬克思所預定共產革命的路線，而是要求資本家的政府或工廠來改善其工作的情形。資本主義國家中勞動階級的注意力，除極少數外，便轉移到眼前生活的改善，而不去侈談革命。究竟人類的目的為的是謀生存，及其生存條件的改善，令人民不去理會這些大事，而去為一個不可捉摸的將來冒險流血，即使是天堂般的將來，去犧牲爭鬥總是有些有乖人性。……[注135]

1943年，陸選之先生著《中國政治思想之異同》出版，他寫的結論是：

> 中國政治思想之異同優劣及其相輔相足之需要，已略述如上，可知中國自民本主義而演成正德利用厚生之管教養衛一元化之政治思想體系，迄於今日，中國社會科學之研究重心，猶在於「民生」；西方自神人契約說而演成民主政治技術，迄至今日，猶為西方政治典型。雖階級獨裁之蘇俄，亦頒布憲法，實行普選，並且秘密投票，以保障其民主之價值。縱若德若義，亦有其議會。而希特勒在戰前更常舉行民眾投票以複決政府

之設施。然必二者兼施,始得其全。不然,民主而不民本,則易流於虛偽的民主,少數人利之,大多數未嘗有利;民本而不民主,則政治無可靠之保障,倘遇暴虐者主政,內則害民,外則侵略,禍亦至烈也。吾人苟知此義,則可知世界政治之前途矣。(注136)

陸先生書生氣得可以,居然總結出「東方民本」與「西方民主」互相對立的政治思想,而祈求既民本又民主的世界政治前途。

1943年,立法委員鄧公玄著《政治藝術論》出版,他在總論中寫道:

不佞之為戰爭藝術論,其最高鵠的,第一為揭櫫「政治即藝術」之目標;第二為闡明「政治的藝術」之內容;第三為指點「政治藝術家」之必要條件與必由途徑。此三者雖同樣重要,不宜有所軒輊,然尤以第三端必須特加注意;蓋前二者之涵義,大抵屬於靜的範圍,至於應付政治問題者之本身——政治藝術家——所應具備之必要條件與必要之方法,則屬於動的範圍,往往有可以意會而不可以言傳之微妙存焉。……(注137)

鄧委員還在書中羅列了十四幅對聯,以作為「政治藝術家」修煉的經驗之談,這可就既非政治論,也非藝術論了。

1943年,英國思想家羅素的專著《權力》,被柯碩亭先生翻譯出版,書中寫道:

個人與團體當普通程度之安適已有保障之時,皆惟權力是逐,而不在於財富:彼等固可尋求財富,以之為取得權力之工具,或為欲增進權力之故,而捨棄增進財富之事,……此一錯誤,在正統派與馬克思派經濟學中,不僅屬於理論而已,在實際上,亦復至為重要,而近代若干事件遭受誤解者,其故即在於此。惟有認明愛好權力為社會事態中主要活動之原因,古今歷史方能一得確當之解釋。……予將致力以證明社會科學之基本概念厥為權力。……組織時權力之不均無可避免,且社會之組織力方日益加強,權力之不均因而有加甚至趨勢,非惟不減也。……為領袖者,使有加於徒從之權力而不以為樂,蓋鮮有成功可能。因此之故,領袖遂

喜易為自身致勝之一種局勢，與一類群眾。最有利之局勢，其中蓋有危險
焉，其嚴重之程度足令眾人以抵抗為勇，而其可畏之程度又不致震懾莫
當。……工藝權力者，根據於加諸物質之權力者也。建立工藝權力以施
於人類則為可能之事。彼慣於控制強勁機械，因而獲得加諸人類之權力
者，對於其人民之理想眼界，吾人可以推測，將必全然異於恃勸導以取
權力者之眼界，縱勸導不誠者亦然。……世界前途之希望，惟在權力能
被征服，能被納入軌道，俾不服役語任何狂熱霸者之黨團，但服役於全
體人類。……某種之信仰或某種之情緒，乃社會團結之要素，惟若欲其
為力量之泉源，則必須為大多數人民所真實感覺，所深刻感覺，而所謂大
多數者乃包括為技術效能所賴之一等人之甚大部分也。此等條件若不存
在，政府可用檢查制度與迫害方法圖產生之；不過檢查制度與迫害若屬
嚴厲，則時眾人隔離實在，使之不明或忘卻其所應知之重要事實。夫干
涉只有，其最足扶助國家權力之干涉分量應為幾許，此因握權者流為其
潛力衝動所左右之故。……用為潛力泉源之信仰一時激起努力，而此等
努力則生倦怠，尤以費力而無多成功者為然。倦怠又生懷疑——初非確
定之不信，但祇失分強固信心，……宣傳方法之用以產生激昂氣概也，
用之愈多則反動力亦將愈大。……現代方式之獨裁政治常與一種信仰相
聯：……凡在有獨裁政治之處，當幼年人未有思想能力之時，即有一串
之信念灌輸於其腦中，且此等信念教之至為恒久而堅定，至可盼望學童
後來將絕難逃避其早期功課之催眠效力焉。其法並非指示理由認為真
實也，其法乃等於鸚鵡學舌之重複也，其法乃群眾氣惱症與群眾之暗示
也。……每一已受催眠之機械人覺得，是神聖之一切事物乃與己方之勝
利相連，最惡劣之一切事物乃由對方為例證。……(注138)

羅素教授從十八個方面，全面闡述圍繞「權力」問題，所引發的人間思
想的種種狀況與認知，很值得思考。只是可惜翻譯得很難讀清楚。

1943年，國民政府計畫委員劉脩如執筆著《三民主義教程》出版，書中
寫道：

近代民權發生之主要根據有五：第一，政治是管理眾人之「事」的工具，

不是管理「眾人」的工具。雖管「事」與管「人」往往不能絕對的分開；但政治之根本的目的，及其主要作用，卻在管事，不再管人，政權如果屬於個人或一個階級，掌握政權的個人祭品階級，為了圖謀自己的利益，保全自己的特殊地位，難免不利用政權，予被治者以種種壓迫和束縛，使之不能反抗，於是自然而然的政治變成管人的工具，管事反成了附帶的作用，政治就成了人類可以詛咒的罪惡。……第二，世界上沒有誰比自己還明瞭自己的需要，沒有誰還能比自己還關心自己的利害，民眾的需求，只有民眾自身最能滿足；但要民眾自身能滿足自身的需要，就要政權貴人民所共有。……第三，國家產生的目的，在為組成國家的全體個人謀公共幸福與溝通利益。如一位國家主權應該存於某特定個人或某特定階級，讓它用以作為宰割多數人的工具，不啻與國家成立的緣起和存在的目的相反。……第四，人類的社會生活，一方面要維持團體的秩序和存在，別方面又要保障個人的獨立和自由。……第五，古今制度沒有絕對的利弊，應著時代的要求而發生的，便為有利的制度。……(注139)

1944年，中央大學吳恩裕教授著《民主政治的基礎》出版，書中寫道：

經濟能影響政治的理論，自然以十九世紀的馬克思發揮的最為透徹。……他認為這種受經濟決定的理論，則確不可易。他認為「金錢的力量，是所有的力量中最大的力量」，並且「金錢的力量可以變成政治的力量」。他又主張：有某種特殊的經濟制度，便有某種政治及政治制度。……所謂「法治國家」的觀念，中國的法家則確是沒有。他們僅主張被治者的人民受法律的統治，至於最高的統治者，他們僅僅希望：他最好不要自己立了法又再毀法。因為假如他毀法於上，則臣民必將亂法於下：如是則法紀蕩然，國家必亂。他們並沒有明顯地主張：君主立法後自己亦必絕對遵守的思想。……容忍這種美德是進步的政制，特別是民主政制，所絕不可少的政治道德。……政治上的容忍是理性的容忍，不是單純地制止感情的作用。……(注140)

吳博士是頗有政治學的認知能力，可惜他未能將此書全面展開，以闡述他的學識。

1944年，四川省建設廳長陳築山著：《人生藝術》出版，書中寫道：

> 採行法治主義的國家，政治的泉源，既在法不在人，當然要求講求政治，
> 即講求能治之法，亦即講求良好的法律制度，……我們可以從現代法
> 理學的原則，及古來法家的意見中，提出治法的五個性質來，為國家樹立
> 一切法必須注重的重要條件：1.合理性；2.一定性；3.統一性；4.平等性；
> 5.實用性。……「有治法尤貴有治人」這是中國古來普遍傳說的一句名言，
> ……「治人」與「人治」的意義迥異：治人乃指能行治法之人；人治是與
> 法治相對的一種政治主義。法治主義，指政治的泉源在法不在人，國家
> 一切活動皆依良法而治。人治主義則反是，指政治的泉源在人不在法，
> 國家一切活動皆依賢人而治。人治主義之不可靠，即法治主義比較安全
> 的理由，在中國古來法家闡發無遺。……可是人治主義儘管應當輕視，應
> 當否定，而治人還是不得不求。……假使有法而無能行治法之人，則治
> 法等於虛文。……在民主共和國時代講治人，其意義範圍當然要普遍及
> 於全國人民，本項專就中國國情分治人為四類：1.長官地位的人；2.屬官
> 地位的人；3.士紳地位的人；4.公民地位的人。……(注141)

陳廳長作為官場中人，自然深知中國官場中的政治、治政、治人、人治
的理論與實踐，難得他寫出來，成為他的人生藝術中的一環。

1945年，張質君先生著《人類社會與民族國家論》出版，書中寫道：

> ……國家政治的要旨，概括說起來，便是「養、衛、教、治」四個字：
> 「養」就是民生，也是生存的第一條件。……從國家社會來說，就是發展
> 有關國計民生的經濟建設事項。「衛」就是國家的政治和軍事，政府以
> 國家的力量，來保衛共同生活的秩序，即抵禦外來一切侵害。……「教」
> 是在促進人們生活，發展文化，而使社會進步。……「治」的意義，並不
> 在消極的治理人民，卻當積極的滿足人民共同生活的意志。……我國的
> 狀況，……都未完成。……(注142)

1945年，西南聯大何永佶教授，《戰國策》雜誌發起人之一，著《為中

國謀政治改進》出版，該書是何博士的關於「切實問題」的論文集，書中寫道：

> ……馬克思所說的「社會主義社會」，在這個社會裡生產工具盡歸公有，大家都是工人而大家亦都是雇主，社會上無復握有生產工具的資產階級，與沒有生產工具的「無產階級」之對抗。社會之進度既因階級鬥爭而一個胚胎一個，而「社會主義社會」裡既無階級的抗爭，故無須乎一個階級壓迫另一階級的工具（即國家），……故這個社會必為人類最後的一種社會，而馬克思乃其「最後的先知者」。 這種社會至少在理論上算是已在俄國實現了。我們試拭目來看這是否為人類最後的社會，而馬克思是否為最後的先知者。照現在情形看來，有點不大像，俄國的社會並不如馬克思及其他社會主義者所宣傳到那樣的理想，在俄國，國家不但沒有消滅而反加強，人壓迫人的作風，絲毫未減，而反變本加屬。……權力愈大者則其神聖性愈高，其神聖性愈高者則其權力欲達。假如希特勒能成功，則後世將詡之為「活吞（Wo-tan亞利安天神）」之兒子矣！在這個紙老虎未被戳穿以前，談民權是白費功夫，談憲政是隔靴搔癢。……幼年時讀孔孟聖賢之書，知道孔子在魯做了大官的那一天，頭一件事就是「誅少正卯」。關於這個被誅者，……想這個壞蛋死是活該，不殺他無以行聖賢之道。……心裡便問：到底少正卯犯了什麼罪而弄到殺頭呢？書上說：並不是因為他有什麼行動，而只是因為她的嘴巴要得，因為他的言論「偽而辯」。那時候我想：所謂「偽」，雖然是只從孔子的觀點來說的話，但一定是確實的，反對聖人那能不「偽」呢？但是他的言論還「辯」，就是還像有道理，還有不少人相信和贊成，他的群眾一定是不小，所以孔子才費這麼大勁兒去殺他。……少正卯這類人不過是「政治犯」，在西方有些國家內是不殺的，為什麼在從前中國一定要殺呢？……於是我開始讀史，以讀小說的心情，來讀漢字「黨錮」，唐之「清流」，宋之「元祐黨人」，明之「東林復社」的故事。我很驚奇第發現以下幾點：（一）這四朝的黨派故事，差不多是從一個模子出來的故事。……（二）中國歷史上的「黨禍」最「烈」的時候，是在中國大一統的朝代裡，大權集中在皇帝一身的時候發生。……（三）發生的時期，都在朝代的末葉，……以至「民不

聊生」的時候。……（四）……（五）……（六）皇帝這個人，始終是黨爭中的旋捩點，兩黨兩派儘管對罵對打，但從來不罵及皇帝的。正相反，兩方都終日鉤心鬥角謀怎樣抓住這皇帝以行其所欲。……對於「中國歷史上的黨禍是皇帝政體特有的病症」這個真理，從班固到王夫之（讀通鑑論），始終無人懂得。這個病始終未有人下過方子。……我們現在懂了，中國政黨問題，是個政體問題，政體改變，則問題隨即解決。在民主政體之下，則此問題迎刃而解。……（注143）

1945年，國立政治大學孟雲橋教授編著《西洋政治思想史》出版，作者在〈緒論〉中寫道：

學政治的人們必須把「事實」與「應當」分得清楚。通常事實上出現的種種現象，未必就是我們應當作的，也許我們應當作的事情未能在事實上出現。……無論這種現象如何普遍，也不能證明我們每人都是應當如此的。……政治理論主要地在研究人類應當作些什麼政治活動；……學者必須把握著了這種基本原理之後，再去研究政治制度，或從事於實際政治活動，然後才可以有個固定的方針，不至於無目的地盲動。所謂政治制度者，就是我們先有了基本原理，然後再研究然後打得到我們的目的之最好方法。所以研究政治學的人們，須先把握著了基本原理，然後才可以有標準批評現行的及以往的政治制度，並可以按照某社會的實際情形，而研求用什麼制度，以達到我們所理想的政治目的。政治制度不過是達到人類政治目的之方法或工具，若想徹底瞭解方法或工具的所以然時，就必須先把握著政治的基本原理，……。（注144）

孟教授書生氣十足，但是他將西方政治思想的歷史梳理得頗為清楚。

1945年，國立社會教育學院朱亦松教授譯述《政治學與其他社會科學》出版，該書是歐美7位教授分別撰述的論文，是純學理地探討政治學與其他社會學科的關係，本文不再引述。（注145）

1945年，日本投降了，第二次世界大戰結束，全球政治進入新局勢，中

國卻陷入內戰局勢，全民族都被捲入。此時的中國政治學研究，也進入新視角了。

1946年，中央大學吳恩裕教授寫文章：〈現代政治思潮的趨勢」發表，文中寫道：

> 以自由主義（可以包括民治主義）及社會主義，為現代政治思想兩大潮流，我們可以發現：這兩種潮流開始是絕對衝突的，敵對的；也可以說是勢不兩立的。……例如，對於財產問題，自由主義，不但擁護私有財產的權利，甚至於可以說認為這是一種神聖不可侵犯的權利。沒有此種權利的社會，簡直就不可想像。人民沒有這種權利，根本就不能夠生存。社會主義則剛剛相反地主張財產社會化，不必有私有財產。它認為：有了私有財產，反倒引起許多不必要的糾紛，產生許多不必要的浪費。這些糾紛與浪費，到了歷史某一個時刻，都變成了阻礙社會進步發展的力量。所以，不許取消私有財產，而使其社會化。其次，對自由的問題，……第三，關於平等問題，……第四，對於國家的權力，……。(注146)

1946年，立法委員楊幼炯著《國家建設原理》出版，書中寫道：

> ……所謂「黨治」，有兩種含義：一是以黨員治國；一是以黨的主義治國。嚴格的說起來，前一種還不能稱為黨治，只是「以黨為獵官的工具」底主義；後一種才能稱為真正的黨治主義。民國成立之初，本黨同志昧於黨治的真義，以為黨員能夠奪取政權，便能稱為黨治，其結果黨員取得政權後，成為新官僚，黨的主義則久已置於腦後了。……真正的黨治，是以黨的主義來治國。……黨治的基礎，是建築在黨的本身之上，必須有堅強的組織。……所謂「黨權高於一切」。黨治要想完滿的進行，必須把全國一切政權完全集中在本黨的手裡。因為政權若不為本黨所有，便容易為反革命的勢力所劫持，黨治必為之失敗。……我們都知道，主義是決定一國的政治方針，憲法又為國家的根本大法。這兩種就是以黨治國的根本原則。……本黨以黨治國的理想，是由他永續而高遠的特質。既不違背近代民治的精神，尤不是革命的過渡。本黨的主義和政綱，是十分適

合於今日中國的需要。……「革命民權」與「天賦人權」最大的分別，就是前者在使革命的民眾，有享受民權的機會，絕不輕授這種民權於反革命的人。後者則無限界的主張人類一律享有平等自由的權利，容易為反革命者所利用，反足以破壞革命，阻礙民主政治之發展。所以要使革命的理想臻於實現，達到真正的全民政治，祇有實行「革命民權」，才是必要的步驟。(注147)

1946年，思想家黃懺華著《政治學薈要》出版，據作者在〈弁言〉中寫道：「搜羅得百數十種，因勾稽成此書，……舉凡最新政治政治學說，最近之政治動態，咸擇要編入。……」(注148)該書彙集近代政治學各種文獻，整理成25章之多，頗為適合初學者學習使用。書中寫道：「政治學，是研究國家如何發生進化，尋出因果變遷底公例（歷史政治學）；並且觀察在國家底性質同組織，和所處底環境，所發生底變端（敍述政治學）；更從這種性質、組織、環境當中，尋出根本觀念和具體的原理原則（理論政治學）；拿來做如何應付現在底政治環境，解決現在底政治問題，創造新政治局勢底工具（實用政治學）。……」(注149)

1947年，國民參政會參政員錢端升寫文章：〈今後世界民權建設之展望〉，文中寫道：

> 民權主義的基本觀念是人格的尊重。因為尊重人格，故自由平等的觀念與人人得以參政的觀念隨之而生。沒有自由，人不能為人，不能異於牛馬機械。不能參政在得不到自由或平等，故其人格亦得不到尊重。從人格的立場來觀察，古代的君王專制或貴族政治，與今代的領袖主義或一黨專政，均是民權主義的敵人。這些政體無一能尊重人格。而在這些敵人中，無疑地希特勒的極權主義是最蔑視人格者。希特勒最看不起人。……他的主義實在集了一切反民權主義的大成。他的領袖政治的專制甚於古代君王政治的專制，而他的黨徒之擅作威福，凌虐平民，亦甚於古代貴族之擅作威福。我所能想像的輕民反民的理論，或反民權的制度，實不能再過於希特勒主義之登峰造極。自今以後，民權主義縱然在若干國家仍

可遭遇敵人，逢到挫折，……(注150)

1947年，中山大學喻亮教授著《中國政治制度概論》出版，作者在〈自序〉中寫道：

> ……每一論及政治制度問題，……不外為舊有制度應予無情的改革，……都是時賢所樂於稱道的。唯如放眼以觀世局，開倒車誠屬不可，走極端未必盡是，須知整個中國政治制度的改革，亟應於順應時代潮流而外，並宜以適合國情的需要為原則。……中國社會自經這次八年苦戰以後，除了少數豪門資本勢力以及貪官污吏而外，整個人民均已陷於貧苦的狀態，從都市到農村的呼籲，莫不以維持最低生活水準為當務之急，此即國民經濟生活需要合理化的表示。在此情形下，政府最大的目的，就在於竭力頒布新法令，實施新政策，以使國民經濟生活逐漸改善。……民主時代，政府的最大的目的，在為社會大眾謀福利，……因此現代世界各國莫不建立專家政治的制度，務使許多專家竭盡智力，發揮所長，分層負責，應付裕如，這正是「人盡其才」的政治。……目前的中國，正面臨著政治經濟社會大大變動的時候，就是嚴刑峻法加強治人力量的法治論證，亦不宜因為現代政治的指導原則。然則如之何而後可？曰：必須首先確定改革政治制度的目標，使其與時代潮流和中國國情兩相適應，於是大同理想尚焉。……(注151)

1948年，《觀察》雜誌社長兼主編儲安平著《英人·法人·中國人》出版，書中寫道：

> 在中國人心目中，「政治」是主要的，抑且為唯一的。……在中國，一個人若無政治地位或政治關係，他且不易從事其他事業；沒有政治關係而欲從事事業，常會遭遇不可想像的困難。政治在中國有這樣的威力，焉得使人不思與政治結緣？……今日中國人民所享有的「政治的自由」太少，而享有的「社會的自由」太多。著者之作此結論，固非徒憑空想。……中國執政者固無一不希望得到人心的歸附，但在實際上，政府的政權穩固與否，常常看它所擁有的實力大小而定，至少我們可以承認，人民的愛戴

與否，不能成為政府在位與否的決定力量。自表面觀之，這似乎也是一個制度上的問題，但實際上則仍為一個性格上即傳統上的問題。……在中國，我們即使不能說人民在執政者心目中毫無地位，但我們至少可以說，執政的人對於「人民狀況問題」，不是不知如何著手，即是不能全神貫注。幾乎沒有例外，執政的人上臺後，最急切的工作就是儘先利用執政期間所特有的種種優越，放肆的擴充其權力或鞏固其政權。凡是一切足以加強其「政治控制」的，皆不惜耗費鉅大金錢及動員眾多的人力。但不幸「政治控制」既無邊際又無盡期，以致「人民狀況問題」求遠無法占有它應占有的重要地位。……重私利重虛文的執政的人們，祇知擴充權力，鋪張門面，而不知實實在在的改善人民的日常生活。……今日中國，……在思想上傾向管制，在性格上容忍放任。……祇知「政治」而不知其他，社會是不會平均發展的；祇知擴張一人、一派、一黨的勢力，而不知普遍地改進人民的生活的、知識的、道德的水準，國家社會是不會進步繁榮、生氣勃勃的。……(注152)

儲主編的語言明快，他對於中國政治的關注與分析，確實贏得民心。

1948年，清華大學教授、優生學鼓吹者潘光旦著《政學罪言》出版，書中寫道：

……添設黨義或三民主義一類的課程，對於不能直接教授這一類課程的低級學校，則有所謂國定教科書的辦法，事實上就等於黨定教科書。中間充滿著黨功豐偉，領袖萬能、國家至上的宣傳資料。……時至今日，政治協商會議既已開過，以黨治國與黨高於國的局面將成過去，黨化教育的名詞與設施勢必隨之俱去；除非真有人不願意國家政治走上民主的道路，這大概是不成問題的。……最近政治協商會議通過了一個「和平建國綱領」，……第一條的文字是這樣的：「保障學術自由，不以宗教信仰、政治思想干涉學校行政。」……試問把學校當作衙門，員生視同胥吏，教育事業必做錢谷稅收，事先不能不層層管制，事後不能不步步審查——之後，即使其間絲毫沒有控制政治思想的用意在內，學術的自由還剩得幾許？……政治協商會議特別考慮到教育及文化，而考慮之後特

別提出這「不干涉」的一層，……表示與議的人，充分的承認，宗教的「意識形態」與政治的「意識形態」，或宗教教條與政治教條，實在是一丘之貉，對於教育與學術的自由發展是一樣的不利。……特別是集體主義以至極權主義的國家裡，這獨立與均勢的局面趨於解體，政治勃興為最大的權力，一面表面上排斥宗教，實際上則把宗教的武斷而責人信仰的精神收歸己有，成為上文所稱的教條政治或主義政治，真正坐實了歷史上所稱的「政教合一」的局面；一面更進而以教條控制教育，統一思想，集中意志，於是於政治與宗教合一之上，又增添了一個政治與教育的合一，依然適用「政教合一」的名稱。……維護政權，因維護而更有宣傳與組織的必要，那所需要的力量就更巨大了。這其間可能還需要大量的特殊的武力以至經常的暴力。等用到武力與暴力的時候，事實上已經是和主義的擁護不大相干，而徒然表示一種偏狹的意氣，一種我執，一種剛愎自用，主義到此便祇剩得一個名義，而武力與暴力假此名義以行。主義既成為教條，其責成於人的既不止是理解，而是信仰，而是情緒上的擁護，且此種信仰與擁護不止是個人之事，而必須推廣至於廣大的眾人，愈廣大愈好——於是由服膺與宣傳主義而來的政治就成為宗教化政治。馬列主義下的蘇俄政治是宗教化了的，最初祇是意識上的宗教化，及列寧之死，形式上也成為宗教化。三民主義下的中國政治也是宗教化了的，最初也祇是意識上的宗教化，及孫中山先生作古，形式上也就宗教化起來。……同一信仰如果成為集體化，組織化，問題就大得多了。一個信徒環顧左右前後，發見無往而不是同一信仰之人，覺得人同此心，心同此理，於是「真理越發見得真切」，「大道」越發見得偉大，於是偏執、武斷、與不寬容的態度便畸形發展起來；於是於篤守信仰所需要的情緒而外，又添上了擁護宗教門戶所需要的情緒；於是黨同伐異、出奴入主、是丹非素、崇正辟邪的態度與行為便紛至遝來，無法收拾。……所以，在宗教化或主義化的政治之下，往往革新的成績未見，而此種弊病早已陷人民於水深火熱、肝腦塗地的境界。……政治不需要主義，並且政治不應該講求主義，政治應該和主義分離。主義等於政治信仰，無論那一種的信仰，應該是個人之事。……政黨也不需要，至少主義不應成為束縛與劃一黨員信仰的一種事物。……可知民主政治與主義政治不但是截然兩事，

並且在精神上是根本衝突的。民主政治是以人民為主，主義政治則不免以主義為主；好比宗教不能不以神道和教主為主一樣。……西文「德謨克拉西」一字，常有人譯作「民主主義」，從這篇討論立場看，這顯然是由於不瞭解主義一名辭的意義與性質而發生的一種錯誤。(注153)

潘教授以社會學家的視角，抓住全國政治協商會議的綱領，作出科學的語言學的分析，更對於當時的各種熱詞，提出仔細的研究看法，這是書生的職責。而這對於當時中國政壇上已經用刀槍拼得你死我活的雙方來說，他的話只能是「罪言」了。

1948年，燕京大學教授，哲學家張東蓀著《民主主義與社會主義》出版，書中寫道：

馬克思對於資本主義有辦法，即以為發達到最高度就會自己「揚棄」，變為社會主義；但對於國族主義還沒有好辦法。至多以為帝國主義者自身革命了便停止其對外的侵略。……馬氏本主張革命與進化並行，必須進化到某一個程度才會使革命隨之俱來，不用太勉強。這樣則無產階級專政亦只是一個自然的趨勢，並非由於極少數人用最勉強的方法來硬做。馬氏之說不足以為暴力與大流血之根據；為義殊為明顯。所以我說這種情形純出於相逼，即一方壓制，一方反抗，互相激盪，完全是在實際與感情方面，而於理論並不相干。所以敢於革命須用暴力與否，實在不是一個理論上的問題。……須知凡是打破現狀，必有被推翻者，此被推翻者必為了自己的利益而從事壓迫與抵制。一方面有改革的要求，他方面有維持的利害。雙方相逼相煎，必致愈演愈烈。在這樣雙方對立爭鬥的情勢下，其決定的因素反而在當事人們的性格。……革命者與反革命者都會有這樣的變態心理，這乃是歪曲起於人性，這卻與理論沒有任何關係。……我們不但已證明了馬克思主義是民主主義，並且還要再說明馬克思主義所包含的理想成份是和無政府主義一樣。……至於統一則不然，乃是抱定一個主義，造成嚴格的系統性，凡不合於其系統的東西，不是加以排斥，便是為之曲解，務使思想定於一尊。這種辦統一的態度是著者所

不取的。……(注154)

張教授以馬克思主義研究者的視角，坦言他的見解，理論性很強。

1948年，西南聯大何永佶教授著《中國在戥盤上》出版，該書是作者在3年間發表於重慶報刊的62篇評論合集，全是討論當時與中國有關的政治問題，其中僅是「政治協商會議逐日批判」就占有34篇之多，充分表達了一個書生對於中國政治問題的關心。這裡僅引述一些：

> 我也是贊成——我國採取民主政體之一人，然與其他高談民主者有別。……今日世界之時與地，決定中國非民主不可，其故有四：（一）只有議會式之民主政治，始能化國家內以武力為之政爭，為議會內以口角為之鬥智，使國家不重陷於內戰的危運，可得持久的和平，以為建設之用。（二）……民主政制始可誘致外國之大量投資與技術援助，為復興之用。（三）只有實行民主，始能工業化起來，……。（四）只有民主才能使中國人民現尚悶起來的聰明才智發揮出去，使之創造新文化，蔚為奇花異卉。……(注155)

1948年，廈門大學法學院長王亞南著《中國官僚政治研究》出版，書中寫道：

> 中國的家族制度、社會風習與教育思想活動等等，在某種程度內雖為官僚政治施行的結果，但又是官僚政治的推動力。它們不但從外部給予官僚政治以有力的影響，甚至變為官僚制度內部的一種機能，一種配合物。……惟其中國專制的官僚的政治，自始就動員了或利用了各種社會文化的因素，以擴大其影響，故官僚政治的支配的、貫徹的作用，就逐漸把它自己造成一種思想上、生活上的天羅地網，使全體生息在這種政治局面下的官吏與人民，支配者與被支配者都不知不覺把這種政治形態，看作為最自然最合理的政治形態。……官僚士大夫們假託聖人之言，創立朝儀，製作律令，幫同把大皇帝的絕對支配權力建樹起來，他們就好像圍繞在鯊魚周圍的小魚，靠著鯊魚的分泌物而生活一樣，這絕對支配權

愈神聖、愈牢固，他們托庇它，依傍它而保持的小皇帝的地位，也就愈不可侵犯和動搖了。……

官職包括三個門類：其一是官職、官品、官祿的確定；契爾氏官吏權責的分劃；其三是官吏任用的程式。……中國官僚政治能動員全社會的一切文化因素，而發揮其包容貫徹的效能，也是藉此製造並任用官吏的演變過程而逐漸形成的。……「最便於專制」的儒術，或者當作一種專制官僚統治手段來看的儒家學說，稍微仔細分析起來，就知道它備有以這三項可供利用的內容：（一）天道觀念；（二）大一統觀念；（三）綱常教義。這三者對於官僚統治的維護，是缺一不可的。……我們不否認科舉制也希望能達到選賢任能的目的，但它的更大的目的，卻在於把人的思想拘囚於一點範式中；在於使人的意志集中到一定的目標上；在於以形式平等的文化手段，模糊知識水準，逐漸提高了的一般人士的種族或階級意識。……

中國在現代化過程中，大大小小的封建主義者官僚們，都毫不羞怯的裝扮成新建設人物、實業家的基因，同時亦是將近一百年來現代化一直陷在坎坷困頓中個基因。……作為中國新官僚政治之直接靠山的特殊財政金融體系，隨著戰時政府統治權力的加強加大，不但有了異常迅速的發展，且把範圍也擴大到一切生產領域了。……第一個特徵是，官僚資本對於前一階段的買辦金融資本，並不是減弱了它的買辦性格，也並不是減少了它的金融作用，而是加大了金融的政治作用。第二個特徵是，……銀行家或金融家……他們早已是官，或官早已是金融資本家了，人誰都可以把國內公私大小銀行的經理董事，同各級政府的要人，列出一個對照表，即使多少有些出入，那不過是化名，或太太小姐的代名罷了。第三個特徵是，……官僚資本則把它的觸鬚伸展到一切有相當規模的事業上了。……官僚資本有三個顯著的傾向：其一就是獨占資本化，因為官僚資本原本就是利用政治職權，由壟斷或獨占創造出來的。官僚經營的無效率，非有獨占利益，非獲得依政治權勢所享有的差別優待就無法維持。……在這場合，就必然要發生官僚資本之政治資本化的傾向，即原來以官求財，現在反過來以財求官了。官僚們將其所占有或控制的經濟

事業，作為政治賭本。他們以此安插同派政治因緣的人物以此為各種政治活動費的來源，以此為一黨一派或一系從事政治鬥爭的經濟據點。結果，一切官僚事業的衙門化、無效率化就成為極自然的現象，而一旦由政治鳳波掀起宦海升沉，就會馬上影響一切為官僚勢力所左右的經濟部門。……在新官僚政治下，官僚資本既然主要是利用政治職權而製造出來的，那末，那種資本的擁有者就怎麼也無法遮蓋其貪污不法的伎倆。……籠罩或浸沉在這種政治空氣中國的要人們，不單在國家的百年大計上，沒有好好冷靜思考過，就是對於自家政治集團的切身利益，似亦不曾作過很合理的打算。……在結局，曾經當作新官僚政治之補強物看的官僚資本，竟反過來演變為新官僚政治的命運的捉弄者了。……

官僚政治是一種特權政治。在特權政治下的政治權力，不是被運用來表達人民的意志，圖謀人民的利益，反而是在「國家的」或「國民的」名義下，被運用來管制人民、奴役人民，以達成權勢者自私自利的目的，……在科學的時代不相信科學，在人民的時代不信賴人民，即使是真心想求政治民主化，真心想還政於「民」，那也將證明他或他們的「好心」、「善意」、「真誠」以及「偉大懷抱」與多方努力，會在歷史的頑固性目前討沒趣，或導演出一些令人啼笑皆非的滑稽劇。……(注156)

筆者前面已經引述近百部政治學方面的專著，感覺讀到王教授此書，才真正深入理解中國政治問題的複雜性。王教授以經濟學家的視角，以歷史唯物辯證法的刃具，直接解剖到中國政治的核心——官僚政治——問題，他清晰地分析到中國政治與經濟與文化的根本關聯，從遠古一直到近代，官僚政治演進中的各種蛻變，分析其中的「優點」或「缺點」，實在是令人信服。

1949年，聖約翰大學陳仁炳教授著《走向民主社會》出版，書中寫道：

……某種政權的本質，決定了政治作風的表現。這種表現，不但具有高度的統一性，一切為了政權核心的利益而存在，萬變不離其宗。同時，亦具有堅強到底的、一貫的、與歷史背馳的趨勢，百折不回。……所謂政治道德，其適當的表現應該是：(一) 不遷怒。……(二) 不卸責。……(三)

不活賴死拖。（四）不明退暗進。……我們中華民族無疑義地是一個偉大凝固力量的民族。幾千年歷史的烘爐，使我們這個民族吸收許多外來分子的英華，鑄成了今天種族、語言、思想、美術，以及其他各方面文化的一個比較統一的定型。……過去三十年來的抗戰抗暴運動，都是由這一個民族力量出發，這一個力量裡，有愛、有熱、有淚、有青年的血、有壯士的肉，有四萬萬老百姓的忠誠。為了民族，老百姓真的出過力，出過錢，出過血肉。——中華民族屹然存在。……政府並不即等於國家或民族！國家和民族是永久的，而政府常隨歷史的潮浪出沒進退。「國家」無法處置「政府」，但「政府」可能鞏固光大國家，也可能出賣國家。……官僚在專制和封建政治中的作用，輔弼統治者執行其意旨，以逼令全體人民服從為最後目的。……按理說，民主政治中官僚，總應該由「媚於天子」畢業出來了。事實上，我們看見許多號稱民主政治中的官僚，專以諂媚逢迎為職。而且，不但特任選任的阿諛逢迎最高一層，上行下效，千字頭草頭竹頭的也一層層的拍了上去，歌功頌德為今日做官第一要義。……古時候是學而優則仕，昨天是「黨」而優則仕，今天，大概是「新」而優則仕了。……做官是件名利雙收的事，因此，做官成為一種公認的非經濟手段的剝削方法。與資本主義接觸後，此種方式似有變本加厲之勢。……做官不必講求效率，因為做官的原則不是認真而是作偽。……在我們國度裡，「官辦」往往即是無效率的別名。原因是都是一班聰明人在經營國營事業也。……我們中官毒太深了，官僚政治的基礎不能動搖，人民是得不到解放的。……(注157)

陳教授對於中華民族的熱愛顯現於紙上，他對中國政治的觀察研究，也近於王亞南教授。只是他們晚年境遇的相差頗大。

1949年，王亞南教授又著《政治經濟學史大綱》出版，他在〈序言〉中寫道：

由於中國資本主義經濟在發生發展過程中受盡蹉跎，並歪曲成為買辦官僚的特殊經濟體系，中國資產階級的力量，就格外顯得脆弱而不正常。由是，中國中產階級學者就不但對於傳統社會意識，無力作著徹底

的清算,即對於新興的科學史學思想,也沒有能力擺出堂堂正正的鬥爭氣魄;甚至和在前者相角逐的時候,必須藉助於新興思想,始能立住腳跟;而受到後者攻擊的時候,又乞靈於各種封建意識,以資招架。也許就因此故,中國特殊的資本主義體系愈來愈買辦官僚化,中國資產者的思想界也一步一趨的惡俗化,他們連真正體現著資本主義精神的較有科學性的古典著述,都很少去接近,甚至不知道如何去接近,而一味把經濟學上的末流下品,當作了不起的教義來傳揚。……這種社會所給予研究者的學術自由,真是過於有限了。特別在國立的思維「官學」中,往往竟可因一個礙眼的名詞,叫教者學者受到意想不到的政治災害。就因此故,比如,我……只好特別創造一套表達方式,以所謂學說發展的適應、保守、反撥、綜合諸傾向,來代替常習的說法。……(注158)

王教授的語言表達能力令人欽佩。

1949年,中國青年記者學會總幹事傅於琛著《大眾政治學》出版,書中寫道:

> 事實上,人們生活中政治關係中,就好像生活在日光和空氣環境中一樣,根本是不可能「超脫」的。……國民黨反動派的學閥們,……他們在大學校裡的「政治學「課程,祇是抄襲英美資產階級帝國主義「政治學」的片段鱗爪,是一種東拉西拼的學術裝飾品,其目的是要頌揚帝國主義的偽民主制度,以培養賣國政權的走狗分子。但是,對於真正的科學的和為人民大眾利益的政治理論和政治制度的書籍,則禁止人民閱讀。凡是學生閱讀革命有關的政治書籍,在國民黨反動派,便認為是「政治犯」、「匪徒」、「異黨陰謀分子」,而加以迫害,逮捕,乃至成群地加以暗殺,甚至全家都以「匪諜」罪受懲處。這證明了人民大眾的政治科學,是反動派認為絕對的罪惡學說。……(注159)

傅記者的書是典型的宣傳作品。

書寫到此,總算把近代百餘部政治學方面的專著,從1879年到1949年,居然關於政治學的書刊有如此之多,遠遠超過其他學科在當年的出版數目。

原因很簡單，正是當年中國人的實際需要，他們面對中國政壇的風雲變幻，實在是搞不懂發生了什麼事情？因此而誕生了中國第一代政治家們，他們不熟練地運用著政治學的術語，以自己的利益爲出發點，而寫出如此繁多的專著。也就是各抄各的「原本」，各說各的幼稚但很果敢的話。不過，其中的鳳毛麟角的眞知灼見也還是有的。

如果從這些書中的內容來看，如果當年的讀者僅是讀了一部書，很容易就成爲該書的粉絲，並且認作眞理；但如果多讀不同的幾部書，恐怕就會暈頭轉向，難分是非。因爲這些作者們本身的政治立場區別甚大，從極左到極右，都能夠看到。他們寫出來的見解，自然是以他們的立場爲基點，而不是以知識的介紹爲基點。但是，如果我們能夠一口氣連看數十本，則反倒是能夠清楚地展示中國的政治學到底是有什麼？應該是能學習到什麼。其中我們可以以馮玉祥上將的書爲例，他看來是很想理解「政治學」的基本知識內容，他也努力去探求了，但他的政壇實踐與他的政治知識，依然對不上號，所以他寫出來，求證於民衆。

從文獻學視角看，這些書刊內容，確實是我們在那個時代的表徵物，很值得後人去學習研究理解。特別是這些作者，每一個人都是有著思考的頭腦，並且大膽地發表自己的見解，書生議論國家大事，這在那個時代，並不是輕而易舉的閒事，有些人恐怕還會面臨各種意外危險。他們留下了時代宏大的聲音，彰顯了我們民族的深刻思想和情操。後人很應該學習。

六、民國時期工具書中的「政治」概念

自從20世紀初始，中國文化中誕生了新的文化工具——詞（辭）典——，這就爲中國文字的梳理增添了新武器，因爲古代一直停留在「字典」的認知上，對於「字」的字形、字音、字義有所梳理，而面對新湧進來的外來觀念、概念，單用字去套來解釋顯然很不夠用，於是把兩個字並在一

起成爲「詞」，以表達各種新的意思。那麼，對於「詞」的解釋就至關重要了，「詞典」就應運而出了，也就給後人留下珍貴的可以運用的工具書。其中最珍貴之處，就是它們的條目的撰寫，是以概念爲主要原則。這個原則是自西方近代詞典與百科全書活躍以來，所形成的原則，爲的是給予讀者最公允的、最實用的概念知識。近代中國詞典的主編與撰寫人都是尊崇這個原則的。只是由於個人撰寫能力高低差異大，寫出來的條目不夠周全、不夠準確而已。

那時候所出版的詞典中，以社會科學內容爲主的詞典約有130餘部，可惜沒有一部專業的《政治學詞典》，我們現在只能從其他詞典中看到相關條目。下面列一些相關政治學的條目：

1915年，商務印書館陸爾奎等同人合作編輯《辭源》出版，書中有條目「政黨」以政治爲目的所結合之團體也。

【政治家】富有政治學識即經驗之專家也。

【政治學】Politics 研究國家之起原、性質、政體、目的、行政規略、盛衰情狀等之科學也。」(注160)

1927年，外交學會編輯《外交大辭典》出版，書中有條目：

【政治中立】（Political neutrality）爲不加入任何政黨（資產階級政黨或無產階級政黨），對一切政治行動即一切政黨，均取中立之思想，即工團主義之思想。以政治運動與議會行動視爲一體政黨之機能與選舉機關視爲一體，徵之歷來議會之政治運動，不能解放無產者之經驗，乃認定政治運動，根本不能解放無產階級，因此對一切政治宣告中立，僅主張經濟的直接行動（總同盟罷工），爲解放無產階級之手段。

【政治自由】（Political Freedom）指近代民主主義，即以擴大法律上及政治上之人權，及言論集會出版結社自由，爲基本的政治學說之主張。在我國有自由主義派稱著者，如羅隆基、王造時諸氏。

【政治鬥爭】（Political struggle）即政治團體要求實現其主張而鬥爭之謂。政治團體在推行或實現其政治目標所表現之運動，必須與敵對的政治勢力

展開鬥爭，以取勝利。若以「全階級的鬥爭為政治鬥爭」則政治鬥爭，可謂以「階級」為客體而展開之全面的鬥爭。政治鬥爭之機關，為各種和平即革命的政黨，與其他政治的結社。

【政黨】(Political party) 一、定義：為一定階級中最進步，且有訓練及團結之前衛分子所集合的政治鬥爭組織。二、政黨及階級：一國家社會，敵對階級若存在，則階級鬥爭自難避免，於是各階級中之前進分子，乃組織政治集團，確定其鬥爭之主張與目的，資產階級勃興後，始稱此種政治結社為政黨。故普通以資產階級政黨，為政黨之起源。或問，階級之一部，何為特別組成政黨？蓋因任何階級，其一部分之地位、意識、知識及能力，均不平等，有此不均一性之結果，遂產生最進步及最有訓練的一部份之團結，以代表及指導其全階級。三、政黨種類 ……

【政變】(Coup d' Etat) 由名苦迭打 (Coup d' état) 即政權掌握著，或支配階級之一部分，以變更政府組織即掌握政權目的，突然掀起暴力的政治行動之謂也。……(注161)

1928年，英國學者海丁著的《倫理宗教百科全書》，被廣學會翻譯出版。書中有條目：

【政治學】POLITICS

……政治學之博士，雖無官守與言責，而仍孜孜討論，不厭求詳。……此種學術，關係至鉅；有阻公義之自由者；有助公義之自由者；亦有似乎自然，永遠不能變更者。而人群實均受其弊，而無權以改良之。當權者又同昏聵，欲改而不知其途徑。……凡屬人類，無不愛慕公義與自由。欲達此種目的，勢必組織一完善社會。使社會尚無一種律法以控制之，則此社會必混亂而不寧。此政治學之必須研究也。然研究此種學術者，必查歷代各國係用何法以達此目的，尤須查考其法之良否？抑或適用於今之時代否？蓋以當日之政教係混合，亟宜研究之。……可知政治一學，時有改進。惟最善之法，何日始現耶？吾人不勝其翹盼。贊成民權者，盍注意焉。(注162)

1929年，高希聖等4人編輯《社會科學大詞典》出版，書中有條目：

【政治】政治是經濟集約的表現。即所謂「權力的活動」。

【政治學】政治學是社會科學的一種，研究人與人的政治關係（即支配關係）之科學。蓋在一定的社會中，必有與此社會的經濟關係相應的政治關係，（支配階級與被支配階級）與經濟組織相應的政治組織，即所謂政治制度。政治學是研究此等政治關係和政治構造的。

【政治的暴露】「政治的暴露」一名詞與「經濟的暴露」一語，同為今日最廣泛的用語。……政治的暴露，是暴露支配階級的政治支配和一壓制關係為中心的一切具體壓迫事實，以促起全民眾政治的自覺，即勞動階級對於政治鬥爭之奮起。其暴露的方法，和經濟的暴露一樣，蒐集種種人民被壓迫的事實，凡支配階級勢力所及之領域，（如產業的、職業的、市民的、個人的、教育的、家族的、宗教的、科學的一切領域）均在蒐集之列。全國的政治新聞，即為暴露事實的機關。

【政治犯】政治犯是與本國政府政治意見不同，以和平（言論攻擊）或激烈（運動革命）手段反對政府而被通緝或拘捕之犯人。又被革命派所打倒之舊政府派軍政的領袖，亦同樣稱為政治犯。……政治犯大都以特別法庭裁判。又國際法上，有政治犯逃避外國不得引渡之條文。……

【政治煽動家】Demagogue……有惡煽動家之意。即沒有一定的建設計畫，單只煽動群眾者。普通政治煽動家，都是些無聊的政客，他們常為著個人或私黨的利益假公共之名義，以煽動群眾。(注163)

1936年，中華書局同人合作編輯《辭海》出版，書中有條目：

【政治】統治國家一切行為之總稱，即國家權力之活動也。

【政體】國家行使統治權之形式也。有專制政體、立憲政體之別；前者以獨裁、專斷行使其統治權；後者以憲法為本。

【政治學】（Politics）以國家政治為研究對象之科學也。約分四種：一、敘述政治學，說明國家之性質及組織；二、歷史政治學，敘述國家之如何發生及進化；三、理論（或純理）政治學，研究政治方面之原理原則；四、實用政治學，討論現在國家組織管理之方法。(注164)

工具書的條目表述，是明快準確的。只可惜近代中國人寫的還不夠仔細

和科學，也說明對於「概念」的表述是要有清晰的語言能力。

七、小結

（一）人類在地球上生存數百萬年了，人類為了生存發展，一直主要從三個方面尋求美好的現實和前途，即是從政治、經濟、文化3種視角來判斷。我們看到從經濟學視角，由於科學技術的深化，猛增的人群算是可以與自然界和諧相處，保障基本生活條件不斷改善；從文化學視角看，則由於哲學、語言學、文學、藝術的人性發揮，獲得人類精神上的財富，激勵著一代又一代民眾不斷地追求；而從政治學視角看，政治學總是勉強追在人群的政治活動的後面，說一些如何定義、如何分類、如何獲得經驗教訓、如何設想未來的人類政治等等，很像是一位事後諸葛亮，用專業語言規範了很多以往的政治經驗教訓，但很難輔助現實的政治遊戲該如何做？

（二）20世紀前半段的世界，爆發與經歷了兩次世界大戰，這正是政治經濟的困境用戰爭的血與淚來嘗試解決；而此時的中華民族，則是從封建體制解脫出來，邁向新的體制的轉變期。到底想怎麼變？到底要怎麼變？到底是怎麼變？於是對於「政治」、「政治學」的關注就熱起來，據《民國時期總書目》上的統計，相關出版的圖書竟達360多部（完全沒有統計各種刊物報紙上的言論）。筆者僅是介紹了其中百餘部，已經熱鬧非凡了，那麼，到底是將「政治」、「政治學」的概念講清楚了嗎？祈望現代的讀者能夠從中梳理出來。

（三）從這百餘部政治學專業書內容看，其中特別是中國的作者或譯者，他們的政治立場多是明確的，也就是我們歸之為左、中、右的區別都有。他們很是辛苦地表述他們的見解，時不時還用案例來證明不管他們的見解今天看是很不成熟，但是中國的第一代政治學家由此產生了。後來在1947年的中央研究院第一屆院士候選人中，列出了五位學者作為政治學界的代

表，他們是：

> 周鯁生：研究國際法及外交；主持政治學系多年。

> 張忠紱：研究中國外交史及行政學。

> 張奚若：研究西洋政治思想。

> 錢端升：研究比較政治制度及現代中國政治制度。

> 蕭公權：研究西洋及中國政治思想。

> 選舉投票後當選者爲：周鯁生、錢端升、蕭公權三位。（注165）

（四）、筆者在文中使用了「政治遊戲」這個詞，實屬不得已，因爲面對20世紀中國政治現象的殘酷性，筆者不知道還有什麼詞能夠表達筆者的感受。而政治學的理念，雖然總結了很多政治經驗的正反面教訓，但顯然並沒有給予人們最必要的知識手段，去阻止人類悲劇的不斷發生。

（五）、概念史的研究方法卽能夠比較全面清晰地展現政治、政治學的來龍去脈，以及其核心內涵等。筆者原計劃還要包括「憲法」、「人權」、「自由」、「法治」等相關詞語的概念史，不料寫到此，已經牽涉太多的文獻了，只好割愛停筆。

注 釋

（1） 以上引文全部出自《西方思想寶庫》，（美）艾德勒、范多倫合編，編委會譯，吉林人民出版社，1988年8月一版，第837–897頁。

（2） （意）利瑪竇編《萬國坤輿全圖》，北京，1602年，轉引自《利瑪竇中文著譯集》，朱維錚主編，香港城市大學出版，序作於2001年，第264頁。

（3） （意）高一志撰《治平西學》，原版情況不明，約在1630年左右，轉引自《明清之際西學文本》，中華書局，2013年4月一版，第579–661頁。該書出版情況見第577–579頁。

（4） （意）利類思譯《超性學要》，1654–1678年原版，轉引自（奧）雷立柏編《漢語

神學術語辭典》，宗教文化出版社，2007年2月一版，第248頁。

（5）（英）馬禮遜編《英華字典》，澳門，1822年一版，引自大象出版社影印本，2008年1月一版，第325頁。

（6）（德）郭實臘編《東西洋考每月統計傳》，該刊原創於1833年8月1日在廣州出版，轉引自黃時鑒整理影印刊，中華書局，1997年6月一版，第353–354頁；第389–390頁。

（7）（英）麥都思主編《遐邇貫珍》，香港，1853年8月第一號；1853年10月第三號；1854年1月第二號。轉引自《遐邇貫珍の研究》，（日）松浦章等編著，日本關西大學出版部，2003年1月一版，第715頁；第695–692頁；第667–665頁。

（8）（德）羅存德編《英華字典》，香港，1866–1869年原版，（日）井上哲次郎增刊，日本藤氏藏本，第1337頁。

（9）全部引自（日）佐藤亨著《幕末·明治初期漢語辭典》，日本明治書院。2007年6月一版，第512頁。

（10）參見拙著《中國近代新詞語談藪》，外研社，2006年5月一版。

（11）參見李劍農著《中國近百年政治史》，湖南藍田書報社，1943年一版。

（12）（英）傅蘭雅口譯，應祖錫筆述《佐治芻言》，上海江南製造總局，1885年一版，轉引自上海書店重印本，2002年1月一版，第29–34頁。原書名〝Political Economy〞（英）錢伯斯兄弟編，1852年一版。

（13）黃遵憲著《日本雜事詩（廣注）》，同文館聚珍版，1879年原版，轉引自湖南人民出版社，1981年10月一版，第40頁。

（14）王韜著《弢園文錄外編》，弢園藏版刊，1882年原版，轉引自上海書店重印本，2002年1月一版，第89–90頁。

（15）麥孟華文〈民義總論〉，原載《時務報》26冊，第3–5頁，轉引自《近代中國對西方及列強認識資料彙編》第四輯第二分冊，臺灣中央研究院近史所編，1988年8月一版，第559頁。

（16）光緒皇帝上諭，見《大清德宗景皇帝實錄》卷414，第4–5頁，光緒24年正月六日，轉引自同（15），第四輯第一分冊，第1頁。

（17）同（16），卷485，第13–14頁，光緒27年七月十六日，轉引自同（15）第五輯第一分冊，第1頁。

（18）同（17），卷546，第6頁，光緒31年六月十四日，轉引自同（15），第3頁。

（19）達壽文：〈考察日本憲政情形具陳管見摺〉，原載《政治官報》第292號，第3–20頁，轉引自同（15），第171–174頁。

（20）梁啟超文：「國家思想變遷異同論〉，原載《新民叢報》10號；〈釋「革」〉，原載《新民叢報》22號；〈新民說——論自由〉，原載《新民叢報》7號；「政治大家伯倫知理之學說〉，原載《新民叢報》38–39號。轉引自同（15），第579頁；第589頁；第629頁；第644頁。

（21）漢駒文：〈新政府之建設〉，原載《江蘇》五期，第9–17頁，轉引自同（15），第1218頁。

（22）汪精衛文：〈民族的國民〉，原載《民報》第1期，轉引自《立憲派與革命派之激戰》，壁上客編，中西編譯局，1906年5月一版，第30–51頁。

（23）吳敬恒文：〈無政府主義以教育為革命論〉，原載《新世紀》六號，第10–12頁。轉引自同（15），第858頁。

（24）張謇文：〈建立共和政體之理由書〉，原載《張季子九錄·實業錄》卷3，第43–44頁，轉引自同（15），第161頁。

（25）杜亞泉文：〈政黨論〉，原載《東方雜誌》八卷，第10–14頁，轉引自同（15），第905–906頁。

（26）梁啟超著《近世歐洲四大家政治學說》，上海廣智書局，1902年7月一版，第1–77頁。

（27）楊廷棟著《路索民約論》，上海作新社，1902年11月一版，第一編10–14頁；第三編上5–6頁；第三編下5頁。

（28）（德）麥克塞挪門著《野蠻的歐洲》，竟強庵主人譯，獨社藏版，1903年9月一版，上編第12頁，下編第8頁。

（29）（美）威爾遜著《政治汎論》2卷，《政治汎論後編》2卷，麥鼎華譯，上海廣智書局，1903年7月一版，第7頁；1903年11月一版，第72頁。

（30）（日）尾崎行雄著《吞併中國策》，原名《支那處分案》，王建善譯，開明書店，1903年1月一版，第119頁。

（31）同（30），第7–99頁。

（32）梁啟超著《政治學新論》，上海廣智書局，1903年6月一版，第57–62頁。

（33）同（32）第151–152頁。

（34）（英）斯賓率爾著《原政》，楊廷棟譯，上海作新社，1902年陰曆11月一版；《近世政治史》，富士英譯，上海作新社，1903年2月一版，1903年7月再版。

（35）作新社著《國家學》，1902年8月一版，1903年11月二版，第2頁。

（36）（英）甄克思原著，嚴復編譯《社會通詮》，商務印書館，1903年5月一版，1913年6月六版，轉引自商務印書館重印本，1981年10月一版，第1頁。

（37）（法）孟德斯鳩原著，嚴復編譯《法意》，商務印書館，1904年12月一版，第12–37頁。

（38）（日）白河次郎、國府種德著《支那文明史》，竟化書局譯出版，1903年5月一版，第83–84頁。

（39）王國棟譯述《普通政治學》，東京清國留學生會館內東西新書社，1907年3月一版，第1–37頁。

（40）同（39），第152頁。

（41）（日）小野塚喜平次講述，鄭篪譯編《政治學》，1907年一版，第16頁。

（42）同（41），第20–24頁。

（43）（美）魏利森（威爾遜）著《政治源流》，北通州協和書院印字館，1910年，自序，第3頁。

（44）同（43），第1頁。

（45）同（43），第135–152頁。

（46）孫中山演講：〈中國問題之真解決〉，1904年於美國演講，原文題為："The True Solution the Chinese Question——"，轉引自同（15），第五輯第二分冊，第776–780頁。

（47）孫中山演講：〈三民主義與中國民族之前途〉，1906年8月30日於日本東京演講，轉引自同（15），第五輯第二分冊，第793–797頁。

（48）錢恂編《五大洲各國政治通考》序，古餘書局，1902年。

（49）急先務齋主人校刊《五大洲政治通考》，太平齋主人序，急先務齋石印，1901年。

（50）汪榮寶、葉瀾合編《新爾雅》，東京並木活板社印，上海明權社，1903年7月一版，第1–8頁。

（51）朱樹森等四人編《法政辭解》，東京並木活板社印，1907年2月一版，第407–408頁。

（52）作新社編譯《東中大辭典》，1908年5月一版，第555頁。

（53）黃摩西編《普通百科新大辭典》，上海國學扶輪社，1911年5月一版，第子集58頁；第申集31頁；第辰集27頁。

（54）康有為撰《共和政體論》，無出版項，1911年出版於日本，第18頁。

（55）辜鴻銘著《請流傳》，語橋譯，原版為1912年譯出，轉引自東方出版社重印本，1997年9月一版，第167頁。

（56）見《革命軍文牘初集》，無出版項，第4頁。

（57）見《中國立國大方針商榷書》，共和建設討論會第一次發布，1912年4月，非賣品，無出版項，第1–89頁。

（58）（英）勃拉斯著《平民政治》，孟森等9人譯，共和黨發行，發行所民友社，1912年6月一版，1913年3月五版，〈黨敘〉第1頁。

（59）同（58），〈社敘〉第5–6頁。

（60）同（58），正文第5–9頁。

（61）陳敬第編輯《政治學》，光緒33年（1907）年初版，上海丙午社，1912年9月三版，第171–173頁。

（62）熊希齡文：〈大政方針之宣言書〉，載《熊秉三先生政書》，光華編輯社印，線裝，序言作於1913年12月上旬，第1–10頁。

（63）蔡元培文，引自陳獨秀文：〈袁世凱復活〉，原載《新青年》雜誌2卷4號，見《獨秀文存》，上海亞東圖書館，1922年初版，安徽人民出版社編印本，1987年

12月一版，第88頁。

（64）沈步洲譯《美國政治精義》，中華書局，1915年6月一版。

（65）朱執信文：〈論社會革命與政治革命並行〉，原作於1916年1月11日，載於《民報》，轉引自《朱執信文鈔》，上海民智書局，1926年5月一版，第1–29頁。

（66）陳獨秀文：〈談政治〉，原載《新青年》雜誌8卷1號，見《獨秀文存》，上海亞東圖書館，1922年初版，安徽人民出版社編印本，1987年12月一版，第361–371頁。

（67）（美）芮恩施著《平民政治的基本原理》，（中英對照），羅志希譯，商務印書館，1922年1月一版，1926年6月五版，蔣夢麟序，第1頁。

（68）同（67），第15–117頁。

（69）張慰慈著《政治學大綱》，商務印書館，1923年2月一版，1930年2月八版，第8–20頁。

（70）孫中山演講：〈三民主義〉，於1924年1月至8月，共作16次演講，黃昌谷記錄，引自《中山全書》第一冊，上海光華圖書公司，無出版項，第75–175頁。

（71）瞿秋白著《社會科學概論》，上海書店，1924年10月一版，霞社，1939年2月初版，3月再版，第21–30頁。

（72）陳築山著《政治學綱要》，北平中華平民教育促進總會，1928年5月一版，第18頁。（畫表第21頁）

（73）郭任遠著《社會科學概論》，商務印書館，1928年7月一版，第128–141頁。

（74）陳豹隱著《新政治學》，上海樂群書店，1929年8月一版，第6–24頁。

（75）楊劍秀（陽翰笙）著《社會科學概論》，現代書局，1929年6月一版，1932年9月五版，第81–93頁。

（76）孫寒冰主編《社會科學概論》中，吳頌皋著《政治學》，上海黎明書局，1929年10月一版，1932年增訂三版，第6頁。（吳後來成為漢奸）

（77）鄧初民著《政治科學大綱》自序，上海昆侖書店，1929年一版，1930年8月三版，第1–5頁。

（78）同（77），第39頁。

（79）任和聲著《政治學概論》，山東省立民眾教育學校，1929年12月一版，第1–2頁。

（80）徐慶譽著《現代政治思想》，上海太平洋書店，版權頁上寫：「十八*十二出版」，即可能是1918年出版，但《民國時期總書目》中寫為1929年出版，本文從後者。第47–49頁。

（81）（日）高橋清吾著《政治學概論》，王英生譯，新月書店，1929年11月一版，1932年10月重版，第7–12頁。

（82）秦明編《政治學概論》，上海南強書局，1929年11月一版，1932年再版，第2–12頁。

（83）高一涵著《政治學綱要》，上海神州國光社，1930年1月一版，第2–44頁。

（84）施複亮著《社會科學的研究》，上海宏遠書店，1930年4月一版，第7–8頁。

（85）朱采真著《政治學通論》，上海世界書局，1930年8月一版，第2–9頁。

（86）郭真、高圯書著《社會科學的基礎知識》，樂華圖書公司，1930年4月一版，1931年6月再版，第8頁。

（87）胡適文：〈人權與約法〉，原載《新月》雜誌2卷2號，1929年4月，轉引自《人權論集》，上海新月書店1930年1月一版，該書在5月被密令查禁。中國長安出版社，2013年7月重印本一版，第1–8頁。

（88）羅隆基文：〈專家政治〉，同（87），第109–119頁。

（89）梁實秋文：〈論思想統一〉，同（87），第48–57頁。

（90）法令文獻，同（87），第192頁。

（91）鄒敬芳著《政治學概論》，上海法學會編譯社，1931年10月一版，第1–3頁。（此人後來成為漢奸）

（92）（美）但寧著《政治學說史》，謝義偉譯，上海神州國光社，1931年4月一版，1933年再版，謝義偉序第1頁。

（93）（英）賴司兒著《政治典範》，張士林譯，商務印書館，1931年9月一版，1933年4月國難後一版，第2–4頁。

（94）（美）基特爾著《政治學》，孫大中譯，上海大東書局，1931年11月一版，第16頁。

（95）（古希臘）亞里斯多德著《政治論》，吳頌皋、吳旭初譯，商務印書館，1931年4月一版，第8–9頁。

（96）薩孟武著《政治學概要》，上海世界書局，1932年6月一版，第1–31頁。

（97）（英）季爾克立斯著《政治學原理》，吳友三譯，上海黎明書局，1932年6月一版，第5–208頁。

（98）田原著《政治學》，新時代出版社，1932年10月一版，1938年5月三版，第1–137頁。

（99）李聖五編《政治學淺說》，商務印書館，1932年11月一版。（此人後來為漢奸）

（100）（日）今中次麿著《現代獨裁政治學》，萬青譯，上海華通書局，1932年11月一版，見河南人民出版社重印本，2016年4月，第15–90頁。

（101）周紹張著《政治學體系》，上海辛墾書店，1933年2月一版，第15–48頁。

（102）同（101），第14頁。

（103）楊幼炯編《政治學綱要》，中華書局，1933年3月一版，第3–11頁。

（104）《蘇維埃中國》，前蘇聯外國工人出版社，1933年，中國現代史資料編輯委員會翻印，北京市印刷二廠印，1957年7月一印，第17–20頁。

（105）鄭斌著《社會主義的新憲法》，商務印書館，1933年1月一版，第4–5頁。

（106）（美）高納著《政治學大綱》，顧敦鍒、莊恭譯，世界書局，1933年11月一版，1935年1月再版，第11–336頁。

（107）桂崇基著《政治學原理》，商務印書館，1933年12月一版，第81–85頁。

（108）陳端志編《現代社會科學講話》，上海生活書的，1934年3月一版，1935年5月三版，第139–141頁。

（109）（美）迦納著《政治科學與政府》，孫寒冰譯，商務印書館，1934年7月一版。

（110）（英）甄克思著《政治簡史》，張金鑑譯，商務印書館，1934年11月一版，〈序〉第3頁。

（111）同（110），第1–109頁。

（112）李劍農著《政治學概論》，商務印書館，1934年10月一版，1946年12月修定一版，第19–70頁。

（113）常乃惪編《社會科學通論》，中華書局，1935年2月一版，第83–87頁。

（114）陳豹隱著《現代國際政治講話》，北平好望書局，1935年4月一版，第6–9頁。

（115）（日）五來欣造著《政治哲學》，李毓田譯，商務印書館，1935年5月一版，第8–21頁。

（116）（德）宋巴特著《德意志社會主義》，楊樹人譯，商務印書館，1935年10月一版，第57–152頁。

（117）同（116），〈譯序〉第1–5頁。

（118）王希穌著《政治學要旨》，中華書局，1936年3月一版，第1–115頁。

（119）（英）麥克斐著《政治學》，陳啟天譯，中華書局，1936年5月一版，1941年3月三版，第14–110頁。

（120）（英）鮑恩思著《民主政治論》，孫斯鳴譯，商務印書館，1936年7月一版，第30–36頁。

（121）章淵若著《中華民族志改造與自救》，商務印書館，1936年8月一版，第9–12頁。

（122）孫寒冰文：〈怎樣研究政治學〉，載《各科學習研究法》，王子堅編，上海經緯書局，1936年12月一版，第275頁。

（123）林語堂著《中國人》，在1983年被郝志東、沈益洪重譯，浙江人民出版社，第180–207頁。

（124）薩孟武著《政治學與比較憲法》，商務印書館，1936年8月一版，第106頁。

（125）馮玉祥編著《現代政治鬥爭原理筆記》，三戶社，1937年，第一編第8–12頁，第四編第5–82頁。

（126）楊幼炯著《中國政治思想史》，商務印書館，1937年一版，上海書店重印本，1984年3月一版，第2–18頁。

（127）鄒文海著《自由與權力》，中華書局，1937年12月一版，第12–13頁。

（128）翟放著《政黨論》，中國出版社，1938年7月一版，三聯書店重印本，2014年1月一版，第6–57頁。

（129）（德）薩洛孟著《政治學綱要》，陶茲人譯，商務印書館，1938年4月一版，第

350–354頁。

（130）柳克述著《政治學》，重慶青年書店，1938年12月一版。

（131）時事問題研究會編《抗戰中的中國政治》，例言，抗戰書店，1940年一版，中國現代史資料編輯委員會翻印，北京，1957年9月一版。

（132）同（131），目錄第1–19頁。

（133）范任宇編著《三民主義精義》二，正中書局，1941年5月一版，1947年12月滬一版，第20–24頁。

（134）毛澤東著《新民主主義論》，1940年1月，刊於延安《中國文化》創刊號，見新華日報華北分館單行本，1940年1月，第16–19頁。

（135）陳之邁著《政治學》，正中書局，1941年4月一版，1943年4月十二版，第44–46頁。

（136）陸選之著《中國政治思想之異同》，立體出版社，1943年4月一版，第42頁。

（137）鄧公玄著《政治藝術論》，重慶中國文化服務社，1943年4月一版，第131頁。

（138）（英）羅素著《權力》，柯碩亭譯，商務印書館，1943年7月重慶一版，第3–176頁。

（139）劉脩如執筆著《三民主義教程》，正中書局，1943年11月一版，1945年10月滬一版，第128–129頁。

（140）吳恩裕著《民主政治的基礎》，商務印書館，1944年9月重慶一版，1947年2月上海三版，第2–19頁。

（141）陳築山著《人生藝術》，商務印書館，1944年10月一版，1948年1月三版，第202–205頁。

（142）張質君著《人類社會與民族國家論》，商務印書館，1945年6月重慶一版，1946年上海一版，第292–299頁。

（143）何永佶著《為中國謀政治改進》，商務印書館，1945年重慶一版，第4–35頁。

（144）孟雲橋編著《西洋政治思想史》，國立編譯館，1945年8月一版，第1–2頁。

（145）朱亦松譯《政治學與其他社會科學》，商務印書館，1945年12月重慶一版，1946年7月上海一版。

（146）吳恩裕文：〈現代政治思潮的芻勢〉，原載《客觀》雜誌十二期，1946年1月26日，引自孫本文編《現代社會科學芻勢》，商務印書館，1948年4月一版，第147–155頁。

（147）楊幼炯著《國家建設原理》，商務印書館，1946年重慶一版，1946年6月上海一版，第120–151頁。

（148）黃懺華著《政治學薈要》，商務印書館，1946年9月重慶一版，1947年上海一版，〈弁言〉。

（149）同（148），第6–7頁。

（150）錢端升文：〈今後世界民權建設之展望〉，載《民權建設中的世界與中國》，中

山文化教育館民權組，1947年1月一版，第2–3頁。

（151）喻亮著《中國政治制度概論》，北平經世學社，1947年11月一版，〈自序〉第1–5頁。

（152）儲安平著《英人*法人*中國人》，上海觀察社，1948年4月必，第87–112頁。

（153）潘光旦著《政學罪言》，上海觀察社，1948年4月一版，第198–229頁。

（154）張東蓀著《民主主義與社會主義》，上海觀察社，1948年7月一版，一版，第38–74頁。

（155）何永佶著《中國在戰盤上》，上海觀察社，1948年9月一版，1949年2月三版，第41–42頁。

（156）王亞南著《中國官僚政治研究》，上海時代出版社，1948年10月一版，引自中國社會科學出版社重印本，1981年6月一版，第43–195頁。

（157）陳仁炳著《走向民主社會》，中國建設服務社，1949年4月一版，第11–27頁。

（158）王亞南著《政治經濟學史大綱》，中華書局，1949年7月一版，〈序言〉第15–16頁。

（159）傅於琛著《大眾政治學》，棠棣出版社，1949年11月一版，第3–6頁。

（160）陸爾奎等商務印書館同人編《辭源》，商務印書館，1915年10月一版，第卯集159頁。

（161）外交學會編《外交大辭典》，主編為王卓然、劉達人，中華書局，1927年10月一版；臺灣文海出版社重印本，1965年2月，第615–616頁。

（162）（英）海丁著《倫理宗教百科全書》，上海廣學會譯輯出版，1928年一版，第860–864頁。

（163）高希聖、郭真、高喬平、（梅）龔彬編《社會科學大詞典》，世界書局，1929年6月一版，第353–360頁。

（164）舒新城等主編《辭海》上冊，中華書局，1936年12月一版，第卯集175–176頁。

（165）見「國立中央研究院公告」，1947年11月15日。該名單影本是茅以昇院士在1985年贈與筆者。

《中文概念史談藪》跋

　　3月6日，鍾少華先生發來一篇名爲〈《我的學術道路》成果提要〉的文章，列舉了他40年間在學術道路上探索的主要成果。我一看，僅正式出版的書，就有18部，並且還有3部已完稿待出。4月24日，接到少華先生的電話，說那3部中的《中文概念史談藪》即將出版，隨後又將書稿發來。這使我有幸最早拜讀本書並由之想起少華先生對中文概念史的種種探究。

　　少華先生的父親是被人們稱爲「人民的學者」的鍾敬文先生，上世紀90年代末有一段時間因爲工作需要，我經常去鍾敬文先生、啓功先生等老一輩學者家中，因而與少華先生有些交往，知道他是北京社科院的研究員，但我們並無深入的學術交談。2009年7月，我們一起參加在山西晉城皇城相府舉行的「《康熙字典》暨詞典學國際學術研討會」，他提交的論文〈從羅存德《英華字典》看詞語交流建設〉闡述了羅存德編纂的《英華字典》的豐富內涵及其對中外交流的深遠影響。由此我得知他在語言接觸、文化融合方面有很多思考。那次會上他告訴我他正在做與「概念」、「概念史」相關的研究，並且已經在日本發表過〈中國語における「概念」の生成と發展について〉、〈近代漢語「文學」概念之形成與發展〉等論文。我的專業是訓詁學，訓詁是解釋古代漢語文獻語義的工作，而概念顯然與語義緊密相關，於

是我們有了共同的話題。從那之後，我就成了少華先生概念史研究心聲的旁聽者。他每出新書，總是送我，甚至有的尚未付梓就示我書稿，這使我對他的概念史研究有些微瞭解。

我以爲他的概念史研究至少有三個方面的特色：材料富贍，中外貫通，斷識敏慧。

材料富贍，得益於高科技時代的信息技術。少華先生告訴我他2004年就接觸到錢鍾書先生倡議研發的「中國古典數字工程」，說古代文獻的數字化完全改變了文化研究的生態，直接帶來了梳理字詞流變演化最可靠充足窮盡的語料依據。他的話眞是先得我心，因爲我自2003年起一直參與北京師範大學中文信息處理的課題，深知其研發的重要。後來我在香港舉行的中華國學論壇上見到該工程的主要實施者欒貴明先生，聽他講述該工程的進展，更瞭解到個中甘苦。大數據、神經網絡，今天人們耳熟能詳，但錢鍾書先生是在40年前提出的倡議，那時電腦還是要幾個房間來裝的大塊頭呢。錢先生是學界公認對古今中外文獻最熟悉的學者，也許正是他記憶擁有的語料史料豐富超過常人，才更能體會資料於研究的重要，因而極具前瞻地提出了造福全體學者的數字工程。而少華先生的研究也成爲最早運用該工程成果的先行者。我在少華先生的客廳裡見到過基於該工程出版的《老子集》，在我們通常知道的文本外，輯得老子語文、異文、遺文各一萬多字，這當然豐富了我們研究中華傳統文化的語料。不過少華先生研究的材料富贍，也不僅靠電子手段，我曾看到他的書房裡有數百部近代中文辭書，是一個完全可以舉辦專題書展的體量。這些極寶貴的收藏，也是他研究材料富贍於人的原因。顯然，這收藏的背後，是對學術的執著和注重材料的研究態度和習慣。啓功先生有一次跟我說系裡有位老師來家裡請教書法問題，告訴啓先生他每天都會堅持練習一個小時的毛筆字，啓先生卻回答：「我每天不寫一兩個鐘頭的字就感覺不舒服。」當學術研究成爲習慣甚至生活方式，材料也就有了生命。

貫通中外，在當下也離不開大數據的支撐，但更重要的是能意識到概

念是人類獨有（相對於其他動物）和共有（就不同族群國別而言）的。前面提到的少華先生關於羅存德《英華字典》的研究就體現出他這方面的意識。概念為人類獨有，是因為概念必由語言來思維與表達，而語言為人類獨有。概念為人類共有，則因人類雖有不同族群並操不同語言，其思維交流所需卻不乏共同觀照，無外乎如何處理人與人、人與自然的關係以及滿足物質精神追求而已。是以少華先生曾探究的「文學」、「科學」、「哲學」、「文化」、「方法」、「眞理」、「知識」、「人」、「生命」等等，皆為人類共有之概念。那什麼是概念呢？所謂「從個物中抽出其共同之點，而生起共同觀念者，謂之概念」，說的是概念形成經過了「概」。少華先生說「概」的本義是量米粟時用來刮平的小直板，後來發展出很多義項。他沒說一個小直板是怎麼演化出那麼多後起義的，應該是覺得這種演化很好理解不言而喻。按古人的說法，容量是以黍粒為計，比如龠是「子穀秬黍中者千有二百」，就相當於長治一帶出產的中等大小的秬黍種子1200粒。但一顆一顆清點黍粒以計容積是非常煩瑣難以為繼的事，所以《周禮》說到栗氏製造量器時有「㮣而不稅」的說法。拿個小直板在口上一刮，量器裡裝的是1201粒還是1199粒都不管了。這個特徵跟後代的梗概、大概、概括、概要等等顯然是相通的。認識到事物可以歸納檃括抽繹類聚，是人類認知思辨的高級階段，「概」昭顯了這樣的認知。少華先生認為中文的「概念」是由日本學者西周先生最早在1874年對譯Concept的日文而來，並說「日本漢字『概念』的對譯，確實能夠比較把握漢字中對它自身內涵的領悟和想像」，是有道理的。研究中文概念史卻跳出中文外，體現了世界的眼光和從全人類不同語言相互接觸的視角觀察分析的取向。

斷識敏慧，既是在豐贍資料和世界眼光基礎上的必然，也是少華先生家學淵厚轉益多師的自然。鍾敬文先生同（用這個「同」而不用「和」「與」，是因為想起了鍾老當年跟我交談中用到並列連詞時總是說「同」）啟功先生在北京師範大學院內長期比鄰而居，少華先生也長期得到兩位大師

的耳提面命學術薰陶，這點很多人都知道。但少華先生曾做過口述史訪談，對300來位80歲以上卓有所成的自然科學家和社會科學家進行過訪談錄音，可能知道的人就不多了。口述史研究固然帶有研究方法的創新，但我以爲同時也提升了研究者的學能。我常常建議年輕的大學生們抽時間去聽聽學校其他專業其他老師的課，不一定整門課都聽，聽幾次，感受一下不同老師的風格和方法就好。能當面親耳聆聽300來位大師的自述，要說沒給少華先生一點兒啓迪，我是不信的。當然，對少華先生影響最大的應該還是鍾敬文先生，鍾老突破既往士人文學研究傳統，創立中國民俗學、中國民間文藝學兩大學科，實際上也是研究方法的創新。從這個角度說，少華先生的口述史研究、概念史研究是從治學精神上傳承了家學。而這個精神我理解一是追求創新，二是要有識斷，所以少華先生在分析啓功先生學術思想時曾專闢一章「判斷」來闡述。他認爲啓功先生的學術需要從三個方面去理解：一是懂得中文研究基礎，二是懂得認識中文文獻，三是懂得研究中文的方法。其實我以爲還可以加上一點：懂得中文的表述。啓先生的表述諸如「我哪兒乖」，也都是學術風格。但至少前三點少華先生不僅有著識斷，更是秉之實踐，相信讀了本書的朋友都能感受到。錢鍾書先生既有對大量文獻材料的溫故真知，也有在此基礎上形成的知新灼見。如果說「中國古典數字工程」形成的文獻資料相當於延續了錢先生的溫故真知，也許少華先生利用工程提供的資料形成新的結論就相當於一定意義上延續了錢先生的知新灼見。二者輔成，也許就達到了少華先生總結的理解啓先生學術的三個方面。

4月7日少華先生雅游元大都遺址公園，在盛開的西府海棠前沉思留影，見到他發來的玉照，我曾有《爲少華先生賞花題照》：「春風拂處盎然開，萬紫千紅在意裁。獨立潮頭觀世態，笑尋概念自何來。」雖是戲作，卻也流露出我對他探究概念史的欽佩。借本書出版之機，表達一下這欽佩之情，豈敢言序，聊以充跋吧。

朱小健 2021年5月23日

國家圖書館出版品預行編目資料

中文概念史談藪 / 鍾少華著. -- 初版. -- 臺北市：蘭臺出版社,
2021.1　面；　公分
ISBN 978-986-06430-9-1(平裝)
1.漢語 2.詞源學 3.詞義學

802.18　　　　　　　　　　　　　　　110014583

小學研究4　　　**中文概念史談藪**

作　　者：鍾少華
編　　輯：盧瑞容
美　　編：楊容容
校　　對：沈彥伶 古佳雯
封面設計：塗宇樵
出　　版：蘭臺出版社
地　　址：臺北市中正區重慶南路1段121號8樓之14
電　　話：(02)2331-1675或(02)2331-1691
傳　　真：(02)2382-6225
E—MAIL：books5w@gmail.com或books5w@yahoo.com.tw
網路書店：http://5w.com.tw/
　　　　　https://www.pcstore.com.tw/yesbooks/
　　　　　https://shopee.tw/books5w
　　　　　博客來網路書店、博客思網路書店
　　　　　三民書局、金石堂書店
經　　銷：聯合發行股份有限公司
電　　話：(02) 2917-8022　　傳真：(02) 2915-7212
劃撥戶名：蘭臺出版社　　　　帳號：18995335
香港代理：香港聯合零售有限公司
電　　話：(852) 2150-2100　　傳真：(852) 2356-0735
出版日期：2021年 12月　初版
定　　價：新臺幣 680 元整（平裝）
ISBN：978-986-06430-9-1